детектив - событие

В серии «Детектив–событие» выходят
следующие романы Елены Михалковой:

Знак истинного пути
Время собирать камни
Дом одиноких сердец
Темная сторона души

Елена МИХАЛКОВА

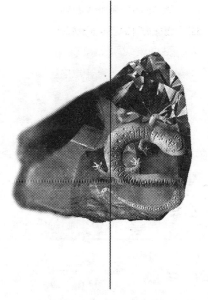

ВРЕМЯ СОБИРАТЬ КАМНИ

Москва
«Эксмо»
2 0 0 7

УДК 82–3
ББК 84(2Рос–Рус)6–4
    М 69

Оформление серии *С. Груздева*

Серия основана в 2007 г.

Михалкова Е.
М 69   Время собирать камни: Роман / Елена Михалкова. —
     М.: Эксмо, 2007. — 352 с. — (Детектив–событие).

ISBN 978–5–699–24962–6

Думаешь, твоя жена робкая, покорная и всегда будет во всем тебя слушаться только потому, что ты крутой бизнесмен, а она — простая швея? Ты слишком плохо ее знаешь...

Думаешь, что все знаешь о своем муже? Даже каким он был подростком? Немногим есть что скрывать о своем детстве, но, кажется, Виктор как раз из этих немногих...

Думаешь, все плохое случается с другими и никогда не коснется тебя? Тогда почему кто–то жестоко убивает соседей и подбрасывает трупы к твоему крыльцу?..

Как и герои романа Елены Михалковой, мы часто бываем слишком уверены в том, в чем следовало бы сомневаться. Но как научиться видеть больше, чем тебе хотят показать?..

УДК 82–3
ББК 84(2Рос–Рус)6–4

Дом разговаривал.

Вопросительно и тревожно скрипел половицами.

Шуршал чем-то на чердаке.

Скрипел дверью:

— Кто-о здесь?

И, тоном выше, закрываясь:

— Вы-ы?

Даже дождь, барабанящий по крыше этого дома, рассказывал не обыкновенную свою историю, одну и ту же, только на тысячи ладов повторяемую на других крышах, а неповторимую, особенную, каждый раз новую.

Даже рябина перед домом, при сильном ветре клонившаяся до окон, шелестела о чем-то непонятном, сообщая дому то, что он и сам уже знал.

Когда Тоня пыталась описать это мужу, Виктор только отмахивался от нее. Она и сама чувствовала, что получается неуклюже, вовсе не так, как она воспринимала происходящее вокруг нее, как если бы она рассказывала сон. Но это был не сон. Дом разговаривал.

Глава 1

Ну что ж, значит, все получилось. План начал работать.

Все готовилось столько лет... Никакая случайность не должна помешать. Впрочем, случайностей не будет. Во всяком случае, непредвиденных случайностей. А все остальное — в моих руках...

ВРЕМЯ СОБИРАТЬ КАМНИ

Мне хочется сжать их на твоем горле уже сейчас и с наслаждением слушать, как ты хрипишь, непонимающе глядя в мое лицо... Но нужно ждать. Просто убить — недостаточно. Нет, недостаточно. Должно получиться настоящее шоу.

Декорации готовы.

Очередь за актерами.

Переезд состоялся в конце августа, в дождливый, ветреный день, совершенно осенний и слякотный. Тоня упаковывала вещи одна — Виктор работал. Она заботливо обертывала углы шкафов, заворачивала в газеты ненужные сервизы, обкладывала тряпками свою швейную машинку. Хлопотала.

Вечером, придя с работы, Виктор оценил результат ее трудов, усмехнулся и потрепал жену по голове. Правда, трепать было не особенно удобно, потому что гладкая Тонина коса была заплетена туго, как ее учила еще бабушка, чтобы волосинки не выбивалось. «Сколько раз говорил! — с некоторым раздражением подумал Виктор. — Сделала бы себе нормальную прическу, современную... Вихры какие-нибудь, мелирование или что там модно. Нет, ходит с косой, как бабенка деревенская. Ладно, вода камень точит».

Разгрузились быстро. Грузчики бодро повыкидывали вещи из машины и уехали, обдав Виктора и Тоню на прощанье тучей выхлопных газов. По контрасту с чистым воздухом машинная вонь воспринималась особенно резко.

— Ну что, — усмехнулся Виктор, когда они прошли в сад, — теперь это все наше. Ты посмотри, красота какая! Я, когда еще маленький был, больше всего в деревне сад любил. Знал бы тогда, что он моим будет...

Он мечтательно вдохнул воздух, пропахший летом и яблоками. Наконец-то! Наконец-то они уехали из вонючей Москвы, полной людей, машин, битком набитой какими-то чурками, понаехавшими с просторов всей России... Черт возьми, в метро же ездить невозможно — везде нищета, грязь, крики. Ну да, шум мегаполиса, мать его! А здесь —

тишина. Лес через триста метров от околицы. Виктор, когда совсем маленький был, боялся, что оттуда волки придут. Волки и в самом деле тогда еще были в лесу, правда, в деревню никогда не заходили. Все ж не тайга, всего–то пятьдесят километров от столицы. Теперь многое, конечно, другим стало. Деревня чуть не в три раза выросла, да и дома появились такие... богатые дома, прямо скажем.

— Вить!

Виктор вздрогнул от голоса жены и, поискав ее глазами, обнаружил, что она стоит в огороде.

— Что?

— Иди–ка сюда, посмотри!

— Что там такое?

Виктор прошел между деревьями и оказался на заросшем поле.

— Ну, ты чего? — наклонился он к жене, сидевшей на корточках.

Тоня подняла на него глаза:

— Смотри, ужики!

Под ногами у нее, в густой траве, лежали, сплетясь, семь–восемь ужей, совсем небольших. На Тоню с Виктором они не обращали ни малейшего внимания.

— Хм, и в самом деле.

Виктор поддел клубок веточкой, и один из ужат недовольно зашипел.

— Ой, Вить, ты ему не мешай. Они так греются.

— А ты откуда знаешь, осведомленная ты моя?

Тоня взглянула на Виктора с усмешкой:

— Образованный ты мой, я ведь баба простая, деревенская. У нас ужей под каждым домом по десятку было. Вы–то люди городские, интеллигентные, в деревню на каникулы приезжали, а мы весь год там жили.

— Да ладно тебе... У вас вообще не деревня была, а пригород, если хочешь знать.

— Ну и что, что пригород? Дом–то нормальный, деревенский. Похуже, чем этот, но все–таки... Мы хоть всего три года так прожили, но ужей-то я насмотрелась на всю жизнь вперед.

— Хватит ностальгировать, — помолчав, сказал Виктор, — пошли вещи разбирать. Теперь нам твой неоценимый опыт ой как пригодится. То есть не нам, а тебе, конечно.

Тоня бросила последний взгляд на блестящий черный клубок и пошла к дому.

Вся следующая неделя прошла в хлопотах.

Дом казался огромным. Тоня никак не могла понять: всего четыре комнаты, ну, еще две на чердаке, заваленные всяким хламом, — откуда же берется ощущение большого пространства? Она раз за разом обходила дом, пытаясь привыкнуть к нему, но пока у нее не очень получалось.

Когда вещи разобрали, стало очевидно, что почти все им нужно покупать заново. Дело было не в том, что вещи повредили при переезде, нет. Просто полки, стулья, маленький столик, шкафчик, прекрасно вписывавшиеся в стиль их городской квартиры, здесь казались какими-то неуместными, неправильными, лишними, что ли... Конечно, все было расставлено по местам, но резало глаз.

— Вить, надо бы мебель новую подобрать, — попросила Тоня мужа.

— А старая что?

— А старая не подходит.

— Не выдумывай. К чему не подходит?

— К дому.

— К чему?

— К дому, — упрямо повторила Тоня. — Ему эта мебель не нравится.

— Слушай, дорогая моя, если бы ты была у меня дизайнером интерьеров, я бы еще с тобой согласился. Но ты у меня кто по образованию, любимая?

— Вить, ты же знаешь, зачем же спрашиваешь?

— Затем, чтобы ты ерундой не занималась. Мебель вполне нормальная. Правда, шкафчик пластиковый и правда не очень в кухне смотрится, тут я с тобой согласен, но все остальное вполне хорошо. Да ладно, Тонь, ты чего? — удивился он, заметив, что она отвернулась с расстроенным лицом. — Тебя настолько наши стулья не устраивают?

Она молча кивнула.

— Господи, ну так в субботу поедем в «Икею» и купим новые.

— Серьезно, Вить, поедем? — обрадованно глянула на мужа она.

— Да конечно, не расстраивайся ты из-за такой ерунды! Вот нашла проблему... Раз уж я тебя сюда вытащил, моя драгоценная супруга, — Виктор обнял ее за талию, — я хочу, чтобы тебе здесь было комфортно. Тебе комфортно?

Тоня кивнула, потеревшись об него щекой, и это не было такой уж неправдой. За неделю, проведенную один на один с домом, она начала привыкать к нему.

Два месяца назад, когда Виктор привез Тоню к большому яблоневому саду за забором, она даже не сразу увидела сам дом. У нее мелькнула мысль, что она чего-то не поняла, дома нет и придется только еще строиться. Эта мысль ее обрадовала, но уже в следующую секунду Виктор протягивал руку:

— Смотри, красота какая, правда?

Тогда она разглядела. За большими, раскидистыми, с корявыми старыми ветвями яблонями виднелся где-то далеко темный дом. Тропинка заросла, и им пришлось продираться между кустов черноплодки, чтобы подойти к нему. Когда Тоня наконец выбралась из зарослей, она остановилась, пораженная.

В подмосковном Одинцове, в котором Тонина семья прожила три года, она видела добротные дома, но этот превосходил их все. Вроде обычный пятиоконный дом, но весь украшенный резьбой. Наличники, конек на крыше, косяки вокруг двери, навес над крыльцом — на всем была резьба, мелкая и крупная, какие-то завитки, птицы, лошади, цветы... Даже потемневший от времени, дом был очень красивым. Все здесь делалось с любовью, подумала Тоня, и очень долго.

Виктор уселся на землю. Куплю, думал он, куплю, что бы она ни сказала. Неужели *это* может не понравиться?

— Ну как тебе? — нарочито равнодушно спросил он.

— Вить, у меня даже слов нет! — восхищенно воскликнула Тоня, и он обрадовался. — Я такой красоты еще никогда не видела. А сад какой изумительный!

— Да, яблокам почтальоновым вся деревня завидовала. Да и вообще дому — дядя Гриша все на совесть делал, — заметил Виктор. — Ну что, переезжаем?

И они переехали.

Тоня вставала рано. Ей нужно было приготовить завтрак, потому что Виктор терпеть не мог разогревать вчерашнюю кашу и вообще три дня подряд кашей на завтрак питаться не мог. Приходилось выдумывать что-нибудь вкусное, хоть и на скорую руку: вареники, оладьи, творожники. За время их недолгой еще совместной жизни он очень быстро привык к тому, что теперь Тоня гладит его рубашки, причем гораздо лучше, чем он сам, и очень возмущался, не обнаружив на вешалке свежевыглаженной сорочки.

Тоня с грустной улыбкой думала, что сама приучила его к этому.

Ну конечно, когда они поженились, ей, воспринимавшей саму себя как деревенскую девочку с простенькой профессией, нужно было соответствовать Виктору — такому представительному, такому образованному. Он был единственным ребенком в семье, в отличие от Тони, у матери которой росло еще четверо детей, и родители баловали умненького, красивого, не по годам развитого мальчика. Он и вырос — умным, красивым, смотрящим на большинство сверстников сверху вниз.

Когда они начали встречаться полтора года назад, Тоня долго не могла поверить в то, что этот престижный, как говорили их девчонки, парень провожает именно ее, а не какую-нибудь стильную, высокомерную красавицу, которая могла бы легко и небрежно захлопывать дверцу его «Ауди», выходя у своего подъезда. А у Тони никак не выходило легко и небрежно. Ее отец всю жизнь водил старенькую «пятерку», чиненую-перечиненую им самим, без всяких там сервисов, и дети знали: чтобы закрыть дверцу, нужно хлопнуть посильнее. Вот Тоня и привыкла с размаху впечатывать дверь так, чтобы дрожали стекла. Иногда она хлопала недостаточно сильно, и тогда отец сердился: «Ну что, совсем ослабела, что ли, машину закрыть не можешь?»

Когда она первый раз проделала такой номер с «Ауди» Виктора, тот изменился в лице. Тоня и сама поняла, что совершила ошибку: умная машина постаралась прикрыть дверцу как можно мягче, но куда уж ее силе против Тониной... Удар получился на славу. Потом Виктор много раз объяснял, как именно нужно прикрывать — не хлопать, а просто отпускать ее нежненько, и дверца сама закроется, — но Тоня все-таки иногда забывалась. Объяснять же Виктору, что она не часто ездила в дорогих иномарках (и в дешевых, кстати, тоже), ей не хотелось. Она и так изо всех сил старалась ему соответствовать. А потом они поженились.

К браку Тоня подошла более чем ответственно. Она понимала, что ей сказочно, невозможно повезло: она вышла замуж не за оболтуса Ваську Степанова из их группы и не осталась сидеть в старых девах, как большинство девчонок из их ателье, оценивая каждого мужика, приходившего подшить брюки или заменить молнию, как возможного претендента на роль жениха. Нет, ее замужество было очень, очень удачным. И нужно было сделать все, чтобы оно оставалось таким же удачным на протяжении всей ее жизни. Тоня здраво оценивала свои шансы: соперничать с нежными, тонкими красавицами, словно позирующими для страниц журнала «Вог», она не могла. Блистать интеллектом и образованием — тоже. Нет, она, конечно, могла поддержать разговор, с удовольствием читала исторические романы и

Бориса Акунина, но когда друзья Виктора как-то завели при ней разговор об экзистенциальном у Камю, Тоня честно самой себе призналась, что совсем, совсем недотягивает. Зато заметила: за беседой приятели с удовольствием уговорили ее пирожки с ревенем, наготовленные впрок, на три дня вперед, и потом долго напрашивались к Виктору на чай, причем обязательно с Тониными пирогами. И вскоре Тонин план приобрел явственные очертания.

Впрочем, какой план? Не план, а так, стратегия на будущее. Она будет женой в изначальном смысле этого слова — хранительницей очага, создательницей уюта, хозяйкой дома, куда мужчину тянет после работы, как барсука в нору. Вот уж что у нее получится! Руки-то растут из нужного места, в быту она может все, начиная от стирки и заканчивая несложным ремонтом телевизора. Ее и сестру Машку с детства приучали вести хозяйство оба родителя, вменившие девочкам в обязанность гладить отцовские рубашки, готовить на всю семью, наводить чистоту, а еще работать на огороде, но требовавшие к тому же стараться хорошо выглядеть. За грязь под ногтями выставляли из-за стола, причем отец мог дать и ложкой по лбу. Сашку, Сережку и Алешку, как только у них стала появляться щетина на щеках, мама заставляла бриться каждый день, а когда у парней начались свидания с девочками, то и по вечерам.

— Вот ваш папа, когда ухаживал за мной, — мечтательно вспоминала мама, вытирая насухо груду вилок и ложек, — брился по три раза на дню. А я все удивлялась: почему у него кожа такая гладкая? Господи, молодые же были, каких только глупостей не делали!

— Ма, если я буду по три раза в день по роже бритвой скрести, со мной ни одна девчонка встречаться не захочет, — ныл Лешка, самый младший из братьев. — Вся же физиономия в прыщах будет! Отцу хорошо, у него кожа, как у носорога, а мне что делать?

— Я те покажу носорога! — раздавался отцовский голос

из ванной. — Нормальное у меня лицо было, как у всех. Делай, что мать говорит, понял?

И все они делали, что мать говорила. Теперь Тоня была благодарна обоим родителям: понимали, что девчонки не красавицы, а значит, должны чем-то другим брать. Ну вот она и берет. Салатики по вечерам, да не просто грудой на тарелке, а красиво, в салатничке, на листочке, политые оливковым маслом. Дома чистота, порядок, а муж о каких-то домашних заботах вообще думать не должен, у него других дел по горло. Ну и, конечно, когда Виктор просыпался утром, с кухни уже тянуло аппетитными ароматами, а сама Тоня, умытая и причесанная, кашеварила у плиты. Когда время в запасе имелось, сооружала на скорую руку какой-нибудь нехитрый пирожок типа шарлотки — Виктор любит сладкое, — а если разрешала вдруг себе поспать не до шести, а до полседьмого, то все же успевала хотя бы бутербродиков ему нарезать с собой на работу, чтобы второй завтрак был полноценным.

Но первая же неделя, проведенная в новом доме, сбила привычный режим.

На следующий после переезда день Тоня проснулась в девять. Протерла глаза, не обнаружила рядом с собой сопящего мужа, глянула на часы и ахнула.

— Вить, ты где? Витя!

— Да не кричи ты, тут я, тут.

Виктор появился в дверях в майке и джинсах, улыбнулся:

— Ну что, хорошо спится на свежем воздухе, а?

— Ой, как же я проспала, понять не могу... Ты подожди, я сейчас быстренько завтрак придумаю, у меня уже кабачки обжаренные есть в кастрюльке.

Потом, как обычно, она крутилась на кухне, а Виктор сидел у окна и смотрел на сад. Тоня дребезжала кастрюльками, шумела водой, удивлялась вслух, что так долго спала сегодня, а ему хотелось дернуть ее за длинную косу и сказать: да помолчи ты, сядь рядом, посмотри, какая красота за окном. Знали люди, что делали, когда ставили дом среди

яблоневых деревьев. Оторвись ты от своих домашних хлопот, успеется это все, а то так всю жизнь возле плиты и про-
танцуешь.

— Тонь, — позвал он наконец, — иди-ка сюда.

— Вить, я не могу, заливку делаю для кабачков.

— Да черт с ними, с кабачками! Ты посиди со мной, посмотри.

— Вот завтрак приготовлю, и посмотрю.

Ай, фиг с тобой, махнул он рукой. Готовь свои кабачки.

— Что ты хотел мне показать? — спросила она после
завтрака, вытирая посуду, как мама учила, насухо.

— Да ничего. Потом как-нибудь.

Теперь по утрам Тоня готовила себе крепкий чай с мя-
той, накладывала в чашку творог с вареньем и садилась
завтракать не в кухне, а в главной комнате, которую они называли залом, единственную пока более-менее обустроен-
ную из всех. У окна стоял небольшой столик, покрытый свя-
занной Тоней скатертью с бахромой. Она садилась за него,
пила чай и смотрела в окно. За окном были яблони. И яблоки. Десятки яблок висели на ветвях, лежали на траве, отсвечивали золотистым и красным среди листьев. Тоня не
знала, что это за сорта, она даже не сорвала еще ни одного
яблока. Ей просто нравилось смотреть.

Несколько дней подряд были дождливыми, и Виктор
ворчал, возвращаясь с работы, но ей нравился утренний
сад, весь в седых прозрачных каплях, который пах необык-
новенно, когда она выходила на крыльцо, — мокрыми ли-
стьями, мокрыми деревьями, мокрой травой, мокрыми яблоками... Она начинала любить это место и, разбирая завалы
на мансарде, улыбалась, представляя себе ребятишек, бе-
гавших раньше по дому, и большую семью, обитавшую
здесь. Виктор всех их знал. Интересно, что с ними случилось?

Елена Михалкова

Глава 2

Александра Семеновна Тюркина, а по-простому тетя Шура, выбирала сыр. Может, взять «Костромской»? Хотя Юлька его не ест, она вообще привереда. Тогда этот, как его.... «Маасдам», вот. Его и Саша любит, и ребятишки, а Колька, наверное, брынзы своей привезет. Полкило хватит? Нет, лучше уж грамм восемьсот. Хотя дорого, конечно...

— Теть Шур! Теть Шур, че задумалась?

Тетя Шура оторвала взгляд от прилавка и перевела его на продавщицу Любку, стоявшую перед ней в белом халате и кокетливом кружевном чепчике на голове.

— Да сыр выбираю, Любаш. Какой посвежее-то?

— Ой, да все вроде ничего, а вообще я не знаю, я сыр-то не больно ем. Теть Шур, — понизила голос Любка, — слышь, почтальонов-то дом купили, говорят.

— Говорят, — неохотно согласилась тетя Шура.

— Так говорят, купил-то кто...

— Кто?

— Да Чернявский, Витька!

— Любаш, свешай-ка ты мне «Маасдаму» с полкило или поболе.

— Да ну вас с вашим сыром, теть Шур. Че вы мне зубы-то заговариваете? Вправду, что ль, Витька купил?

— Не знаю я, — поморщилась тетя Шура. — Вроде бы и Витька. Только он у нас ни разу не появлялся, а женщина какая-то по огороду ходит.

— А, так то ж жена его, наверное, — приуныла Любка. — Слушай, теть Шур, ты зайди хоть, познакомься по-соседски, а потом расскажешь.

— Да вот еще! — дернула женщина подбородком. — Мне, старухе, еще и в гости напрашиваться?! Надо будет, сами познакомятся.

— Ну теть Шур! Может, и правда Витька! Любопытно же, смерть как!

— Тебе любопытно, вот ты и знакомься, — отрезала тетя

15

Шура. — А если Витька, паршивец, неделю тут живет и ко мне не зашел, то я его бесстыжую рожу и видеть не хочу.

Забыв про сыр, тетя Шура развернулась и, прихрамывая, вышла из магазинчика. Раздраженно отмахиваясь от мух, она тяжело потопала к дому. «Ну, Витька, ну, негодник! Надо же — дом купил. И чей, почтальонов! Сашка с Колькой завтра приедут, не поверят. Неужто весь год будет тут жить? Или, может, только на лето? Женился... Надо и вправду зайти, хоть на жену его посмотреть...» — думала тетя Шура, забыв, что десять минут назад твердо решила с паршивцем Витькой и его женой никаких дел не иметь.

— Слышь, Юльк, — неохотно говорила три часа спустя тетя Шура, копаясь на морковной грядке, — послушай-ка сюда.

— Что, мам?

— Дом-то почтальонов знаешь кто купил?

— Кто?

— Да Витька.

— Какой Витька?

— Какой... Такой! Тот самый.

— Чернявский, что ли?!

— Чернявский, Чернявский...

— Ма, да ты что? — маленькая загорелая Юлька выпрямилась и воткнула лопату в грядку. — Так там же баба какая-то ходит!

— Баба... Значит, жена его или, может, полюбовница. Спрошу сегодня, как пойду.

— Ой, мам, я с тобой!

— Сиди, — осадила дочь тетя Шура. — Дом почитай как неделю куплен, а к нам с тобой Витька рыла не кажет, даром что соседи. Может, и не он вовсе, а однофамилец какой. Вечерком схожу, разведаю. Да, Юляш, сбегай к Любке, я сыр купить забыла.

— Сбегаю, сбегаю, — закивала дочь, — заодно и конфеток Вальке с Васькой подкуплю.

Елена Михалкова

— Балуешь ты их, — проворчала тетя Шура. — Совсем от рук отбились, где хотят, там и колобродят.

Она вспомнила белые вихрастые головенки внучат, мордашки, усыпанные конопушками, и губы ее растянулись в улыбке.

Вечером Тоня возилась на кухне. Старенькая газовая плита была до жути грязная. Поверхность-то ее с конфорками она, конечно, на второй же день отмыла, а вот до духовки руки не доходили. А духовка должна быть отдраена, а то как же в ней готовить? Чем же ее так замызгали...

Проворные Тонины руки в перчатках оттирали противни, дверцу духовки, пол под плитой. Когда очередь дошла до ручек, в дверь постучали.

— Хозяева! Открывайте! Есть кто?

Тоня сняла перчатки и пошла к двери, крикнув на ходу:

— Иду, иду, одну секунду!

Интересно, кто это? Голос, похоже, старческий. Тоня распахнула дверь.

— Здравствуйте, — вежливо поздоровалась она с пожилой женщиной, седые волосы которой были забраны в аккуратный пучок.

— Здравствуй, красавица, — несколько удивленно протянула тетя Шура. — Скажи, а хозяин-то дома?

— Нет, хозяин поздно вечером будет. Ой, да вы проходите, пожалуйста, присаживайтесь. Только мы еще порядок навести не успели, уж извините. Всего пять дней как переехали.

Тетя Шура прошла в дом, оглядываясь по сторонам и пристально рассматривая вещи. Да, при прежних хозяевах, конечно, пошумнее тут было и погрязнее. А эта, с косой, чистоту навела, смотри-ка. Видать, не белоручка.

— Меня Антонина зовут, — обернулась к ней девушка, — можно просто Тоня.

— Ну а меня тетей Шурой зови, как все. А скажи-ка мне, Тоня: муж твой, Виктор, сам из нашей деревни?

— Да, конечно, — кивнула Тоня. — Мы потому здесь дом и купили, что у Вити все детские воспоминания с этим местом связаны. Ну, то есть не именно с домом, а вообще, со всей деревней. У него и друзей много было, понимаете?

— Как не понимать, — усмехнулась гостья, — если с моими Юлькой, Сашкой и Колькой твой Витя годов, почитай, пятнадцать подряд каждое лето играл. Выросли вместе, на моих глазах, можно сказать. Что ж не заходит-то твой красавец, а?

— Тетя Шура, я не знаю, — смутилась Тоня. — Понимаете, он сейчас работает допоздна...

— Ладно, ладно, ты не оправдывайся, — махнула рукой старуха, — Витька пусть оправдывается. Ты скажи, как тебе здесь, нравится?

— Нравится, только непривычно, — призналась Тоня. — Ой, тетя Шура, — спохватилась она, — я ведь даже чаю вам не предложила!

— Предложи, предложи, милая моя, вот чайку-то я с удовольствием выпью. Я ведь тебе и вареньица яблочного захватила.

— Спасибо, зачем же вы...

— Да ты не спасибкай, варенье мое все Калиново лопает, даже и те, кто яблочное не особо уважает.

Пока Тоня расставляла на столе тонкие фарфоровые чашки, тетя Шура шелестела пакетиком и наконец выставила на скатерть небольшую баночку, в которой светилось розоватое варенье. В прозрачном сиропе плавали маленькие, аккуратные золотистые дольки, и Тоне сразу же захотелось съесть всю банку.

— Красиво как! — восхищенно сказала она. — А вы мне потом рецепт дадите? Здесь ведь яблок уйма...

— Дам, дам, ты попробуй сначала. Вдруг не понравится? Хотя все мои его съедают быстро, зима начаться не успеет, а уж нет ни банки.

Вскипятив чайник, Тоня разлила по чашкам ароматный черный чай с травами, который Виктор покупал в каком-то

18

Елена Михалкова

маленьком московском магазинчике по невозможной цене. Правда, чай был действительно очень вкусным.

— Тетя Шура, — осторожно спросила Тоня, поставив чайник на середину стола, — а из друзей Виктора здесь кто-нибудь остался?

— Конечно, остался. Да хоть все мои. Юлька — та вообще со мной все лето живет, а Колька с Сашкой в отпуск да на выходные приезжают. Чего тут ехать-то? Час всего от Москвы.

— Это дети ваши?

— Ну да, я ж тебе говорю, они с Витькой пятнадцать лет подряд каждое лето не разлей вода были. Ну, в Москве-то, конечно, не больно приятельствовали, потому как жили в разных концах. Хотя созванивались, конечно. А уж потом, когда постарше стали, Витьку-то твоего родители на лето стали в Болгарии всякие отправлять, да и еще куда подальше. А как дед с бабкой дом свой продали и к Татьяне с Андреем переехали, так и вовсе приезжать перестали. Да и чего: дом-то потом сгорел, на пепелище, что ли, ездить?

Старуха тяжело поднялась и вышла на крыльцо.

— Тетя Шура, — спросила последовавшая за ней Тоня, — скажите, а вон в том доме, соседнем, кто-нибудь живет?

— В Машкином-то? Да нет, заброшенный он. А жалко, дом хороший, добротный. Не чета этому, конечно, но тоже на совесть строили. Там, кстати, Андрюшка жил, тоже Витькин дружок хороший. У них тут вообще большая компания была. Ну да тебе обо всех Витька пускай рассказывает.

— Почему же там сейчас пусто? Случилось чего?

— Да как тебе сказать... — задумчиво протянула тетя Шура. — Пожалуй, что и случилось. Витя о том лучше моего знает, вот у него и поспрошай. Может, и мне потом что расскажешь, я старуха любопытная. А как варенье варить, я тебе потом напишу, как супруг твой в гости ко мне заглянет. Только из твоих яблок самого вкусного, какое должно быть, не получится.

— А из каких получится?

— А вон видишь, за оградой китайка растет? Старое такое дерево, все в мелких яблочках... Вот из них самое объедение и получается, даже моему варенью не чета. У меня ведь сорта другие, мельба там всякая, белый налив, антоновка, а китайки нету. Эх, хороши яблочки, хороши... Будь я помоложе, сиганула бы через ограду, и всех делов...

Старуха подмигнула Тоне, спустилась по скрипящему крыльцу и пошла к калитке.

— Ну, заходи, Антонина, — обернулась она от яблони. — Даст бог, надолго вы тут осядете, а жить-то по-соседски надо. Так мужу своему и скажи.

— Скажу. До свиданья, тетя Шура, за варенье спасибо.

Соседка махнула рукой и пошла по тропинке.

Тоня вернулась в дом, уселась за стол и допила остывший чай, заедая его вареньем. Какое же вкусное! Даже удивительно: из яблок — и такая вкуснятина. Все, надо Вите оставить. Странно, почему же он к этой бабушке ни разу не зашел? Вон она его как хорошо знает. Ведь с детьми ее дружил... Спрошу, решила Тоня. А вообще с соседями дружить надо. Вот она в субботу пирогов напечет и пойдет знакомиться...

Закрыв банку и убрав ее со стола, Тоня опять вышла на крыльцо. Ярко-алые яблочки на китайке в заброшенном саду словно светились в воздухе. Тоне вдруг захотелось набрать хотя бы корзинку этих яблочек, а потом по рецепту соседки сварить из них варенье, чтобы Виктору понравилось. Тетя Шура, наверное, его маленького угощала. Вот он удивится, когда жена ему точно такое же варенье приготовит! Да и срывать-то яблочки не придется, там наверняка падалицы можно целый мешок набрать.

Захватив из сарайчика пакет, Тоня подошла к дырке в заборе, которую приметила еще два дня назад, оглянулась и пролезла в соседний сад. Яблоня росла далеко от ограды, и Тоня осторожно пошла по высокой траве.

Участок был еще больше запущенный, чем их собственный. Начало быстро смеркаться, и она заторопилась: стемнеет, и никаких яблок не найдешь, а забираться сюда завтра ей почему-то не хотелось. Да и сейчас зря она это затеяла... Подойдя к раскидистому дереву, Тоня наклонилась. Падалицы и в самом деле было очень много, но все больше попадались яблочки подгнившие, на варенье такие точно не годятся. Тоня начала обрывать плоды с дерева, но сразу почувствовала себя как-то нехорошо, словно чужое брала без спросу. Трава под яблонями была очень высокой, вдалеке, у самой дороги, темнел дом, и ей казалось, будто в траве кто-то шуршит. Может, здесь змеи есть? Ой, да бог с ними, с яблоками, своими обойдемся...

Тоня сорвала, придерживая ветку, последнее, самое большое яблочко с золотистым бочком, но оно скользнуло из ладони и упало в траву. Присев, она раздвинула травинки и пошарила по земле, но яблочко не находилось. Бог с ним, решила Тоня, подняла голову и, увидев перед собой чьи-то ноги, не сдержала вскрика.

— Ну что ж орать-то так сразу, а? Полдеревни переполошила! И нет бы по делу, а то ведь по своей же глупости.

Тоня безропотно выслушала отповедь, виновато глядя в сторону.

— Я просто испугалась, вы незаметно подкрались...

— Это бандиты подкрадываются, а я крадусь, как рысь, — совершенно серьезно заметил толстый лысоватый мужик простецкого вида в кепке а-ля Лужков. — И тем самым бандитам являю облик нашего правосудия.

Тоня взглянула на него. Издевается, что ли? Непонятно.

— Какого правосудия?

— Нашего, калиновского. Участковый я местный, чего ж тут непонятного? Звать меня Капица Степан Иванович, ну а для тебя просто Степан Иванович.

Тоня опять недоверчиво посмотрела на мужика, но вид у того был абсолютно серьезный.

— Ну а теперь, милая моя, объясняй-ка мне, чего тебе на чужой территории понадобилось. Злодейство замышляешь или из жадности залезла?

— Да я просто яблок хотела нарвать, — обидевшись, сердито ответила Тоня. — Мне соседка сказала, что в доме никто не живет, вот я и решила... Можете меня арестовать, если хотите.

— Арестую, голубушка, непременно арестую, — проворковал участковый, — но только в другой раз. А пока отпускаю по причине деятельного твоего раскаяния и обещания задобрить меня в будущем банкой варенья. Тебе ведь Шурка, соседка твоя, насоветовала? Ну, так я и полагал. В общем, варенье принесешь.

— Так это ж взятка, товарищ участковый, — прищурилась Тоня.

— Ой, голубушка, какие ты слова-то страшные говоришь! — испугался Капица. — Хотя, если рассудить, то, конечно, взятка. А ты как хотела: в деревне жить и взяток не давать? Нет, милая, тут тебе не столица, где все по-честному, по закону, здесь с волками жить, по-волчьи — сама знаешь что. Да, взятка, взятка...

Вздыхая, он взял Тоню за руку и повел к дому.

— Ой, вы куда меня ведете? — забеспокоилась Тоня.

— Куда-куда? В дом старый. Сейчас снасильничаю тебя там, а труп под яблонькой и закопаю. Народу тут немного ходит, а яблочки знаешь какие потом расти начнут! И варенье славное будет...

Господи, да он сумасшедший! Никакой он не участковый, догадалась Тоня. Сейчас закричу, подумала она. Но не закричала. Мужик, крепко держа ее под локоть, провел мимо дома, толкнул незапертую калитку и вывел на улицу.

— Ну все, красавица, дорогу отсюда знаешь. Пакетик свой не забудь. — Он протянул Тоне пакет с яблоками, невесть как оказавшийся у него в руке.

— Спасибо, — растерянно сказала Тоня.

— Да всегда пожалуйста! — отозвался странный участковый. — Только учти, красавица, второй раз поймаю, уши надеру, вон как Вальке с Васькой. Ну, бывай.

Он повернулся и вразвалку зашагал к магазину.

— Да, что забыл-то я? — обернулся дядька к смотревшей ему вслед Тоне. — Как зовут-то тебя?

— Антонина.

— Антонина? Хорошее имя. Жалко только, Витьке твоему такие не нравятся.

Через две минуты он исчез в сумерках. Пораженная Тоня так и стояла с пакетом в руках. Господи, как он догадался, что Вите имя ее не нравится? Может, он и в самом деле сумасшедший? У тех, кажется, интуиция обостренная, как у зверей. Надо будет завтра у тети Шуры спросить... Но как же она испугалась!

Тоня пошла к своему дому, оглядываясь по сторонам. И что же Витя так долго не едет...

— Мам, рассказывай же! Ну мам!

Юлька только что не приплясывала вокруг тети Шуры. Та не торопясь стянула разношенные кеды и опустилась на крыльцо.

— А что рассказывать-то? — проворчала она. — Виктор это, с женой своей.

— Поговорила ты с ней?

— Да поговорила, поговорила.

— Ну и как она? Мам, да чего из тебя все выжимать надо?

Тетя Шура покачала головой. Когда она увидела жену Виктора, то обомлела. Высокая, статная девушка с русой косой еще издалека казалась ей красивой, но увидеть такое лицо она не ожидала. Ясные серые глаза под дугами густых бровей, нос прямой, губы резные... Господи прости, с нее ведь икону писать можно. Ну Витька, ну и жену нашел себе!

— Мам, да не молчи ты! — рассердилась Юлька. — Не хочешь рассказывать, так и скажи.

Тетя Шура глянула на дочь, мысленно сравнила ее с той. Вздохнула.

— Да хочу я, Юль, только не знаю, с чего начать. Растерялась я.

— Почему?

— Думала, фифу какую увижу в Викторовых женах-то, а там красавица такая, что я аж обомлела. Да и не в том дело, что красавица, а в том, что не по Виктору она.

— Как так? Не понимаю.

— Да так. Не знаю как. Но только Витька другую себе жену должен был выбрать, я так полагала. Да и сейчас полагаю. Не пара она ему. Поглядела я на нее, послушала... Может, конечно, Витька наш сильно изменился, да только сомневаюсь я что-то. Ну как она за него замуж пошла, я понять еще могу. А вот как он на ней жениться вздумал? Витьке всякие финтифлюшки нравились, вроде Любки-продавщицы, — чернявенькие, вертлявенькие... Да чего я тебе рассказываю, ты лучше меня все знаешь.

Юлька только молча кивнула.

— Зайдет она к нам, сама посмотришь, — закончила тетя Шура и поднялась. — Ладно, пошли домой, холодно уже. Где паршивцы-то твои?

— Мам, да не паршивцы они!

— Паршивцы, паршивцы, точно тебе говорю. Конфет купила?

— Купила, — пробурчала Юлька.

— Ну и молодец. Пойдем, Юляш, утро вечера мудренее. Не сиди ты тут, нечего душу бередить.

— А я и не бережу.

— Вот и правильно. Зови ребятишек, укладывай. О них думай, а все остальное — сор, полынь.

Юлька промолчала. «Ой и горькая ж та полынь, — подумалось ей, — горчее некуда. Ладно хоть ты не знаешь...»

Глава 3

Виктор вернулся от тети Шуры, когда Тоня уже спала. Эх, елки, три часа уже, вот так заговорились... Он покачал головой, улыбаясь в темноте. Я-то ладно, а вот деревенские все рано спать ложатся, в десять не найдешь никого, так что завтра Юльке и тете Шуре тяжело вставать будет. У меня-то выходной, а они без всяких выходных на огороде вкалывают. Ну ладно, там завтра Сашка с Колькой будут, они помогут...

Когда накануне вечером Тоня рассказала ему о визите соседки, он не задумываясь пошел к ней. Прощенья вымаливать, усмехнулся Виктор. Тетя Шура встретила его не сказать чтобы приветливо.

— Ты чего пожаловал, поганец? Все уж спать давно легли. Или совесть замучила?

Вот ехидная старуха, а! И всегда такой была, сколько он себя помнил.

— Замучила, тетя Шура, точно, — поклонился он. — Простите дурака, Христа ради!

— А сейчас-то чего приперся? До завтра подождать не мог?

— Не мог.

Виктор обаятельно улыбнулся, и тетя Шура не смогла не улыбнуться в ответ.

— Мам, кто там? — послышался заспанный Юлькин голос.

— Сосед наш, — проворчала тетя Шура и, обращаясь к Виктору, добавила: — Погоди, оденется Юлька, в дом зайдешь, а то стоим на пороге....

Продержали его на пороге целых пятнадцать минут. Юлька красоту наводит, понимающе хмыкнул Виктор. Интересно посмотреть, наведет или нет?

Когда она наконец — причесанная, в какой-то красной кофте (видно, праздничной) — вышла на крыльцо, Виктор быстро подошел к ней, наклонился и поцеловал.

— Юлька, дай рассмотрю тебя хорошенько!

— Пусти, Витька, нечего меня рассматривать, — отбивалась она, смеясь, — страшненькая я стала.

— Красавица! — покачал он головой.

— Ну тебя...

Юлька даже покраснела.

— Пойдем, я тебе ребятишек своих покажу, — затараторила она. — Они, конечно, спать уже легли, но ради такого случая разбудим.

— Вот еще глупости придумала! — фыркнула тетя Шура. — Оставь их в покое, не настолько Витьке отпрыски твои интересны.

— Неправда, тетя Шура, я как раз очень посмотреть хочу, — покривил душой Виктор.

Смешно. Как была Юлька девчонкой, такой и осталась, даром что двоих детей родила. Маленькая, худенькая, волосики серенькие в разные стороны торчат, в общем, воробушек воробушком. Хоть наряжайся, хоть нет, простоту свою не скроешь. Интересно, Колька с Сашкой тоже дылдами корявыми остались или выправились?

Пока Юлька тормошила детей, он оглядывался. Ничего здесь не изменилось. Ну, разве телевизор стоит новый, хороший, должно быть, Колькой купленный, да занавески другие. А так все по-прежнему: дом деревенский, а обставлен, как квартира небогатая. Да что там небогатая! Как бедная, прямо скажем, квартира. Вот ведь ни вкуса, ни чутья у людей. Хотя откуда им взяться?

— Ну что, не нравится убранство-то наше?

Тетя Шура сидела напротив Виктора и пристально рассматривала его. Посмотрите, тетя Шура, посмотрите, усмехнулся он, пожалейте лишний раз, что Юльку против меня настраивали. Ну и где теперь ваша Юлька? Правильно, с вами живет, внучков ваших пытается поднимать. А когда в школу они идут осенью, не иначе как полы метет в той же школе или в магазине по соседству. Может, конечно, у Кольки и Сашки дела лучше идут, да что-то не похоже, по дому судя.

— Мне у вас, тетя Шура, всегда нравилось, — ответил он, а про себя подумал: «Жил бы в таком доме, взвыл бы через пару месяцев».

— Нравилось, как же! Ты у нас мальчиком привередливым был.

Елена Михалкова

— Каким я был, таким и остался, — отшутился Виктор.

— Валя, Вася, познакомьтесь с дядей Витей! — Радостная Юлька завела в комнату двоих заспанных ребятишек в одинаковых пижамках. В первую секунду Виктору показалось, что они близняшки, но потом он понял, что ошибся, просто очень уж похожи. Дети как дети, белобрысые, веснушчатые, на Юльку ни капли не похожи, вот только на Сашку немного. Они таращились на позднего гостя мутными со сна глазенками, а Юлька что–то чирикала.

— Дядя Витя теперь наш сосед, так что яблоки больше из его сада не таскайте. Ясно вам?

Дети синхронно кивнули.

— Ну все, а теперь спать давайте.

— Мам, можно мы еще посидим? — подал голос мальчишка.

— Я тебе дам посидим, живо в кровать! — вмешалась строгая бабушка, и дети беспрекословно развернулись и пошли к дверям. У порога они остановились, обернулись к Виктору.

— Спокойной ночи, — независимо кивнул мальчик. Девочка стояла молча.

— Валюша, а ты что же не прощаешься? — удивилась Юлька.

— А яблоки я у вас все равно таскать буду! — выпалила та, схватила брата за руку и убежала.

— Вот поганка, — покачала головой тетя Шура. — Вить, ты не обращай внимания, они маленькие еще.

— Да бог с вами, тетя Шура, — рассмеялся Виктор, — вы что? Им по сколько?

— Ваське двенадцать, Вальке одиннадцать. Ты рассказывай, как у тебя дела? Как же ты надумал дом почтальонов купить?

Вернувшись домой, Виктор походил по комнате. Колька, значит, водитель. С Сашкой тоже понятно, тот всегда не головой, а руками мог хорошо работать, в отличие от самого

Виктора, а теперь двери какие-то устанавливает, замки врезает. Тетя Шура ими обоими, видно, гордится. Смешно.

Виктор подошел к окну, за которым деревья в темноте не были видны, а скорее угадывались. Отпуск бы взять, подумалось, домом заняться, да не до отпуска сейчас, пока стройка не закончится. Ладно, жить можно, а там видно будет. А Андрюхин дом разваливается — крыша осела, ставни все перекошены... Виктор еще утром разглядел и даже специально поближе подошел. Вспомнил: палисадник маленький был перед домом, так он весь травой какой-то желтой зарос. Уехали все. Жалко.

А вообще-то нет, не жалко. Сами виноваты. За глупость свою люди должны отвечать, он и в детстве так думал.

В деревне, помнится, мужичонка жил, по имени Евграф Владиленович, глупый, как пробка, к тому же выпивал крепко. Иначе как Графкой, словно собачонку, его никто в деревне и не звал. Вызвался тот как-то раз помогать бабушке Виктора морковь проредить — моркови в тот год она много посадила, одна не управлялась, а внука, понятно, не особенно нагружала. Договорились об оплате — конечно, водкой. Когда Виктор увидел, что Графка наделал, он ахнул: алкаш столько повыдергал, что оставшиеся растеньица аж через десять сантиметров друг от друга из земли торчали. Дураку же понятно, что морковь теперь толстая расти будет, безобразная и невкусная. А мужичок оправдывался: я, говорит, хотел, чтобы морковка большая выросла. Ну да, вот и получилось на каждой грядке по десять морковин толщиной с репу.

Ох, Виктор и злился тогда! Видел же, как бабушка на тех грядках возилась (он же ей и помогал), как уже один раз аккуратно прореживала, поливала, рыхлила. И на тебе! Виктору тогда лет четырнадцать было, и он решил, что никакой водки Евграфу Владиленовичу не дождаться. Но нет, бабушка как договаривались, столько и отдала. Объяснила внуку: «Витенька, он ведь не со зла так сделал, а по глупости и еще ведь хотел как лучше. Что ж я обижать его буду?»

Елена Михалкова

Не права была бабушка, нет, не права. Дураков учить надо, хоть добрых, хоть злых. Правильно сказано: иная простота хуже воровства. И с Андрюхиными родителями так же: сглупили, вот и пострадали. Да и сам Андрюха тоже хорош был!

Виктор тряхнул головой, отгоняя ненужные воспоминания! Надо ложиться, подумал он, завтра же никакой буду, а работы по дому немерено. Разделся, залез к Тоне под одеяло, закрыл глаза.

Но сон не шел. А все Андрюха чертов: как Виктор вспомнил про него, про тетю Машу и дядю Андрея, так из головы и не выходит. Ладно, ерунда все это и лирика. Вот, точно, сам Андрюха всегда именно что лириком был. И романтиком. Затем и на гитаре научился играть, чтобы баллады идиотские бардовские петь. Романсы! Они с Колькой и Сашкой Цоя слушали, как все, а он — Александра Долина. И ведь еще и им пел!

> Ну вот наконец-то дождливый сентябрь,
> Ну вот наконец-то прохладная осень,
> И тучи повисли косыми сетями,
> И кончился месяц под номером восемь.

Под нежную мелодию песни, вертевшуюся в голове, Виктор уснул.

Двадцать лет назад

Андрей перебирал струны. Пальцы не слушались. Черт, уже мозоли, как положено, а барре до сих пор нормально взять не может!

> Ну вот наконец-то дождливый сентябрь,
> Ну вот наконец-то прохладная осень,
> И тучи повисли косыми сетями,
> И кончился месяц под номером восемь.

— Андрюшенька, — заглянула в комнату мама, — там ребятишки за тобой пришли.

— Мам, сама ты ребятишки! — возмутился он. — Мы уже вполне состоявшиеся, взрослые люди.

— Иди, вполне состоявшийся взрослый людь! — расхохоталась мать. — Да, в кухне на столе у окна корзинка со сливами стоит — захвати, угости своих.

— О, низкий поклон вам за это, маменька!

Андрей закружился в шутовском вальсе, подхватил мать, и вместе они сделали круг по комнате.

— Ну все, все, иди уже!

Мама ласковым жестом взъерошила ему волосы и подтолкнула к двери.

— Да, Андрей, — окликнула она его, когда он перекладывал золотистые, ароматные сливы в пакет, — ты барре свое несчастное освоил?

— Нет пока.

— Не слышу!

— Нет, говорю! — заорал Андрей.

— А зачем так кричать? — удивилась мать, входя в кухню. — Господи, Андрюша, что ты делаешь, они же помнутся! Переложи обратно сейчас же! Ну-ка, дай сюда.

— Пусти, мам, не дам! — отбивался Андрей. — Что я, с корзинкой пойду, как дурак?

— И кто тут дурак? — раздался громкий бас. Дверь распахнулась, и вошел отец. — Андрей, тебя там ждут.

— Да знаю я! Вон, маменька задерживает, не дает уйти спокойно. Ну все, мам, перестань!

— Ладно, неблагодарный, — махнула рукой та, — иди с пакетом.

Андрей схватил пакет, чмокнул мать, откозырял отцу и выскочил за дверь. Из-за забора торчали четыре головы.

— Дрон, ну сколько можно! — прогудел Сашка. — Ты че, спал, что ли?

— Наш Дрон в очередной раз овладевал гитарой, — съязвил Витька. — Ну что, на этот раз взаимно?

— Иди ты! И сколько раз говорил, не называйте вы меня Дроном. Кличка какая-то собачья, а не имя!

Елена Михалкова

Андрей закрыл калитку и обернулся к четверым парням, курившим возле забора:

— Ну что, тронулись?

Через полтора часа они стояли на берегу Ветлинки. Лес в этом месте отступал от берега, и большая поляна вся заросла мелкими гвоздиками и ромашками. Прозрачная неширокая речка бурлила, кружила небольшие водовороты, изгибалась то влево, то вправо. Противоположный берег был выше, и из песчаного откоса торчали корни росших там сосен, кронами уходивших высоко в небо.

— Долго шли сегодня, — заметил Мишка, пожевывая стебелек ромашки.

— Это Андрюха виноват, прокопался все утро! — отозвался Колька, ходивший вместе с братом около самого берега по дну речушки. — Другой раз пускай дома сидит.

— Тогда без слив останетесь, будете лапу сосать. — Андрей стянул шорты и пошел к воде. — Кстати, а чего Сенька-то с Женькой не пошли? Женька же рвалась, как боевая лошадь в бой.

— Они с Юлькой решили в магазин сегодня смотаться, на великах, — сплюнул в сторону Сашка. — Мать из райцентра приехала, говорит, там шмотки какие-то офигительные выкинули. Ну ты баб знаешь, у них глаза, как у кота при запоре, и воют так же: «Нам надо, нам надо!» Мать им денег достала из заначки и отправила с утра пораньше. А на что следующий месяц жить будем — хрен его знает.

— Да ладно тебе, — высокий сутулый Колька наклонился и достал что-то из воды. — Юлька в дранье каком-то ходит, ей давно обновку купить пора. Чего она наши с тобой одежки донашивает?

Сашка не ответил, только махнул рукой. Андрей зашел в ледяную воду, поежился и стал ходить неподалеку от братьев, старательно ощупывая ногами песчаное дно.

— Так, с дамами все ясно, — заметил с берега Витька, картинно развалившийся на траве. — А где глубокоуважае-

мый Семен? Он тоже решил предпринять вояж с целью по-
полнения гардероба?

— Сенька с батей поехал, — ответил Мишка, срывая
очередную ромашку. — Лекарств мамке прикупить. А то как
бы батяня до пивнушки не добрался, ищи его потом по всем
канавам!

Парни понимающе хмыкнули.

...О том, что большое почтальоново хозяйство держится
исключительно на его жене и детях, знала вся деревня. Сам
почтальон, дядя Гриша, после смерти своих родителей запил так, что даже видавшие виды мужики ахнули. Мужик он
был крепкий (оба сына с дочерью пошли в него), но водка и
самогон быстро превратили работящего, хозяйственного
мужика в алкоголика с трясущимися руками.

После того как у Григория второй раз случился приступ
белой горячки, его жена и сыновья взяли дело в свои руки:
сосед Семеныч видел, что мальчишки заводили почтальона
в сарай, а следом за ними шла тетка Рая с какими-то бан-
ками в руках. Что они делали, осталось тайной, но несколько дней подряд деревня не слыхала песен почтальона
Гришки, которые он с пьяным упорством распевал после
каждой выпитой рюмки.

Через неделю дядя Гриша вышел из ворот. Семеныч,
возившийся с засовом, глянул в его сторону и ахнул.

— Мать! — заорал он в сторону коровника. — Мать, ну-ка
выдь немедля!

Выскочившая на его крик супруга намеревалась отчитать мужа за непочтительное обращение, да так и застыла.

Григорий с отрешенным лицом сидел на скамеечке около дома и смотрел на дорогу. На соседей он даже не взглянул. Глаза у него глубоко запали, казалось, он похудел килограммов на двадцать. Когда Семеныч подошел поздороваться, почтальон отвечал так тихо, что тому пришлось
наклоняться, чтобы разобрать слова.

— Слышь, Гриш, ты чего это, а? — шепотом спросил Семеныч.

Елена Михалкова

— А что? — поднял на него глаза почтальон.

— Да странный ты какой-то....

— Эй, Семеныч, ты давай-ка к Гришке не лезь!

Из ворот появилась тетка Рая с ведром в руке и подошла к скамейке.

— Не лезь, говорю, — повторила она, пристально глядя на соседа. — Не до тебя ему сейчас.

— Райк, а чего с ним?

— Да ничего. Болел долго, теперь вот выздоравливает. Ну, даст бог, поправится. Ты посиди, Гриш, погрейся, — обратилась она к мужу, который чуть повернул к ней голову. — А все дела твои Сенька с Мишкой сделают.

Через три дня после почтальон Григорий опять вышел на работу. Все дни, пока он отсиживался дома и на скамеечке возле палисадника, Сенька и Мишка по очереди разносили почту. Иногда им помогала младшая сестра, Женька, души не чаявшая в обоих братьях.

Григория видели пьяным еще один только раз. Поехав с утра один в райцентр, он пропал до ночи, и лишь стараниями тех же Сеньки с Мишкой его удалось найти в одной из забегаловок. Парни привезли пьяного отца домой, уложили в кровать, переглянулись и с тех пор никуда одного дальше родной деревни не отпускали. С того времени в Григории словно сломалось что-то, и веселый до того мужик стал молчаливым, людей сторонился, в беседы особо не вступал. На все расспросы тетка Рая отвечала, что уж лучше так, чем муж алкаш или вовсе без мужа. Но как она вылечила своего Гришку, не говорила. А дети ее и подавно молчали...

— О, есть!

Колька наклонился и снял с ноги маленького серого рака, отчаянно старавшегося ухватить врага клешнями.

— Прямо по дну полз, чертяка. Маленький, а как хватанул!

Рак был выброшен на берег и положен в кастрюлю с водой, по дну которой он и ползал в одиночестве, пока Андрей с Сашкой одновременно не вытащили еще двух его сотоварищей.

— Наконец-то, — прокомментировал Виктор, — я вижу результаты вашего бестолкового хождения. А то до этого вы, по-моему, просто ноги полоскали.

— Шел бы ты сам сюда, раз такой умный, — отозвался Андрей. — Попробовал бы, как в ледяной водичке-то ходить!

— Я, мои маленькие обделенные друзья, призван не делать черновую работу, а отвечать за весь процесс! — назидательно ответил Виктор. — В нашем коллективе я выполняю функции мозга.

— Ага. Спинного, — уточнил Андрей.

Братья заржали. Мишка на берегу ухмыльнулся и сорвал новую ромашку.

— Хорош ругаться, давайте раков варить, — предложил он.

Развели костер и через десять минут уже грелись у потрескивающего огня.

— Эх, хорошо! — развалился на траве Мишка. — Жалко, Сенька с батей.

— Как он у вас, вроде не пьет сейчас? — спросил Колька.

— Сейчас не пьет, а завтра может опять начать, — Мишка зачерпнул ложкой воду из котла и осторожно попробовал на язык. — Черт, горячо! А так вроде бы вылечили мы его с матушкой. Ладно, хоть работает, деньги в дом приносит.

— Мишань, поделись опытом, а? — попросил Виктор. — А то у меня дядька двоюродный — алкаш редкостный, матушку до слез доводит. Может, что подскажешь?

Помолчав немного, Мишка встал, подсыпал в кастрюлю чуть-чуть соли и размешал. Остальные делали вид, что не обращают на него внимания, но на самом деле каждый слегка напрягся: история чудесного преображения Григория была у всех на слуху, и во многих семьях ломали головы, как тетке Рае удалось сотворить такое со своим алкоголиком. Мишка еще помолчал, а потом нехотя произнес:

— Да какой тут опыт? К Антонине сходишь, сделаешь, что она скажет, вот и весь опыт.

Елена Михалкова

Сашка с Колькой переглянулись. Виктор, которому имя Антонина ничего не сказало, сделал вид, что все понял.

— Это кто, Антонина? — недоуменно спросил Андрей.

Мишка, Сашка и Колька посмотрели на него, как на маленького.

— В деревне живешь и Антонину не знаешь... — недоверчиво покачал головой Сашка. — Колдунья местная, ведьма.

Виктор с Андреем одновременно рассмеялись.

— Да че вы лыбитесь? — рассердился Мишка. — Говорю вам, она батю нашего от водки отвела. Ведьма, самая настоящая, у родителей своих спросите. И живет в проклятом месте, за околицей.

— Почему же оно проклятое?

— Потому. Потому что там дороги скрещиваются.

— Ну и что?

— Эх, елки... Вы, городские, ни черта не знаете. Да то, что нельзя на перекрестке дом ставить, там нечистая сила заводится. Если крест не прямой, а кривой, то там черти и всякая нечисть так и ходит.

Андрей недоверчиво оглядел остальных — Виктор по-прежнему усмехался, а Сашка с Колькой серьезно кивали головами.

— Да ладно, ребят, вы что?! — не выдержал он. — Это ведь суеверия бабкины!

— Суеверия? — прищурился Мишка. — А как же суевериями батяня наш из могилы выполз, а? Одной ногой уже там стоял. Ну-ка, объясни мне!

Андрей промолчал. История исцеления почтальона и в самом деле была загадочной.

— Вот то-то, — подытожил Мишка. — Ладно, валите сюда, раков будем есть. И давайте-ка не трепитесь о том, что слышали, а то меня мать убьет. Поняли?

Все согласно кивнули и, потягиваясь, начали подниматься с травы.

Обратно возвращались уже вечером, сытые и молчаливые. Раков Мишка сварил отлично, как обычно.

Глава 4

Правильно, правильно, давайте разберем старые вещи. Старые вещи, особенно когда их много, очень обременительны. Старые вещи, они ведь такие... нехорошие, невкусно пахнущие, пыльные, противные. Чужая жизнь, ее следы, ее останки собраны в этом хламе, который нужно выбросить на помойку. Да, на помойку. Ведь мы собираемся начать новую жизнь, совсем не связанную со старой. Ну, может быть, пару ностальгических воспоминаний можно оставить, и только. А для них старые вещи могут быть даже вредны, потому что они говорят тебе все не так, как хотелось бы слышать и вспоминать, а так, как оно было на самом деле.

И поэтому старые вещи могут быть опасными.

Очень опасными.

Дом неохотно подчинялся новым жильцам. Тоне казалось, что за прошедшую неделю она проделала массу работы, но в субботу поняла, насколько ничтожными были все ее усилия.

— Ну, все, — бодро сказал Виктор, проснувшись рано утром. — Сегодня вместе разбираем дом. Сначала давай первый этаж разгребем, согласна?

— Согласна.

— Нам осталось три комнаты, зал мы разобрали. А потом можно крыльцом заняться. И вообще, я посмотрел, крышу бы подправить надо перед зимой.

— А мансарду ты когда хочешь разбирать?

— Да пускай хоть всю зиму стоит, она же тебе не мешает. Мы ведь будем пока жить только в нижних комнатах. Куда нам еще и две верхние? Ну так и пускай там всякий хлам пылится, а по весне разберем. Не все сразу, дорогая, не все сразу!

Виктор собирался потрепать Тоню по голове, но, глянув на ее туго заплетенную косу, передумал.

Весь день они вытаскивали из двух комнат мебель, старую одежду, какие-то бумаги и относили их на помойку за околицей с помощью двух нанятых Виктором деревенских мужиков. Работа продвигалась медленно и как-то неохотно. У Тони, обычно с жаром бравшейся за любую уборку, опускались руки при виде того, сколько им еще осталось делать. Это дом капризничает, против своей воли думала она. Мешает.

В самом деле, дом не хотел расставаться со старыми вещами. Они цеплялись за все углы, отчаянно протестуя против того, чтобы их уносили на помойку. Когда вытаскивали старый шифоньер, у которого на задней стенке был непонятно зачем намалеван какой-то детский рисунок, он треснул пополам, и одному из мужиков придавило ногу тяжеленной станиной. Пока тот громко матерился, Виктор со вторым мужиком вытаскивали громадину из дверей, поднимали обломившийся низ, а на крыльце вдруг начали отваливаться с неприятным звуком дверцы, и одна из них, упав, оставила заметный след на деревянной ступеньке. Тоня растерянно смотрела на все это, стоя с тряпкой в руке, пока Виктор не отправил ее разогревать обед.

Она включила горелку, поставила на нее кастрюльку с супом. Но тут на мансарде раздались какие-то непонятные звуки, и пока Тоня ходила выяснять, что там такое, вода выкипела, а лапша намертво приварилась ко дну. Да что за чертовщина, в конце концов! Тоня разозлилась. И вслух воскликнула: «Ну-ка хватит выкаблучиваться!» Это было бабушкино словцо — «выкаблучиваться», и оно подействовало на нее успокаивающе.

Виктор ходил вокруг старого комода и примеривался к нему. В результате он был вынужден признать, что тот совершенно неподъемный, и начал открывать ящики один за другим. В них оказалось старое, пожелтевшее от времени белье, ветхие полотенца, еще какие-то бесполезные тряпки, которые он брезгливо разворачивал и засовывал обратно. Странно, думал он, почему они не увезли вещи с собой?

Но потом вспомнил про Мишку, Женьку и Сеньку и поморщился. Понятно почему.

Интересно, что в доме совершенно не было книг. Ни одной. А ведь все трое почтальоновых ребятишек, как их называла Андрюхина мать, были большими охотниками до чтения. Конечно, они читали не то, что Виктор, Хемингуэя и Сэлинджера, а литературу попроще, типа Лондона, или Пикуля, или Дюма, но читали много, взахлеб и потом всегда делились прочитанным. Виктор вспомнил, как тетка Рая гордилась детьми — начитанные! Получается, шмотки старые оставили, а книги увезли до единой. Впрочем, может, они в мансарде?

— Тонь, подойди, пожалуйста!

Она появилась в дверном проеме.

— Слушай, тут весь комод барахлом забит, его нужно выкинуть. Ты сама сможешь?

— Ну конечно, — кивнула Тоня, хотя немного удивилась. — А почему ты сам не разберешь?

— Не хочу с чужими тряпками возиться, — признался он. — И еще... Если бы все тут совсем чужое было, тогда другое дело, а я ведь бывших хозяев знал хорошо, и у меня такое ощущение... неприятное, в общем. Понимаешь?

— Ладно, Вить, я разберу. Мой руки, пойдем обедать.

К вечеру выглянуло солнце и потеплело. Солнечные лучи заливали сад, и яблоки отсвечивали розовым. На их фоне маленькая рябинка у самого дома казалась неправдоподобно красной, слишком яркой. Виктор сидел у дома на бревнышке и хрустел антоновкой, подобранной с земли.

— Тонь, я вот что придумал... — позвал он.

Жена выглянула из окна.

— Давай-ка мы с тобой на пленэре сегодня поужинаем.

— В смысле?

— Ну, на свежем воздухе. У тебя что на ужин?

— Картошка с котлетами, салатик.

— А ты можешь стол во дворе накрыть?

— Могу, конечно. А зачем?

Елена Михалкова

Виктор покачал головой.

— Эх, любимая супруга, нет в тебе романтики! Ведь так хорошо на улице, ну и чего ж дома-то сидеть? Решено, я столик вынесу, а ты пока ужин сооружай.

Вот ерунду придумал, сердилась Тоня, ставя сковородку на огонь и выкладывая салат на широкие зеленые листья. Ужинать на пленэре, наверное, замечательно, конечно, но ведь нужно кучу всего во двор вытащить. А обратно кто все понесет? Ну не Виктор же, конечно! Нет, он будет наслаждаться красотами августовского вечера и уминать картошечку с помидорами. А если выяснится, что на столе не хватает хлеба, то кто побежит в дом? Догадайтесь с трех раз. Тоня перевернула котлеты, мельком глянула в окно на Виктора, устанавливающего маленький столик, и задумалась.

Мысли, пришедшие ей в голову, были совершенно кощунственными. Она не могла их выразить, но понимала, что три месяца назад ей бы и в голову не пришло критиковать Виктора и тем более злиться на что-то. Не такая уж большая трудность — посуду вынести и принести обратно. А муж и не должен ей помогать, он же пашет, как вол, деньги зарабатывает. И большие деньги! У них есть все, что надо: дом, машина. Сама она обута и одета. И на рынок не пешком ходит, как в Химках своих, таща обратно кучу пакетов, а цивилизованно доезжает на машине до супермаркета, грузит все, что надо, в тележку и до машины в ней потом довозит. Что, зажралась, матушка, пришла ей в голову язвительная мысль? С жиру бесишься?

Нет, покачала головой Тоня, не в том дело. Дело в доме. Это из-за него к ней всякие плохие мысли пристают. Она ведь изначально была против покупки дома в деревне, а уж о том, чтобы жить в нем круглый год, и слышать не хотела. Виктор уговорил, и напрасно...

Тоня машинально разложила еду по тарелкам, вынесла во двор небольшую скатерть и уже собиралась возвращаться за хлебом, как вдруг увидела две высокие фигуры, мелькающие между яблонь. Они шли от калитки.

— Вить! — окликнула она мужа, ушедшего куда-то за сарай. — К нам гости!

Виктор, снимая на ходу рукавицы, вышел из-за дома и, увидев высоких, сутулых парней, чем-то неуловимо похожих друг на друга, ахнул, расплылся в улыбке:

— Колька! Сашка! Елки-палки, вот сюрприз!

— Здорово, Вить! Ну ты заматерел...

— Привет, Витек! Слушай, мы без приглашения решили к тебе, ничего?

— Охренели, что ли? Какие приглашения?! За стол давайте, ужинать! Черт, сколько лет...

Глядя из окна на обнимающихся мужчин, Тоня поймала себя на том, что любуется Виктором. В нем чувствовалась порода. Двое пришедших были выше, крепче, со светлыми волосами (а Тоне всегда нравились блондины), но на фоне смуглого Виктора они как-то... Терялись, что ли? Нет, не терялись, просто сразу было видно, кто из них главный. «Интересно, а в детстве, когда они все дружили, тоже так было?» — подумала Тоня и пошла знакомиться.

Через час из дома были вытащены старые подстилки, и все развалились под яблонями, прихлебывая Тонин клюквенный морс. Виктор предложил выпить за встречу, но братья, к удивлению Тони, дружно отказались. Виктор покачал головой, но уговаривать не стал.

Тоня с интересом приглядывалась к сыновьям тети Шуры. Сашка и Колька нисколько не напоминали мать. И друг на друга они вроде походили, а в то же время были разными. Разговорчивый, улыбчивый Сашка постоянно откидывал со лба светлые волосы и восторженно и немного недоверчиво смотрел на Виктора. Николай держался сдержанно, говорил немного и неохотно, и Тоня несколько раз ловила на себе его пристальные взгляды (гость смотрел очень серьезно, без улыбки). Поначалу она объяснила их обычным интересом к жене бывшего приятеля, но через некоторое время такое внимание начало ее раздражать. Улучив момент, когда Саша и Виктор увлеклись разговором, Тоня повернулась к Николаю и спокойно взглянула прямо на него. Тот смутился, немного покраснел и вклинился в беседу:

— Вы о ком, об Андрюхе, что ли?

— Да, я интересуюсь, может, кто из деревенских о нем что-нибудь знает? — обернулся к нему Виктор.

— Не думаю я, — покачал головой Сашка. — Если уж мать, которая с тетей Машей близко общалась, не знает, что с ними случилось, то остальные и подавно. Они же не деревенские, которые у всех на виду, а городские: ну, подумаешь, не приехали на очередной сезон, только и всего.

— Странно, что дом не продают. Кстати, Витька, а ты как узнал, что почтальонов-то продается? Мы вот и слыхом не слыхивали, а то, может, и сами бы купили! — улыбнулся Сашка.

— Но я ведь где работаю — в фирме строительной.

— И что с того?

— А то, что такие фирмы очень быстро узнают обо всех предложениях на рынке жилья. Наша специализируется на коттеджах, которые в различных подмосковных районах строятся, так что нам сам бог велел собирать предложения о продаже домов в деревнях. Ну а я как увидел, что в Калинове дом продают, так сразу собрался и поехал смотреть. Ну и купил, конечно.

— Понятно... — протянул Сашка.

Колька смотрел на Виктора немного недоверчиво, и Тоня его понимала. Между прочим, ей Виктор сказал, что случайно узнал о продаже почтальонова дома от одного из приятелей, с которым столкнулся на улице. Тогда она не стала уточнять, что за приятель, который знает о родной деревне Виктора, но сейчас задумалась. Ей стало очевидно, что никакими предложениями о продаже домов фирма Виктора не занимается, и она не понимала, зачем он говорит неправду.

— Ладно, парни, что мы все обо мне да обо мне. Вы давайте рассказывайте, как у вас у самих дела! Только вот что, холодает уже, давайте-ка мы с вами костерок разведем.

Виктор встал и принес от дома несколько старых досок. Пока Тоня ставила чай, они развели небольшой костер и теперь все трое горячо обсуждали что-то, стоя вокруг него. Тоня вынесла чайник и чашки, затем сделала бутерброды и только собиралась разложить все по тарелкам, как в кухню зашел Николай.

— Тоня, давайте я вам помогу. А то вы все вокруг нас хлопочете... — пробормотал он.

— Спасибо, — обрадовалась она, — вы бутерброды выносите, а я пока варенье в вазочку переложу.

— Да не нужно никакого варенья, — грубовато отозвался Николай. — Вы идите, посидите спокойно, а бутерброды я доделаю и вынесу.

Тоня удивленно взглянула на него и тут же поняла, что ей и правда не хочется ничего делать, а хочется сидеть под яблоневыми деревьями, у огня и смотреть на закат. Она кивнула и пошла в сад, закутавшись в шаль.

Искоса наблюдавший за ней Сашка решил, что мать права: Виктор оторвал себе настоящую красавицу, хоть и не по своему вкусу. Да и не по Сашкиному, честно сказать, — слишком серьезная. Ни поговорить толком, ни пошутить. Но фигура-то, фигура какая! Да, хороша бабенка.

Через час уже не обсуждали, кто чем занимается, а вспоминали старых приятелей и знакомых.

— Завадские, представляешь, в Америку свалили! — Сашка поворошил палкой ветки в костре.

— Да ты что! Давно?

— Да года три уже будет, пожалуй... Все вместе, с детьми и собакой.

— А Графку помнишь? — вмешался Николай.

— Хм, помню придурка, как не помнить.

— Так он вообще спился, теперь ходит по деревне, за

42

Елена Михалкова

стопку соглашается работать. Ну да работник-то из него тот
еще!

— Уж точно! — согласился Сашка. — Что ни сделает —
переделывать надо. К матери подкатывался, она его куда
подальше послала. Теперь вроде у бабки Степаниды обосновался.

Виктор покачал головой и повернулся к жене:

— Тоня, вот к кому мы с тобой завтра зайдем. И вообще
по деревне прогуляемся. Не поверите, мужики: неделю как
приехали, а деревни еще и не видели.

— Ну, увидишь — удивишься. Половину домов приез-
жие перекупили и виллы себе отгрохали.

— Да ладно, виллы! — покосился на брата Николай. —
Выдумываешь ты... Просто нормальные дома, добротные.

— Ага, ага... Ты те, которые с бассейном, что ли, называешь добротными? Нам бы такой добротный домик...

Виктор прищурился на костер. Да, и здесь многое поме-
нялось. Обязательно нужно посмотреть! И с соседями познакомиться не мешает, Тонька правильно предлагает.

— Слушай, совсем как в детстве сидим, — заметил
Сашка. — Раков не хватает. И картошки.

— Еще ребят почтальоновых и Андрюхи, — добавил Николай.

Наступило молчание. Тоня хотела спросить про почтальоновых ребят, но тут калитка за яблонями заскрипела, и
раздался громкий бас:

— Эй, можно к вам на огонек?

— Милости просим! — крикнул Виктор, поднимаясь.

Через несколько секунд на тропинке между яблонями
показался крупный, толстый человек с черными кудрями.

— Разрешите представиться, — прогремел он, подходя
ближе, — Аркадий Леонидович, ваш сосед. Живу вон в доме, который стоит за соседним, заброшенным. Увидел свет
в саду вашем и полагал, по своей наивности, что от костра, но
теперь вижу, что ошибся. Сударыня, — поклонился он Тоне, — ваша красота озаряет Калиново, как свет зари.

43

ВРЕМЯ СОБИРАТЬ КАМНИ

Тоня во все глаза смотрела на странного гостя, а Виктор и братья уже знакомились, представлялись, усаживали его около костра. Выяснилось, что Аркадий Леонидович сначала снял в Калинове дом на весь июнь, а потом, «соблазненный дивным, дивным пейзажем», взял да и купил его.

— И что вы думаете? — громогласно вопрошал Аркадий Леонидович, тряся черными кудрями. — Так местная природа на меня подействовала, что я даже оперировать стал лучше!

— О, так вы хирург? — поднял брови Виктор.

— Милый вы мой, я не просто хирург, я пластический хирург! Предлагаю, так сказать, новую жизнь с новым лицом. Ну, или не обязательно с лицом.

— В каком смысле? — не понял Сашка.

— В том смысле, милый вы мой, что не всем нужно менять лицо, некоторые заинтересованы в смене совершенно других частей тела. Среди присутствующих таких нет, я полагаю? — Он цепким взглядом обежал лица собравшихся.

— Так вы что, вроде как мужчин в женщин... и наоборот, что ли? — догадался Николай.

— Что ли, что ли, — довольно подтвердил Аркадий Леонидович. — Вот именно этим наша клиника и занимается. Ну, не только, конечно, но в том числе. Так что если понадобится квалифицированная медицинская помощь, обращайтесь. «Неомедсен» наша клиника называется. Да я вам визиточку свою оставлю.

Жестом фокусника Аркадий Леонидович выхватил непонятно откуда несколько черных прямоугольников и раздал их. На них значилось: «Аркадий Леонидович Мысин. Хирург. Клиника «Неомедсен». И телефоны.

Виктор оценил и плотную, рифленую бумагу, и золотую вязь на черном фоне. Аркадий Леонидович Мысин произвел на него впечатление чего-то среднего между авторитетом от медицины и шарлатаном от нее же.

— А как же вы в клинику отсюда ездите каждое утро? — осведомился он. — Не далеко?

— Ну, во-первых, вы же тоже на работу отсюда добираетесь, как я понимаю, — возразил хирург. — Во-вторых, операции не каждый день. И в-третьих, при плотном графике я остаюсь в городской квартире, она у меня удачно расположена, в пяти минутах пешим ходом от клиники.

И Аркадий Леонидович рассмеялся негромким, довольным смехом.

— А вы один здесь живете? — спросила Тоня.

— Нет, милая моя, не один, а с дражайшей своей супругой, Лидией Семеновной. Она в деревне немного скучает, так вы заходите, познакомьтесь, милости прошу, всегда и без церемоний!

Виктор спросил о количестве операций, Сашка еще какой-то вопрос прибавил, и разговор завертелся вокруг практики Аркадия Леонидовича. Николай тоже время от времени вступал в беседу, а Тоня сидела молча, с удовольствием прислушиваясь к мужским голосам и веселому смеху, сопровождавшему очередную шутку Аркадия Леонидовича (причем громче всех смеялся он сам). Первый раз за все время, что она жила здесь, ей показалось, что в Калинове и в самом деле так хорошо, как обещал Виктор. Они будут собираться с друзьями вечерами под яблонями, готовить шашлыки — купят кресла в сад, у Вити где-то был мангал... А она наварит много золотистого варенья с прозрачными дольками, плавающими в нем, сладкого и ароматного. И с работой как-нибудь устроится. А еще лучше родить ребенка, хорошо бы мальчишку, чтобы рос здесь здоровым. Вопрос с садиком для него потом решить можно. Наверное, Виктор по утрам будет отвозить его в райцентр... или она, если машину купят еще одну....

Виктор бросил взгляд на спящую Тоню и покачал головой. Все, жену сморило. Ненадолго же ее хватило — всего день завалы старые разбирали, и она под такой шум уснула. Домой, что ли, ее отнести? Нет, еще проснется... Ладно, пускай тут спит. Он поправил на Тониных плечах съехавшую шаль и повернулся к костру.

— Так я не понял, Аркадий Леонидович, что вы ему вставили?

ВРЕМЯ СОБИРАТЬ КАМНИ

На противоположной стороне улицы около богатого, большого дома с черепичной крышей стоял его хозяин Савелий Орлов и хмуро смотрел в сторону почтальонова сада. Он видел отблески костра в темноте августовского вечера и слышал хохот, доносившийся оттуда. Да, правильно Лизка с Данилой говорили, все правильно. Купили дом. Савелий прищурился.

Черт возьми! Он ведь узнавал, не продается ли дом, и ему ясно сказали, что хозяева против продажи. И деньги он предлагал не просто неплохие, а очень неплохие: шутка ли, две цены! Нет, все равно отказали. Может, конечно, сами хозяева вернулись, но что-то не очень похоже. У забора стояла «Ауди», а хозяева-то, как он слышал, в лучшем случае могли велосипед отечественный себе позволить.

Из ворот высунула голову младшая, Лизка, хотела что-то сказать, но, увидев лицо отца, быстро юркнула обратно. В семье знали, кто в доме главный и кого нельзя беспокоить, если он рассержен. А сейчас Савелий был не просто рассержен — он был взбешен. Он купил этот дом полгода назад, за два месяца конфетку из него сделал и, если бы не теперешний хохот на другой стороне улицы, был бы всем доволен. А что мать ходит смурная, так ничего, ради внуков перебьется. Дом для нее отгрохал, слава богу! Баню поставил с бассейном небольшим, кухню такую заказал, что сама все готовит, так что нечего рыло воротить. Но какая же сволочь тот-то дом купила, а? Кто ж ему, Савелию Орлову, ухитрился дорогу перейти?

Конкуренты и партнеры Савелия Орлова знали, что дорогу ему лучше не переходить. Лучше вообще идти параллельным курсом и демонстрировать максимальное дружелюбие. В его собственной фирме его панически боялись все сотрудники и, если бы не получаемые ими весьма приличные деньги, давно разбежались бы, как тараканы. Семнадцатилетний Данила, старший сын Савелия, парень хоть и избалованный, но умный, от одного взгляда отца терял всю свою самоуверенность и чувствовал себя полным ничтожеством. Впрочем, такое ощущение рано или поздно возникало почти у всех, кто общался с предпринимателем Савелием Орловым, поэтому друзей у него не водилось. Врагов, впрочем, теперь тоже. Похожий на бультерьера, облагороженного последними достижениями стилистов, Савелий пер как танк в любой области, начиная от своего бизнеса и заканчивая вопросами воспитания собственных детей. И вот первый раз за последние три года он видел: то, чего он добивался, не получилось. Мало того — получилось у кого-то другого! С твердой решимостью узнать, кто обосновался в выбранном им для себя доме, Савелий повернулся и, тяжело ступая, вернулся во двор.

Через полчаса после его возвращения из дома вышла Ольга Сергеевна и встала около палисадника. Ей было совершенно очевидно, почему сын вернулся злобный. Кутаясь в платок, она смотрела в ту же сторону — в сторону почтальонова дома. Все разошлись, смех утих. Отсюда не было видно окон, и Ольга Сергеевна подумала: соседи уже спят. Губы ее медленно раздвинулись в улыбке, и если бы эту улыбку увидела Тоня, собиравшаяся знакомиться со всеми соседями, она бы десять раз подумала, прежде чем идти в гости к Ольге Сергеевне Орловой и ее сыну.

Двадцать лет назад

Мишка, Сенька и Женька, поднимая босыми ногами тучи пыли, шли к чернявскому дому. Со стороны они были похожи на трех мальчишек, потому что коротко стриженная черноволосая Женька напялила на себя короткие шорты, кепку и Сенькину застиранную футболку, в которой ее невысокая коренастая фигура совершенно терялась.

— Сто раз тебе говорил, — ворчал Мишка, — одевайся ты как девчонка. Вон на Юльку посмотри.

— Нечего мне на нее смотреть, — отозвалась Женька. — Нашел, кого в пример ставить! Она с Витьки глаз не сводит, как дура, а мне он на фиг не сдался.

47

Мишка искоса глянул на сестру и вынужден был признать, что даже в таком виде, нарочно ступая вразвалку, как пацан, его сестра была куда симпатичнее Юльки. Та маленькая, носик острый, вечно взъерошенная, будто у них расчески дома не водится. Воробей, одним словом. А Женька на мать похожа: глаза черные, большие, и кожа такая... красивая, короче. Как у Любки, дочери Светки-продавщицы. Только та — дрянь, а не девчонка, а Женька у них хорошая. Да, повезло им с сестрой.

Мишка поддел ногой дырявый мяч, валявшийся на дороге, и послал его Сеньке. Сенька, молниеносно отбив подачу, отправил мяч прямо в стену домишки бабки Степаниды.

— Эй, ты что делаешь? — прикрикнул Мишка. — Вот она тебе сейчас устроит!

— Да я не думал, что он так улетит, дырявый же, — оправдывался Сенька.

Думал, не думал... Силы девать некуда, вот что. Мишке было немного обидно, что брат младше его на три года, а сильнее и бегает быстрее, будто он старший, а не Мишка. Ладно, зато слушается его, как собачонка. Мишка в своей семье этот... как его... авторитет, вот! Надо будет при Витьке вставить, невзначай так, что он авторитет. Хорошее слово.

В Витькином дворе Колька, Сашка и Андрей, сидя на корточках, кидали ножички. Витька судил, а Юльке было наказано смотреть в сторону огорода, не появятся ли Витькины бабушка или мамаша, таких развлечений совершенно не одобрявшие. Она, привстав на скамейку и вытянувшись изо всех сил, смотрела куда было велено, время от времени переводя взгляд на Виктора. Тот, развалившись на скамейке, с усмешкой наблюдал за попытками Андрея победить Сашку.

— Черт, проиграл! — Андрей раздраженно бросил ножик в землю. — Это все от гитары — у меня мозоли на руках.

— О, слышите, кажись, почтальоновы идут, — насторожился Колька.

Раздался тихий стук, и из-за забора появились две черные головы.

— Открывай давай!

— А где Женьку забыли? — спросил Виктор, подходя к двери.

— Да тут я, тут, — выглянула из-за спин братьев девчонка. — Юлька пришла?

— Жень, я здесь! — пискнула Юлька, спрыгнув со скамейки. — Слушайте, может, не пойдем?

— А куда вы собрались? — раздался бабушкин голос, и сама она вышла из-за дома. — Мать знает?

— Знает, знает, — успокаивающе отозвался Витька. — Да мы недалеко, на болото за околицей.

— А бинокль отцов тебе зачем на болоте понадобился? — с неожиданной проницательностью спросила бабушка.

Витька выскочил за забор и оттуда крикнул:

— Уток высматривать!

Глядя на всю компанию, направляющуюся в сторону околицы, Дарья Михайловна только головой покачала. Опять Витька что-то выдумал. Какие утки? Господи, припекает-то как! Надо Нинку домой звать, сгорит вся или голову напечет.

С мыслями о дочери Дарья Михайловна побрела на огород. Если бы она задержалась у калитки подольше, то увидела бы, что шестеро парней и две девчонки не свернули в прогон, а прошли дальше, к тому концу деревни, который многие, крестясь, называли ведьминским.

— Витька, не жилься, дай посмотреть!

Виктор не отрывал бинокля от глаз.

— Да перестань, Сашка, и так все видно. На фига еще бинокль тащить надо было? К тому же старый...

Виктор взглянул на Андрея, критиковавшего его бинокль.

— Может, он и старый, а окуляры у него получше, чем у нового будут, — недовольно заметил он. — На, Сань, посмотри.

Они лежали в высоких зарослях травы, на пригорке, неподалеку от дома Антонины, и изучали небольшой двор. Даже прогрессивные родители Виктора запретили ему ходить сюда, после того как Витькина бабушка что-то там наговорила его матери, а уж остальных и вовсе ждала бы хорошая порка, узнай родители, что они пошли к *ведьминому дому*. Поэтому время от времени Сенька оглядывался назад, посмотреть, нет ли кого со стороны дороги, кто мог бы рассказать родителям, где видел их отпрысков. Но дом Антонины стоял на отшибе, да и палящая июльская жара загнала всех по домам. И все же ребята время от времени дергались и оборачивались, не доверяя полностью бдительности Сеньки. Спокойнее всех был Андрей, родители которого ничего про Антонину не знали, а если бы и узнали, то вряд ли так серьезно к ее принадлежности к колдовскому клану отнеслись.

— Нет там никого, — шепотом сказал Колька. — Пацаны брешут, как собаки.

— Есть, — помолчав, отозвался Сашка. — В сарае.

— Ну-ка, дай посмотреть.

Сашка передал бинокль брату, и теперь Колька пристально вглядывался в дом Антонины. Вот какая-то тень мелькнула за окнами, вот она сама вышла на крыльцо....

— Ложись!

Все приникли к земле. Через минуту Андрей осторожно поднял голову и убедился, что женщина сошла с крыльца и идет в сторону сарая с мисками в руках.

— Сейчас собак кормить будет, — догадался он.

— Щас... — покосился на него Мишка. — У нее собак отродясь не водилось, к ней и так ни один вор не полезет. Кот какой-то живет облезлый, и все. К нему она и идет, к тому парню.

— Да что он, в сарае живет, что ли?

— В сарае, значит.

— Тихо! — шикнул Витька, и все замолчали.

Высокая статная женщина с длинными косами, уложенными вокруг головы, подошла к сараю, остановилась и что-

50

то сказала. Без всякого бинокля раскрывшим рты ребятам было видно, как оттуда выползла странная фигура и начала кататься в ногах у Антонины. А та стояла, не двигаясь, с мисками в руках. Потом поставила миски на землю, повернулась и пошла в дом. Человек на земле пополз за ней. Теперь было хорошо видно, что это полуголый молодой мужчина, весь заросший неопрятной бородой. На шее у него...

— Веревка у него, что ли?! — ахнула Женька.

Антонина посреди двора внезапно остановилась и начала пристально вглядываться в сторону пригорка. Вжавшись в землю, перепугавшись до смерти, ребята лежали неподвижно, не осмеливаясь даже смотреть в сторону страшного двора. Прошло несколько минут. Наконец Андрей начал поворачивать голову.

— Лежи! — страшным шепотом закричала Женька. — Лежи, тебе говорят!

Андрей очень осторожно приподнял голову и успокоительно произнес вполголоса:

— Да нормально все. Не видит она нас.

Колдунья опять стояла около мужчины, наклонясь над ним. В ее руках была короткая черная веревка, которой она начала внезапно обхлестывать его со всех сторон. С короткими взвизгами, как собачонка, парень перекатывался с боку на бок, извивался, причем ребята никак не могли понять почему: сила ударов была явно недостаточна, чтобы вызвать такие страдания. Антонина остановилась и смочила веревку в ведре, на котором крест-накрест, как разглядел в бинокль Витька, лежали какие-то длинные щепочки. Помахав веревкой над парнем, она неожиданно начала как-то странно двигаться вокруг него, то размахивая веревкой вокруг себя, то проводя над ним, то выжимая ее.

— Это она танцует! — оторопело произнес Мишка. — Парни, она танцует!

Никто не произнес ни слова. Движения ведьмы действительно были похожи на странный дикий танец, сопровождающийся припевами. Слов было не разобрать на таком расстоянии, но было слышно, что песня становится все громче и громче, превращается в череду непрерывных вскриков. Наконец, громко выкрикнув несколько раз подряд какое-то непонятное слово, Антонина замерла, вытянувшись, над лежащим неподвижно парнем и бросила веревку ему на грудь. Тот забился, словно в конвульсиях, на губах у него появилась пена, а женщина стояла неподвижно, не глядя на него. Через некоторое время парень затих, голова его бессильно откинулась набок, глаза закрылись.

Антонина наклонилась, взяла веревку и отошла к колодцу рядом с забором, неподалеку от которого, как разглядели ребята, горел небольшой огонь в глиняной плошке. Бросив веревку в огонь, она вернулась к неподвижно лежащему человеку, приподняла его за плечи и потащила в сторону сарая. Веревка на его шее волочилась за ней. Что ведьма делала в сарае, ребята не видели, но очень скоро она вышла оттуда и быстрыми шагами возвратилась в дом.

Все лежали неподвижно, потрясенные увиденным. Неожиданно за спиной Юльки раздался шорох, и, взвизгнув, она обернулась, а за ней и все остальные. На зеленом склоне сидел грязный, ободранный черно-белый кот и пристально смотрел на них желтыми глазами. Одно ухо у него было порвано, на боку чернела болячка. Кот совершенно по-человечески перевел взгляд на Сеньку, и тот не выдержал. Вскочив, парень с криком бросился бежать в сторону деревни, а за ним и все остальные.

Кот остался сидеть на пригорке, даже не повернув головы им вслед.

— Ну, что я вам говорил! — возбужденно спрашивал Мишка через полчаса, сидя в зарослях сирени за Андрюхиным домом. — Говорил я, что она лечит, а вы не верили!

— Она что, и с батей вашим так делала? — недоверчиво поинтересовался Колька.

Сенька и Мишка помотали головами, а Женька разъяснила:

— Нет, она матери какой–то воды крашеной дала и сказала, как отца поить и что еще делать надо. А мать ей за это
что–то отдала, только мы не знаем что, вот он и вылечился.

— Во всяком случае, пить перестал, — хмуро добавил
Сенька.

— А тот мужик тоже алкоголик, что ли? — Андрей обвел
взглядом лица приятелей.

Бледная Юлька до сих пор сжимала руки в кулачки, а
Сашка дергался от каждого шороха. Да и остальные выгля-
дели не лучше. Один Виктор сидел со спокойным лицом, но
Андрей подозревал, что он просто удачнее притворяется.

— Нет, Андрюша, — покачала головой Женька, — все
гораздо хуже.

— Да куда уж хуже?

— Представь себе, есть куда, — мрачно произнес Витька.

— Да говорите уже! — рассердился Андрей. — Хватит
страшные глаза делать!

Помолчав, Виктор переглянулся с Мишкой и сказал:

— Он наркоман петряковский.

— Какой петряковский? — не понял Андрей. — Ой, что,
тот самый? Да он же в тюрьме сидит!

— Выпустили его, уже с полгода, — покачал головой
Мишка. — Вот он у нас и обосновался.

Андрей, Юлька, Колька и Сашка изумленно смотрели на
него.

История молодого парня, который в соседнем Петрякове
шесть лет назад зарубил топором собственную бабку, вынес все из дома и собирался продать в райцентре, но не успел, была притчей во языцех в районе. Самой страшной уг-
розой родителей, поймавших с сигаретой собственного сына, было: «Сначала сигареты, потом наркотики, а потом ты
нас с отцом поубиваешь?!» А слово «наркоман» произноси-
лось шепотом и считалось неприличным, так же, как и слово
«проститутка».

Про шестнадцатилетнего убийцу знали во всех домах, но
Андрею как–то казалось, что тюрьма — это навсегда и рас-

сказ про петряковского наркомана — просто страшная легенда, которая есть в любой деревне. И вот эта легенда час
назад валялась во дворе дома какой-то жуткой женщины и
визжала от боли, а он смотрел на нее собственными глазами.

— Ты знала? — недоверчиво спросила Юлька у Женьки.

— Да, знала. Витька сказал.

— А ты откуда узнал? — поднял глаза на Виктора Колька.

— Серега Завадский из тридцать шестого дома натре-
пал, а уж откуда он в курсе, я без понятия. Слушайте, парни, — помолчав, сказал Виктор, — получается, что этот придурок у нас в деревне будет жить. А если он уйти от Антонины вздумает, то может запросто и убить кого-нибудь?

— Да зачем ему убивать... — неуверенно сказал Сашка.

— А зачем ему бабушку свою было убивать? — париро-
вал Виктор. — Да все затем же: чтобы деньги достать на дозу. Я не понимаю, зачем она вообще его лечит?! Таких людей уничтожать надо.

— Ну уж сразу и уничтожать, — усмехнулся Андрей.

— Да, именно так! — уверенно ответил Виктор. — Ты,
Андрюша, просто не знаешь, а мне отец рассказывал. Наркоманы — не люди. Они как звери, понимаешь? У них от
личности уже ничего не остается, только одно желание —
убить кого-нибудь и отобрать деньги, чтобы уколоться. И вы-
лечить их невозможно. Наркомания вам не белая горячка,
как у дяди Гриши, а совсем-совсем другое. Вот помяните
мое слово, эта сволочь еще натворит у нас бед.

— Как же его выпустили-то? — прошептала Юлька.

— Не знаю. Знаю только, что, пока он у Антонины живет,
я лично свою маму одну в магазин не отпущу. А вдруг ему
придет в голову туда зайти и ненароком кого-нибудь прирезать, а?

— Да брось ты, — попытался урезонить приятеля Мишка, но как-то неуверенно. — Раз его из тюрьмы выпустили,
значит, он не наркоман уже.

— Неужели? — прищурился Витька. — Скажи мне, Ми-
шенька, а ты уверен на все сто процентов, что тебе или, ска-

жем, Женьке от придурка никакого вреда быть не может? Нет, вот скажи честно, ты абсолютно уверен?

Наступило молчание. Все пристально смотрели на нахмурившегося Мишку. Наконец тот нехотя покачал головой.

— Вот видишь! — бросил Виктор. — Наркомания неизлечима, это всем известно. Спросите у своих родителей.

— Ну и что же нам теперь делать? — жалобно спросила Женька.

— Эй, милые мои, вот вы куда забрались! — послышался веселый голос, и из-за веток выглянула мама Андрея. — То-то отец говорит, что голоса в саду раздаются. И что вы тут сидите? Ну-ка, пошли немедленно чай пить!

— Теть Маш, нам домой пора, — протянул Мишка.

— И слышать, ребятишки, не желаю! Я пирог испекла, так что пойдемте дегустировать. А ты, главный дегустатор, можешь потом мне помочь банки из погреба вытащить, — обратилась она к Андрею.

— Мам, я все сам вытащу, ты только скажи какие.

Андрей, не стесняясь остальных, чмокнул мать в щеку.

— Скажу, милый, скажу. Пойдем чайку попьем с ребятами, а потом делами займемся. Лады?

— Лады, — весело согласился Андрей.

Поздно вечером он стоял у окна и смотрел на темные качающиеся тени. Отец с матерью за его спиной весело бранились, обсуждая какую-то теплицу, которую отец не так покрыл.

— Пап, — неожиданно сказал Андрей, — а наркомания излечима?

— Что? — удивился отец. — Наркомания? Вообще-то, насколько мне известно, нет. Конечно, медики говорят о каких-то способах, вроде лечения подобного подобным, то есть фактически другими дозами наркотиков, но ведь те в конечном итоге вызывают всего лишь иного рода привыкание. Хотя я, конечно, не специалист в данной теме... А почему ты, собственно, интересуешься?

— Просто так, — спокойно ответил Андрей. — Ничего особенного.

Он отошел от окна, темные тени за которым раскачивались все сильнее и сильнее, забрался на диван и завернулся в плед. «Просто так, — повторил он про себя, — ничего особенного».

Глава 5

В жене Виктора раздражали две вещи: волосы и имя. С волосами все было понятно — идиотское Тонькино нежелание постричься приводило к тому, что она заплетала дурацкую косу, их даже бабки в деревнях сейчас не носят. Нет, волосы у нее красивые, слов нет, и когда жена их распускала, то казалась настоящей русалкой. Но ведь нельзя же постоянно с косой ходить! А с распущенными она маялась, не могла потом расчесать. Как–то раз, желая ему угодить, еще в начале их знакомства, она пришла на какую–то вечеринку с хвостом, перехваченным красивой заколкой. И, конечно, произвела полный фурор. Но с тех пор как отрезало: не буду, говорила, хвост делать, и все. С косой, мол, удобнее. Как ни пытался Виктор воздействовать на жену, даже насмешками, оказался бессилен.

Так и с ее именем. Ну что за имя такое: Антонина? О чем, спрашивается, родители думали, когда ребенка называли? Еще бы Фросей окрестили. В конце концов, ладно, от Антонины можно много производных придумать. Виктор и напридумывал. Взять хотя бы «Тина» — красивое, изысканное имя. С шармом. Но когда он попытался Тоньку Тиной назвать, она взвилась, как укушенная. Убеждал, убеждал ее — бесполезно. Переделал в Аню — еще хуже отреагировала. Спросила, не хочет ли он Ваней стать; и если хочет, то и она не против. И ведь темперамент у нее флегматичный совершенно, по пустякам никогда из себя не выходит. А из–за ерунды с именем сущей фурией становится.

Елена Михалкова

А вот на изменении названия ее профессии вроде бы настоял. Портниха из ателье, сказал, пусть выходит замуж за Федю Васечкина, а его жена — модельер. Но каждый раз, как только заходила речь о ее работе, Тоня по-прежнему представлялась портнихой. Потом оправдывалась: мол, забыла, привыкла, и мама, и бабушка были портнихами.

— Тонь! — крикнул Виктор. — Чтобы у бабки Степаниды не вздумала опять про портниху ляпнуть!

— Почему, Вить?

— Елки-палки, сто раз уже объяснял...

— Слушай, ну неужели ты думаешь, — появилась она в дверях, — что этой твоей бабушке, которой двести лет, есть какое-то дело до того, чем я занимаюсь! Витя, ты все никак не можешь понять: здесь же деревня, жизнь со своими заботами у каждого.

— Вот именно, — подхватил он, — и все в деревне, несмотря на свои заботы, ужасно любопытные. Пяти минут не пройдет после нашего визита, как к бабке Степаниде заявится пяток гостей повыспрашивать: а кто в доме почтальоновом поселился и чем новые его жители занимаются? Так что забудь свою совковую «портниху»! Договорились?

Тоня махнула рукой и пошла собираться.

Пока они шли по улице, Виктор осматривался кругом. Деревня явно процветала, видно, многие, как и Виктор с Тоней, переехали сюда из Москвы и обосновались.

— Ну что, — спросил он у Тони, — как тебе?

— Даже странно, Вить: деревня такая небольшая, а богатая. Вот только у этой бабушки, Степаниды, домик совсем старый.

— Ой, страшно представить, какая же она сама стала! Ну, пойдем поздороваемся, а потом до конца деревни прогуляемся.

Маленький черный домик с покосившимся забором стоял среди своих соседей, как бедный родственник. Калитка была не заперта, и они прошли во двор, заросший густой невысокой травкой. От бани слышался стук топора, и Виктор нахмурился:

— Странно. Степанида никак не может дрова колоть, кто же у нее там...

Но договорить он не успел. Дверь домика со скрипом распахнулась, и на почерневшем от старости крыльце появилась маленькая, сухонькая старушка с удивительно живым, подвижным лицом. Секунду она вглядывалась в гостей, а потом всплеснула руками и дребезжащим, но громким голосом воскликнула:

— Ай–яй–яй! Ай–яй–яй! Витя, да с Тоней, а у меня и не готово ничего!

Тоня вежливо поздоровалась, а Виктор забежал на крыльцо и, бережно придерживая старушку под локоть, помог ей сойти. Впрочем, она не особенно в том нуждалась, как заметила Тоня.

— Голубочки пожаловали! — ворковала старушка. — Знаю про вас, все знаю, уж нашептали, нашептали...

— Знаю я, кто нашептал! — рассмеялся Виктор. — Тетя Шура, так?

— А вот не скажу, Витенька, не скажу. Ну, давайте, в дом заходите и рассказывайте старухе про ваши дела. А я посижу, послушаю...

Тоня, пригнувшись, зашла в коридор, а из него в комнату с низким потолком. Небольшая комнатушка была чистенькой и аккуратной, везде лежали белые салфеточки, судя по всему, связанные хозяйкой. Маленький диванчик жалобно заскрипел, когда на него опустился Виктор, но бабушка Степанида только махнула рукой:

— Эх, Витюша, не до новой мебели мне, сам понимаешь. Во всем доме одна только старая рухлядь вроде меня самой осталась.

— А чайник? — внезапно спросила Тоня.

Она хотела промолчать и теперь сама не понимала, как у нее вырвалось замечание. Но новенький электрический чайник на окне, зеленый с белым, просто бросался в глаза.

Странным образом он вписывался в интерьер комнатушки, но Тоня сразу заметила его, как только вошла. Она и себе хотела купить такой же.

— Ой, глазастая... — удивленно протянула бабушка Степанида. — Ну, жена у тебя, Витюша. Смотри, у такой не забалуешь!

Она погрозила ему пальцем и довольно захихикала.

— А чайник у меня от Евгения, — сняв его с подоконника, объяснила старушка. — Не поверите, голуби мои, приходится постояльцев брать.

— Так дрова постоялец рубит? — догадался Виктор.

— Он, он, — закивала Степанида седой головой. — Помощи мне от него много. Вот в прошлом году жил один, так тот одними утками своими интересовался. Настреляет, придет — и сразу спать. А этот и забор поправил, и по дому мне помогает, и денежку исправно платит. А как же еще, голуби мои, а? Я-то ведь по огороду уже не могу козой молодой бегать. Ой, Витюша, а ты видел, каких хором понастроили в нашем Калинове? Словом не сказать, сказка просто!

— Видели мы, — кивнул Виктор, — но еще не все. Вот, хотим прогуляться, посмотреть. Я пока только на пролетовский обратил внимание. Кто там теперь?

— Да бизьнесмен какой-то. Для матушки своей выстроил, чтобы она, значит, с внуками нянчилась все лето. Ну, ничего плохого не скажу, люди серьезные. Не сказать чтоб приветливые или шибко вежливые, так оно сейчас и не в почете. Про тебя, Витюша, знаю, — сменила тему баба Степанида, — а вот красавица твоя о себе мне сама расскажет. А ты, дружочек, сделай-ка чайку. Водички вон из колодца набери, а то в ведрах закончилась.

Подмигнув Тоне, Виктор вышел из дома. Ну, старушка сейчас из нее всю душу вывернет: как была любопытная, такой и осталась. Но вполне в здравом уме, судя по всему, никаким Альцгеймером тут и не пахнет. Беднота, конечно, ужасная. Надо бы ей деликатно денег подкинуть, вот только придумать как.

ВРЕМЯ СОБИРАТЬ КАМНИ

Задумавшись, Виктор не сразу заметил невысокого, крепко сбитого мужичка неопределенного возраста с реденькой бороденкой, отдыхавшего на бревне возле баньки. Топор был воткнут в здоровенное полено, валявшееся рядом.

— Добрый день, — поздоровался Виктор. — Мы к бабушке Степаниде в гости зашли, вот попросила воды набрать.

— Да я про вас знаю, — махнул тот рукой. — Она с утра уже ждет: как чувствовала, что зайдете. Давайте-ка воды натаскаем, а то так и будем за каждым чайником бегать.

Пока Степанидин постоялец доставал воду из колодца и разливал по подставленным Виктором ведрам, они разговорились. Женька, как представился мужичок, ожидал начала охотничьего сезона, а пока отдыхал на природе и помогал чем может хозяйке. В деревне ему нравилось: вроде бы и от Москвы не так далеко, и лес кругом.

— Если вам помощь какая нужна, вы ко мне обращайтесь, я на все руки мастер, — отрекомендовался он. — Пока охота не началась, я тут вроде как без особого дела сижу.

Виктор наполнил чайник, отнес в дом и застал там идиллическую картину: бабка Степанида, перетаскивая из кухни тарелки с золотистыми печенюшками, оживленно рассказывала что-то Тоне, а та смеялась.

— И ты знаешь, милая моя, — скрипела Степанида, расставляя на столике чашки в красный цветочек, — ведь так и боялась я до бани дойти, до того меня Витька, хулиган, испугал. Ну и дружки-приятели его, конечно! Только знаю я, кто придумщик-то у них был главный, — лукаво подмигнула она. — А вот и сокол твой ненаглядный. Ох проказник был мальчонка, ох и хитрец!

Тоня, отсмеявшись, взглянула на Виктора, качавшего головой с удивленным видом, и спросила у старушки:

— Бабушка Степанида, а расскажите мне про Витиных друзей, а то из него самого слова не вытянешь.

— А что рассказывать? — удивилась та. — Ну, Шуркиных ребят ты, наверное, уже знаешь.

— Да, кроме Юли, я ее еще не видела.

— Увидишь, увидишь. Она из них всех самая маленькая была, как птичка ровно. И чирикала так же — голосок тоненький, чтоб не сказать писклявый. Мужик-то ейный с детьми ее бросил и в бега подался, а куда — неизвестно. Николай у Шуры парень сурьезный, никак самый старший, а вот Сашка шалопаем всегда был, правда, нынче вроде бы остепенился и работу хорошую нашел. Вот только семьей не обзаведется, хотя сейчас, я смотрю, не особенно торопятся с этим делом.

— А мальчик из соседнего дома, который сейчас пустой стоит?

— Андрюша-то? Андрюша хороший мальчик был. И мне помогал, бывало, и родителей своих любил очень.

Старушка бросила быстрый взгляд в сторону Виктора, который рассматривал иконы в углу.

— А почему «любил»? — удивилась Тоня. — С ними что-то случилось?

— Да кто ж его знает, что с ними случилось. Только теперь ни Маши с Андреем, ни Андрюшеньки их нет и где они — одному богу известно.

Баба Степанида перекрестилась и покачала головой.

— Ну хорошо, — не успокаивалась Тоня, решив выведать у разговорчивой старушки все, что можно. — А почтальоновы дети... Ведь их так называли, правда? Они где сейчас?

Наступило молчание. Виктор медленно повернулся к жене, устремив на нее какой-то непонятный взгляд: словно он не понимал, что за вопрос она задала, и пытался перевести его на свой язык. Глаза его были холодными и удивленными. Бабка Степанида, глядя на них обоих, замолчала. Наконец Тоня неуверенно переспросила:

— Так что с ними, с детьми из нашего дома?

— Бабушка Степанида, засиделись мы у вас, пора

нам, — с улыбкой сказал Виктор. — Печенье у вас замечательное, спасибо вам огромное. Как дом доделаем, пригласим к себе в гости, вот тогда Тонька пирогов напечет не хуже ваших.

Тоня не верила своим ушам.

— Вить, подожди, мы же еще не договорили!

— Тонь, если ты забыла, то я тебе напомню: нам с тобой по дому еще работать и работать. Я понимаю, вы, женщины, — народ любопытный, но давай ты потом будешь свое любопытство удовлетворять, хорошо?

Когда Виктор начинал говорить с ней так, словно она закапризничавший, плохо воспитанный ребенок, которого ставят на место в присутствии гостей, она всегда терялась, краснела и не знала, что сказать. В такие минуты Виктор сразу становился очень значительным, очень взрослым, понимающим, что нужно делать, а что не нужно, а она сама превращалась в простушку, плохо одетую и совершенно не умеющую себя вести.

— Действительно, голубки мои, бегите, бегите, потом зайдете! — закивала головой хозяйка. — Успеется еще, наговоримся — самим надоест. А пока с богом, милые мои.

Распрощавшись с бабой Степанидой, Виктор с Тоней вышли на улицу. И тут Тоню ожидал второй неприятный сюрприз. Прислонившись к забору, на траве сидел неопрятный старик, от которого несло алкоголем, и, прищурившись, смотрел прямо на них.

— А, Витенька пожаловал, да с женушкой... — хрипло проговорил алкаш. — Никак по святым местам пошли?

Он засмеялся, но приступ кашля прервал его жутковатый смех.

— Ты бы, Графка, похмелился, — брезгливо заметил Виктор, обходя старикашку.

— А ты мне на опохмелочку–то дашь? Уважишь старика, а? — Он поднялся на ноги и, покачиваясь, пошел к ним.

— Еще уважить мне тебя не хватало...

— А вот тогда я для тебя, говнюка, не Графка, а Евграф

Елена Михалкова

Владиленович! Понял, сучонок? — грязно выругался старик.

— Вить, пойдем! — потянула мужа за рукав Тоня. — Он же пьяный совсем!

— Пьяный? — перевел на нее мутный взгляд алкаш. — Не, я не пьяный. Был бы пьяный, я бы все твоему гаденышу сказал, все! А может, и скажу еще!

— Гляжу я, Графка, на тебя, — спокойно проговорил Виктор, — и понимаю, что как был ты дураком, так им и остался. Живешь, как собака, и как собака сдохнешь.

Он повернулся, собираясь уходить, и потянул Тоню за рукав, но их остановило отвратительное хихиканье за спиной. Оно было настолько неожиданно, что оба повернулись и уставились на старика, обнажившего гнилые зубы.

— Хи-хи-хи! — никак не мог успокоиться тот. — Значит, говоришь, как собака?

Внезапно он прекратил смеяться и совершенно трезвыми глазами взглянул на Тоню. Она непроизвольно сделала шаг назад.

— Как собака... — протянул он, по-прежнему не сводя с нее выцветших голубоватых глаз, в уголках которых собрались слезы. — Ну конечно, Витенька, тебе ведь лучше знать, кто как сдохнет, правда? Ты же всегда был умненький, такой умненький, что куда уж нам, дуракам! — И старик опять затрясся в приступе смеха.

Виктор решительно отвернулся и пошел прочь, крепко держа Тоню за руку.

— И ведь все они как собаки и сдохли! Правду говорю, а? — звучал им вслед хриплый голос. — Как собаки, да? И я так же помру, верно ты сказал, верно! Только как тебе спится, Витенька, на костях-то? Не страшно, а? Не страшно?

Они уже отошли далеко, но голос ужасного старика все звучал у Тони в ушах. Виктор шел мрачный.

«Сволочь старая! — раздраженно думал он. — Есть же такие люди, что злобой на всех исходят. И зачем бабка Степанида, святая душа, его прикармливает? Хотя, впрочем, что тут удивляться: потому и прикармливает, что святая. И ведь не сделаешь ничего старому козлу: чего доброго, копыта откинет, разбирайся потом с ментами. Нет, тряхнуть его за шкирку немножко можно, так, чтобы испугать, но не до смерти. Видела бы бабушка, каким ее добрый Евграф Владиленович стал...»

— Витя! — прервал его размышления напряженный голос жены. — Витя, о чем он говорил?

— Кто?

— Не притворяйся! — неожиданно резко сказала она. — Алкаш, о чем он говорил?

— Да я откуда знаю! Ты же видела, он пьяный!

— Нет, он не пьяный, — покачала головой Тоня. — Он все прекрасно понимает. Что он имел в виду, когда про кости говорил?

— Про какие кости?!

— На которых мы спим, Витя.

Тоня остановилась посреди дороги, и Виктор вынужден был встать.

— Так что за слова были про кости, на которых мы спим? Что, в нашем доме кто-то умер? Поэтому ты мне не рассказываешь про детей, которые там жили, да?

— Ну все, хватит! — не выдержал и повысил голос он. — Не рассказываю я тебе, потому что сам толком ничего не знаю, а сплетни пересказывать не хочу. Поняла меня? Я тебе не бабка Степанида, которая всем косточки перемывает вместе с теткой Шурой! Никаких детей в доме не умирало. А ты что, истеричкой решила заделаться, алкоголиков начинаешь слушать? Давай я тебе еще цыган позову, они погадают — хочешь, по ладошке, хочешь, по колоде. Ну как, согласна?

Тоня молча посмотрела на него и пошла назад. Через несколько шагов она обернулась и сказала, не глядя на мужа:

— Ты иди погуляй, а я домой. Устала.

Виктор, глядя ей вслед, только головой покачал. Что на нее сегодня нашло?

Елена Михалкова

Дома Тоня прошла по комнатам, пристально осматривая их. У нее мелькнула мысль подняться в мансарду, но она понимала: это бессмысленно. Что она хочет выяснить? Виктор сказал, что в доме никто не умирал. А даже если бы и умер, что тут такого? Тоня прекрасно понимала, что почти в любом доме кто-нибудь да умер, так что ж теперь, в домах не жить?

Она вышла в сад. Уже чувствовалось дыхание осени. Яблоки висели на ветках, валялись на земле, краснели в траве, а маленькая рябинка перед окном вся была покрыта алыми гроздьями. Тоня сорвала несколько горьких ягод и разжевала. Ей хотелось посидеть, ничего не делая, но она понимала, что не может себе этого позволить: нужно работать. Для начала, решила она, надо разобрать комод, которым Витя брезгует. Она вспомнила стычку с мужем и нахмурилась: раньше у них такого не было. Они, конечно, ссорились иногда, но обычно по более серьезным причинам, чем сегодня. Нужно себя в руках держать, укоризненно сказала сама себе Тоня. И вернулась в дом.

Нижние два ящика были забиты старыми полотенцами, простынями, изветшавшими до дыр, какими-то тряпками, которые, видимо, собирались использовать в качестве половых. На дне лежали старые газеты, а в дальнем углу второго ящика Тоня нашла пожелтевший от старости кусок бумаги, похожий на часть письма, на котором смогла разобрать только: «И тебе, и твоим дорогим детям желаем счастья и радости, а главное — здоровья в новом году. С любовью...», и дальше неразборчиво.

Тоня представила себе людей, обитавших здесь, — родителей, бабушек, дедушек, детей, внуков... Дом был построен на две семьи, и те, кто возводил его, рассчитывали, что он будет служить им долго и верно. Но сейчас в нем было тихо. Даже когда Виктор по вечерам возвращался домой, казалось, что его голос не может рассеять тишину, обволакивающую их, словно мягкий пух. Наверное, это потому, подумала Тоня, что мы еще не привыкли к такому большому дому. В квартире тебя всегда окружают звуки: соседи разговаривают за стеной, у кого-то работает телевизор, а этажом выше звонит телефон. Здесь не было ни телевизора, ни телефона, а ближайшие соседи находились за забором, и потому привычный шумовой фон исчез, а к новому они еще не успели привыкнуть. Он воспринимался как тишина, хотя в действительности и в нем было множество звуков, просто они были совсем другими.

Задумавшись, Тоня выдвинула верхний ящик. В нем, бережно свернутые, лежали детские вещи: маленькая бордовая кофточка, явно девчачья, синие штанишки, вытянутые на коленях, пара юбочек, свитера с рисунками, вывязанными довольно неуклюже... Вещи давно не носили, поняла Тоня, их хранили как память. Но почему не взяли с собой при переезде?

Она развернула кофточку, а в ней оказалась маленькая старая фотография, такая же пожелтевшая, как и письмо. Тоня бережно взяла ее и подошла к окну. Поверхность снимка была покрыта коричневыми разводами, но лица удалось разглядеть — с прямоугольной карточки улыбались семь подростков.

Сашку и Кольку она узнала сразу, хотя второй оброс бородой, а первый сильно поправился за прошедшие годы. Оба русые, вихрастые, но Колька улыбается сдержанно, по-взрослому, а Сашка хохочет во все горло. Между ними неловко растягивает губы в улыбке маленькая, особенно на фоне высоких братьев, девчонка с растрепанными черными волосами и остреньким носиком, похожим на клювик. Худенькие выпирающие ключицы, которые только подчеркивал открытый сарафанчик, тоненькие, как веточки, ручки-ножки... На ее фоне вторая девчонка, тоже темноволосая, но крепко сбитая, уверенно смотрящая в камеру, казалась гораздо старше. Над большими темными глазами нависала широкая челка, остальные волосы были неумело подстрижены в подобие короткого каре. Девочка напоминала мальчишку, и во взгляде ее было что-то немного вызывающее.

Смелая, бесшабашная, решила Тоня, и не меньшая хулиганка, чем пареньки.

На корточках перед двумя девчонками и Сашкой с Колькой расположились три паренька. Один, сидевший слева, явно самый старший, был темноволосым и темноглазым. Его простое лицо кого-то напомнило Тоне, и она минуту вглядывалась в некачественное изображение, прежде чем поняла, что этого «кого-то» только что рассматривала. Тоня перевела взгляд на девочку. Пожалуй, это тоже были брат и сестра... Да, именно брат и сестра, уверенно решила она. Сходство было не только в чертах лица, но и в выражении, с которым оба смотрели на фотографирующего, и самое главное — в улыбке. Неширокая, спокойная, совершенно одинаковая улыбка на лице каждого — вот что еще выдавало в них брата и сестру. Такая похожая мимика, удивилась Тоня. Рядом с мальчиком сидел русый паренек, единственный из всех смотрящий на фотографирующего без улыбки. Но лицо его не было серьезным, просто... просто он очень спокойный, решила Тоня, и редко улыбается. Лицо мальчика не было захвачено коричневым пятном и получилось четче, чем остальные, поэтому она долго вглядывалась в него. Он ей понравился. Ей пришла в голову глупая мысль, что если бы она выбирала себе ребенка из тех детей, что на фотографии, она выбрала бы именно этого спокойного худощавого паренька, чуть задумчиво глядящего в объектив.

Последний, сидящий справа, Тоне тоже понравился. Улыбка во весь рот открывала неровные зубы, но мальчишка их явно не стеснялся. Высокий, крепко сбитый, он казался младше своего русого соседа именно из-за выражения лица — совершенно детского, щенячьего выражения восторга оттого, что его фотографируют, что потом он сможет рассматривать себя на карточке и показывать друзьям и знакомым. Младший брат Тони был точно таким же, и она некстати вспомнила, каких трудов стоило двум другим братьям и самой Тоне отучить его, маленького, от курения, к которому его за один вечер пристрастил кто-то из старших школьников, в компании которых Лешка случайно оказался. Слова о вреде курения для него были пустым звуком, и он, не скрываясь, радостно рассказывал, что его даже не стошнило после первой сигареты, хотя и Вовика, и Серегу-Толстяка тошнило, он сам видел. Не действовала даже угроза рассказать все отцу. Тогда они втроем заставили его выкурить полпачки, и Тоня до сих пор бледнела, вспоминая тот жутковатый урок. Но зато Лешка долго не мог без отвращения смотреть на сигареты и курить по-настоящему так и не начал.

Тоня с фотографией в руках пошла в залу, забыв задвинуть ящик комода. «Виктору покажу, — подумала она, — если он знает детей тети Шуры, то, наверное, знает и остальных». Она уселась за стол, посмотрела на снимок еще раз и тут поняла, что никаких «наверное» быть не может, потому что снимал сам Виктор. Это было абсолютно очевидно! И она удивилась, как не поняла раньше. Когда Тоня попыталась объяснить себе, откуда взялась такая уверенность, у нее не возникло никакого иного объяснения, кроме как «дом подсказал». Это была правда. Словно чей-то звонкий голос произнес где-то рядом или у нее в голове: «Витька, только ты держи фотоаппарат ровно, а то я в кадр не войду!»

Она положила карточку на стол и устремила взгляд в окно, за которым раскачивались яблони на ветру и шелестели листья.

Двадцать лет назад

— Витька, только ты держи фотоаппарат ровно, а то я в кадр не войду! — крикнул Сенька, глядя на Витьку, умело выставляющего выдержку и диафрагму.

На всякий случай Витька достал из кармана экспонометр и проверил по нему экспозицию, с удовлетворением убедившись, что все сделал правильно.

Елена Михалкова

— Не двигайся, вот и войдешь, — ответил он, отходя на полшага и прицеливаясь. — О, отлично–отлично, вот так и стойте...

— Вить, я устала, — заныла Юлька, которой и хотелось фотографироваться, и было страшно: вдруг она плохо получится на фотографии. И когда Витя будет рассматривать снимок, он каждый раз станет говорить сам себе: «Ну Юлька и уродина».

— Юленька, подожди еще секундочку... Внимание!

Раздался щелчок, и Витька оторвался от объектива.

— Ну а теперь давайте на фоне речки, только пусть кто-нибудь другой фотографирует.

Пока он объяснял восхищенному Сеньке, на что нужно нажимать и кто должен быть в центре, Андрей спросил у Мишки:

— Слушай, вы туда больше не ходили?

Мишка помотал головой. Уточнять, о чем идет речь, не нужно было: слишком живо было воспоминание о том, что они видели у дома колдуньи.

— Миш, а откуда она вообще взялась, та Антонина? — негромко спросил Андрей.

— Пускай тебе Женька расскажет, она лучше меня эту сказку знает, — серьезно ответил Мишка и пошел к брату посмотреть на Витькину технику поближе.

Конечно, они все рассматривали ее все утро, но Мишке хотелось еще раз подержать в руках небольшой фотоаппарат, так приятно и тяжело ложившийся в руку. Хорошо бы, чтобы и у него был такой... С другой стороны, баловство ведь, игрушка. Не, мотоцикл лучше в тыщу раз. Может, даже в две тыщи.

— Значит, тебе про Антонину рассказать... — констатировала Женька, усаживаясь на корточки, как делали Мишка с Сенькой. — Так вот, никуда она не приходила.

— Как не приходила? А в деревне она откуда тогда взялась?

— А ниоткуда. Она тут до деревни была.

— То есть как? — поднял брови Андрей. — Сколько ей лет, получается?

— Много, Андрюша, много. Да ты слушать будешь или нет?! — неожиданно рассердилась Женька.

— Буду, буду.

— Тогда не перебивай. В общем, много—много лет назад на месте нашей деревни стояла одна избушка, а в нем жила ведьма, и вокруг был лес. Ведьма иногда к людям выходила и выменивала у них продукты на всякие съедобные корешки и травки. А потом сюда приехали люди и решили: будет здесь новая деревня и назовут ее Калиново. И среди тех людей наш дедушка был. Построили избы, а на ведьму никто внимания не обращал. Но потом прошел слух, что она может приворотные зелья готовить, и к ней начали бабы разные ходить, а иногда и мужики тоже. И она никому не отказывала, всем готовила свои отвары. А в деревне начались драки и склоки, потому что то у одного жена уйдет, то у другой муж скромный загуляет. В общем, всякое—разное начали говорить в деревне. И решили в конце концов для своей же пользы прогнать ведьму. Правда, прогнать не просто так, а денег ей предложить, чтобы уехала в другое место и там свои дела ведьминские делала. Боялись ее, вот что. Пришли к дому, а там и нет никого, только девчонка какая—то маленькая на печке сидит. Откуда взялась — никто не знает. Посмотрели на нее, стали с ней говорить — она не отвечает. Из избы ее выводят — а она плачет и вырывается. Ну, и оставили ее там. Те женщины, которые добрые, еду поначалу приносили, а потом смотрят: а она и не берет ничего, а все собаки да кошки пожирают. Ну, в общем, забыли про нее все. А потом как—то раз проходит наш дед мимо ведьминского дома, смотрит — а по огороду женщина высокая ходит, непонятно откуда взялась. Он ее позвал, она на него обернулась — а глаза как омуты. Он давай креститься! Так когда крестился, у него рука заныла, но все равно он крест сотворил, она глаза—то и отвела. А дед домой прибежал и всем рассказал, что в деревне новая ведьма появилась.

Елена Михалкова

Андрей поймал себя на том, что низкий Женькин голос словно усыпляет его, переносит к избушке, вокруг которой ходит женщина с глазами как омуты. Словно он сам хотел перекреститься, но женщина с усмешкой смотрела на него, и он не мог даже руки поднять. Вокруг избушки ходил драный черно-белый кот с такими же глазами, как у женщины, и на шее его моталась длинная грязная веревка...

— Андрей! Да ты меня слушаешь?

— Слушаю, слушаю, — забормотал он, с трудом отведя взгляд от воды.

— А чего на реку смотришь, как полусонный? Ну, слушай дальше. И жители пришли всей деревней к дому ведьминскому, а за забор зайти боятся. Дед наш кричит: мол, кто ты такая, откуда взялась? А та женщина смеется: я, говорит, всегда здесь была и всегда здесь буду, сколько меня ни выгоняйте. А попробуете еще раз выгнать, я вашей деревне такое устрою, что здесь ни одного дома не останется. И как начнет руками водить! Все перепугались и по домам бросились. Вот тогда все и поняли, что колдунья-то старая, но как она узнала, что прогонять ее собираются, наколдовала так, что стала девчонкой, и росла опять, как бы заново. И с тех пор ее в покое оставили. А потом так даже снова стали ходить к ней, только потихоньку, чтобы никто не видел. Но она никогда приворотного зелья не дает, об этом все знают — только лечит, ну, может, скот заговаривает.

— А что такое «скот заговаривает»?

— Ну, чтобы сдох у соседа, или заболел там, или еще что....

— А ее за такие вещи не наказывают?

— Андрей, ну ты глупый какой-то просто, — покачала головой Женька. — Как ты ее накажешь, если она рукой махнет — и ты умрешь сразу?

— Ладно тебе, ерунду-то не говори.

— Да, ерунду? Коль! — позвала она. — Коль, скажи, отчего Федор, муж тети Фаи, умер?

71

— Не буду говорить, — сердито отозвался тот, — и так все знают.

— Нет, скажи: вон Андрюха мне не верит.

— Чему не верит-то? Что ведьма его извела? Так про то все знают.

Он отвернулся и, не желая продолжать разговор, направился к Витьке с Сенькой и Мишкой.

— Вот, понял! Муж тети Фаи был рыбак, и как-то у него корова сдохла. Он к ведьминому дому пошел и пригрозил, что если у него и теленок помрет, то он ее дом подожжет. На другой день смотрит — теленок мертвый лежит, а на губах у него пена кровавая. Ну, он все понял и пошел к колдунье ночью. Дом со всех сторон облил бензином и поджег!

Женька замолчала.

— Ну, и чего дальше было? — быстро спросил Андрей.

— А дальше пожар потух, только никто не знает как. Федор клялся, что, когда уходил, огонь везде был, а на следующее утро даже следа не осталось. И изба стоит — целая и невредимая! Вот. Вечером он, как обычно, на рыбалку пошел, а нашли его тереньковские, только через два дня. Плавал он по озеру, весь в водорослях, и рыбы у него глаза выели.

— Брр! — передернулся Андрей.

— И самое-то страшное, — Женька понизила голос, — что у него на груди знаешь что было?

— Что?

— Дом Антонинин!

— Как так?

— А вот так. Рисунок был на груди: дом ведьмин, а вокруг огонь горит. И не стирался ничем! Так ведьма ему метку поставила и всем остальным в науку, чтобы знали: тронут ее — умрут. Мне дедушка рассказывал, он труп видел.

Она замолчала.

— Эй вы, там! — раздался голос Кольки. — Давайте сюда, у Витьки идея хорошая!

— Не хорошая, а гениальная.

— Что за идея? — спросил Андрей, подходя.

— Пошли бабку Степаниду пугать! — предложил Сашка. — Наберем старых простыней, закутаемся в них и завтра ночью по огороду пошастаем. Мне мамка говорила, Степанида жуть как привидений боится.

— Не просто так закутаемся, — поправил его Витька. — Основной смысл моей гениальной идеи в том, чтобы на простынях глаза и рот нарисовать.

— Чем?

— Пластилином светящимся, мне отец его недавно привез. Он в темноте виден очень хорошо, потому что фосфоресцирующий.

— А не умрет она со страху? — засомневался Андрей.

— Степанида? Так мы же не будем у нее на горле руки сжимать, а просто издалека покажемся, и все. А можно еще в окно постучать.

— Не надо в окно, — попросила Юлька. — В окно страшно.

— Ладно, в окно не будем. Ну как, все пойдут?

— Все! — почти хором отозвались мальчишки. Женька молча кивнула.

— Тогда нужно восемь простыней достать и пластилином обмазать. Пойдем ко мне, пластилин возьмем, а потом у тебя, Андрюх, разрисуем. Операция по устрашению называется, — Витька сделал торжественную паузу, — «Собака Баскервилей»!

Дружно начали обсуждать, кто сможет стащить простыни, и про вторую фотографию как-то забылось.

Глава 6

Прошло достаточно времени. Мне не хочется ждать так долго, но это необходимо. Чем дольше ждешь, тем больше вываривается ненависть, и остается ее сгусток. Если бы ненависть могла убивать, то этот сгусток уничтожил бы тебя в долю секунды, растер в пыль, в жалкую кучку серой пыли... Но мне нужно не это.

Ты не чувствуешь? Ты все еще не чувствуешь меня рядом с собой? Иногда у тебя довольное лицо, иногда озабоченное, но я никогда не вижу на нем того выражения, которое мне так нужно увидеть.

Я не вижу страха.

Подожди, подожди, еще немного, совсем скоро... Пожалуй, уже можно знакомиться, как ты считаешь? Вот тогда, вот тогда я наконец увижу твой страх, и услышу его, и почувствую, как зверь чувствует запах крови, и приду на этот запах, и разорву тебя.

Ты не ждешь меня?

Два месяца спустя Тоня, Виктор и жена Аркадия Леонидовича сидели в зале почтальонова дома и слушали очередную байку самого «практикующего хирурга», как любил называть себя Аркадий. Лидия Семеновна принесла большую круглую самодельную пиццу, и Тоня с Виктором с удовольствием откусывали сочное тесто, щедро посыпанное ветчиной, помидорами и сыром.

— Так вот, милые мои, — разносился по комнате такой же сочный голос Аркадия Леонидовича, — а я ему на это говорю: и до каких же пор вы будете ко мне приходить и нос свой несчастный переделывать? Каждый раз, как у вас будет новый, я извиняюсь, кумир появляться? Сейчас, говорю, вы хотите, как у Ларисы Долиной. Тогда уточните, как у Долиной до пластической операции или после? Если до, то у вас такой вариант уже был, и я решительно отказываюсь его восстанавливать!

Лидия Семеновна, покачивая головой, снисходительно смотрела на мужа. За прошедшее время Тоня успела хорошо ее узнать (Виктор хотел, чтобы Тоня общалась с ней больше, но сама Тоня не была готова ни к дружбе, ни даже к чему-то большему, чем простое, дружелюбное соседство).

Много лет назад супруга хирурга работала бухгалтером

на каком-то предприятии, но как только Аркадий Леонидович начал зарабатывать достаточно, чтобы они могли жить на его доходы, оставила свой невыносимо скучный кабинет и ненавистную работу и начала, как она сама, смеясь, признавалась Виктору и Тоне, предаваться безделью. Лидия Семеновна следила за собой, ходила в бассейн и в сауну, выучилась водить машину и иногда подвозила Тоню в город на своем ярко-синем «Опеле». Несмотря на все бассейны и сауны, Лидия Семеновна была полновата и «для моциону», как она объясняла, завела себе трех японских хинов, потомство от которых регулярно продавала, а самих собачонок скрещивала между собой и получала новых потенциальных чемпионов. Собачьи выставки и экстерьер ее любимцев занимали ведущее место в разговорах Лидии Семеновны, и как-то раз она даже вытащила Тоню на выставку, в которой принимал участие Веллингтон (среди своих — Велька), самый старший и флегматичный из всех ее песиков. На выставке Тоня пыталась посмотреть всех собак, но Лидия Семеновна решительно уволокла ее за собой в уголок, где они добрый час приводили Вельку в порядок. Песик абсолютно безмятежно стоял на столике, пока хозяйка производила с ним разнообразные манипуляции, и только время от времени устремлял на Тоню огромные черные глаза навыкате. Такие глаза были у Тониной любимой игрушки, Чебурашки.

— Тонь, — не раз говорил Виктор, — давай мы тебе одного пучеглазого попросим у Аркадия?

— Да ну тебя, — отмахивалась она, — мне еще всяких уродцев в доме не хватает!

— Зато какие у него манеры, а? Черт возьми, ведь пылесосом засосать можно, и не заметишь, а держится, как лорд.

На той выставке Велька доказал свои блестящие качества чемпиона, и время от времени Лидия Семеновна сажала его в машину и отвозила «развеяться», как деликатно называла это она сама; «на случку», как говорил, не церемонясь, Аркадий Леонидович; «по бабам», как раз и навсегда обозначил действо Виктор. «От баб» Велька возвращался уставший, и Лидия Семеновна в подробностях рассказывала о темпераменте и статях очередной партнерши, а также о своих ожиданиях от столь многообещающего союза.

Несмотря на то что соседка, крупная, разговорчивая женщина, в общем-то утомляла их обоих, Виктор и Тоня любили приглашать ее с супругом в гости. Дом тогда наполнялся голосами, громким смехом и на время прекращал что-то нашептывать, начинал прислушиваться к новым людям. Несколько раз заходили и Сашка с Колькой, но подолгу не засиживались: они предпочитали приглашать Тоню с Виктором к себе. Виктор не особенно любил посиделки, устраивавшиеся тетей Шурой, и как-то раз назвал их при Тоне абсолютно бесполезным общением.

— Я не понимаю, — удивилась она, — вы же так дружили в детстве, что значит «бесполезное»?

— Да мало ли кто с кем дружил в детстве! Пойми, Тоня, та дружба не повод, чтобы сокращать дистанцию, когда бывшие мальчики и девочки встречаются взрослыми людьми. Ну как тебе еще объяснить... — вздохнул он, увидев ее непонимающий взгляд. — Тонь, давай честно: тебе разговаривать с Николаем и Сашкой нравится?

— Да, наверное, только они немного скучноватые.

— Вот именно: скучноватые! А мне так просто неинтересно выслушивать эти истории про Сашкину работу или мнение их обоих о политике, потому что они в ней абсолютно не разбираются. Книг не читают, фильмов, кроме голливудских боевиков, не смотрят, общих тем для обсуждения у нас не так уж и много, поэтому мне просто жалко тратить свое время на совершенно непродуктивное общение. Понимаешь?

— Витя, а со мной у тебя продуктивное общение? — тихо спросила Тоня.

— Да при чем тут ты? Продуктивное, не переживай. И

есть еще кое-что. Допустим, мне и Аркадий время от времени надоедает, но с ним мы — люди одного уровня.

— А с Сашкой и Колей?

— А с Сашей и Колей — разного, потому что оба они, к сожалению, неудачники.

— Да с чего ты взял? Господи, вот ведь глупости какие!

— Нет, так оно и есть на самом деле. Посмотри сама: чего оба добились в жизни к тридцати с лишним годам? Колька — шофер, семьи нет, детей нет, зарабатывает очень и очень так себе. Весь досуг — телик посмотреть после смены или в баню завалиться с приятелями. А так — к матери, на огороде вкалывать.

— А Саша?

— И Сашка такой же. Ну что за работа: замки в двери врезать? Ни денег, ни славы, как говорится. И ты пойми, Тонь, ведь если что у них случится, то к кому в первую очередь тот же Сашка побежит деньги занимать? К нам, потому что больше не у кого. Вот машина ему понадобилась, свадьбу у кого-то там сыграть, так он меня просил. А мне будто больше делать нечего, как каких-то идиотов развозить по городу! Если нет у тебя денег на нормальную свадьбу, значит, умерь свои аппетиты, вот и все.

— Мне кажется, ты Сашку обидел тогда, — сказала Тоня, вспомнив разговор, о котором говорил Виктор.

— Господи, Тонь, да я того и добивался, чтобы он понял раз и навсегда: не надо ко мне с идиотскими просьбами приставать, потому что я достаточно занятой человек. С Сашкой сама знаешь как: один раз поможешь, в другой уже не отвяжешься, он на шею сядет. Вот я и пресек с первого раза.

Виктор был прав, Тоня не могла не признать. Оценив благосостояние старого приятеля, Сашка попытался вовсю это использовать, но делал это так открыто, так спокойно, с чувством полной уверенности, что тот, кто зарабатывает больше, должен помогать тому, кто зарабатывает меньше, что Тоня совершенно не могла на него сердиться. Несколько раз он брал у Виктора какие–то дорогие инструменты и возвращал в таком состоянии, что Виктор только матерился, а один раз спалил «бошевскую» дрель, подаренную Виктору еще отцом. Извинился, конечно, но было видно, что всерьез он ярость Виктора не воспринимает: мол, подумаешь, купишь еще одну, о чем говорить–то? Такая невинность выводила Виктора из себя, и если б не Тоня, он давно высказал бы Сашке все, что о нем думает.

А ей нравилось бывать в гостях у тети Шуры. Жили они от зарплаты к зарплате, летом их кормил большой огород, на котором тетя Шура и Юлька работали с утра до ночи, но зато в доме всегда было чисто и очень уютно. Все покрывала, занавески, чехлы и абажуры Шура с дочерью шили сами, вязали какие–то коврики, когда было время, из лоскуточков делали покрывала, а старенький плед, сшитый из обрезков старой одежды Вальки и Васьки, Тоню приводил в восторг.

Сентябрь выдался очень солнечным и теплым, и Тоня с Виктором по выходным, съездив в город за всем необходимым, наслаждались прогулками по лесу. Иногда они собирали грибы, иногда просто гуляли, и Тоня с удивлением вспоминала то время, когда ей не хотелось переезжать в Калиново и она сердилась на Виктора за его настойчивое стремление сделать все так, как ему хочется. Но теперь понимала, что он был прав. Один раз муж сводил ее на маленькую речку с каким–то забавным названием. Дорога заняла больше часа, но Тоня наготовила с собой бутербродов, взяла термос с кофе, и они долго сидели на берегу звенящей речушки, рассматривая высоченные сосны на противоположной стороне. Виктор рассказывал, как они подростками ловили здесь раков, и так артистично изображал лицо Кольки, которому в ногу вцепился большущий рак, что она с удовольствием смеялась. Позже Тоня вспоминала тот безмятежный, прозрачный осенний день с тоской, потому что больше таких уже не было.

Елена Михалкова

А потом начался октябрь, и настроение у Тони резко изменилось. Зарядили дожди, и выходить на улицу можно было только в сапогах или в калошах. Она все еще варила варенье из яблок, но как-то без былого воодушевления, просто чтобы было чем заняться. Виктор подолгу задерживался на работе, и Тоня темными вечерами усаживалась перед телевизором, смотря все подряд, от новостей до сериалов, пытаясь одновременно вязать крючком, но ей было неуютно. За окном темные деревья роняли листья, и если утро выдавалось хмурым, то их корявые стволы производили на нее гнетущее впечатление. А последнее время почти все дни были пасмурными, и настроение у нее оставалось подавленным.

Никогда раньше осенняя погода столь сильно не влияла на нее: Тоня всегда подсмеивалась над теми, кто зависел от капризов природы и хандрил при дожде. А теперь, едва только капли начинали барабанить по крыше, на нее наваливалась такая невероятная усталость, что ей хотелось завернуться в плед и лежать до тех пор, пока дождь не кончится. В конце концов Тоня купила настойку пустырника и несколько новых книжек Акунина.

Однажды вечером, сидя за книжкой, она услышала стук. «Опять, наверное, Лидия Семеновна хочет своими пучеглазыми похвастаться», — решила Тоня. Но на крыльце, только недавно приведенном Виктором в порядок, стояла высокая сухопарая женщина с седыми волосами, забранными в тугой пучок, и без улыбки смотрела на нее.

— Добрый день, — растерянно поздоровалась Тоня.

— Добрый вечер, — поправила женщина. — Меня зовут Ольга Сергеевна, я ваша соседка из дома напротив.

И махнула рукой куда-то в сторону. Но Тоня, вспомнив рассказы тети-Шуриного семейства, поняла, о чем она говорит: неожиданная гостья — мать того самого предпринимателя, который для нее громадный дом отгрохал.

— Проходите, пожалуйста, — пригласила Тоня. — Я сейчас чайник поставлю.

— Спасибо, не стоит. Я к вам, собственно, по делу.

Гостья оглядела комнату, в которую ее провела Тоня.

— Как вас, девушка, зовут?

— Тоня.

— Тоня, я хочу сразу перейти к цели моего визита, чтобы не тратить зря ни мое, ни ваше время.

Тоня, недоумевая, смотрела на Ольгу Сергеевну во все глаза.

— Я прошу вас принять меры к тому, чтобы ваши дети больше не появлялись на моем участке. Если вы этого не сделаете, то последствия окажутся для вас весьма неприятными: я вынуждена буду обратиться к участковому. Мне не нравится подобное нахальство, и хотя я допускаю, что вы не в курсе...

— Постойте, постойте! — перебила ее нахмурившаяся Тоня. — Какие дети? Какой участок?

Гостья помолчала секунду, затем продолжила ровным голосом:

— Я, кажется, вполне доступно объяснила: ваши дети все каникулы бегают по моему участку. Если вы предпочитаете притворяться и не понимать, о чем идет речь, что ж, дело ваше, но о последствиях вы предупреждены.

Женщина смотрела слегка высокомерно, и Тоня неожиданно для себя рассердилась.

— Знаете что, Ольга Сергеевна, о последствиях вы можете повторить еще хоть десять раз и обойти всех участковых на свете, но никаких детей у меня нет! Поэтому я понятия не имею, кого вы там ловите на своем участке. Ловите и дальше, но ко мне ваши проблемы не имеют никакого отношения.

— У вас нет детей? — удивленно переспросила женщина.

— Я вам, кажется, тоже вполне доступно объяснила! — От злости в Тоне проснулась агрессивность. — Детей у меня нет, поэтому вы обратились не по адресу.

— Но я видела этих детей у вас в саду. Двое, светловолосые, мальчик и девочка.

«Васька с Валькой нахулиганили!» — дошло до Тони.

— Ольга Сергеевна, я не запрещаю детям бегать у меня по саду. Если нравится — пускай, лишь бы деревья не ломали. Но они не мои дети, я вам в третий раз повторяю.

— Ну что ж, — пожала плечами женщина, — в таком случае прошу прощения за беспокойство. Всего доброго.

Седая голова на высокой длинной шее чуть наклонилась, и неприятная визитерша пошла к калитке. Тоня смотрела в ее прямую спину и чувствовала, что удовольствие от Акунина испорчено.

Ольга Сергеевна шла домой в задумчивости. Странно, корова-то волоокая оказалась с зубами... Ишь, как огрызнулась! А с виду тихоня тихоней. Что ж, осталось еще посмотреть на ее супруга, хотя от него вряд ли стоит ожидать чего-либо из ряда вон выходящего. Ольга Сергеевна видела его несколько раз издалека и примерный психологический портрет нового соседа уже составила. Надо будет попросить кого-нибудь из внуков, когда приедут на выходные, разговориться с ним и пустить пару пробных вопросов, чтобы оценить реакцию субъекта. Лизка, пожалуй, не подойдет, глуповата, а вот Данила в самый раз. Ольга Сергеевна подошла к своему дому, оглянулась на почтальонов сад и усмехнулась. А Шуриных детей она приструнит, чтобы не лазили, поганцы, где не надо. Надо сказать сыну, чтобы привез Найду из городской квартиры. Пусть поживет месяц на свежем воздухе, а заодно отучит разных прохвостов шляться по чужим участкам.

На следующий день Тоня рассказала мужу о визите неприятной соседки, но тот только отмахнулся: слишком много на него навалилось серьезных дел, чтобы еще обращать внимание на какую-то ерунду.

— Я же тебе говорил, — напомнил он Тоне, — что нечего Юлькиных отпрысков подкармливать. В следующий раз, когда они что-нибудь стащат, не говори, что я тебя не предупреждал!

— Да у нас в саду и тащить-то нечего! Разве что только сетку рабицу, так она все равно дырявая.

— Да, кстати, о сетке, — хлопнул себя по лбу Виктор. — Слушай, я договорился: нам скоро забор будут чинить, по всему периметру. Имей в виду.

— Опять твои таджики или кто еще, какие-нибудь гастарбайтеры?

Тоня, не любившая рабочих, трудившихся на Викторовых стройках, нахмурилась. Как-то раз, еще на съемной квартире, Виктор привез троих мужиков обустроить балкон и утеплить дверь, и Тоне пришлось на протяжении трех часов слушать гортанную, совершенно непонятную речь, ловить на себе странные взгляды, а главное... В последнем ей было как-то стыдно, неловко признаваться, и она ничего не сказала Виктору, но главным был специфический, несильный, но очень неприятный для нее запах, который исходил от всех троих. Тоня старалась не морщить нос, проходя мимо, но у нее не очень получалось. Она ушла в другую комнату, но строители время от времени приходили уточнять, что и как нужно делать — будто Виктор им всего не объяснил! — мешая ей сосредоточиться на заказе, которым она занималась. И даже спустя несколько дней, когда она дошивала красивое платье на выпускной бал для дочери одной из знакомых, ей казалось, что от нежного, голубоватого с отливом атласа пахнет потом.

— Сама ты таджичка! — прервал Тонины воспоминания голос мужа.

Виктор подошел, наклонился и поцеловал ее в плечо.

— Я договорился с охотником, с тем Женькой, который у Степаниды живет. Он или на этой неделе начнет, или на следующей — в зависимости от того, как я с материалами решу. Так что можешь не морщить нос, наших мужиков я для такой ерунды срывать со стройки не буду.

Тоня повеселела, потом задумалась:

Елена Михалкова

— Вить, а он один справится?

— Ну, не справится, так позовет еще кого-нибудь из деревенских на подмогу. Ты только следи за тем, чтобы он козла старого, Графку, не притащил. Помнишь?

Еще бы не помнить! Евграфа Владиленовича Тоня запомнила очень хорошо. И она скорее сама бы стала ставить забор, чем согласилась, чтобы по ее саду ходил этот отвратительный алкоголик.

— Ну все, Тонь, я поехал!

Тоня вышла за ограду и оглядела деревню. День обещал быть хорошим. «Вот бы на выходные была такая погода... — подумала с надеждой Тоня. — Можно было бы в зоопарк съездить или по Москве погулять. Уговорить Виктора и съездить». Но она сама понимала, что ее мечта совершенно невыполнима: на каждые выходные у них накапливалось множество дел. Взять хоть такую тривиальную вещь, как туалет! В почтальоновом доме он был хорошим, то есть по деревенским меркам даже очень хорошим: утепленным, в сарае, куда можно пройти, не выходя из дома.

Но Тоня на третий же день проживания здесь объявила, что «заведение» в таком виде ее не устраивает. Дело было не только в старом сиденье, или в ободранных стенах, или просто в том, что для человека, привыкшего пользоваться унитазом в городской квартире, оказаться в деревенском сортире не слишком-то радостно. Дело было в другом: Тоня испытывала страх. Когда ночью она выходила в коридор, включала тусклую лампочку и шла в сарай, а там включала другую и наконец оказывалась в маленькой кабинке, она откровенно боялась. Дом нависал над ней, грязный сарай скрипел всеми своими частями, а в темных углах то и дело раздавалось непонятное шуршание. В конце концов однажды во время Тониной ночной вылазки из кучи обрезков в углу сарая выскочила с мяуканьем облезлая кошка, напугав до полусмерти. После этого Тоня заставила Виктора отложить другие дела и заняться приведением в порядок сарая и

83

туалета. С сараем, конечно, задача была совершенно неисполнимая, но хотя бы яркий свет Виктор туда провел и расчистил все завалы по углам.

— Тонь, — качал он головой, — вот твои деды и бабки, извини меня за прямолинейность, на ведро ходили, а тебе вполне нормальный сортир не подходит! Да несчастная кошка, наверное, половину шерсти от страха потеряла, когда ты завизжала. Странно, как к нам соседи не заявились!

— Знаешь, Вить, — парировала Тоня, — твой дед на велосипеде ездил всю жизнь и «Волгу» считал несбыточной мечтой, а ты «Ауди» хочешь на «Тойоту» поменять, потому что тебе посадка не хороша. Вот считай, что и мне посадка не подходит, ладно?

Виктор только головой покачал, исподтишка поглядывая на жену с некоторым удивлением. Откуда что берется, а? Раньше, скажи он ей про деда с бабкой, залилась бы краской и быстренько на кухню бы побежала — блины печь и успокаиваться, а теперь не только глазом не моргнет, но еще и парировать научилась. С одной стороны, это, конечно, радует, но с другой — заставляет задуматься: с чего бы такие метаморфозы? Дом, что ли, на нее действует?

Через неделю охотник Женька приступил к ремонту забора. Как и опасалась Тоня, одному ему справляться было тяжело, он позвал на помощь маленького мужичка, назвавшегося Петром Иванычем, и вдвоем они уже третий день вымеряли ограду и устанавливали тяжелые столбы, привезенные Виктором взамен подгнивших. Работали по нескольку часов, потому что в остальное время Женька, взяв ружье, уходил в лес. Что он приносил, Тоня не знала, но к охоте Женька относился трепетно и не мог обойтись без нее ни дня, говоря с важным видом:

— Я человек лесной: не подышу лесным воздухом день, и все, значит, прожил его зря!

— А как же вы в городе-то обходитесь? — улыбалась Тоня.

Елена Михалкова

— А в городе у меня все дни проходят зря, — совершенно серьезно отвечал, пощипывая реденькую бороденку, Женька. — Так, приработок, а смысла в моей деятельности и нет никакого. Смысл — вот он, тут!

И Женька широким жестом обводил рукой вокруг себя. Виктор откровенно подсмеивался над ним и прозвал «наш философ», но Тоне охотник как-то раз оказал большую услугу.

В начале ноября, когда забор был уже почти закончен, Тоня за какой-то надобностью вышла в сад и, бросив случайный взгляд на соседний участок, остановилась. Под старой яблоней, той самой, с которой она пыталась набрать райских яблок на варенье, лежало что-то темное, большое, похожее на свернувшуюся собаку. Тоня подошла поближе и разглядела на земле, среди мокрой пожухлой травы, старую куртку, всю рваную, с вылезающим из дыр белым синтепоном.

— Странно, — вслух сказала она.

Кому понадобилось бросать мусор на соседском участке? Поразмыслив, она решила, что на выходные Колька опять привозил Юльку с ребятишками, они, наверное, и притащили куртку. Тоня пожала плечами и вернулась в дом, но что-то в этой версии ей не понравилось.

— Тетя Шура! — крикнула она вечером через ограду.

— Что, Тонь?

— К вам Юлька приезжала в выходные? Я что-то их не видела.

— Нет, Тонь, не приезжала. У нее ребятишки болеют оба, вот она с ними и сидит. Погода-то какая пакостная стоит, а? Что делается, что делается....

Тетя Шура еще что-то ворчала, но Тоня не слушала. Она медленно обошла сад и подошла к забору.

Куртки не было.

С одной стороны, ерунда: мало ли кто зашел на участок, подумаешь? В конце концов, могли приехать сами хозяева. Тоня внимательно посмотрела на окна, но дом по-прежнему выглядел совершенно нежилым. С другой стороны, у нее было странное ощущение, словно что–то здесь не так... Кому понадобилось оставлять какую–то ветошь, а потом ее уносить?

Тоня еще раз оглядела голые стволы деревьев на соседнем участке, а потом приняла решение. Быстро подойдя к задней части забора, еще не переделанной работягой Женькой, она пролезла в дырку и осторожно пошла среди деревьев, вертя головой во все стороны. Никого. Она уже собиралась возвращаться, когда какой–то слабый звук привлек ее внимание. Он доносился с другой стороны пустого дома, от крыльца. Кто–то не то шуршал, не то скребся....

Ускорив шаг, Тоня завернула за угол дома и остановилась в недоумении. На земле, разложив под собой ту самую куртку, сидел Евграф Владиленович, весь обросший черной щетиной, в серой грязной телогрейке, и распиливал небольшой ножовкой задвижку на дверце в стенке крыльца. Секунду Тоня в недоумении смотрела на него, не понимая, зачем он это делает. У них самих в крыльце была точно такая же небольшая дверца, за которой хранился всякий мусор, который мог когда–нибудь пригодиться, — куски шифера, старый рубероид, доски... Она прекрасно знала, что в деревенских хозяйствах любому закрытому пространству находится применение, и позволить пропадать двум квадратным метрам под крыльцом просто глупо. Но что понадобилось в соседском закутке Графке?

Задать вопрос она не успела. Старик резко обернулся к ней, глаза его расширились, и, выматерившись, он вскочил со своей импровизированной подстилки.

— Вы что здесь делаете? — стараясь, чтобы голос звучал строго, громко спросила Тоня.

— А ну пошла отсюда, коза драная! — Хриплый голос алкаша был полон ненависти. — Для муженька своего шпионишь? — Старик присовокупил к сказанному несколько слов, от которых Тоня покраснела.

— Сам пошел вон отсюда, — решительно сказала она. — Еще раз тебя тут увижу, скажу участковому, понял? Давай, давай, забирай свое тряпье и проваливай!

Старик дрожащей рукой направил на нее ножовку. Лицо его исказилось, он зашипел так, что слюна полетела в разные стороны:

— Ах ты сучка! Вот нашел Витька сучку себе под стать! Ну ничего, ничего, радуйтесь, пока можете, а потом посмотрю я на тебя, как ты взвоешь! Думаешь, этих извели, и меня сможете? Нет, не сможете, Евграфа так просто не убьешь! А вот как попадете на живодерню, так я посмотрю, как шкурку-то твою беленькую снимут... Ха-ха-ха! — И старик зашелся в жутком смехе, который мог исходить только от сумасшедшего.

«Он и есть сумасшедший! — промелькнуло в голове у Тони. — И у него ножовка...»

— Что, испугалась, стерва?! — Старик сделал шаг ей навстречу, и Тоня едва удержалась от того, чтобы не попятиться. — А вот что ты потом скажешь? Как огоньком-то баловаться, так горазды, это легко, а вот попробуй вживую, по-настоящему... А он трепыхается, как птичка, и дергается, и слюнка-то у него, убогого, течет! Вот как! Ясно тебе, дрянь? — И он сделал еще один шаг.

Тоня не могла отвести взгляда от глаз старика, в глубине которых плескалось безумие. Как загипнотизированная, она смотрела в его выцветшие, слезящиеся голубые глаза, а искаженное гримасой ненависти и неясной угрозы морщинистое лицо приближалось. Неожиданно старик остановился и потянул носом воздух.

— Привела кого, сучка? — почти ласково осведомился он.

Сзади послышались шаги, Тоня резко обернулась и увидела выходящего из-за дома Женьку с пакетом в руках.

— Тоня, вы здесь, что ли.... — начал он и осекся.

Непонимающе переводя взгляд с нее на Графку, он увидел наконец ножовку в руке старика, подпиленный замок, быстро подошел к алкашу и вырвал пилу из его руки.

— Значит, вот как ты Степаниде за добро платишь? — хмуро спросил он. — Еще что прихватил или только это?

Графка молчал, отведя взгляд в сторону. С появлением Женьки он словно стал меньше, осунулся, и сейчас было видно, что это просто старый, больной, пьющий и совершенно опустившийся человек, который, наверное, хотел переночевать под крыльцом, потому что больше идти ему некуда. Сгорбившись, он стоял перед Женькой, а тот только качал головой.

— Эх, Евграф Владиленович, — укоризненно сказал охотник. — Что ж ты делаешь, а? Давно в милицию не попадал? И ты чего раскричался? Я тебя аж с соседского участка услышал!

— Объяснял дамочке, как ей весело скоро будет, — усмехнулся старик, и на мгновение в его лице промелькнул отсвет той злобы, которая так потрясла Тоню. Тонкие губы растянулись в усмешке, и раздалось противное тонкое хихиканье.

— И почему же ей будет весело? — В голосе Женьки звучала угроза, и хихиканье оборвалось.

Графка молча смотрел на охотника, а тот, приняв какое-то решение, приказал:

— Собирайся. Давай, не стой пнем, бери свои шмотки и иди к Степаниде. На, ножовку отдашь и извинишься, она человек добрый — простит. Заодно поесть даст.

Старик, покашливая, повернулся, поднял куртку и побрел к калитке.

— Евграф Владиленович, я тебе кое-что сказать забыл!

Охотник почти не повысил голоса, но Графка встал как вкопанный и через секунду обернулся с выражением подобострастия на лице.

— Еще раз тебя увижу здесь, пеняй на себя. А обидишь хозяюшку, — Женька кивнул на Тоню, — на порог к Степаниде не пущу. Понял?

— Понял, понял, — быстро закивал Графка. — Ты, дамочка, извиняй, что напугал тебя, — обратился он к Тоне, — больше не буду.

И, кряхтя, исчез за калиткой.

— Ой, Женя, как вы вовремя появились! — облегченно вздохнула Тоня, когда старик исчез. — Спасибо вам большое! Он меня напугал.

— Да бросьте вы, ничего бы он не сделал. Переночевать хотел здесь, наверное, хотя вообще-то ему Степанида место в сарае приготовила. Так-то он мужик-то невредный, вот только пьет сильно, потому и злобы в нем много. Да только он как шавка: тявкает, а кусать уж и нечем. Ну все, пойдемте, хозяюшка, к вам. Я ведь по делу зашел-то, гляжу — нет никого, а за забором шумят... Ладно, он, чай, больше-то не появится.

Пока перелезали обратно через дырку, шли по саду, сидели в доме, в голове Тони время от времени всплывали слова о шавке. Она понимала, почему Женька не испугался старика: при нем тот мгновенно растерял всю свою ярость. Но сама хорошо помнила, какими глазами смотрел на нее сумасшедший пьяница, и ей становилось не по себе при мысли, что было бы, если бы охотник не зашел попросить инструменты для какой-то работы у Степаниды.

Сегодня Глафира с нетерпением ожидала возвращения Петьки домой. Такая новость, такая новость, он ахнет просто! Оказывается, Витька Чернявский уж два месяца в Калинове живет, дом купил для себя и жены, а они и не знали. Ну, понятно, почему не знали: деревенские-то, из старых, не очень-то рвутся с ними общаться, а новые и фамилию Чернявские не знают, и вообще до приезжих им по барабану. Но Петька-то как удивится! Надо же! Заскочить, что ли, к Витьке, побазарить за жизнь? Глаша с Петей теперь люди не бедные, и пусть только попробует нос воротить.

С этими мыслями Глафира загнала машину в гараж, поднялась на второй этаж и удовлетворенно огляделась. Хорошо-о! Правильно она сделала, что декораторшу выгнала к такой-то матери, ни черта та не понимала. Сказано, в английском стиле, значит, в английском стиле, а она Лондон, наверное, только на фотках и видела. Картинки по стенам развешивала, да не оригиналы, а какие-то... хм... постеры, словно они гопота зареченская, а не Рыбкины!

При воспоминании о картинках Глафира хмыкнула и огляделась. Слава богу, теперь все вокруг было по ее вкусу. На окнах — бархатные бордовые портьеры — настоящий писк, она лично читала в последнем номере «Идей твоего дома»; стены украшены подлинниками, причем в приличных рамах, а не в пластиковом убожестве; и мебель по заказу вполне под стиль. Правда, Шейлок, сволочь, обивку в паре мест потрепал, пока ему когти не остригли, но на Шейлочку нельзя сердиться.

— На тебя нельзя сердиться, правда, Муся моя? — проворковала Глафира и потрепала кота за ухом.

Перс, даже не повернув к ней головы, снисходительно мурлыкнул, чем привел Глафиру в восторг.

— Ах ты, мой сыночек, ах ты, детка моя!

Она попыталась поцеловать кота в морду, но тот с яростным шипением вырвался из рук и помчался вдоль по коридору.

— Падла! — крикнула ему вслед обозленная Глафира. — Попробуй у меня еще мяса выпрашивать... Хрен тебе, а не свинина! Будешь свои отруби жрать!

Она и правда разозлилась было, но слова об отрубях вызвали у нее воспоминания, которые, безусловно, были приятными и привели ее в хорошее расположение духа. Как Глафирой бабка-то командовала, ведь как Золушкой, ей-богу! «Свиньям корму задала? — передразнила она вслух старческий, но сильный голос бабки. — Так давай, корова ленивая, не спи!»

Ха! Ну и где ты теперь, бабулечка, и где та корова ленивая? Жалко, не узнает бабушка единственную внучку свою, не узнает. Да Глафира и не рвется лишний раз в психушку мотаться. На фига ей сдалось? Говорят — дом престарелых, дом престарелых... Но она—то знает: психи там, те, кто на старости лет умом поехал, как бабуля.

Да, жизнь все—таки справедливая штука, с удовольствием подумала Глафира, наливая себе апельсиновый сок, каждому дает то, что заслужено. Не называла бы ее бабушка коровой ленивой в детстве, не заставляла бы всю грязную, неприятную работу делать — и глядишь, лежала бы сейчас не в вонючей палате, с семью еще такими же бабками сдвинутыми, а в этом доме, в котором всю жизнь прожила, да с сиделкой ласковой. А так....

В комнату неслышно зашел Шейлок, подошел к Глафире и потерся о ее ноги.

— Что, заявился? Ну иди сюда, Муся моя, Пуся моя!

Глафира взяла кота на руки, и тот замурлыкал, подставляя лобастую голову под ее короткопалую руку. Глафира умиротворенно улыбнулась и откинулась на бордовые подушки. Она была счастлива.

Глава 7

В этот вечер Виктор с Тоней поссорились. Последнее время ссоры случались нечасто, потому что Тоней владела какая—то апатия, и она невступала ни в споры, ни в перепалки. Но на сей раз она вышла из своего полусонного состояния, и причиной были те ужасные люди, к которым Виктор потащил ее в субботу вместо поездки в зоопарк.

— Тонь, ты пойми, мне просто хочется на них посмотреть, посмеяться, — уговаривал он ее. — Я их с детства знаю, они оба мои ровесники, да и женились, можно сказать, на моих глазах. Это ж как в Кунсткамере побывать: они такие же уроды, если не большие. Вот я и хочу развлечься, честно признаюсь. Да ты их увидишь — сама хохотать будешь, и никакого зоопарка не надо!

Но Тоня не испытывала страсти Виктора к коллекционированию типажей, как он это называл, и толком не понимала, что его слова значат. Рассказа бабы Степаниды ей вполне хватило, чтобы заранее проникнуться сильной неприязнью к Глафире с Петей, и только аргумент Виктора («Тоня, все-таки нужно обо всем иметь собственное мнение, а не бабок всяких слушать») заставил ее пойти к ним в гости.

Накануне, забежав за чем-то к бабе Степаниде, она не удержалась и спросила про старых знакомых Виктора. К ее удивлению, добрейшая Степанида нахмурилась и сказала, что говорить про «этих убогих» не желает и что Бог им судья. В конце концов Тоня выудила из нее историю семьи Рыбкиных и поняла, почему «старые деревенские» с ними не общались.

Отец Глафиры был запойным пьяницей, работать не хотел, и жила вся семья на пенсию бабки Александры да на то, что приносил огород. Впрочем, приносил он не так уж и плохо: Александра сумела поставить крепкое хозяйство, и были у них и куры, и утки, и поросята, и корова, а одно время и овец держали. Помощи от Митьки, сына, ей не было никакой, а в семье, помимо самой бабки, были только девчонка Глашка, существо безмозглое и ленивое, и Василий, парень, в отличие от младшей сестры Глафиры, основательный и трудолюбивый. Мать у них молодой еще померла: утонула где-то на Волге. Вот они втроем — старая да двое малых — и занимались своим большим хозяйством. Ну, пахали, конечно, в хвост и в гриву, света белого не видели, рассказывала бабушка Степанида, подслеповато глядя в окно. А у кого в деревне по-другому? Но тут Глафира вошла «в возраст», связалась с сынком тракториста Петькой, хулиганом и бестолочью, и начала характер показывать. Вся деревня знала, что бабка время от времени лупит Глафиру чем попало, но девке ее наука, видно, впрок не шла — работать она не хотела, училась паршиво. И тогда за дело взялся Василий. Что уж там он Глафире наговорил, никто не знает, но приструнил сестрицу, а что Петька, прохвост, неделю с синяком под глазом ходил, так неизвестно еще, откуда тот синяк: может, с трактора отцова упал. И вроде Глашка взялась за ум, и вроде все опять наладилось у них.

Ну, пожили-пожили, а через полгода Глафира с Петькой сбежали. Да, так вот разом и сбежали, а куда — бог их знает. Оставили записку, мол, поехали в столицу, подзаработать, и пропали без вести. Ни писем от них не было, ни посылок. И уж поговаривать стали в деревне, что и в живых-то обоих давно нет, учитывая их дурость общую и неспособность к работе, но тут объявился кто-то из московских с сообщением: вроде Глашка с Петькой по заграницам ездят, какой-то у них бизнес в Китае.

В ерунду такую никто не поверил, почесали языки и забыли. А тем временем Васька-то, старший брат, в армию ушел, и через год службы в той армии пришло бабке известие, что внук ее стал жертвой несчастного случая. В общем, помер Васька.

Осталась Александра одна. Правда, временами сынок ее наведывался и... забирал что-нибудь из дома с собой. Хозяйство, само собой, развалилось, один огород остался да куры. Александра после смерти Василия чахнуть стала. Хоть и двужильная была, а тут и глухота у нее непонятно откуда взялась, и ноги стали распухать. А уж когда слепнуть начала, тут вообще страх божий: как дальше-то жить? И в то самое время явилась Глафира со своим муженьком.

Поначалу ее и не узнали. Прикатила на машине — на огромной, черной, хоть и едет тихо, что удивительно. Таких в Калинове еще не видели, уж потом понаехали на самых разных, а тогда в диковину было, да... И вышла Глафира из той машины не пойми в чем: то ли шубейка, то ли кофтенка — в общем, пузо прикрывает, а задница вся, прости Господи, голышом. Ну, не голышом, в штанах, но вид срамной и неприличный. И штаны-то так ее обтягивают, что аж трещат на заднице, и ни сесть в них, ни пернуть по нужде никак нельзя: развалятся. Так Катерина Ивановна рассказывала, а уж что там на самом деле было.... Может, и можно по нужде это самое дело, неизвестно.

И мужик Глашкин такой же. Вот его и вовсе никто узнать не мог: уезжал — за вилами мог спрятаться, а приехал — в ворота пройти не может. И ведь не то чтобы толстый стал или распух сильно, а будто раздался во всех местах, и стал не Петька Рыбкин, а незнамо кто.

А бабка-то как внучке обрадовалась! Хоть и не особо ее любила, да ведь родная душа, и можно старости не бояться. И тут Глафира огорошила: папаша ее, оказывается, умер — подобрали его где-то на улице уже мертвым и тому три дня как похоронили. Как матери не сказал никто, непонятно. Но, думается, Глафира тут руку приложила, потому как дальше выяснилось еще больше. Она, оказывается, с ним виделась перед смертью, и не только виделась, а еще и заставила бумагу написать, завещание, по которому весь дом с хозяйством отходил дочери его, Глафире. Дом-то был, оказывается, на Митьку записан, а никто и не знал, думали — Александра хозяйка. Ан нет. В общем, рассказала Глафира бабке все новости и обрадовала: приехала она в деревню окончательно, дом будет перестраивать, а бабке прямая дорога к сестре ее троюродной, что под Воронежем где-то. Живите, мол, там вместе две старухи, а на мое имущество не зарьтесь.

Рассказала это все Александра людям в магазине, пока в очереди за хлебом стояла, подошла к прилавку, а выговорить уж больше ничего и не может. Руки трясутся, глаза выкатились, и понесла: «Ах, Митенька, что ж ты наделал!» Пошли деревенские к Глафире, пристыдить и усовестить, а та, как увидела бабку, посадила ее в машину и увезла в неизвестном направлении. Ни сама, ни Петька даже разговаривать ни с кем не стали, словно и не знакомы вовсе. И пропала с тех пор Александра.

Потом уж узнали: Глафира ее, оказывается, отвезла в больницу, и пока бабка бормотала про своего Митеньку беспутного, объяснила, что та тронулась, буйная стала и на людей бросается. Александра и не слышала. Стали ее спрашивать о чем-то, она только плачет и руками машет, а сказать толком ничего не может. Оставили ее в больнице, полечили недельку, и что уж делали с ней — неизвестно, а только через семь дней стала Александра совсем ненормальная. Может, Глафира что доктору пообещала, может, что другое, а только был человек — и не стало человека.

Ну, тут Глафира с муженьком засуетились и определили бабку в дом престарелых где-то в Подмосковье. Она там и сейчас живет. Катерина Ивановна как-то уговорила зятя съездить туда на машине, так когда вернулась, только руками махала и слезы утирала. Все, говорила, Степанида, нет больше Александры. Свечку поставь перед богом за нее, чтобы скорей забрал тело к себе, а душа уж давно у него.

Потом еще выяснилось, что, оказывается, завещание было неправильным, и бабку свою Глафира никак не имела права турнуть, потому как та старая была и немощная. И вроде бы доля какая-то у нее была в доме... В общем, сейчас уже не разберешься, а Глафира со своими деньжищами кого хочешь может подкупить. Они с Петькой так тут и остались, только дом весь переделали, и получился у них страх божий: балкончики какие-то, гараж не как у людей. А одно время еще на огород работников привозили из райцентра, чтобы, значит, за них картошку сажали, но тут их совсем засмеяли, и они весь участок свой травой и кустами засадили. Петька не пойми чем занимается, в Москву ездит каждый день, а Глашка ничего не делает. Так они, считай, уж лет пять живут. Но из деревенских, из тех, кто знает про бабку Александру, с ними никто не разговаривает и дел никаких не имеет. А соседи их, с обеих сторон, такую вещь сделали: на забор между участками повесили сетку маскировочную, чтобы, значит, и к соседям не заглянуть было, и их самих не видно. Глафира бесилась поначалу, а после рукой махнула: не хотите, и черт с вами. Но черт-то у ней в голове живет, у ней! Прости нас Господь, грешных...

И вот у этих самых Глафиры с Петром пришлось Тоне просидеть целых два часа. После рассказа бабы Степаниды она представляла себе женщину злобной и некрасивой и была удивлена, увидев невысокую тетку лет тридцати пяти с мелкими, совершенно незапоминающимися чертами лица: носик коротенький, губки собраны «уточкой», мелкие глазки сильно подведены и накрашены, а брови выщипаны и нарисованы заново где–то посередине лба. Образу злодейки, нарисованному Тоней, внешность Глафиры никак не отвечала.

И супруг ее тоже на злодея не тянул, правда, в Петре все было слишком: слишком крупный, слишком медлительный, со слишком ровными желтоватыми зубами, слишком покатым лбом. Одно у них было похожее с Глафирой — глаза: неопределенного цвета, то ли серые, то ли карие, почти без ресниц.

— Ну ты, Петр, раздался! — заметил Виктор с усмешкой.

— Кормлю хорошо, вот и поправляется, — затараторила Глафира. — И правильно, хорошего человека должно быть много. А вот ты, Витя, почти не изменился, только поседел. Что, семейная жизнь довела?

И она захихикала.

Виктор отшутился, сказал пару комплиментов Глафире, и они пошли осматривать дом. Бросив несколько взглядов на жену, он сразу понял, что вечером будет скандал, сам же испытывал искреннее удовольствие, наблюдая за Рыбкиными и внимательно разглядывая их жилище. Хохоча про себя, внешне Виктор оставался серьезным, внимательным, слушал бред, который несла Глафира, и вставлял время от времени вопросы, побуждавшие ее с еще большим пылом распинаться перед ними о прелестях пребывания в деревне, о том, каких трудов им стоило декорировать дом по своему желанию, об их коте и о десятке других столь же неважных вещей. Она не умолкала ни на минуту, и Виктор, ожидавший расспросов о его работе, о жизни, понял, что ошибался: их пригласили исключительно как зеркало, способное в полный рост отразить счастье семьи Рыбкиных. «Совсем тяжело вам здесь, голубчики, — подумал он. — Старые деревенские с вами не общаются еще с тех пор, как бабку Александру отдали в дом престарелых, а новым вы со всеми вашими бордовыми портьерами не нужны. То—то вы мне так обрадовались!»

Тоня устала уже через пятнадцать минут. Дом был жуткий, со множеством безликих картин на стенах в тяжелых золоченых рамах, с зеркалами в самых неожиданных местах, с огромной кроватью под балдахином, которую им с гордостью продемонстрировала хозяйка. Виктор заинтересованно осмотрел ложе и обратил внимание на большую золоченую букву «R», выгравированную на спинке кровати из красного дерева.

— «Эр» — это в смысле «Роялти»? — поинтересовался он. — Ее королевское величество? Знак королевы в Англии, — объяснил он Тоне, вопросительно посмотревшей на него. — Ну да, правильно, если все выдержано в английском стиле, то почему же кровать должна быть исключением?

— Никакое и не «Роялти», — ответил Петр.

— А что же?

— Догадайся, — хихикая, предложила Глафира. — Попробуй, ты же умный. Ну, ведь так просто!

Виктор постоял, наморщив лоб, потом сказал:

— Сдаюсь. Ну, расшифруйте.

— Рыбкины, — внушительно произнес Петр.

— Не понял...

— Что не понял? Фамилию нашу забыл? Рыбкины мы, а «эр» — первая буква фамилии.

Виктор перевел взгляд с ухмыляющейся Глафиры на спинку кровати, и в глазах его что-то промелькнуло.

— Ах Рыбкины! — медленно проговорил он. — Ну конечно, как же я сразу не догадался!

Рот его начал странно подергиваться, и Тоня с тревогой посмотрела на мужа.

— Рыбкины, значит... — широко улыбаясь, повторил он. — Вот это да, ребята! Вот это мысль! Слушай, Тонь, давай и мы с тобой на кровати букву «че» напишем, чтобы все серьезно было, а? Вообще-то нет, в английском алфавите такой буквы нет, а две писать...

— Ну, значит, не судьба тебе! — довольно заметил Петр. — Свое что-нибудь придумай, а не воруй идеи у других.

Тоня, понявшая, что муж издевается почти в открытую, ожидала его следующей реплики, но Виктор промолчал.

— Тоня, а вы что же ничего не говорите? Вам нравится наша скромная спаленка? — светски осведомилась Глафира.

— У вас, наверное, детей много, — негромко сказала Тоня, глядя на огромную кровать, размером почти со всю комнату.

— Каких детей? — удивилась Глафира, высоко подняв нарисованные брови.

— Ну, как каких — ваших, конечно.

— А при чем здесь кровать и дети?

— Ни при чем? — в свою очередь удивилась Тоня. — Не знаю, мне казалось, что это как-то связано.

Петр и Глафира глядели на нее, как на ненормальную, но она постаралась изо всех сил сохранить серьезный вид и перевела взгляд на картину, на которой толстая голая баба, спиной к зрителям, рассматривала свое отражение в маленьком зеркальце. У Тоня мелькнула мысль, что натурой служила хозяйка дома. За ее спиной Виктор болтал с Глафирой, а ее муж тяжелым взглядом смотрел Тоне в затылок.

— Нет, я так и не понял, при чем здесь дети, — неожиданно сказал он спустя несколько минут.

Тоня обернулась к нему:

— Что?

— Говорю, про детей я шутку не понял. Может, я дурак? Объясните.

— А я и не шутила, — стараясь глядеть прямо ему в глаза, ответила Тоня. Почему-то выдерживать его взгляд было тяжело, и ей хотелось посмотреть в сторону. И что ее за язык тянуло? — У вас такой дом большой, семья хорошая, сразу видно, жена о вас заботится, вот я и решила, что в такой семье должно быть много детей.

— А-а... — успокаиваясь, качнул головой Петр, чем напомнил Виктору быка, которого угомонил пастух. — Нет, детей у нас нет. Пока. Потом, может, будут.

Неприятная тема была исчерпана, и Тоню с Виктором посадили за стол.

Через час Тоне казалось, что она провела в этом доме по меньшей мере неделю, ужасно хотелось уйти отсюда, но Виктор активно интересовался делами Рыбкиных, расспрашивал о бизнесе, выражал восхищение. Глафира принимала все за чистую монету, но Тоня не поручилась бы, что ее муж тоже поддался обаянию Виктора. Тот мало говорил, много ел и иногда, когда Виктор особенно пылко отзывался об очередной идее Глафиры, пристально смотрел на него маленькими глазками неопределенного цвета. С Тоней он почти не разговаривал, только изредка просил передать то салат, то жареную курицу.

«Неприятный человек, — решила Тоня. — Даже сидеть с ним рядом тяжело. Словно давит что–то. Наверное, идея отдать несчастную бабушку в психушку принадлежала ему». На Глафиру она вообще старалась смотреть как можно меньше и испытала огромное облегчение, когда наконец–то можно было выйти из–за стола.

«Глашка, конечно, дура полная, — думал Виктор, — а вот к супругу ее стоит присмотреться. Увалень увальнем, конечно, деревенщина полная, но бизнес у него идет, причем неплохо, значит, мозги в голове есть. Только его нельзя из себя выводить, он как бык становится. И шуток в свой адрес не понимает наверняка». И Виктор выразил Глафире восхищение ее кулинарными способностями, получив в ответ приглашение заходить почаще.

На обратном пути Тоня молчала, дома сразу легла, завернувшись в плед, а вечером пыталась отчитать Виктора и... получила жесткий отпор. Виктор сообщил ей, что она к своим без малого тридцати годам вести себя как воспитанный человек не научилась, если в неинтересном ей обществе не может убедительно изобразить оживление и хотя бы мало–мальски поддержать обычный треп. Тема детей, как он сказал, для тактичных людей является запретной, если только сами хозяева ее не затрагивают, потому что у людей может быть тысяча причин, по которым у них нет наследников, и можно изрядно испортить людям настроение, если, например, у тех проблемы со здоровьем («Раньше я думал, что ты понимаешь такие вещи!»).

— Хочешь, можешь в следующий раз оставаться дома, — сказал ей напоследок Виктор. — Но тогда не жалуйся, что тебе пойти некуда и нечем заняться. Поняла?

— Подожди, ты что, еще раз собираешься к ним пойти?

— Почему бы нет? Мне интересен Петр, и я хочу понять, как он из сына тракториста, который свое имя написать толком не мог, стал достаточно неплохим дельцом. Я сегодня отвлекся и от работы, и от домашних дел. Ты все-таки не забывай, что я вообще-то еще работаю, помимо того, что занимаюсь домом!

— Да век бы его не видать, твой дом! — не сдержалась Тоня и тут же пожалела о вылетевших словах.

Виктор, уже стоявший в дверях, медленно обернулся, пристально посмотрел на Тоню и негромко спросил:

— Ты в свое время согласилась на переезд?

Тоня молчала.

— Ответь мне.

— Да, — кивнула она, изучая кухонный стол.

— Вот и отвечай за свои решения. Ты не маленькая девочка, чтобы ныть: «Ах, Витя, зачем ты меня сюда привез?» А если попытаешься играть такую роль, я действительно начну относиться к тебе как к ребенку. Ясно? Ты сама все решила, и больше я не желаю слышать разговоров на данную тему. И очень прошу, расплетай ты свою косу, хотя бы когда в гости идешь! Неужели так сложно?!

Рассматривая забор, поставленный Женькой, Виктор ругал себя за то, что не сдержался под конец. Все равно с волосами своими же ничего не сделает, а обидится сильно. Ладно, отойдет. Хотя вообще-то характер у нее какой-то странный стал в последние два месяца. Как у беременной.

Родить ей надо, вот что! И будет чем заняться, и пора уже — все–таки не девочка. Завтра нужно поговорить на эту тему, окончательно решил он, а сегодня пускай в себя придет. В другой раз подумает, прежде чем голос на него повышать.

— Петь, ну как тебе Чернявский? — ходила вокруг мужа Глафира, заискивающе заглядывая ему в глаза.

— Никак. Нечего мне с ним делать.

— Может, подумаешь?

— Глашка, не лезь не в свои дела, поняла? И вообще, иди давай к себе, у меня еще до хрена работы на сегодня, а ты ко мне своим Чернявским пристаешь. Иди, я сказал!

Глафира выскочила за дверь, забыв захватить с собой Шейлока. Ну вот, опять Петечка рассердился. Ну ничего, ничего, пускай подумает — голова у него светлая, наверняка согласится.

Глафира обвела взглядом спальню, задержавшись на картине с обнаженной женщиной, подошла к кровати и провела короткими пальцами по букве на спинке. И тут же вспомнила Тоню. Стерва, вот стерва! «Наверное, у вас детей много»! Ничего, я тебе устрою детей. Она выдвинула ящичек трюмо, достала оттуда небольшой мешочек и принялась методично доставать и раскладывать вокруг себя всякую ерунду: кусочек какого–то вязкого вещества, обрывки ниток, пару заостренных с обоих концов палочек, похожих на зубочистки, шарик с дырочкой посередине. Затем откинулась на спинку стула и удовлетворенно улыбнулась. Ночь обещала быть веселой.

Двадцать лет назад

Витька зашел в комнату и хлопнул дверью. Черт, как они все его достали! Достал идиот Графка, достала бабушка, которая не в состоянии делать то, что надо. Еще и его отчитала: «Добрее нужно быть, Витюша, он же больной человек, да и немолодой уже». Ну, так попросила бы здорового и мо–

лодого, а не возилась с жалким алкоголиком. И еще Юлька достала со своими щенячьими взглядами. Сашка с Колькой, конечно, олухи, но скоро догадаются, в чем дело, или она сама им по глупости все расскажет. Черт, что за лето такое?!

Витька подошел к столу, на котором красовалась фотография в железной рамочке. Мать, отец и он сам. Бабушка снимок очень любила, убирать не разрешала, а когда садились за стол, прятала в шкаф с посудой. Каждый раз Витька надеялся, что она забудет его оттуда достать, и каждый раз она все-таки доставала. Он даже подумывал, не расколошматить ли чертову рамку, но понимал, что это ни к чему не приведет — закажет бабуля новую, вот и все. Да к тому же расстроится, что уж совсем никуда не годится. Кто-кто, а бабушка тут совсем ни при чем.

Виктор хорошо помнил, при каких обстоятельствах была сделана фотография. Дядя Лева, который везде ходил со своим «Зенитом», зашел как раз тогда, когда отец с матерью скандалили. Витька сидел в своей комнате и пытался делать уроки, включив магнитофон, но даже Цой не мог заглушить голосов родителей. И хотя долетали до него лишь обрывки фраз, Вите хотелось выскочить из комнаты и швырнуть в обоих родителей магнитофоном, чтобы они перестали разговаривать о таких отвратительных вещах и стали вести себя как нормальные, примерные папа с мамой.

— Я же просила тебя, сколько раз просила! — слышался страдальческий голос матери. — Неужели ты не мог хотя бы в этом меня послушать? Нет, тебе обязательно нужно было сделать по-своему, как ты считал нужным! И что мне теперь делать? Скажи, что мне теперь делать?!

В ответ слышалось бормотание отца, опять перебиваемое матерью:

— А если я хочу своего? Ты понимаешь, сволочь, своего, а не уродца из интерната, отброса какой-нибудь сифилитической шлюхи!

Елена Михалкова

— Ну что тебе, Витьки мало, что ли? — расслышал Виктор отца и поморщился.

Тишина. Потом тишина прервалась каким–то звуком, кто–то сдавленно охнул, ему показалось, что отец. Он не выдержал, подошел к двери, распахнул ее, встал на пороге и спросил, глядя себе под ноги:

— Что, нельзя потише выяснять отношения? Про вас уже скоро соседи сплетничать начнут.

Мать и отец повернулись к нему. Он не видел их лиц, но зато хорошо услышал раздражение в голосе матери:

— Ступай к себе и занимайся.

— Я и пытаюсь заниматься, — огрызнулся он. — Да только не очень получается с вашими воплями.

— Я сказала, ступай к себе! — повысила она голос.

— А ты не кричи на меня! Я же не виноват, что у тебя проблемы!

— Проблемы? — переспросила мать. — У меня проблемы?

И неожиданно начала смеяться. Виктору ее смех очень не понравился. И отцу, судя по его лицу, тоже. Мать смеялась, не останавливаясь. Она всхлипывала, пыталась прикрыть рукой рот и повторяла сквозь приступы хохота:

— Проблемы... Проблемы...

Виктор так и стоял у двери, не зная, что ему делать. Обессилев от смеха, мать опустилась на стул и, продолжая хохотать, закрыла лицо руками. Отец подошел к ней, развел ее руки и сильно ударил два раза по правой щеке. Виктор ахнул, но пощечины помогли: мать перестала заливаться визгливым хохотом и уставилась на отца. Тот поднял руку, чтобы ударить еще раз, но она поднесла ладонь к щеке, по которой отец ударил, с таким отрешенным видом, что стало ясно: приступ прошел.

— Извини, — буркнул отец, отходя в сторону.

И в этот момент раздался звонок в дверь. Пришел дядя Лева, как всегда, без предупреждения.

Родители словно тотчас забыли про свой скандал, и Витька с изумлением наблюдал за обоими. Они расспросили дядю Леву о погоде, сообщили о своих планах на вечер, дружно искали для него какую–то книжку, за которой он, как оказалось, и зашел, шутили и смеялись совершенно непринужденно. Или почти непринужденно. От их голосов у Витьки заболела голова, он ушел к себе в комнату и лег на кровать. Но тут заглянул отец:

— Витя, выйди–ка к нам.

Виктор неохотно пошел в зал. Вот оно что — оказывается, дядя Лева задумал их сфотографировать! Ему, видите ли, нужен последний кадр.

— Я не буду, — пробурчал было Витька, но его даже не стали слушать.

Мать уселась на стул посреди зала, отец с Виктором встали позади нее и положили руки ей на плечи.

— Мариш, положи свою ладонь на Витькину, — командовал дядя Лева, — а ты, Олег, наклонись к ней поближе. Я вам сейчас сделаю... я вам сделаю... Настоящий портрет получится! Еще деньги с вас брать буду!

«Какие деньги! — хотел крикнуть ему Витька. — Ты что, не видишь, какие у них лица?» Но дядя Лева не видел. К счастью, он быстро сфотографировал их и ушел, унося вожделенную книжку, а мать, отец и сын разбрелись по разным углам и стали делать вид, что все в порядке, все в полном порядке, просто каждому хочется немного побыть одному.

Фотографию дядя Лева принес через месяц, когда про нее уже и думать забыли, и Витька был поражен, увидев ее. С карточки, которую дядя Лева специально увеличил для них, смотрела идеальная семья. Мама улыбалась немного устало, но зато отец у нее за спиной смотрел так мужественно, что сразу становилось ясно: если мама устанет, он понесет ее на руках хоть на край света. А умное, красивое лицо их сына? Оно было сдержанным, но за сдержанностью просматривалась глубокая любовь и уважение к родителям. Нежность, с которой женщина на фотографии накрывала его руку, была такой искренней, такой... неподдельной. Это было ужасно!

Елена Михалкова

Да, это было ужасно. Витька не мог объяснить себе, почему не может спокойно смотреть на фотографию. Она казалась просто отвратительной! Уж лучше бы на ней все было видно: красная мамина щека, ее нервные пальцы, нарочито безразличный взгляд отца, сам Витька, злобный и ненавидящий обоих родителей. Но только не чудесная картинка, на которой получилась образцовая семья. Мама не испытывала никакой нежности, накрывая его руку своей! Сделала так потому, что дядя Лева сказал! Но на фотографии все выглядело иначе, и с тех пор подросток Витя Чернявский никогда не верил фотографиям. Рассматривая глянцевые журналы, он всегда думал о том, что эти люди на снимках, держащиеся так беззаботно, смеющиеся так радостно, замершие в таких непринужденных позах, на самом деле просто растянули свои губы в мучительной улыбке, крепко сжали пальцы, чтобы не было видно дрожи, а фотограф нажал на кнопку. И вот пожалуйста — все хорошо! У нас все хорошо!

От неприятного воспоминания Витьку отвлек голос бабушки за окном, что-то возбужденно доказывавшей соседке. Он провел пальцами по фотографии и поставил ее на место. Не в ней дело, и не в курице Юльке, и не в бабуле, и даже не в алкоголике. Это так, поводы. Причина в другом, и следовало самому себе в том признаться. Правда, не хотелось, но Витька сказал себе, что нужно быть честным. Если ты можешь самому себе признаться в неприятных вещах, значит, ты сильный, сильнее всех остальных, которые до последнего от самих себя скрывают правду.

Дело было в Андрюхе.

Ну вот, произнес, с остальным будет легче...

Да, дело было в Андрюхе и его предках. Витька видел много разных семей, и нигде не относились друг к другу так, как в Андрюхиной, это все признавали. Его мать никогда не кричала на отца, а отец не бил ее по щекам, Витька мог бы ручаться: достаточно было посмотреть, какими взглядами

Андрюхины родители обменивались за столом, когда их, мальчишек, приглашали, например, попробовать новый торт, испеченный тетей Машей. Смешно, когда пожилые люди так себя ведут. И еще они так часто держатся друг за друга, будто жить без этого не могут. Первой это заметила Женька.

— Слушай, Андрюх, — как-то сказала она, — у тебя такие предки странные. Чего они за руки все время держатся?

Андрей тогда слегка покраснел, но ответил довольно спокойно:

— Жень, а почему люди вообще за руки держатся? Вот ты почему Мишку за руку берешь, когда по улице идешь?

— Да я его не беру! — возмутилась Женька. — Очень надо!

Парни рассмеялись. Привычка Женьки чуть что хватать брата за руку была хорошо известна, так же как и ее желание во всем походить на братьев. Женька по недоразумению родилась девчонкой, вот парень бы из нее получился отличный, а девчонка какая-то.... нет, симпатичная, конечно, только таких в деревне пацанками называют — грубоватая, вечно в штанах и футболке ходит. А вообще, это лучше, конечно, чем Юлька, которая вечно вздрагивает от любого звука и даже бабку Степаниду толком испугать не может.

В общем, тогда обсуждение странной привычки родителей Андрюхи закончилось перепалкой, но мальчишки и впрямь обратили внимание на то, что тетя Маша с дядей Андреем пройти спокойно друг мимо друга не могут, чтоб или по руке не погладить, или по голове, или просто дотронуться, вроде как сказать: «Я здесь, ты не бойся». И ладно бы они друг с другом только так, а то ведь и Андрюха туда же. Было бы в нем хоть немного слабины, его давно уже высмеяли бы за то, что он с матерью при каждой встрече обнимается, как маленький. Но Андрюха вообще-то парень дельный: спокойный, как удав. Правда, если из себя выйдет, тогда держись — бледный становится и словно крышу у него сносит.

106

Елена Михалкова

А уж как мать с ним разговаривает, вообще ни в какие ворота не лезет: и ласково, и «Андрюшенька, сынок», и не так, нормально: «Пойди и принеси», а «Пойди, пожалуйста, принеси, пожалуйста». Любого человека взять с улицы, показать ему Андрюху с тетей Машей, и он через пять минут скажет, что она сына обожает больше всех родственников, вместе взятых. Ну, кроме мужа, конечно. И ведь самое обидное, что тетя Маша такой человек, что на месте Андрюхи каждый из них хотел бы очутиться, хотя у всех свои мамы и вроде бы никто не жалуется.

Витька бросил еще один взгляд на фотографию и чуть кулаком по столу не стукнул. Несправедливо! Вот что больше всего его убивало — несправедливость. Было просто несправедливо, что у него-то отец с матерью стали ссориться чуть не каждый день, да еще и на сына покрикивать. И когда мать на Витьку смотрит, она не смеется таким смехом, что самому улыбаться хочется, а губы кривит и лоб морщит. А Андрюхе, который ничем не лучше его, все улыбки достаются без всяких усилий с его стороны, не потому что он лучше или больше мать с отцом любит, а потому, что ему повезло в такой семье родиться...

За окном раздался свист. Витька выглянул — на улице стоял Сенька и махал руками.

— Чего тебе? — высунулся Витька.

— Выдь сюда, что сказать надо! — прошипел Сенька громким шепотом.

— До вечера не терпит? Все равно через три часа на костре встретимся.

Но Сенька отчаянно замотал головой, и Витька сдался.

— Ну, что там стряслось? — хмуро спросил он, выйдя за калитку.

— Этот за ограду вышел!

— Что еще за «этот», Сень? За какую ограду? Где Мишка?

Сенька потянул его за собой, усадил на скамейку и, наклонившись, тихо рассказал, что сегодня они втроем ходили за орешником, а на обратном пути не удержались и заглянули на Антонинин двор. Так вот, наркоман уже не во дворе валялся, а ходил за оградой, и вид у него вполне живой. Значит, ведьма его, козла, вылечила все-таки. Не сдох он, не загнулся. И пока никуда из их деревни валить не собирается.

Витька задумался.

— Ладно, вечером поговорим, — решил он. — Кто еще знает?

— Да все, кроме Андрюхи и Юльки.

«Андрюха все равно сегодня не придет, — вспомнил Витька. — Что ж, пожалуй, и к лучшему».

— Сень, мне пора.

— Пока, Витек. Ты уж придумай чего-нибудь...

На долю секунды Витька почувствовал переполнившую его гордость. Вот оно! Ведь его просят, а не какого-то там Андрюху, потому что знают, у кого мозги работают! Но в следующий момент подумал, что Сенька будет восторгаться кем угодно, даже бабкой Степанидой, если она сделает что-то, чего он не понимает, и радость поутихла. Но возвращаясь домой, Витька размышлял, что теперь у него появилась возможность показать им всем, кто на самом деле старший — не по возрасту, конечно, а по поступкам. Он их заставит смотреть ему в рот, как было и раньше и как должно быть по справедливости, потому что он, Виктор Чернявский, умнее их всех.

Вечером ребята собрались возле костра. Не было только Юльки, которую вредная тетя Шура не отпустила, и Мишки (мать оставила его дома присмотреть за отцом, пока она сбегает к соседке по делам).

Женька поворачивала кусок хлеба на прутике и поглядывала на Виктора. Понятно, почему Юлька, дурочка, влюбилась. Витька ничего себе парень. Как там мать говорит? А, видный! Точно, видный. Вот когда он волосы так ерошит рукой, вообще на какого-то актера становится похож, и взгляд у него... задумчивый. Только воображает много и строит из себя. То ли дело Мишка! Мишка всегда как есть, так и говорит, а не выдумывает непонятно чего. Вот Сенька у них еще мелюзга, на Мишку совсем не похож, зато самый сильный — всех мальчишек на лопатки кладет, как не фиг делать. Женька пожалела, что она так не может. «Ничего, вот с гантелями позанимаюсь, — подумала она, — руки такие станут, что даже Мишка удивится. Где бы только их найти, те гантели...»

— Слышь, я сегодня Глашку видел, — в тишине, нарушаемой только потрескиванием костра, неожиданно сказал Сашка. — Она опять за свое.

— Что, и палочки ломает? — подняла голову Женька.

— Угу.

— Вот черт... — покачал головой Сенька. — Ну а ты чего?

— Я все сказал, как баба Степанида велела. Ну, не знаю... Вроде все нормально пока.

Сашка сплюнул через левое плечо и постучал по деревяшке.

Раздался шорох, и на тропинке показалась темная фигура.

— Ой, Мишка! — обрадованно воскликнула Женька. — Че рано-то?

— Да мать пришла, я и рванул, — пробасил тот в ответ и уселся рядом с ней. — Санек, ты чего плюешься?

— Рассказываю, что Глашку, дрянь, видел сегодня, она опять в свои игрушки играет.

— Зубы бы ей выбить за те игрушки. Ну и что, сказал?

— Сказал.

— Сань, повтори, а... — попросил Виктор, который Степаниду не очень слушал, а все рассказы мальчишек считал ерундой и самовнушением, но на всякий случай решил запомнить стишок.

— Через кочку и сугроб, — начал Сашка, — мимо глаза, прямо в лоб, отведи мою беду не на друга, а к врагу.

Витька усмехнулся, как и тогда, у Степаниды, когда она заставила каждого из них повторить эту чушь. Но сейчас, в темном лесу, озаряемом лишь вспышками костра, слова уже не казались такими уж глупыми. Он повторил стишок про себя и вспомнил еще кое-что.

— Да, Санек, а ты в глаза-то ей смотрел?

— Смотрел, смотрел. У нее зенки такие... не поймешь, куда смотреть.

— Когда ты видел ее? — спросил Мишка.

— Утром.

— Ну, значит, все нормально. Раз до сих пор ничего с тобой не случилось, значит, и не случится.

— Смотри, сглазишь! — дернула брата Женька. — Постучи, Сань.

Сашка опять постучал по дереву и на всякий случай еще несколько раз сплюнул через левое плечо.

Вокруг сгущалась ночь. Сашка и Сенька подкладывали в золу картошку, а Мишка достал бутылку и рассматривал этикетку, которую видел уже тысячу раз. Женька встала глянуть, нет ли кого на дороге, но в лесу было тихо и спокойно, никто и не думал их проверять: родители знали, где они собираются, и знали, что не позже двух ночи все будут дома. «Всяко лучше, чем на дискотеку в райцентр мотаться, — думала про себя тетя Шура, и за ней остальные родители. — А так сидят, картошку жарят, болтают, не мешают никому». О том, что на костре употреблялась водка, не знал никто из взрослых, и было страшно даже подумать, что случится, если узнают. Витька сидел и думал, с чего начать. Общую канву разговора он уже обдумал, теперь оставалось только выбрать удачный момент. Как раз когда он почти определился, Мишка проговорил:

— Хотели завтра в Петряево сходить, а теперь и ходить-то страшно, там драки чуть не каждый вечер. Не поймешь, чего от них ждать.

Остальные промолчали, и в тишине Витька веско произнес:

— Насчет того, что страшно, так еще вопрос, где страшнее.

И, увидев пять пар глаз, вопросительно устремленных на него, добавил:

— Ну, что с наркоманом будем делать?

Глава 8

Начало ноября выдалось таким же слякотным и пасмурным, как и весь октябрь, и эта погода полностью соответствовала Тониному настроению. Правда, она старалась не показывать своей хандры мужу, потому что у Виктора подходило к концу его строительство, а в такое время, по опыту известно, лучше его не раздражать. Какие-то многочисленные комиссии выводили его из себя, он беспрестанно разговаривал по телефону и даже за ужином клал его рядом с собой на стол, что ее очень сердило. Но возражать она не решалась. Помимо всего прочего, Тоня хорошо помнила их последнюю ссору.

Виктор добился своего — она теперь боялась ругаться с мужем, поэтому они совсем не ссорились. Но легче Тоне не стало. Если раньше, просыпаясь, она подходила к окну и смотрела на голые, без листвы, яблони и маленькую рябинку с красными кистями, то теперь ей не хотелось ни подходить, ни смотреть. К тому же в утреннем сумраке очертания деревьев с переплетенными черными ветками еле виднелись, а ягоды на рябине были неразличимы. Из-за этого казалось, что она покрыта беспорядочными оранжевыми мазками. Правда, потом, когда Тоня выходила на крыльцо и вдыхала мокрый, словно пропитанный капельками дождя осенний воздух, она на некоторое время чувствовала то же, что и в сентябре, — беспричинную радость просто оттого, что она живет в этом доме, стоит в этом саду, проводит рукой по мокрым стволам деревьев. Но радость приходила все реже и реже, а в последнюю неделю почти постоянным стало состояние недоумения и испуга. Причина была в ее здоровье.

После возвращения от Рыбкиных и последовавшей стычки с мужем Тоня приняла окончательное решение: она должна родить ребенка. Тоне хотелось мальчика, и чтобы он был похож... на Виктора, сказала было она самой себе, но потом поняла, что это неправда. Нет, ей не хотелось, чтобы ребенок был похож на мужа. Ей хотелось... Да глупость, ей–богу, глупость, просто такая ерунда, что стыдно признаваться даже самой себе! Поэтому она и не признавалась, до тех самых пор, когда, открыв ящик старого комода, чтобы достать оттуда какую–то тряпку, не увидела ту самую фотографию. Оказывается, Виктор положил ее обратно, а она и не знала. Тоня неприятно удивилась.

В тот день, когда она нашла ее, почти полтора месяца назад, и торжественно выложила карточку перед мужем после ужина, ожидая восторга и благодарности, Виктор повел себя как–то странно. Он, конечно, рассмотрел фотографию, даже сказал что–то по поводу Кольки с Сашкой, но в целом... в целом он... Слово никак не подбиралось. Не заинтересовался! Да. Он не заинтересовался, что было удивительно. Повертев карточку в руках пару минут, Виктор отложил ее в сторону, а вечером, когда Тоня собралась мыть посуду, ее на столе уже не было. Она решила, что фотография осталась у него, и теперь стояла удивленная перед выдвинутым ящиком, из которого пахло лавандой. На маленькой малиновой кофточке лежала фотография, с которой улыбались шестеро подростков, а седьмой смотрел открыто и спокойно, но без улыбки. Снова разглядывая ребят, Тоня неожиданно призналась самой себе в той ужасной глупости, в которой не могла признаться до сих пор, пока не посмотрела на этого седьмого. Ей хотелось, чтобы малыш был похож на него.

Тоня даже покраснела. Да, ей хотелось, чтобы у нее родился такой же серьезный, спокойный мальчишка, который обязательно, она точно знала, будет очень ласковым к ней. Конечно, мальчишки не должны быть очень ласковыми, но ей все равно хотелось. И пусть он будет с таким же открытым лицом и серыми глазами. Правда, по фотографии не понять, какого цвета глаза у мальчишки, но Тоня была уверена, что серого.

«Глупостями ты, моя милая, занимаешься, — произнес у нее в голове осуждающий голос. — Хочешь ребенка рожать — быстренько отправляйся к врачу, как Виктор советует». Что ж, совет был правильный, потому что с ребенком могли возникнуть сложности — Тоня никак не могла забеременеть.

А на следующее утро после похода к Рыбкиным она проснулась от боли внизу живота, да еще обнаружила кровь на простыне, хотя до месячных было еще далеко. Боль отзывалась где-то в голове, а временами начинала скручивать все тело. Промучившись полдня, Тоня не выдержала и добрела до соседей. К счастью, Аркадий Леонидович оказался дома. Увидев ее бледное, измученное лицо, он расспросил о причине недомогания и выдал Тоне упаковку желтоватых таблеток с указанием, как именно принимать. Тоне было так плохо, что она, всю жизнь внимательно изучавшая инструкции к любым медикаментам, даже не посмотрела название лекарства. Но оно помогло, и на протяжении последующих трех дней Тоня глотала по утрам горькие таблетки, а затем отлеживалась полчаса на диване, ожидая, когда уйдет боль.

Наконец ее страдания закончились, и она почти забыла о случившемся, списав неприятность на капризы организма. «Ребенка нужно рожать, — в сотый раз думала она, — и заниматься ребенком». Ее настрой на беременность был таким сильным, что по утрам она иногда с удовольствием ощущала легкую тошноту. А через две недели опять началось кровотечение.

Вот теперь ей стало страшно. Было не так мучительно, как в первый раз, но Тоню охватило чувство растерянности. Что происходит? Почему? Она что, больна?!

Вечером Тоня поговорила с Виктором, и тот принял решение: нужно немедленно обследоваться. Договорились с

Аркадием Леонидовичем, и почти каждое утро на протяжении следующих двух недель она ездила с Виктором в Москву.

Через две недели врач, пожилая полноватая женщина по имени Ираида Андреевна, очень внимательно отнесшаяся к Тоне («Еще бы, — прокомментировал Виктор, — за такие-то деньги!»), пригласила ее к себе и стала задумчиво просматривать карточку. Несколько раз взгляд ее останавливался на каких-то строчках, цифрах, и у Тони замирало сердце, но Ираида Андреевна откладывала очередной листочек в сторону, и Тоня на время успокаивалась.

— Ираида Андреевна! — наконец не выдержала Тоня. — Скажите что-нибудь, пожалуйста! Что со мной такое?

Ираида Андреевна сняла очки, протерла их, опять водрузила на нос, после чего посмотрела на Тоню и сказала:

— Антонина, с вами все в порядке.

— Слава богу! — выдохнула Тоня, но что-то в выражении лица врача ей не понравилось. — Точно все в порядке?

— Да, — кивнула та. — У вас нормальные анализы, с очень небольшими отклонениями, которых при современной экологии и общем состоянии здоровья населения просто не может не быть. Немножко вот гормоны разбалансированы, — она поднесла к глазам один листочек, — хотя ничто не внушает особых опасений... Короче говоря, — оторвалась она от карточки, — в целом могу сказать следующее: Тоня, вы здоровый человек. Я имею в виду, конечно, по моей части, по гинекологии. Мне вообще такие женщины редко встречаются.

— В чем же дело? — недоуменно спросила Тоня.

— М-м-м, ну, видите ли... Ваш переезд в деревню, может быть, сыграл определенную роль, а возможно, некоторый... ну, скажем так, категоричный настрой на беременность... или, вероятно, вмешались еще какие-либо факторы неврологического, если можно так выразиться, характера... В целом, если судить по состоянию вашего организма на сегодняшний день...

Тоня перестала что-либо понимать. Ираида Андреевна

еще что-то говорила, но Тоня ее уже не слушала. Она здорова. Врач только что сказала, что она здорова. Почему же ей так больно, когда начинаются месячные? Почему они теперь начинаются неправильно? Почему, наконец, она не беременеет?!

— Почему я не беременею? — произнесла вслух свой последний мучительный вопрос Тоня, перебив Ираиду Андреевну на полуслове.

Та опять отложила очки в сторону и покачала головой:

— Антонина, вы поймите, прошло слишком мало времени. Сколько вы не предохраняетесь? Два месяца? Но это же совсем ни о чем не говорит! Диагноз «бесплодие» мы ставим только тогда, когда женщина не может забеременеть на протяжении года, хотя в течение всего года пара ведет половую жизнь.

— Бесплодие? — с ужасом переспросила Тоня. — При чем здесь бесплодие?

— Да ни при чем. Просто вы спросили, почему никак не можете забеременеть, вот я и объяснила.

— Но, Ираида Андреевна, почему же у меня начались такие сильные боли, если все в порядке? Ведь все в порядке?

Доктор перевела взгляд в окно. Если бы Тоня была чуть наблюдательнее, она бы заметила в глазах своего врача некоторое смущение. Ираида Андреевна начала опять повторять про влияние психики на организм, но было очевидно, что думает она о другом.

— Спасибо, Ираида Андреевна, — сказала наконец Тоня. — Вы меня успокоили.

— Да не за что, что вы. Приезжайте, если что-нибудь случится...

Часом позже Ираида Андреевна столкнулась с хирургом, выходившим из палаты.

— О, а я по твою душу, голубушка! — обрадовался Аркадий Леонидович. — Ну, как там Чернявская?

— Аркаш, не спрашивай, — махнула она рукой.

— А что такое? У нее же все анализы в норме, я смотрел.

— Вот именно, Аркаш, вот именно!

Хирург задумчиво посмотрел на нее, и улыбка сползла с его губ.

— Не понял. Что, вообще ничего нет? Так не бывает.

— У тебя профессиональная деформация сознания, — грустно усмехнулась Ираида Андреевна. — Ты существования здоровых людей не признаешь в принципе.

— Да, не признаю, потому что их ничтожно мало и к нам такие не попадают.

— Но с Чернявской, поверь мне, все в порядке. Если хочешь, можешь сам результаты перепроверить.

— Да на черта мне их перепроверять, я все видел! Но сегодня должны были быть инфекции готовы...

— Все нормально, Аркаш, я же тебе говорю. Нет у нее никаких инфекций.

Хирург задумался. Потом поднял глаза:

— Ну, и что ты ей сообщила?

— Да так и сообщила. Объяснила зависимость между сознанием и телом: может быть, она слишком настроила себя на необходимость забеременеть... Ты же понимаешь...

— Понимаю, понимаю, — покивал он в ответ. — Ладно, Ирина, я все-таки карточку ее потом посмотрю.

— Да посмотри, конечно, может, что увидишь...

Гинеколог с двадцатилетним стажем Ираида Андреевна Соломеец вернулась в свой кабинет, села за стол и стала задумчиво перелистывать календарь. С одной стороны, она все сделала правильно. С другой, чувство неудовлетворенности собой никак не оставляло ее. «Ну, и что, по-твоему, я должна была девочке сказать? — наконец поинтересовалась она у чувства неудовлетворенности. — Правду? Неужели? А ей намного легче стало бы от правды? Ну, может быть, она пошла бы к другим врачам, где ей, в лучшем случае, подтвердили бы то же самое, а в худшем — начали лечить от несуществующих у нее болячек». «А то, что ты сказала, лучше?» — спросило чувство неудовлетворенности. «Да, лучше».

Но чувство неудовлетворенности никуда не делось. Ответ его не устраивал, и Ираида Андреевна знала почему.

Она не могла объяснить, что происходит с ее пациенткой Чернявской Антониной Сергеевной. Не могла, и все.

Тоня вернулась домой в каком-то странном состоянии. Она так устала от осмотров, анализов, ежедневных поездок («Господи, и как только Витя выдерживает!»), что не могла ничего делать. И странное дело — слова врача ее совершенно не успокоили. «Лучше бы у меня что-нибудь нашли!» — думала Тоня, ожесточенно взбивая подушку.

Она улеглась на кровать, забыв про то, что у нее не приготовлено второе, но сон не шел. В голове звучало слово, произнесенное врачом, — «бесплодие». Тоню передернуло. Господи, неужели ужасный диагноз может относиться к ней?! Она, конечно, знала, что женщины бывают бесплодны и мужчины тоже, что для многих пар иметь своего ребенка — несбыточная мечта, но даже не представляла, что сама может попасть в их число. Страшный диагноз был... как-то очень далеко. Это была чья-то чужая несчастная жизнь, в которой не было детей, а такого с ней никогда не могло случиться.

Тоня уселась на кровати и уставилась в окно.

Так, хватит раскисать, сказала она себе. Вечером надо посоветоваться с Витей и решить, что дальше делать. Может быть, болезненные месячные просто случайность и все наладится. Скорее всего — так оно и есть.

Успокоив себя, Тоня накрутила котлет, потушила картошку в молоке, как Витя любит, и заставила себя заняться другими домашними делами. Они ее успокаивали, работа спорилась в Тониных руках. Она и сама знала, что на нее уборка действует, как на многих успокоительные капли.

Через два часа, когда уже стемнело, чисто вымытый дом блестел, а Тоня ходила по комнатам, обдумывая, что бы еще такое привести в порядок. Усталость у нее почти прошла, и теперь она не сомневалась, что со здоровьем все наладится. Действительно, ее недомогание последнего времени — просто случайность.

Тоня вышла в кладовку, и взгляд ее упал на комод. Вот чем она займется! Давно пора было очистить его, и нечего откладывать на весну. Может быть, все ящики она сейчас и не успеет разобрать, но хотя бы верхние два пора освободить от чужого хлама.

И Тоня решительно выдвинула верхний ящик. Сверху лежала фотография, которую она собиралась переложить в свою коробочку, но не успела, а под фотографией белел листок бумаги. Она удивленно потянула его на себя. В ее руках оказалась половинка обычного тетрадного листа в линейку, на котором аккуратными, почти печатными буквами было написано стихотворение. Тоня прочитала его, но ничего не поняла. Перечитала еще раз.

> Ропот листьев цвета денег,
> Комариный ровный зуммер...
> Глаз не в силах увеличить
> Шесть на девять тех, кто умер,
> Кто пророс густой травой.
> Впрочем, это не впервой.

«Что за бред?» — покачала она головой. Зачем Витя сюда это засунул? И вообще, что за странные строчки такие?

Стихов Тоня не любила и не понимала, ну, может быть, только стихи для детей. Правда, ей нравились несколько стихотворений Есенина, а после знакомства с Виктором она специально брала в библиотеке томики поэтов Серебряного века, которых он очень любил, и старательно вчитывалась в строчки, пытаясь убедить себя, что стихи ей нравятся. Но на самом деле ей не нравилось. Совсем не нравилось.

В начале их супружеской жизни Виктор, вдохновленный ее возникшим интересом к поэзии, время от времени по вечерам, когда она уже лежала в постели, начинал с выражением читать ей что-нибудь «из своего самого любимого», а любимого у него было очень много. Тоня даже не могла запомнить все фамилии, которые он называл, и только сильная влюбленность в мужа удерживала ее от того, чтобы не заснуть на десятой строчке очередного поэтического творения. Но она внимательно слушала, пытаясь понять, что же находит Виктор в этом наборе звуков. Так и не поняла. И окончательно удостоверившись в своей непонятливости и необразованности, поставила на себе крест. Впрочем, вскоре «творческие вечера» прекратились, потому что Виктор приезжал домой измученный и ему было не до стихов. А когда аврал у него на работе закончился, чтения как-то не возобновились.

И вот сейчас Тоня недоумевала, что за глупость Виктор написал и зачем-то засунул в ящик. «Может быть, он нарочно так сделал, чтобы я прочитала?» — подумалось ей. Она уселась с листочком у окна и принялась перечитывать.

Ерунда. Вот ерунда! Тоня даже рассердилась. Зачем специально усложнять простые вещи, да еще выражать мысли таким совершенно заумным языком, если можно сказать понятно? Пусть Виктор, если ему хочется, приходит в восторг от стихов, а ей не нравится, и она ему честно об этом скажет сегодня вечером. Тоня решительно положила листочек на стол, почему-то разозлившись.

«Да что со мной? — спросила она у себя. — Подумаешь, стихи непонятные, зачем злиться-то...» Ответ лежал на поверхности и был ей очевиден. Злилась, потому что стихи были непонятные, оттого она чувствовала себя глупой. Тоня и так знала, что не блещет умом, но тут ей на секунду показалось, что Виктор положил листок со стихом в ящик, чтобы показать ей, какая разница между ним, умным, и ею, дурочкой, если не сказать еще сильней. «Вот назло тебе разберусь!» — решила вдруг Тоня и стала перечитывать идиотские строчки.

«Ропот листьев цвета денег». На расшифровку первых четырех слов у нее ушла минута. Сначала тупо смотрела на слова, не в состоянии понять, что имеется в виду и как четыре существительных могут образовать нечто целое. Ропот листьев цвета денег... Какого цвета деньги? Она вспомнила монетки. Серые? Серебристые? Красноватые? Тоня перевела взгляд за окно, посмотрела на голые стволы и вдруг поняла. Шорох зеленых листьев, потому что многие бумажные деньги и в самом деле зеленоватые, вот что имелось в виду! Ей представилась яблоня, вся шелестящая долларами, и она улыбнулась. Как все просто.

«Комариный ровный зуммер». Ну, тут все ясно. Комар звенел не переставая и, наверное, ужасно раздражал того, кто писал стихи.

Внезапно две строчки, еще пару минут назад лишенные всякого смысла, сложились в Тониной голове в ясную картинку: лето, вечер, человек сидит за столом и что-то рассматривает, а над ухом звенит комар, но писк его не раздражает. Почему не раздражает?

«Глаз не в силах увеличить шесть на девять тех, кто умер, кто пророс густой травой».

Тоня поняла, что проще разбирать стих по предложениям. В этом речь шла о том, что кто-то умер. Но при чем здесь шесть на девять? И вдруг, может быть потому, что совсем недавно она держала в руках фотографию, Тоня догадалась, что имел в виду тот человек, который сидел за столом и что-то рассматривал. Он рассматривал фотографию, а все, кто был на фотографии, уже умерли, и он не мог себе представить их лица большими, как на фотографии размером шесть на девять, а только всматривался в их черты, пытаясь вспомнить, какими они были на самом деле. Но на их могилах уже была густая трава — их всех похоронили так давно, что могилы заросли, и никто не ухаживал за ними, потому что, если бы ухаживал, были бы цветы, а не трава.

Последнюю строчку Тоня помнила и так, можно было не читать ее. «Впрочем, это не впервой», — произнесла она вслух. Здесь все было понятно. Люди умирали и раньше, и их могилы зарастали травой, и имена забывались, и это то самое, чем пытается утешить себя человек за столом. Он усмехается, но его усмешка грустная, потому что у него все умерли. Все.

Тоня оторвала взгляд от листочка и перевела его на окно. За ним была чернота, и под влиянием только что прочитанного и осознанного Тоня встала, посмотрела в черноту и медленно задернула занавески. В комнате стало уютнее, но впечатление от стихотворения не проходило. Первый раз в жизни какие-то шесть строчек так повлияли на нее: ей хотелось повторять их снова и снова, но в то же время ее охватывала боль за человека, который остался совершенно один летним вечером. Она сейчас словно была тем самым человеком... Тоня вспомнила бабушку, умершую три года назад, опустилась на диван и внезапно расплакалась.

Ольга Сергеевна ждала приезда сына с внуками. Она пожарила мясо, приготовила салат, сварила целую бадью супа, хотя никто, кроме Савелия, его не ел. Но, вздумай она оставить сына без борща (сама она терпеть его не могла!), он пришел бы в плохое настроение. Уж Ольга-то Сергеевна его знала! А сердить сына ей вовсе не хотелось.

После ужина, когда довольные наевшиеся внуки ушли к себе в мансарду, чмокнув бабушку перед сном, она взяла в руки вязание.

— А ты что, мать, никак вязать научилась? — усмехнулся Савелий, пивший чай за столом.

Ольга Сергеевна хотела съязвить в ответ, но вовремя остановилась.

— Да, как-то само получилось, — ответила она, поглядывая на сына. — Глядишь, Лизу обвязывать начну. Сейчас, между прочим, очень даже престижно — ручная работа.

— Угу, хэндмейд.

Савелий с присвистом допил последний глоток и отставил чашку в сторону.

— Вымоешь, ладно?

Ольга Сергеевна даже не кивнула в ответ. Она знала, что ее согласия не требовалось, да Савелий его и не ждал.

— Как тут вообще народ поживает, а? — поинтересовался сын спустя пять минут.

— Да так, потихоньку, — ответила Ольга Сергеевна. — Я тут с соседями познакомилась, которые дом напротив купили.

Савелий Орлов пристально взглянул на мать, но та была увлечена вязанием.

— Еще, знаешь, поругаться немного пришлось, — добавила Ольга Сергеевна. — Другие соседи, которые рядом с ними, вздумали детей своих на наш участок запускать. Те носились как угорелые, ветку смородины сломали.

Она ждала реплики сына, но Савелий молчал.

— Пошла я к их бабушке, — продолжала Ольга Сергеевна, — а она мне: «Знать ничего не знаю». И хихикает. Противная такая старуха, честно тебе скажу. Я ей про ветку смородины, а она в ответ: «Вы злитесь, потому что ничего у вас с почтальоновым домом не получилось». Нет, ты представляешь? Я ей про Фому, а она мне про Ерему. При чем здесь вообще соседский дом, если ее внуки через наш забор перелезают, а?

Савелий встал и прошелся по комнате. Ольга Сергеевна продолжала вязать.

— Значит, с домом у нас ничего не получилось... — недобро протянул Савелий. — Здорово. Просто здорово! Ты, что ли, мать языком растрепала?

Ольга Сергеевна подняла на него глаза. Сын стоял напротив, набычившись, опираясь ладонями о стол. «Точно, на быка похож», — машинально отметила она, не отводя взгляда.

— Ты, Севка, во-первых, думай, что говоришь, — сухо осадила она сына. — «Растрепала»... К Лизке своей так можешь обращаться, а мне подобных слов не говори. Во-вторых, я здесь ни с кем не разговаривала. И без меня все соседи знают, что ты дом хотел купить, да его перекупили. Посмеиваются, конечно. Только тебе-то что? Почему ты так

122

Елена Михалкова

злишься? Подумаешь, дом не купил... Ну так купили этот, и слава богу.

Про «слава богу» она, конечно, слукавила, и вранье ее лежало на поверхности: сын прекрасно знал, что мать ненавидит и деревню, и их обустроенный дом. Но он не обратил на ее последние слова внимания. Как она и думала, его интересовало только одно.

— Значит, смеются... — забормотал он, злобно косясь в окно. — Понятно, кто тут языком чешет. Новые хозяева, значит, радуются... Посмотрим, сколько вы радоваться будете!

Он вышел из комнаты, мягко прикрыв за собой дверь. Ольга Сергеевна с облегчением отложила вязание, которое ненавидела почти так же сильно, как и дом.

В субботу Виктор отправился «наносить визиты» к состоятельным соседям, а Тоня осталась дома. Она чувствовала себя плохо, причем без внешней причины. Походив бесцельно по комнатам, она решила зайти к бабушке Степаниде — попросить у нее рецепт печенья, да и просто пообщаться, узнать, как дела. Ей нравилась словоохотливая старушка, нравился ее старый, чистенький домик, и она всегда старалась узнавать, не нужно ли чего бабушке Степаниде в Москве. Но та лишь благодарила и объясняла, что если ей что и нужно, то всегда может Женька съездить, Тоню ей беспокоить не хочется.

Тоня захватила коробку конфет, которые, как она знала, Степанида очень любила, натянула высокие сапоги и закрыла за собой дверь. Вообще-то можно было и не запирать, сейчас, в такую непогоду, в деревне оставались только местные, и те сидели по своим избушкам, но Виктор много раз объяснял ей, насколько неразумно оставлять дом открытым даже на короткое время. Хотя, между прочим, они все никак не могли сменить старые замки на новые и пользовались ключами, которые Виктору дал... Тоня остановилась посреди сада и обернулась, чтобы посмотреть на

123

дверь. Почему-то ей и в голову не приходило спросить, кто же дал Виктору ключи, если о продаже дома он узнал от случайного знакомого. Хотя, возможно, хозяин дома просто отдал их в агентство? Интересно, как все обычно делается?

Обдумывая это, Тоня сама не заметила, как дошла до калитки. Охотник Женька, пока жил у бабы Степаниды, принес много пользы: починил забор, кое-что подправил в доме, недавно что-то сделал с калиткой, и она перестала скрипеть, хоть и выглядела так, словно может развалиться в любую минуту. Тоня постучала у окошка, дождалась, пока из-за занавесок покажется улыбающееся морщинистое лицо Степаниды, и прошла во двор.

— А, Тоня пришла! — вышла на крыльцо, кутаясь в платок, старушка. — Чай, опять принесла чего, а? Говорила же тебе — не таскай, своего девать некуда!

— Сама же и съем, — рассмеялась Тоня. — Степанида Семеновна, я к вам за рецептом.

— Проходи, проходи. Я одна, Женька, хоть и непогода вон какая, в райцентр отправился, разрешение какое-то получать, так что мне гости в удовольствие. Ну, рассказывай, как ты живешь-поживаешь? Что без супруга сегодня?

— Супруг с визитами по соседям ходит, — отозвалась Тоня, снимая куртку.

В комнате было сильно натоплено (Степанида любила тепло), и ей сразу стало жарко.

— Садись, Тоня, я тебя чайком напою. Ну что, обжилась ты наконец? Про Витьку-то не спрашиваю, он этим домом болеет просто, а вот ты человек непривычный...

— Да ведь мы мало еще тут прожили, — уклончиво ответила Тоня. — Вроде бы привыкаю.

— Ну хорошо, хорошо, — покивала головой Степанида. — А то я, понимаешь, вроде как ответственность свою чувствую.

— Почему?

— Так а кто ж вам дом-то продал?

— Кто?

— Да я же и продала!

— Как вы? — поразилась Тоня. — Степанида Семеновна, да вы что?

— Ба! А ты разве не знала? Что же тебе Витька-то не сказал? Хотя, по правде, я сама его просила языком особо не чесать.

— Подождите, подождите... Так это ваш дом, получается, раз вы его продали?

— Нет, голубонька, не мой. Меня хозяйка попросила, а я все и сделала, и она мне, как полагается, денежку выплатила. Очень довольна была, что так быстро покупатель нашелся.

— Ничего не понимаю, — покачала головой Тоня. — Вы мне расскажите с самого начала, пожалуйста. Как вы Виктора-то нашли?

— Да что тут рассказывать? Всех рассказов — чашка чаю с сахаром, как бабка моя говаривала, — отозвалась баба Степанида, заваривая свежий чай. — Мне с полгода назад хозяйка дома письмо прислала: так и так, собираюсь продавать имущество, а с чужими людьми связываться не хочется. Мол, и денег жалко, и Степаниде Семеновне доверия больше. — При последних словах старушка поправила на плечах платок и довольно улыбнулась. — Ключи мне переслала, а потом только за деньгами сама и приехала. Ну вот я и подумала: может, из своих кто захочет дом купить, из деревенских? Телефоны есть, стала названивать, спрашивать, не нужно ли кому. А почтальонов-то дом все знают, кто тут жил, — дом-то какой, красота! Чернявскому позвонила, тестю твоему, он и говорит: ты, Степанида, Витьке предложи, а мне в Калинове делать нечего. Вот так-то и сложилось.

— А зачем хозяйка такой дом хороший продала? — спросила Тоня, мысленно удивляясь: ай да Виктор, ни слова не сказал.

— Так а зачем он ей, голубонька? Сама она в Воронеже,

и муж ейный там, а оттудова сюда не наездишься. Да и память у нее не больно хорошая.

— Сколько же ей лет?

— А я не о том, что она не помнит ничего, девка-то она молодая. Просто радости ей здесь никакой нет.

— Почему? — насторожилась Тоня. — В доме умер кто-то?

Она замерла, ожидая ответа. Неужели наконец-то услышит, что с домом не так?

— Умер? Да нет, никто не умирал. Ну, дед Василий только, а бабка Лиза в больнице, упокой ее Господь, отошла. Да ведь тому уж сколько лет! А ты с чего взяла, про смерть-то?

— Да вы сказали, что радости хозяйке нет, вот я и спросила.

Степанида помолчала немного, потом встала, отнесла чашки в раковину и только потом нехотя произнесла:

— Так ведь оно не обязательно умирать, и других бед полно на наши души.

Тоне очень хотелось продолжить расспросы, но она не решилась: Степанида явно вспомнила что-то не слишком веселое. Старушка задумалась, машинально вытирая помытую посуду, но как только Тоня решила перевести разговор на другое, задала неожиданный вопрос:

— Давно хотела у тебя спросить: а что у вас с Витькой детишек-то нет? Сколько женаты?

— Год, — слегка оторопев, ответила Тоня.

— Немного. Но вообще-то уж можно было бы заиметь. А тут самое место хорошее — и воздух чистый, и все... Что не рожаешь-то?

И неожиданно для себя Тоня выложила бабе Степаниде все, что случилось с ней за последний месяц. Закончив рассказ, взяла печенье из вазочки и начала его грызть, пытаясь справиться со слезами. Старушка молчала. «Зачем только рассказала? — еще больше расстроилась Тоня. — Совсем плохая стала, скоро ко всем подряд буду со своими проблемами кидаться».

После довольно долгого молчания баба Степанида заговорила вдруг очень серьезно:

— А скажи-ка ты мне вот что, Антонина Сергеевна... Ты, случаем, ни к кому перед своей болезнью в гости не ходила?

— В гости? — недоуменно переспросила Тоня. — Нет, ни к кому. Я в деревне, кроме вас и тети-Шуриных, никого почти и не знаю. Ой, нет, ходила, — вспомнила она, — к Аркадию Леонидовичу с Лидией Семеновной, к нашим соседям через дом.

— Этих знаю, — махнула рукой Степанида. — Больше ни к кому? Вспомни точненько!

Что-то было в ее голосе такое, что заставило Тоню внимательно взглянуть на хозяйку. Секунду она смотрела в выцветшие голубые глаза, а потом неожиданно ее осенило:

— Господи, ну конечно! К Рыбкиным мы с Витей ходили. Помните, вы еще мне про них рассказывали? Вот на следующий день, в субботу, и ходили. Как же я забыла?

— Ах, к Рыбкиным... К Глафире, значит... — протянула Степанида, и голос ее Тоне не понравился. Воркование куда-то исчезло, он стал жестким, дребезжащим голосом рассерженной старухи.

— Степанида Семеновна, меня Витя уговорил, — сказала она, почему-то оправдываясь. — Я к ним больше ни ногой. Мы вообще зря, по-моему, туда пошли...

— Зря, зря, — покивала Степанида. — Только ты, голубка, здесь ни при чем. Расскажи-ка ты мне, старухе, про что разговор там велся. А вообще-то и не надо, — вдруг остановила она Тоню, уж открывшую было рот. — И без того больно на Глафиру похоже. А об чем говорили — пустое, она и без обид может начать свои мерзости делать.

— Я ее про детей спрашивала, — вспомнила Тоня. — У нее такой муж странный... Я даже потом пожалела, что спросила.

— Про детей?! — изумилась старушка и усмехнулась. — Ну, Тоня, ты нашла что у Глашки спрашивать!

— Да в чем дело-то?

— Ну вот что я тебе скажу. Пойдешь, значит, теперь к тезке своей, Антонине, расскажешь ей все, что мне рассказала. Только она тебя увидит — сразу скажи, что ты из-за Глашки пришла, та тебе зло сделала. Ясно? С этого начни, иначе Антонина тебя и слушать не будет. А там уж ты слушай ее. И все делай, что она тебе скажет. Я так думаю, — пробормотала Степанида себе под нос, — много она с тебя не попросит. Ну, все поняла?

— Да, поняла, — кивнула Тоня. — А кто такая Антонина? Врач местный?

Степанида взглянула на нее, и молодая женщина сообразила, что ляпнула что-то не то.

— Ты что, про Антонину не знаешь? — медленно спросила старушка.

Тоня покачала головой.

Та присела на стул, подперла щеку ладонью и покачала головой.

— Ай, Виктор, Виктор... — непонятно протянула она. — Хоть бы жене рассказал...

— Что рассказал?

— Ничего. Захочет, сам расскажет, я тут тебе не помощница. Чужие это дела, меня не касаются. А вот про Антонину могу сказать, никакого секрету нет: ведьма она калиновская, Антонина-то. И теперь к ней тебе прямая дорога.

Двадцать лет назад

Глашка шла по дороге, всхлипывая и размазывая сопли и слезы по лицу. Чертова бабка опять отлупила ее без всякой причины: подумаешь, посуду не вымыла! А что она, служанка, что ли? За всеми убирай: за бабкой, за папашей, когда он пьяный заявляется, за Васькой... И ни погулять нормально, ни с девчонками посидеть. Что за жизнь у нее?!

От жалости к себе Глашка опять разревелась. На сей раз бабка обидела ее вообще ни за что: все равно ведь она ту несчастную посуду вымыла бы, хоть и не сразу. Так ведь хочется отдохнуть после обеда! Вот не вернусь сегодня домой, подумала Глашка, останусь в лесу ночевать, умру там от холода. И как вы без меня будете дальше жить, а? Она представила бабкино лицо, когда та увидит Глашкино тело, и ей стало легче. Да, бабулечка, вот тогда ты пожалеешь, что лупила меня просто так, а будет поздно. И Васька хорош — ни заступиться, ни пожалеть. Еще и ругается иногда, сволочь. Лучше бы у нее вообще старшего брата не было!

Но Глашка прекрасно понимала, что если бы не было Васьки, ей приходилось бы делать еще больше, но представлять, что занудный братец, вечно твердивший: «Глаша, помоги! Глаша, помоги!», исчез, было очень приятно. Перед лицом девочки живо встало длинное, немного лошадиное лицо старшего брата, и она сама удивилась, насколько хорошо помнит каждую его черточку. Даже все его противные прыщи, которые появились с месяц назад, отложились в Глашкиной памяти, не говоря уже об ужасных черных точках на носу. Если бы Глашка умела рисовать, она смогла бы с точностью воспроизвести портрет брата, но рисовать она не умела.

Припекало. Глашка так быстро выскочила из дому, что забыла надеть платок, просидела за домом на солнцепеке целый час, но только теперь, выйдя за деревню, ощутила, как палит голову июльское солнце. Все дома она уже прошла и теперь брела совершенно бесцельно. Она подумала, не спрятаться ли от жары в лесу, но лес она не любила и идти туда не хотела. «Вот блин, сейчас еще и башку напечет!» — со злостью подумала Глафира, искренно считая, что и в жарище нынешней виновата та же бабка.

А голову ей действительно напекло. Перед глазами девочки то и дело мельтешили черные круги и все плыло, а в ушах при резком движении раздавался тихий, неприятный звон. Уставшая, наревевшаяся Глашка свернула с дороги, прошла через луг и, не соображая толком, что делает, перелезла через чью-то ограду. Двери сарая оказались открыты, в доме и во дворе было тихо. Она улеглась на какую-то тряпку, закрыла глаза и моментально провалилась то ли в сон, то ли в забытье.

Когда очнулась, был уже вечер. Сначала Глашка долго не могла понять, где она, и бестолково вертела головой в разные стороны, но потом смутно вспомнила, что увидела с дороги дом и свернула к нему. Стало быть, она в сарае этого дома... Но за деревней был только один дом, стоявший на-особицу, и Глашке не нужно было рассказывать, кто в нем хозяйка. Девчонка в страхе вскочила, метнулась во двор и наткнулась прямо на высокую черноволосую женщину с резкими, грубыми чертами лица, без выражения смотрев-шую на нее. Глашка хотела заорать, но язык словно онемел, руки и ноги перестали слушаться, и она медленно уселась на землю перед сараем. Женщина постояла над ней, потом молча повернулась и вошла в сарай.

«Сейчас топором зарубит, — с ужасом поняла Глаш-ка, — а потом или съест, или на снадобья свои пустит». Она уже даже представила свою отрубленную голову, валяю-щуюся на траве... И в тот момент ведьма вышла из сарая и присела перед ней на корточки. Топора у нее в руках не бы-ло, что Глашку совершенно не успокоило. И тут на нее на-шло: она уставилась прямо в черные глаза, смотревшие по-прежнему без выражения, и нахально сказала:

— Ну что, так и будем пялиться друг на друга? Вы бы мне хоть попить дали, а то я от солнца чуть не сдохла. Еще и вам бы отвечать за меня пришлось.

Какая-то маленькая часть Глашки вопила изо всех сил, что она спятила, сошла с ума и нужно попытаться убежать отсюда, но другая часть, сию секунду произнесшая нечто совершенно немыслимое, сказала вслух:

— Вы говорить-то умеете?

Позже Глашка, не любившая вообще-то вспоминать этот эпизод, пару раз задумывалась, что заставило страш-ную бабу встать, кивнуть в сторону крыльца и сказать:

— Вон, вода в ведрах, иди и набери. Кружку ополосни потом.

Елена Михалкова

Но никаких идей по поводу мотивов поступка ведьмы у Глашки не возникало. Все знали, что Антонина отличается нравом злобным, и никогда без крайней надобности не то что на ее двор не заходили, а и мимо–то шли крестясь. Почему она не выгнала хамоватую девчонку, было совершенно непонятно. «Наверное, силу мою почувствовала, — довольно думала Глафира, став постарше, — вроде как я своя, значит».

А тогда она напилась воды, спустилась с крыльца и почувствовала, что ее шатает. Точно, перегрелась! Глашка дошла до тени сарая и опять уселась на землю.

— Домой иди, — бросила женщина из сарая.

— Не пойду, — отозвалась Глашка. — Плохо мне. И дома меня никто не ждет. Никому я там не нужна.

Ведьма вышла с палками в руках, метнула на девчонку быстрый взгляд, но ничего не сказала. Уложила палки грудой возле дома и вернулась в сарай. Следующие десять минут она все вытаскивала и вытаскивала из сарая длинные палки и прутья, и Глашка никак не могла понять, зачем они ведьме нужны. Неожиданно из сарая раздалось мычание, и Глашка вздрогнула: ей и в голову не приходило, что у ведьмы может быть корова.

— Как коровушку вашу зовут? — крикнула она в сарай, но ответа не последовало.

Глашка встала, убедилась в том, что крепко стоит на ногах, зашла в сарай и, вглядываясь в темноту, буркнула:

— Давайте помогу, что ли, палки–то ваши таскать.

Она прошла мимо темной фигуры в углу, сгребла в охапку кучу палок и потащила их к дому, испытывая глубокое удовлетворение: вот кому она будет помогать! А бабка пускай хоть обделается, а посуду после ужина будет сама мыть.

На протяжении следующих двух недель она приходила к Антонине каждый день, как только семья заканчивала обедать, и оставалась там до ужина. Ни битье бабки, ни угово-

131

ры Василия на нее не действовали, и в конце концов от Глашки отступились, махнув на девчонку рукой: пусть шляется, где хочет. Все равно хоть полдня, да помогает. Антонина на приход девочки не реагировала, но и не гнала, и Глашка помогала, чем могла, а когда ничем не могла, просто сидела на земле около сарая и смотрела, что делает ведьма.

Впрочем, ничего особенного та не делала, к большому разочарованию Глашки: она ожидала ужасного колдовства, заговоров и еще чего-нибудь такого, о чем рассказывали деревенские девчонки, закрывшись в темной комнате и зажигая свечку, чтобы было страшнее. Но женщина занималась обычными делами: копалась в грядках, чинила покосившийся забор, полола траву, отдраивала кастрюли. Время от времени она уходила в дом, куда Глашку не звала, и девчонка покорно оставалась ждать на своем месте около сарая. Вскоре она познакомилась с Антонининым котом — неприятным зверюгой, который, проходя мимо Глашки, издавал странный, глухой мяв. Что он хотел этим сказать, она не понимала, но кота сторонилась и гладить опасалась. Собаки у Антонины не было.

Через десять дней Глашка пришла к колдунье с рассеченной бровью, вокруг которой чернела запекшаяся кровь. Обычно Антонина девчонку игнорировала, но на сей раз, бросив на нее взгляд, спросила без всякого приветствия:

— Откуда?

— Что? — не поняла сразу Глашка, удивленная тем, что первый раз за долгое время слышит голос Антонины. — Ах, это... Пашка меня огрел, за то, что я ему кота не дала мучить. А зачем он ему хвост поджигал? Живая тварь все-таки! Подумаешь, мышей не ловит, у них, кроме Барсика, еще две кошки, вот те ловчие. Больно саданул, придурок... — пожаловалась она, осторожно дотрагиваясь до брови.

Антонина постояла секунду, потом прошла в дом и вышла оттуда минут через пять. В руках у не была чашка, а в чашке оказался густой, сильно пахнущий настой. Глашка уловила запах череды, который хорошо знала: бабка всю жизнь ополаскивала настоем череды волосы. Пыталась и Глашку заставлять, но та сопротивлялась отчаянно, и бабка отстала.

Антонина смочила в настое тряпку и прижала к Глашкиному лбу. По лицу сразу потекли струйки теплой жидкости, а в нос ударил еще какой-то незнакомый, едкий запах. Ранку стало жечь. Глашка поморщилась, но ничего не сказала. Подержав тряпку минуты две, ведьма выжала ее и бросила девчонке:

— Держи, оботрись.

Та стерла с лица и шеи темные разводы и потрогала болячку. Жечь перестало.

— А это что? — кивнула Глашка на жидкость, в общем-то не ожидая ответа: она уже привыкла к постоянному молчанию Антонины.

— Лекарство, — неожиданно ответила женщина. — Чтобы синяка у тебя не было и не болело.

Антонина повернулась к ней спиной и не увидела, что лицо Глашки озарилось радостной улыбкой.

Спустя неделю Глашка пришла с зареванным лицом и синяком под глазом. Антонина покосилась на нее, но ничего не спросила. Через три дня синяк исчез, но Глашка явилась вся в волдырях.

— Ты что, — не выдержала Антонина, — в крапиву упала?

— Упала, — отвернувшись, буркнула Глашка.

Несколько минут занимались прополкой, потом ведьма спросила:

— Опять кто обидел?

Глашка немного помолчала, потом всхлипнула и кивнула.

— За что?

— Ни за что, — прошептала девчонка, — просто так.

Антонина недоверчиво глянула на нее, и Глашка заторопилась объяснить:

— Они всегда того лупят, кто меньше, а я самая младшая, меньше только Любанька Гусева, так ей вообще десять лет. Нет, вы не подумайте, не сильно, но то прутом хлеснут по ногам, то крапивой по рукам. А тут так больно хлестанули, аж след остался, — Глафира задрала штанину и показала ярко–красную полосу на бедре. — Ну я им и сказала, что они придурки все, и еще кое–что добавила. А они тут так разозлились, что вообще меня всю отходили.

— Кто отходил–то? Опять Пашка?

— Да нет, не только Пашка. Крапивой–то все мальчишки с правого конца побаловались, они же вместе ходят. А вообще, — пожала плечами Глашка совершенно по–взрослому, — не одни, так другие. Они же знают, что за меня заступиться некому.

— А отец с матерью?

— Мамка у меня давно умерла, а отец сам, когда придет, рад ремнем помахать. Он пьяный вечно, — беззаботно сообщила Глашка, — в Калинове почти и не бывает, все в райцентре пьет, алкаш несчастный. Ну ничего, вот я вырасту, научусь драться, как мальчишка, и всем им врежу!

Больше Антонина в тот день ни о чем ее не спрашивала.

А на следующий вечер велела Глашке усесться на крыльцо, зашла в дом и вышла с полотняным мешочком в руках. Опустилась рядом с девчонкой на ступеньки и начала вынимать из мешочка предметы, раскладывая их на черном подоле. Глашка смотрела испуганно, но с любопытством. А потом начала внимательно слушать.

В первый раз Антонина рассказала ей самое простое: как на человека посмотреть, чтобы он подойти не захотел, и что при этом сказать про себя надо. На следующий день Глашка проверила науку на соседе, который собирался ее попросить о чем–то, когда она в магазин шла. Получилось! Дядя Коля явно к Глашке направлялся, а когда почти дошел — вроде как передумал, повернулся и только кивнул ей: мол, вижу тебя. А попросить ни о чем и не попросил. Глашка прибежала к Антонине с восторгом и выложила все еще от забора. Ведьма усмехнулась, а вечером показала Глашке еще кое–что, но прибавила: этому, мол, учиться на-

Елена Михалкова

до и, может статься, у тебя и не получится. Даже скорее всего не получится.

Глашка запомнила все с первого раза, а на следующий день сама позвала ее вечером на крыльцо и расспросила еще подробнее. Женщина объяснила, с усмешкой поглядывая на девчонку.

— Ты как представишь себе врага своего, — закончила она, — так сразу и скажи, чему я тебя научила, а уж после лучинки бери. Поняла? Только смотри, первая никогда так не делай — беду принесешь. Если обидели тебя — вот тогда пробуй. Но если у мужика глаза разного цвета, а у бабы глаз лошадиный, тогда не суйся — про себя отворот пробормочи и иди от них подале. Поняла?

Глашка ничего не поняла про лошадиный глаз, но переспрашивать не стала, только молча кивнула. Мол, поняла.

А через некоторое время среди деревенских прошел слух, что Глашка чертовщиной какой-то начала заниматься. Сначала об этом заговорили мальчишки. Глашка делала все открыто и очень старательно, так что парни быстро поняли, в чем дело. Она всегда повторяла почти одно и то же: выставляла пальцы рогаткой, начинала что-то нашептывать, потом левой рукой что-то ломала за спиной или в кармане, так, что слышен был хруст, и пристально смотрела своими маленькими глазками не пойми какого цвета. А после непременно какая-нибудь пакость случалась: то руку ушибешь, то пальцы прищемишь, то в лужу упадешь на ровном месте... Через некоторое время то же начало случаться и с девчонками, только у них неприятности были иного рода: прыщ вскочит, живот прихватит не вовремя, глаза опухнут ни с того ни с сего. Все проходило быстро, но от Глашки начали шарахаться. Когда наконец новость про девчонкины чародейства дошла до взрослых, кто-то сунулся к Глашке поговорить, но та смотрела невинными глазами, вроде как совершенно не понимала, о чем речь, казалась попросту глупой, и на нее махнули рукой: выдумали детишки себе страшилку, да сами в нее и поверили. И что возьмешь с девчонки — тринадцать лет, ерунда просто. А Глашка продолжала ходить к Антонине.

Самое главное у нее получалось отлично — она могла во всех подробностях представить себе любого человека, которого видела один–два раза. Лицо вставало перед ней, как живое, Глашка отчетливо представляла себе, как человек говорит, как ходит, как смеется. Образ, мгновенно вызываемый ею из памяти, был настолько фотографичен, что она сама иной раз удивлялась: как ей удалось все так запомнить? И она могла делать с этим образом все, что хотела. В ее фантазиях обидчик сворачивался в клубок, как змея, шипел от боли, у него вытекал правый глаз и с хрустом, который она явственно слышала, ломались кости... Такие мысленные сценки приносили маленькой Глаше большое удовлетворение. Но, к ее огромному разочарованию, Антонина больше ничему ее не учила.

— Не будут тебя теперь обижать, — сказала она как–то в ответ на настойчивые просьбы Глашки. — А иное тебе знать и не надобно: ни к чему.

И так глянула черными глазами на Глашку, что та струхнула и больше с Антониной не заговаривала. А через некоторое время и вовсе перестала к ней ходить — все, что ей нужно было, девочка Глафира уже получила.

Бабушка и Василий считали Глашку немного глупой, но оба были не совсем правы. Особым умом Глашка и в самом деле не отличалась, зато хитрости в ней хватало настолько, чтобы притворяться дурочкой. А с дурочки какой спрос? Это маленькая Глаша поняла еще лет в семь, когда, обозлившись на Василия, порвала его тетрадь с упражнениями, а потом на голубом глазу заявила, что так гораздо красивее получилось.

— Смотри, Вась! — радостно кричала Глашка, подкидывая вверх обрывки тетради. — Правда, как птички?

Васька хотел было отвесить сестре подзатыльник или

Елена Михалкова

дать по лбу со всей силы, но тут его удержала бабка, которая сама на подзатыльники не скупилась.

— Да ну ее, дурочку, — убеждала она внука. — Вишь, она, как убогая, радуется? А я тебе записку напишу в школу, чтоб тебя учительница не ругала.

Глашка, знавшая, сколько сил приложил Васька, чтобы выполнить упражнение, злорадствовала от души. К тому же она прекрасно понимала, что в школе к записке отнесутся с недоверием — решат, что бабушка любимому внуку поблажки делает. Так что Глафира не была глупой, совсем не была.

Бровь она расшибла себе сама, треснувшись спросонок об дверь. Но когда Антонина спросила про болячку, она, не задумываясь, сочинила и кота Барсика, и мальчика Пашку, мучившего его. Пашка действительно жил в тридцать пятом доме, но все остальное было Глашиной фантазией. Если бы Глашку спросили, зачем она врет, та не смогла бы ответить — совралось, и все. Она вообще была вруньей. Вранье приносило ей какое-то бескорыстное удовольствие. Но в следующий раз девочка действовала уже обдуманно.

Глашка готовилась к жертвам, но синяка, поставленного самой себе, и валяния в крапиве оказалось достаточно. Когда Антонина спросила, не сама ли Глашка упала в крапиву, ей стало страшновато: а вдруг ведьма умеет мысли читать или как-нибудь по-другому догадается? Но оказалось, что не умеет, и Глашка почувствовала себя куда уверенней. А после все пошло как по маслу — история про обиженную девочку подействовала. Глашке нравилось представлять себя жертвой, а потом мысленно мстить своим обидчикам, хотя на самом деле с ней редко кто играл и еще реже дрался. В основном ее почему-то не замечали, что выводило Глашку из себя.

Но теперь ее заметили... Еще как заметили! Мальчишки старались обходить ее стороной, а на взрослых Глашка предусмотрительно не применяла свою силу. Но и этого было достаточно — про нее заговорили вовсю. Правда, одно

137

раздражало Глашку: ее нашептывание действовало не на всех. Например, почтальонова Женька, похожая на пацана, смотрела злобно своими черными глазищами, взгляд не отводила, и ничего ей потом, дряни эдакой, не было. «Может, у нее глаз лошадиный?» — недоумевала Глашка. Как бы то ни было, именно Женька один раз подстерегла Глашку за околицей, сбила с ног, изваляла в песке и предупредила: еще раз Глашка свои пакости сделает кому-нибудь из ее братьев, Женька ей такое покажет, что она и в деревне остаться не сможет. Глашка вроде бы притихла, и постепенно про ее гадости забыли.

А спустя три года у нее первый раз получилось навести настоящую порчу. Глашка не знала, что это называется именно так, но Лидка Еремеева, красавица и задавака, Глашку в упор не замечавшая, вся покрылась красной шелушащейся коркой и теперь носа из дома не показывала. Кончилось тем, что родители увезли ее в Москву, в какой-то институт, где Лидка и осталась на весь следующий месяц. Возвратилась с нормальным лицом, но едва в школе наткнулась на Глашку, как на следующее же утро из дома Еремеевых доносились крики и плач. Глашка торжествовала — у нее получилось то, чего она так долго добивалась.

А потом к ним домой пришла ведьма. Про то Глафира никогда не вспоминала и спустя месяц после ее визита сбежала из дома: оставаться ей было никак нельзя. Иногда память выталкивала на поверхность черную фигуру, бросающую отрывистые слова, и бабку, бессильно опустившуюся на стул, но Глафира загоняла воспоминание обратно.

Когда она решила наконец вернуться в деревню, то обезопасила себя всеми способами и со страхом ожидала результата. Но все было тихо и спокойно. Антонина не показывалась. «Я победила! — поняла Глафира. — У меня все получилось!» Правда, теперь она была взрослой и без необходимости ничего такого не делала. К тому же хорошо помнила слова ведьмы — если тебя не обидели, не наказывай. Но с женой Чернявского был особый случай — та ее обидела. А значит, ее можно было наказать.

Глафира улыбнулась спокойной улыбкой и с чувством собственной правоты достала из ящика маленький мешочек...

Глава 9

— Вить, кто такая Антонина? — спросила Тоня мужа за завтраком в воскресенье.

Тот опустил блинчик в чашку с вареньем, поболтал им, откусил кусок и, только прожевав, ответил:

— Если это та женщина, о которой я думаю, то что-то вроде местной достопримечательности.

— И что ж за достопримечательность такая, о которой ты мне еще ничего не рассказывал? — язвительно поинтересовалась Тоня. — На речку ты меня водил, по лесу гуляли, у Рыбкиных в гостях были, а ведьму как-то упустил из вида.

Виктор поднял на жену глаза, подумав, не поставить ли ее еще раз на место, но решил не злоупотреблять.

— Слушай, — мягко сказал он, — да ерунда все полная, потому я тебе и не рассказывал. Страшилка детская, понимаешь?

— А вот Степанида говорит, что она самая настоящая колдунья!

— Ты Степаниду больше слушай, она тебе еще и не то скажет. И про домового, и про привидения, и про шабаши в лесу, и про оборотней... Ты всему верить будешь?

Тоня почувствовала себя несколько растерянно — всегда Виктору удается как-то так переключить разговор, что она выглядит полной дурой! Но на сей раз она ему не позволит отвлечь ее.

— А где она живет хоть, ваша колдунья?

— Тонь, да что ты ко мне пристала? — нахмурился Виктор. — У Степаниды своей спроси.

— А я хочу у тебя спросить, — возразила она. — Ты же сам говоришь, Степанида все выдумывает, вот и расскажи мне, кто такая Антонина на самом деле.

Виктор поразмыслил, сжевал еще два блина и проговорил неохотно:

— Да самая обычная баба, только живет не в деревне, а почти у леса, на дальнем конце. Ну, знаешь, где просека, только по другую сторону дороги, через поле пройти нужно. Там ее дом стоит, если, конечно, не развалился.

— Не развалился, — тихо сказала Тоня, но Виктор ее не услышал.

— Про нее всякие истории ходили: и что она якобы порчу наводит, и что колдует, и что лечить может... Господи, Тонь, ну что я тебе рассказываю? У вас у самих, что ли, таких страшилок не было?

— Таких — нет. Про кладбища были, про дома заброшенные, а про ведьму не было.

— Ну, значит, у вас фантазии не хватило. А у нас в детстве особым геройством было около ее ограды полежать, посмотреть, чем она занимается.

— И чем занималась?

— Да ничем! Тем же, что и все на огородах своих. Я же говорю — игра была такая, понимаешь, проверка на храбрость!

— И ты тоже играл?

— Все, Тонь, надоело мне ерунду обсуждать, давай лучше делом займемся. Ты меня спросила — я ответил. Даже время не хочу тратить на подобную чушь.

Тоня улыбнулась и стала убирать посуду со стола. Все, что ей нужно было, она уже узнала.

Явное раздражение Виктора, вопреки его ожиданию, не произвело на нее такого действия, как обычно. В другой раз она бы смутилась, решила, что послушала глупую, выжившую из ума старуху и опять выставила себя в глазах мужа деревенской простушкой, которую хлебом не корми, а дай потрепаться обо всякой чепухе. Но не сейчас. Слово «бесплодие» отзывалось у Тони в ушах каждый раз, когда она вспоминала про поездки к врачу, и чтобы больше не слышать его, она согласилась бы пойти куда угодно и к кому угодно. К тому же слово «ведьма» Тоня как-то не очень принимала всерьез. «Наверное, Антонина травница, — думала она, — старая знахарка, которую слухи превратили в ведьму, как Витя рассказывает».

В пятницу ударили заморозки. Трава поседела, лужицы схватились крепким ледком, а дом пришлось протопить с раннего утра, потому что ночью Тоня замерзла. Проводив Виктора, она позавтракала, задумчиво глядя в темное окно, написала список дел на сегодня и уселась на диван.

Еще вчера она совершенно точно знала, что пойдет к колдунье, или кто она там есть, с раннего утра, но за окном давно уже было светло, а Тоня все колебалась. Как же так, прийти к незнакомому человеку, с порога заявить про Глафиру Рыбкину, да еще упомянуть про зло? Неудобно. «А кровью истекать раз в две недели тебе удобно? — спросила она сама у себя. — А бесплодие удобно?» Страшное слово перевесило — Тоня встала и оделась. Подумав, она положила в кошелек в дополнение к лежащим там пятистам рублям еще тысячу, закрыла дом и вышла на улицу.

Там никого не было. Когда-то Тоня посмотрела фильм «Адвокат дьявола» и теперь вспомнила, как в конце фильма главный герой идет по совершенно пустому городу, в котором нет ни одного человека. У нее появилось то же ощущение неправдоподобия и какой-то скрытой угрозы. Она поколебалась, не вернуться ли обратно, но в тот момент в доме тети Шуры хлопнула дверь, и деревня сразу словно ожила.

«Пойду», — решила Тоня и направилась в дальний конец деревни. На улице по-прежнему никого не было, но теперь она улавливала движение занавесок, любопытные взгляды из окон, слышала голоса из домов. Деревня проснулась. На опавших листьях виднелась белая кайма, и Тоня зябко куталась в куртку, жалея, что не взяла шарф. Да и перчатки можно было бы надеть. Чтобы не замерзнуть, она пошла быстрее, не обращая внимания на дома по обеим сторонам дороги. Наконец дошла до крайнего коттеджа — настоящего кирпичного коттеджа, с решетками на окнах. Миновав его, спустилась по небольшому склону вниз и двинулась вдоль поля.

Как и говорил Виктор, минут через пять она увидела за деревьями крышу одиноко стоящего дома, решительно свернула к нему и зашагала напрямик через поле. Теперь она радовалась заморозку: если бы не он, сейчас бы шлепала не по твердой застывшей земле, а по грязи. Под ногами еле виднелась тропинка, из чего она заключила, что деревенские к Антонине все-таки ходят.

«Деревенские! — усмехнулась Тоня. — А ты сама кто теперь такая? Привыкай!» Она обогнула край леса и оказалась на пригорке прямо перед домом, со всех сторон окруженным невысоким частоколом. Во дворе было тихо. Молодая женщина на секунду замедлила шаг, но потом упрямо тряхнула головой и спустилась вниз, к калитке. Пошарив рукой за калиткой, нащупала простенький засов, откинула его и вошла во двор.

Глафира вернулась домой после салона и прошла в спальню, даже не погладив Шейлока.

Кот изумился, оскорбленно посмотрел ей вслед и шмыгнул было на кухню, но плошка оказалась пустой. Ага, сегодня еду нужно выпрашивать... Шейлок, умилительно мурлыча, прошествовал в комнату, прыгнул на кровать, потерся о руку хозяйки. Но женщина сидела неподвижно и, что совсем уж странно, не протянула руки, чтобы почесать его за ухом. Что там за ухом — хозяйка с ним даже не поздоровалась!

Шейлок настойчиво мурлыкнул и полез к Глафире на колени, но тут сильные пальцы схватили его за шкирку и сбросили с кровати. Его, потомственного перса! Да они, человеческие плебеи, недостойны того, чтобы жить с ним в одном доме! Кот зло фыркнул и прыгнул на кресло в углу, настороженно наблюдая за женщиной. В золотистых его глазах светились злость и удивление: непонятно, чего еще ожидать от хозяйки, которая сидела неподвижно, вертя на пальце поблескивающее кольцо.

Внезапно она встала. Кот насторожился. Но хозяйка подошла к окну, постояла пару минут и вернулась на кровать.

— Зачем тебе это нужно, сволочь? — вслух спросила она.

Шейлок поднял уши: «Это ты мне?»

— Ну и что же ты задумала? — повторила Глафира, глядя в пространство. — Может, мне им все рассказать?

Шейлок понял, что она не в себе — обычно хозяйка разговаривала либо с ним, либо со своим самцом, но теперь ее слова относились непонятно к кому.

Перемены? Перемен перс не любил. Он замер, стараясь понять, что происходит.

От хозяйки пахло удивлением. Неприятным удивлением, понял кот. А еще какой-то странной смесью: недоверием, тревогой. Чем-то плохим, чем-то настороженным — он не мог разобраться. Но был один запах, который ему особенно не понравился, потому что кот никогда не чуял раньше, чтобы от женщины так пахло. Даже тогда, когда однажды самец ударил ее.

Пахло страхом.

Шейлок спрыгнул с кресла и растворился за дверью.

Оглядывая двор, Тоня медленно двигалась к крыльцу. Двор как двор, ничего особенного, разве что какая-то странная колода стоит посередине, похожая на спил огромного дерева. Покосившись на нее, она подошла к дому и осторожно постучала в стену. Тишина. Постучала еще раз. То же самое.

— Хозяюшка! — негромко позвала Тоня и удивилась, насколько робко и неуверенно прозвучал ее голос.

«Нужно на крыльцо подняться, к двери», — подумала

она, но не решилась. Постояла, потянула время, разглядывая дом. Он оказался совсем небольшим, окна выходили на лес, и, в общем-то, можно было просто обойти его с другой стороны и постучать в окошко — тогда бы в доме наверняка услышали. Она еще раз постучала в стенку дома, по-прежнему безрезультатно, и замерла в растерянности: к такой ситуации Тоня оказалась не готова. Из дома никто не выходил, возвращаться обратно было глупо, стоять здесь — еще глупее. Оставалось два варианта — либо подняться на крыльцо и постучать в дверь, либо обойти дом и постучать в окна. Может быть, просто войти, если дверь не заперта? Нет, это было совсем нехорошо.

«Господи, да о чем я думаю? — неожиданно пришло в голову Тоне. — Стою здесь, как ненормальная, не могу до знахарки достучаться! Да ей же, наверное, под сто лет, она просто не слышит!»

Обругав себя, Тоня почувствовала внезапную решимость: хватит стоять на месте и ждать неизвестно чего, нужно просто обойти дом кругом и побарабанить в окошко. Приняв такое решение, она повернулась и не смогла сдержать вскрика. Прямо перед ней стояла темная фигура с капюшоном на голове.

Тоне стало страшно. Что-то очень угрожающее было в человеке, закрывшем лицо капюшоном так, что не было видно ничего, кроме крепко сжатых губ, и стоявшем за Тониной спиной неизвестно сколько времени. Вот что напугало Тоню больше всего — она судорожно пыталась найти объяснение тому, откуда же появилось странное существо.

— Простите, — начала Тоня, справившись с испугом, — я ищу Антонину. Это вы?

Господи, может, это вообще мужчина? Что делать дальше?

Вопросы промелькнули у нее в голове, пока фигура молча стояла перед ней, за долю секунды. Но тут краем глаза Тоня заметила приотворенную дверь сарая, и простое открытие мгновенно привело ее в себя: хозяйка наверняка из сарая вышла.

Елена Михалкова

Женщина перед ней стояла по-прежнему молча. Но способность здраво рассуждать вернулась к Тоне так же быстро, как исчезла. «Она же старая, — мелькнула мысль, — наверное, плохо слышит».

— Простите! — громко сказала Тоня. — Как мне найти Антонину?

— Что орешь? До чертей докричаться хочешь? — раздался хрипловатый голос, и в следующую секунду женщина откинула капюшон с головы. Тоня с удивлением уставилась ей в лицо.

Почему-то она ожидала, что знахарка окажется дряхлой старухой, такого же возраста, как Степанида, или даже старше. И хотя сама Степанида дряхлой вовсе не была, это не мешало Тоне воображать подслеповатую развалину с клюкой.

Но перед ней стояла высокая седая женщина лет шестидесяти с резкими, почти грубыми чертами лица. Почти безгубый рот, широкий нос с крупными ноздрями и чуть раскосые черные глаза под седыми бровями... Женщина была если не уродливой, то очень некрасивой. Но старухой ее никак нельзя было назвать. Без всякого выражения она смотрела на Тоню, и та поняла, что молчание слишком затянулось.

— Простите, — опять начала она, — мне Степанида Семеновна посоветовала к вам обратиться. Я была в гостях у Глафиры Рыбкиной, и после этого...

Тоня замолчала.

Женщина, не дослушав, повернулась к ней спиной и пошла куда-то во двор. Тоня растерянно посмотрела ей в спину, машинально отметив, что на Антонине вовсе не черный плащ, как ей сначала показалось, а обычная темно-серая куртка.

— Что стоишь? — обернулась знахарка.

Гостья торопливо сорвалась с места и побежала следом. Дойдя до колоды, стоящей в середине двора, Антонина обернулась и небрежно махнула рукой:

— Сюда садись.

Тоня посмотрела на колоду. Это и впрямь оказался спил дерева, и она мимоходом изумилась тому, какое же огромное оно было — наверное, старый–престарый дуб. Колец было так много, что, казалось, невозможно сосчитать. Против своей воли Тоня наклонилась над пнем, прежде чем сесть, и попыталась хотя бы приблизительно представить, сколько же лет дереву. Ничего не получилось: кольца словно начали кружиться перед глазами. «Господи, что я делаю?» — она тряхнула головой и перевела взгляд на Антонину. Та пристально смотрела на нее, и Тоне показалось, что в черных раскосых глазах мелькнуло удовлетворение.

— Мне садиться? — негромко спросила Тоня.

Ответа не последовало, и она опустилась на колоду. Антонина постояла неподвижно в двух шагах от нее, затем сунула руку в карман и вытащила оттуда обрывок веревки, засаленной и грязной, размочаленной на концах. Присела перед Тоней на корточки и стала махать веревкой у нее перед глазами. Тоня почувствовала себя очень глупо, но встать и уйти было совершенно невозможно, и она решила дождаться, пока знахарка закончит.

Покрутив обрывок перед Тоней, женщина неожиданно встала, провела им по Тониной голове и, зажав веревку в левом кулаке, правой рукой резко дернула ее, протащив обрывок через сжатый кулак, затем отбросила его в сторону. Тоня сидела молча. Знахарка медленно разжала кулак и стала пристально вглядываться в свою руку, бормоча что-то себе под нос. «Уйду, — решила Тоня, — сейчас встану и уйду». Но тем не менее осталась сидеть на колоде и смотреть, как неопрятная женщина в старой серой куртке склоняется над ладонью.

— Простите... — начала наконец Тоня, уставясь на карман куртки, оказавшийся прямо перед ее носом.

— Что, дите хочется? — прозвучал над ней хрипловатый голос.

Тоня дернулась и подняла глаза на знахарку. Та смотрела на нее, а пальцы правой руки скользили по ладони левой, беспрестанно отбрасывая в сторону что–то невидимое.

— Вижу — хочется, хочется, — тонкие губы растянулись в усмешке, обнажив мелкие желтые зубы. — А дите–то твое под черной водой, за черной бедой да за черным лесом... Мальчик твой не дождется никак своей матушки... Да прольется красненьким дождиком... Кровушки твоей попила вволю?

Тоня не сразу поняла, что ее о чем–то спрашивают.

— Что? — внезапно потеряв голос, прошептала она.

— Кровушки–то, говорю, много было?

Теперь Тоня поняла и молча кивнула.

— Потянулись жилочки?

Тоня вспомнила, что боль была тянущая, и опять кивнула.

— Хорошо, хорошо, — забормотала колдунья сама себе. — Вот хорошо. А по травушке, да по водичке, да к синю морю, да на глубоко донышко....

Тоня закрыла глаза, потому что веки внезапно отяжелели — на нее наваливался сон. Изо всех сил она пыталась сопротивляться, но перед глазами мелькали образы, быстро сменяя друг друга: берег моря, толща воды над головой, маленькое белое тельце, покачивающееся в глубине, среди водорослей...

— Чего хочешь от меня? — неожиданно спросила Антонина.

Тоня открыла глаза, попыталась что–то сказать, покачала головой и наконец выдавила:

— Ребенка. Мальчика.

— Ма–альчика... — пропела ведьма. — Ишь что! А что мне за твово мальчика будет?

— Я не знаю, — прошептала Тоня. У нее начала кружиться голова, и она испугалась, что сейчас упадет с колоды. Лицо женщины, наклонившейся над ней, то расплывалось, то снова становилось четким. — Что вам нужно?

— Да ничего мне твоего не нужно! — хрипловато рассмеялась Антонина. — Вот разве Глашку только. Слышь, красавица, отдашь мне Глашку-то?

— Я не понимаю...

— А и понимать ничего не надо. Скажи только, сама хочешь Глашке все вернуть или мне за тебя сделать, а? Вот тогда будет тебе ребеночек, будет тебе твой мальчик. А я-то уж сама наведу как надо, как умею...

Бормотание ведьмы стало неразборчивым. Тоня собрала все силы, боясь потерять сознание.

— Вы... сами... — прошептала она, — я не хочу.

— А раз не хочешь, тогда помоги-ка мне! — приказала женщина и потянула Тоню на себя.

Та с трудом поднялась.

— Смотри! — Антонина положила руку Тоне на затылок и прижала ее голову почти к самому дереву.

Тоня опустилась на колени, схватилась рукой за край колоды и начала вглядываться в круги. Она чувствовала какое-то шевеление над своей головой, и поняла, что колдунья водит рукой над волосами. Сверху раздалось негромкое хриповатое нашептывание, в котором она не могла разобрать ни одного слова. Неожиданно круги перед ее глазами поплыли, начали сливаться, опять разделяться; внешний круг вращался, а маленькие в середине образовывали непонятные картины, заставляя Тоню наклоняться все ниже и ниже. Нашептывание перешло в бормотание, бормотание в напев, напев становился все громче и громче, и наконец, когда Тоня поняла, что через секунду потеряет сознание, Антонина выкрикнула что-то непонятное и ударила по срезу рукой.

— Смотри! — прохрипела она. — Что видишь?

Тонкие линии сложились в рисунок, а через долю секунды распались на десятки кругов, перед Тониными глазами снова был спил старого дерева. Тоня закрыла глаза и прижала ладонь ко лбу. Головокружение прошло, но осталась неимоверная слабость.

— Что видела? — повторила Антонина, глядя на нее сверху.

— Дерево, — тихо сказала Тоня, вспомнив застывший в последнюю секунду перед глазами рисунок.

— Еще что?

— Ветку сломанную, которая с дерева свисала. Большую. Какую-то странную, как... как будто змея... или петля...

— Змея?

— Да, кажется. Я не знаю.

Антонина отвернулась, постояла немного, глядя в сторону, и прошла в дом. Тоня, обессилев, сидела у спила, чувствуя себя по-прежнему очень слабой. Она не знала, сколько прошло времени, — ей показалось, около четверти часа. Собиралась уже встать, когда Антонина появилась на крыльце и подошла к ней. В руке у нее был черный полотняный мешок, в котором что-то лежало.

— Пить будешь, — протянула она его Тоне. — Каждый день по большой ложке на восходе. Поняла?

— Да.

Тоня взяла тяжелый мешок.

— Иди. — Колдунья отвернулась и скрылась в сарае.

Тоня встала, покачиваясь, сделала несколько шагов и вынуждена была сесть прямо на землю. «Господи, что со мной?!» Опять встала, медленно, с трудом переставляя ноги, дошла до калитки, но сил, чтобы открыть ее, не было. Мешок оттягивал руку, и Тоне казалось, что в нем по меньшей мере пять килограммов. Собравшись с силами, она нажала на дверь плечом и вышла за забор. Внезапно ей стало гораздо легче. Силы прибавились, слабость уменьшилась, и Тоня побрела по полю хоть и спотыкаясь, но все увереннее и увереннее. Когда дом колдуньи скрылся за лесом, она присела на поваленное дерево и развязала мешок. Внутри была обычная стеклянная банка, до краев наполненная темно-коричневой жидкостью. Тоня завязала мешок, посидела еще немного и направилась к деревне.

Вечером она сидела на диване, рассматривая банку на свет. На дне плавали кусочки травы, мелкие листочки, какие-то цветы. Тоня не спросила у Антонины, где хранить банку, и теперь не знала, куда ее поставить, но мысль о том, чтобы вернуться к ведьме за уточнениями, вызывала у нее дрожь. Теперь она не сомневалась, что все рассказанное Степанидой правда — никакая Антонина не знахарка, а самая настоящая ведьма. Тоня вспомнила, что случилось утром, и у нее опять закружилась голова.

Когда она вернулась домой, оказалось, что уже почти полдень. Ничего не соображая, Тоня все-таки решила приготовить ужин и погладить. Приняв такое решение, она опустилась на диван и мгновенно уснула. Проспала почти до шести и, проснувшись, долго не могла понять, какое сейчас время суток — за окном уже смеркалось. Наконец сообразила, достала из мешка банку, а мешок спрятала в комоде. И вот уже полчаса она смотрела на бурую жидкость, а перед глазами вставали круги на спиле дерева, переплетающиеся между собой.

Тоня мотнула головой, и видение исчезло.

«Вите ничего не буду рассказывать, — подумала она и подошла к окну, поставив банку на стол. — Никому вообще не буду, и Степаниде тоже». Как относиться к произошедшему утром, Тоня не знала, поэтому просто решила не задумываться, а настой выпить, как сказано.

За окном мигнули фары.

«Господи, неужели Витя приехал? — ужаснулась она. — Так рано?!»

— Тонь, привет! — раздался голос из кухни. — А ты что опять входную дверь не запираешь?

— Я запираю! — крикнула Тоня, схватив банку и заметавшись с ней по комнате.

— А почему открыто было?

— Я выходила, — соврала она, сунула банку на книжную полку и прикрыла ее книжкой.

На пороге появился довольный Виктор.

— Вить, а ты что так рано сегодня?

— Ну вот, поздно прихожу — плохо, рано — еще хуже, — усмехнулся он. — Да все нормально, там мужики без меня, думаю, обойдутся. А ты почему такая бледная, супруга моя? Не заболела?

— Нет-нет, но я что-то спала сегодня много, весь день. Вить, ты извини, — виновато произнесла Тоня, — у меня ужина нет. Я тебя вчерашним супчиком покормлю, ладно?

— Да корми чем хочешь, только побыстрее — я без обеда сегодня. Представляешь, приезжает комиссия...

Тоня отключилась. Виктор оживленно рассказывал о чем-то, она машинально кивала, вставляла разные междометия, но совершенно не воспринимала его слов. Очнулась она только тогда, когда Виктор, сбившись на полуслове, спросил:

— А это что за фантазия?

Тоня резко обернулась. Виктор стоял у книжной полки, держа в руках банку с настоем. Брови его были нахмурены.

— Откуда?

Быстро подойдя к нему, она осторожно взяла банку.

— Мне врач посоветовала пить настой зверобоя. Я сейчас уберу.

Глафира вышла из дома вечером, оглядываясь по сторонам по старой детской привычке. Не то чтобы она кого-то боялась... Впрочем, боялась, призналась она самой себе. Ведьмы проклятущей, которая ей полжизни испортила, порчу страшную наложила, так что теперь жить ей без ребеночка до конца дней. А ребеночка хотелось, очень хотелось...

От мыслей об Антонине Глафира поежилась, хотя вечер был безветренный. Ничего, зато она неплохо над той сучкой молоденькой подшутила, которую таким же гадким именем зовут. Ха, вздумала ей, Глафире, про детей вопросы задавать! Стерва...

Вспоминая Витькину жену, Глафира сама не заметила,

как дошла до почтальонова дома. «Да какой он теперь поч‐
тальонов! — хмыкнула она. — Чернявским теперь его назы‐
вать будут, а не почтальоновым. Будто здесь много поч‐
тальонов осталось...»

Впереди послышалось покашливание, и Глафира оста‐
новилась, вглядываясь в темноту. Видела она хорошо, но
человек стоял около соседнего дома, прячась за крыльцом.

Глафиру опять пробрала легкая оторопь. «Вернуться бы,
и черт с ней», — мелькнуло у нее в голове. На секунду она
застыла на месте, но тут же передернула плечами: нет уж,
на сей раз она ее не испугается. Хватит, набоялась! Еще во‐
прос, кто кого теперь будет бояться!

Глашка хмыкнула и шагнула в сторону крыльца.

На следующий день Тоня проснулась в шесть утра, со‐
вершенно забыв, что сегодня суббота и можно поспать по‐
дольше, но взглянула на спящего мужа и поняла, что зря
встала. Виктор крепко спал, негромко всхрапывая во сне.
Она укрыла его одеялом и подвинула обогреватель побли‐
же к кровати.

Шлепая босыми ногами по холодному полу, Тоня вышла
на кухню и проверила, на месте ли банка. Разумеется, банка
стояла там, где Тоня ее вчера поставила. Она вернулась,
уселась в зале перед окном и стала смотреть в сад.

Вокруг дома было темно. Контуры деревьев еле угады‐
вались, и только рябинка прямо перед окном была хорошо
видна. Медленно, незаметно проступали очертания сада —
деревьев, кустов. Сначала проявлялись стволы ближних
трех яблонь, за ними — дальних, потом из сумрака словно
выплывали крупные ветки, и вот уже можно было различить
и отдельные веточки. А потом становилось все светлее и
светлее, и сад уже высвечивался весь, и только пелена до‐
ждя или тумана могла скрыть его. Сад просыпался, и дом
просыпался вместе с ним.

Тоне нравилось их неторопливое пробуждение. Она

могла сидеть так долго, ничего не делая и сама себе удивляясь. Почему-то в городе у нее не было такой привычки.

Сейчас она смотрела за окно, кутаясь в плед и ожидая того момента, когда весь сад будет перед ней как на ладони и можно будет выскочить на улицу. Ждать придется еще долго, но сумрак уже отпустил старую яблоню, самую ближнюю к дому, и Тоня вглядывалась в корявое дерево.

«День, наверное, будет хороший», — подумалось ей. Она уже научилась по первым рассветным часам определять, будет сегодня ясно или пасмурно, хотя сама не знала, как у нее так получается. «Пойдем гулять, и никаких гостей! — мелькало у нее в голове. — А еще лучше — поедем наконец в Москву и походим по центру». Мысли усыпляли ее, и она, зажмурившись, откинулась на спинку дивана.

«Наверное, уже третью яблоню видно», — подумала она через несколько минут и открыла глаза. За окном стало гораздо светлее, но третья яблоня с раздвоенным стволом еще скрывалась в сумраке. Тоня стала пристально смотреть на нее, пытаясь поймать тот момент, когда она увидит все дерево, целиком.

Ствол. Пелена веток вокруг. Четче. Еще четче, но все еще размыто. У Тони устали глаза, и она на секунду отвела их от окна, а когда посмотрела опять...

Что такое? Она никак не могла понять, что там такое темное свисает с третьей яблони. Ветка? Нет, не ветка. Какое-то пальто... Наверное, Виктор вчера бросил его на дерево. Но зачем?! Тоня поднялась и прижалась к окну, пытаясь разглядеть, что это за странная вещь.

В утреннем безветрии вещь висела неподвижно и свисала почти до земли. Сумрак понемногу отступал, открывая деревья, и Тоня уже отчетливо видела, что старое пальто держится на чем-то тонком, почти невидимом, вроде сломанной ветки или веревки... веревки....

Тоня застыла перед окном, пальцы у нее похолодели. Не веря своим глазам, она смотрела, как ночь отползает все дальше и дальше, прячется, сворачивается в темный клубок, тающий под деревьями, оставляя свой подарок, и этот подарок свисал сейчас с третьей яблони, почти касаясь земли. Уже был виден силуэт, уже можно было разглядеть лицо...

Не в силах шевельнуться, Тоня смотрела на неподвижно висящее тело. Наконец она смогла оторвать от него взгляд, как была, босиком, вышла в кухню. С минуту стояла там, собираясь с силами, чтобы толкнуть наружную дверь...

Земля обожгла ступню, затем другую. Медленно, словно во сне, Тоня подошла к яблоне.

Налетевший порыв ветра повернул тело. Ветка старого дерева тоскливо заскрипела. Высунув иссиня-черный распухший язык и выкатив неживые рыбьи глаза, перед Тоней покачивалась Глафира. Черная короткая кофта задралась, обнажив неестественно белую, жирную складку живота. С гулким стуком соскользнул и ударился о мерзлую землю тяжелый ботинок.

Тоня вздрогнула, перевела взгляд на бледную босую ногу, качавшуюся над землей, и отчаянно закричала.

Глава 10

К полудню люди не только не разошлись — наоборот, их стало больше. «Черт бы их всех не видал! — ожесточенно думал Виктор, глядя в окно. — Откуда их, козлов, столько набралось? Из погребов, что ли, повылазили?»

Доля истины в его догадке, пожалуй, была. В Калинове очень долго не происходило ничего особенного, и пропустить такое развлечение, как труп во дворе почтальонова дома, люди не могли. Старые, дряхлые бабки, старики, взрослые, ребятишки, привезенные на выходные в деревню, — все ходили кругами вокруг забора, заглядывали внутрь и переговаривались между собой. Время от времени подходил кто-нибудь еще, и вскоре возле участка можно было увидеть добрую половину деревни.

— Да что вы, труп не видели, что ли?! — не выдержав, вслух произнес Виктор.

Жена на диване даже не повернулась. «Перепугалась, бедная, — подумал он, — до сих пор отойти не может».

С того момента, как Тоня разбудила мужа и сказала ему, что на яблоне в их саду висит тело Глафиры Рыбкиной, она произнесла всего несколько слов — разговаривая с участковым со странной фамилией Капица, который, оказывается, работал в деревне еще с того времени, когда Виктор приезжал сюда ребенком. Сам он, хоть убей, лысоватого мужичка не помнил, но Капица взглянул на него пристально и, казалось, с узнаванием. «Быть того не может, — подумал Виктор, — сколько лет прошло! И я теперь первый подозреваемый — не зря же ее в нашем саду угораздило повеситься...» Слова, которые после этого он мысленно произнес в адрес покойной Глафиры, были не совсем теми, которые принято говорить об усопших.

В комнату зашел участковый и наклонился к Тоне.

— Вот что, голубушка, ты толком все рассказать сможешь? Или у тебя... как это... стресс?

— Смогу, — без выражения сказала Тоня.

Капица внимательно посмотрел на нее.

— Ну, раз сможешь, так пошли на кухню — не на коленках же мне писать. А ты, Виктор Батькович, посиди-ка тут пока, — остановил он привставшего было Виктора.

— Это с какой стати? — опешил тот. — Вы с моей женой собираетесь разговаривать, а я тут должен сидеть?

— Я, милый ты мой, не с женой твоей собираюсь разговаривать, а со свидетелем, обнаружившим тело. Вот как закончу опрос, так получишь супругу свою в целости и сохранности. На честь ее я покушаться не буду, да и носок с песком я нынче дома оставил, так что беспокоиться тебе не об чем.

Степан Иванович взял молчавшую Тоню под локоток и вывел из зала. Выматерившись вполголоса, Виктор остался стоять у окна: идти за женой было бы глупо. Участковый либо притворялся идиотом, либо был таковым, и Виктор склонялся ко второй версии. Да и откуда в Калинове взяться умному менту? Ладно, может, хоть он Тоньку разговорит...

Капица раскладывал на столе документы, искал ручку в кармане, в общем, всячески тянул время, поглядывая на Чернявскую. Лицо бледное, губы сжатые, волосы распущенные, а ведь за все те недели, что она в деревне живет, он ее ни разу простоволосой не видел — всегда с косой до попы. «А волосы-то какие, как у русалки! — мимоходом восхитился он. — Но что-то знает, что-то знает... Уж сколько времени прошло, а сидит как неживая — неужели трупа так испугалась? Что-то не верится».

— Ну-с, дорогая Антонина Сергеевна, рассказывайте все с самого начала.

Тоня помолчала, потом равнодушно произнесла:

— Я утром подошла к окну и увидела тело. Вышла, посмотрела, вернулась домой, разбудила мужа. Он пошел к вам. Вот и все.

Это Капица уже слышал.

— Не, голуба моя... — протянул он. — Так не пойдет... Давай-ка со мной не лукавь, а говори, как дело было.

Тоня бросила взгляд в окно, за которым ходили двое мужиков, тщательно осматривая землю. «Следы ищут, — подумала Тоня. — Ищите, ищите...»

Она перевела взгляд на участкового и увидела, что он чего-то ждет.

— Что вам еще? — удивилась она. — Я же все сказала.

— Ты вот что, — откинулся на спинку стула Капица, — ты давай-ка дурочку из себя не строй, рассказывай все нормально. И радуйся, что пока я с тобой беседую, а не вон те бодрые ребятишки, — кивнул он головой в сторону окна.

Тоня почувствовала, как ее захлестывает гнев. Господи, мало ей того, что случилось, в чем она одна виновата, так еще теперь какие-то люди будут ее мучить?!

Внимательно наблюдавший за ней участковый заметил,

что лицо ее изменилось. Она слегка покраснела, подбородок выдвинулся вперед, и Тоня посмотрела прямо на него.

— Во-первых, — отчеканила она, — не смейте называть меня дурочкой. Во-вторых, я вам все рассказала и повторять по пять раз не собираюсь. Хотите — зовите кого угодно, мне все равно. И больше я с вами разговаривать не буду, ясно?

На участкового ее выступление особого впечатления не произвело, хотя и слегка удивило. «Только что сидела, как привидение, и тут на тебе!»

— Да ты не кипятись, — примирительно сказал он. — Я тебя о чем спрашиваю: вот ты увидела из окна, что на дереве повешенный... Так?

Тоня кивнула.

— И что потом сделала? На двор пошла?

Еще один кивок.

— А вот этому, красавица моя, я в жизни не поверю. Ну не поверю я, чтобы баба, страх такой увидя, не кинулась мужика своего будить, а пошла смотреть, кто там во дворе висит! Вот что хочешь говори — не поверю! Да зачем смотреть? С какой такой целью?

— Не хотите — не верьте, — устало ответила Тоня. — Дело ваше. Я увидела Глафиру, мужа не стала будить, вышла из дома и подошла поближе.

— Что значит — увидела Глафиру? — насторожился Капица. — Ты же не могла лица увидеть — темно было.

Тоня могла соврать, но сил на это у нее не было.

— Я знала, что это она.

— Откуда же?

Участковый весь подобрался и сразу перестал быть похожим на простоватого дядьку из соседского дома.

Тоня покачала головой, попыталась что-то сказать, но не стала.

— Э, нет, голубушка, так дело не пойдет! — Капица проворно пересел к ней поближе и приобнял ее за плечи. — Так откуда ты знала, а?

— Просто знала, — наконец выдавила она. — Я не могу объяснить откуда. Просто знала.

Капица внимательно посмотрел на нее. Женщина чего-то недоговаривала, что было очевидно. Но весь его опыт подсказывал — настаивать сейчас бесполезно, больше она ничего не скажет.

— Ладно, — вернулся он на место. — Глафира Рыбкина вчера должна была к вам прийти?

— Нет.

— Точно?

— Не должна была.

— Ну, все, — поднялся Капица. — Если вопросы у ребят будут, а они, я так полагаю, обязательно возникнут, так ты уж далеко-то не уходи. Ладненько?

Тоня не ответила.

Следующие десять минут Степан Иванович потратил на ее мужа. Результат был нулевым. Нет, тот не приглашал Глафиру Рыбкину в гости. Нет, он не может объяснить, почему она оказалась в его саду. Нет, первой тело нашла жена, а потом разбудила его. Нет, он ничего не знает о ее смерти.

— Да вашу мать! — не выдержал Виктор через пять минут. — Я понятия не имею, какого хрена эта дура надумала именно у нас вешаться! Китайская месть, что ли, такая?

— А что, было за что мстить?

— Да мы у нее в гостях были один раз, чуть ли не месяц назад. И все! Больше не общались и не встречались. Понятия не имею, на фига ее сюда понесло! Может, у них деревьев крепких в саду не было? У мужа ее спросите.

— Спросим, спросим, — покивал Капица, — обязательно. Вот как приедет он в понедельник, так и спросим. А пока что обретается уже, к сожалению, не супруг, а вдовец, за пределами нашей необъятной родины в целом и славной деревни Калиново в частности.

Виктор покосился на участкового, но говорить ничего не стал.

Елена Михалкова

— А вы, господин Чернявский, случаем, не знаете, почему вашу супругу понесло тело рассматривать? — поинтересовался спустя минуту Капица. — Вас не разбудила, пошла босиком...

— Не знаю, — сухо отозвался Виктор. — У нее спросите.

— Спрашивал, спрашивал, но понимания не нашел и был обвинен в недоверии. Ну, что ж, значит, не знаете?

— Я же уже сказал, что не знаю! У вас что, со слухом плохо?

— Плохо, — согласился Капица. — Вот недавно Любка в магазине попросила должок вернуть, а я и не услышал. Старость, старость...

С этими словами он поднялся и вышел из комнаты, оставив Виктора в недоумении.

— Чем порадуете, орлы? — подошел Капица к парням под яблонями. — Долго вы тут еще?

— Да все почти закончили, — отозвался один из орлов. — Следователь был, уже уехал.

— Эх, черт, а со мной-то что ж не поговорил?

— Так ведь ЧП в Никитине — два трупа, один детский. Похоже, папаша побуянил, разыскивают его сейчас. А там до кучи начальство подгадало с проверкой — вот всех на уши и поставили.

— Это как водится, — согласился Капица. — Ну и что тут со следами, а?

— Есть следы, но вроде не от ботинок жертвы. Теперь сверять надо с обувью свидетелей и всех остальных.

— Понятненько, понятненько. А заключение по трупу когда будет?

— Степан Иванович, сами все знаете — когда Данилов проспится, тогда и будет, — проворчал один из ребят.

— Знаю, знаю, я уж так спросил, для беседы. Общаться не с кем, вот беда! Хоть язык об забор чеши!

Капица прошел по тропинке и вышел за калитку. На него налетели со всех сторон.

— Степан! Степа–ан! Что ж такое творится? Говорят, Глафира повесилась?

— Петька, что ль, уделал–то ее?

— Да ну тебя, дура, какой Петька?! Любовник ее, мужик из этого дома!

— Да что вы, товарищи, глупости говорите! Замерзла она, я сама видела — рука синяя–синяя. Так ведь заморозки какие нынче ударили — немудрено! У меня картошка в погребе — и та померзла!

— Картошка у тебя, Ирина Ивановна, всю жизнь гнилая была, — раздался язвительный старческий голос, — ты на погоду–то не греши.

— Как гнилая?! Ты, что ль, Лизавета, напраслину возводишь? Да моей картошки...

Капица осторожно пробрался между бабами, присел в сторонке на бревне и достал сигареты. У калитки старухи уже вовсю скандалили, а между ними суетились юркие ребятишки. Участковый с наслаждением затянулся, и тут рядом с ним на бревно опустилась тетя Шура.

— С добрым утром, Степан Иванович!

— День на дворе давно, — отозвался Капица. — И не больно–то добрый.

— Глафира Рыбкина повесилась, говорят?

— Похоже на то.

— Ой, прости, Господи, нас, грешных, — перекрестилась тетя Шура. — Совесть, что ли, замучила? Хотя непохоже. А может, все же раскаялась...

— Ты мне, Шур, вот что скажи: вчера слышала чего? — перебил размышления тети Шуры участковый.

— Нет, Степан Иванович, не слышала, — покачала головой женщина. — Ко мне сегодня мои должны приехать, так я до полночи готовила да убиралась. Нет, ничего не слыхала.

— Может, в окно видела?

— Да какое окно, ты что? Где мое окно, и где почтальо-

160

Елена Михалкова

нов дом! Я ж его и захочу, не разгляжу, с моими–то глазами. Он весь деревьями вокруг оброс!

Народ постепенно начал расходиться. Некоторые попытались выведать у Капицы, что случилось, но участковый отмалчивался, а если отвечал, так говорил то, что все сами знали: нашли тело Рыбкиной на яблоне в саду у новых хозяев почтальонова дома. А больше ничего не известно. Последними покрутились около дома ребятишки, но и те в конце концов разбежались. Тетя Шура поднялась.

— Пойду я, Степан Иванович, зайду к Чернявским. Можно?

— Да почему нельзя, можно, конечно. Слушай, Шур, а что там за отроки около забора?

Тетя Шура вгляделась в две фигуры, стоявшие возле калитки.

— Вроде бы орловские, — неуверенно сказала она.

— Рысаки, что ли? — хмыкнул Капица.

— Сам ты рысак. Ну точно, орловские, как их... Данила и... Сонька, что ли? Нет, Лизка! Точно, Данила и Лизка. Ну, бывшего Григорьева дома хозяева. Не сами, понятно, а дети их.

— Это у которых бабку сюда ее сын поселил? — вспомнил участковый.

— Вот–вот. А сам детей на все лето присылает. И на выходные тоже. А тебе какой интерес?

Капица наморщил лоб, вспоминая. Что–то там такое ему рассказывали про старшую Орлову... Значит, она и зимой в Калинове будет жить... Что ж ему говорили–то про нее, а? Внук старший у нее красивый парень, в девчонка так себе, хилая. И косички на голове дурные, штук сто, а то и больше.

Разглядывая младших Орловых, Капица решил уточнить, что же было не так с их бабушкой.

— Ладно, побреду, — махнула рукой Шура. — Может, Тоне что нужно...

Участковый тоже встал, выкинул сигарету и направился к белому каменному дому, стоявшему следом за заброшенным. Стоило опросить всех соседей, а эти были ближними с левой стороны.

161

Но дома никого не оказалось. В ответ на его стук раздался звонкий собачий лай, и Капица тут же вспомнил хозяйку, которую видел как-то садившейся в машину с тремя зверюшками, которых язык не поворачивался и собаками-то назвать. «Ладно, вечерком подойду», — решил он и направился к дому на другой стороне улицы.

Через двадцать минут он вышел оттуда со странным ощущением. Орлова-старшая спокойно отвечала на его вопросы, но у Степана Ивановича осталось ощущение, что женщина многого недоговаривает. А своим ощущениям Капица привык доверять. Да и вообще, странная какая-то оказалась эта Ольга Сергеевна. Говорит правильно, даже слишком, держится отчужденно, вопросов не задает... Другая бы на ее месте все жилы из него вытянула — конечно, шутка ли, труп по соседству! А она — ни словечка. Может, конечно, внуков отправила на разведку, кто ее знает.

Да и про сына отвечает неохотно. Хотя вроде бы ей есть чем гордиться: дом для нее купил, сделал все как полагается. Странно все, очень странно...

Двадцать лет назад

Витька был доволен собой. Вчера на костре все получилось, как он хотел. Все-таки дар убеждения — великая вещь, правильно отец говорит! Теперь его смущало только одно: Женька, которая неожиданно воспротивилась его плану, вдруг предложила обратиться к Андрюхе, чтобы рассудить их. Когда она так сказала, Витька даже опешил.

— А давай у Андрюхи спросим, как он считает! — все еще звучал в его ушах вызывающий Женькин голос. — Андрюха спокойный, всегда по делу выступает. Вот послезавтра на Ветлинку пойдем, там и обсудим вместе. Да и Юльки нет.

Ну, насчет Юльки Витька не волновался, а вот предложение посоветоваться с Андрюхой прозвучало для него как гром среди ясного неба. Да, понял Витька, никуда не денешься — раз Женька вспомнила про этого выскочку, то теперь не получится просто отшутиться или предложить Андрюху ни во что не посвящать. Да ведь она не просто хочет ему все рассказать, а посоветоваться! Вот что взбесило Витьку больше всего. Посоветоваться! Черт, да кто он такой, чтобы с ним советоваться?!

Кровь бросилась Витьке в лицо после Женькиных слов, но он сдержался. Оглядев ребят, сидевших вокруг костра, рассудительно заметил:

— Андрюхе, естественно, все послезавтра расскажем, обсудим с ним, как лучше все провернуть. Я так думаю, он подскажет что–нибудь дельное — Андрюха у нас парень головастый.

Но, откровенно говоря, теперь Витька был в тупике. Он представления не имел, что говорить, если Андрюха будет против его идеи, а в том, что тот будет против, Витька почти не сомневался. Слишком маменькин сыночек! Слишком благоразумен! Из него хороший Молчалин получился бы... Себя самого Витька, разумеется, представлял Чацким.

Сидя сейчас за поленницей бабки Степаниды, он уже битый час обдумывал завтрашний разговор и до сих пор ничего не придумал. Это его раздражало. Ему нужно было осуществить свою идею, потому что она раз и навсегда показала бы, кто здесь главный.

— Степанида, ты моих прохвостов не видела? — раздался внезапно от крыльца голос тети Шуры, и Витька отвлекся от своих мыслей.

— Нет, Шур, откуда? — удивилась совсем близко Степанида.

«Елки, как она близко подошла, а я и не услышал! Черт, не засекли бы».

— Да не знаю, — опять сказала тетя Шура, — подумала, может, снова у тебя безобразничают. Куда они в такой дождь делись, понять не могу. Промокнут ведь, засранцы, в одних майках ушли! Надо бы к Маше заглянуть — может, с Андреем ее сидят?

— Загляни, загляни, — согласилась Степанида. — Маша всю их компанию вечно привечает, то пирогами кормит, то конфетами балует. На сынка своего, я смотрю, не надышится.

Наступило молчание. Витька прислушался, но шагов не услышал — значит, тетя Шура не ушла. Да и попрощалась бы она перед уходом. И что они, спрашивается, молчат?

— Да, не надышится, — услышал он наконец. — А я ведь тебя, Степанид, попрекну.

— И правильно, Шур. Попрекни. Не права я была. И сами они на паренька не нарадуются, и мальчишка у них вырос хороший. Так ведь кто бы подумал, Шур! От такой-то мамаши...

— Да что ж мамаша? Видать, все дело в воспитании. А может, у него папаша правильный был, мы же не знаем.

— И не узнаем никогда, — подытожила Степанида. — Сколько народу-то, прости господи, через нее прошло! Поговаривают, что и Митька Трофимов наш не брезговал к ней заглядывать.

— А, да все они, кобели, хороши! Ладно, хоть не увидим мы ее больше.

— А куда она делась-то, так и не узнали?

— Да кто ж скажет, Степанид? Никто и не знает. Я так полагаю, что она сама никому и не сказалась. Ты подумай — после того, как она ребенка в роддоме оставила, ей ведь в райцентре житья не стало. Мне Елена рассказывала, которая учительница, что ей на доме неприличные слова написали, да не просто там мелом или краской, а дерьмом собачьим!

— Да ты что?

— Точно тебе говорю. Ей ни в магазин зайти нельзя было, ни на почту — всюду люди плевались.

— И правильно! — неожиданно сурово произнесла Степанида. — Так ей и надо! Подумать только — от родной кровиночки отказаться! Ну, наблудила, ребеночек-то чем виноват? Не могу я понять, Шур... Проклятая она, ей-богу, проклятая!

— Ну, для мальчишки-то ее все лучшим образом повернулось. Так что зря ты Машу и мужа ее отговаривала. А они молодцы — и по-своему все сделали, и живут — не печалятся. Дай им Бог всего за доброту их! Ну, пойду я, загляну к ним.

Витька, затаивший дыхание, услышал шаги, стук калитки, а потом скрип двери. Значит, все ушли со двора. Он выдохнул, соскочил с поленницы и, пригибаясь, бросился бежать через огород, не обращая внимания на дождь.

На следующий день они шли к Ветлинке, молча и торопливо. Опять собирался дождь, и Сенька с Мишкой, чтобы не отменять поход, предложили расставить палатку. Конечно, палаткой это сооружение только называлось — восемь шестов, воткнутых в землю, да брошенная на них пленка от старого парника, дыры на которой закрывались сосновыми ветками. Места получалось немного, но от дождя защищало. Шесты и пленка были припрятаны в лесу рядом с речкой.

Наконец дошли до речки, и тут в самом деле зарядило — полил не просто дождь, а настоящий ливень. Хорошо, что они успели быстро приготовить свой навес.

— Фиг мы сегодня раков наловим, — мрачно сказал Колька, прислонившись к шесту и с тоской глядя наружу. — Все небо обложило.

— Да ладно, — ухмыльнулся Сашка, — зато я картишки захватил!

Он достал из кармана колоду карт в прозрачной упаковке.

— Ну, начнем?

— Да погоди ты, — отозвался Андрей, — дай отдохнуть. Бежали ведь как ненормальные.

Минут десять они разговаривали обо всякой ерунде, трепались ни о чем, но все, кроме Андрюхи, понимали, что сейчас начнется обсуждение плана, предложенного Витькой на костре. Витька посмеивался, подшучивал над Юлькой, которая краснела и неумело огрызалась, но сам внимательно следил за общим разговором. Ему нужна была реплика. Пока никто ее не подбросил, а без первой реплики, которая должна исходить не от него, начинать представление было нельзя.

Время шло, Сашка, как наиболее нетерпеливый, уже начал поглядывать на Витьку, а тот все никак не мог приступить к намеченному. Но тут Юлька, умница Юлька, которую Витька был готов расцеловать, спросила, обернувшись к Андрею:

— Андрюх, а тебе тетя Маша сегодня слив ваших не дала?

— Не–а, — улыбнулся тот, — мы их на днях доели. Так что извини, Юльк, теперь до следующего года ждать придется.

— Кстати, Андрюх, хотел тебя спросить о тете Маше, — вступил Витька. — Ты извини, ничего, что я спрашиваю?

— Да ничего, а что? — не понял Андрей.

— Андрюх, ты сразу скажи, если эту тему обсуждать не хочешь, я и заткнусь.

— Да чего тут обсуждать–то? — по–прежнему непонимающе глядел на него Андрей.

— Ну, я рад, что ты так к этому относишься, — Виктор смотрел открыто. — Слушай, я давно хотел спросить, да все стеснялся: а ты мать свою часто видишь?

Наступила пауза.

— Не понял. То есть в каком смысле? Конечно, часто, каждый день.

— Нет, я не про тетю Машу, — помотал головой Витька. — Я про твою мать, настоящую. Я так понимаю, твои приемные родители против того, чтобы она к тебе приезжала. А ты сам–то ее навещаешь?

Непонимание на лице Андрея сменилось удивлением, а удивление — неуверенной улыбкой.

— Ладно, Вить, хорош шутить, я таких шуток не понимаю.

— Да я серьезно тебя спрашиваю, — рассердился Витька. — Ну не хочешь говорить, не говори. Я же тебе сразу сказал — если тебе про это тяжело разговаривать, так я и не буду начинать.

Елена Михалкова

Мишка с Сашкой переглянулись. Юлька сдавленно ойкнула и закрыла рот рукой. Наступила мертвая тишина. Улыбка медленно сползла с лица Андрея.

— Какие приемные родители? — неожиданно хрипло спросил он, бледнея на глазах. Витька даже испугался, что он сейчас упадет обморок. — Ты о чем?

Витька перестал хмуриться. Открыл было рот, чтобы что-то сказать, потом закрыл его и опять открыл. Затем, не веря себе, помотал головой и, широко раскрыв глаза и глядя прямо на Андрюху, прошептал:

— Так ты не знал?! Черт, Андрюха, ты не знал?!

— Ты что?! — крикнул Андрей и вскочил на ноги, ударившись головой о шест. — Ты что говоришь, придурок?! Какие приемные родители?! У меня родные родители, а не приемные!

Витька по-прежнему качал головой, глядя на него. Потом спохватился:

— Андрюш, да ты сядь, сядь, успокойся. Конечно, я ошибся, глупость сказал, извини! Это ерунда насчет родителей, — быстро продолжал он, — я сдуру сболтнул, хотел пошутить неудачно, а вышло, понимаешь, так глупо... Да конечно, нет у тебя никаких приемных родителей... то есть, в смысле, у тебя не приемные родители, а настоящие, ну, нормальные — тетя Маша и дядя Андрей. Ты не обращай внимания, у меня шарики за ролики заехали. Да тебе и любой скажет, что твои родители получше любых родных! Черт, извини, опять я не то говорю... они и есть у тебя родные...

Витька сбился и замолчал. Андрей по-прежнему стоял, и капли из дырки в пленке капали прямо ему на лоб.

— Слушайте, — обратился он к остальным, — это ведь шутка, да? Это шутка, по поводу того, что мои родители мне не родные?

Он посмотрел на Женьку, потом на Юльку. Обе ответили ему непонимающими взглядами. Сашка растерянно смотрел на Витьку, который старательно отводил глаза в сторо-

167

ну. Андрей перевел взгляд на Кольку, и что–то в выражении Колькиного лица заставило его позвать:

— Коля!

Колька вздрогнул и поднял глаза на него.

— Коля, это неправда?

— Да что ты у меня спрашиваешь? — пробормотал Колька. Андрей никогда еще не видел его таким растерянным. — Ты у родителей своих спроси.

Виктор, а за ним и все остальные изумленно взглянули на него.

Андрей опустился на корточки перед Колькой и, не стирая мокрых струек, бегущих по лицу, повторял:

— Коль, скажи, пожалуйста, я же должен знать. — Голос его звучал почти умоляюще. — Ну пожалуйста, скажи мне.

— Да что ты ко мне пристал?! — неожиданно выкрикнул Колька. — Какая тебе разница?! У тебя такая мать, что... что... не каждая родная такая... — неуклюже закончил он. — И вообще, что ты у меня–то... нас–то...

— Значит, правда? — словно не веря, переспросил Андрей каким–то не своим, высоким голосом.

Юлька в углу тихо всхлипнула. Женька вцепилась в Мишку и застыла, закусив губу.

— Значит, мама мне не родная? А кто родная?

Как слепой, он уставился на траву под ногами, а затем перевел взгляд на Витьку.

— Кто моя мать? — тихо, еле выговаривая слова, спросил он у него. — Ты знаешь?

— Андрюш, давай не будем, а? — попробовал тот успокоить его.

— Кто моя мать? — повторил шепотом Андрей.

— Слушай, я не знаю. Честно, не знаю!

— Говори.

Андрей наклонился близко–близко к Витьке, так, что почти касался его лба губами.

— Говори! — выдохнул он прямо ему в лицо. — Да говори же!!!

— Я не знаю, кто она такая. Знаю, что проститутка из райцентра, а больше ничего. Вот сдалась она тебе!

Женька ахнула. Андрей отшатнулся, сшиб шест и вышел из-под навеса, волоча за собой зацепившуюся пленку. Витька бросился за ним следом, споткнулся о чьи-то ноги, упал, и пока в суматохе разбирался, в какую сторону ползти, весь навес обрушился сверху. Бормоча и матерясь, парни вылезли наконец из-под пленки под проливной дождь. Андрей уже был на краю леса, быстро, почти бегом двигаясь в сторону деревни.

— Его догнать надо, — очень серьезно сказал Витька.

Словно услышав его слова, Андрей бросился бежать. Они стояли и растерянно смотрели ему вслед.

— Не догонишь... — ошеломленно прошептал Сенька.

Витька прошипел сквозь зубы что-то невнятное и кинулся за Андреем. Остальные так и остались стоять под проливным дождем.

Когда он вернулся спустя десять минут, промокший насквозь, навес уже был восстановлен. Ребята молча сидели под ним в мокрых майках.

— Не догнал, — помотал головой запыхавшийся Витька. — Я его даже на повороте не увидел. Черт, это я во всем виноват!

Он закрыл лицо руками и со свистом втянул воздух.

— Какой же я идиот! Должен был догадаться, что ему родители не сказали ни о чем!

— А откуда ты вообще узнал? — робко спросил Сашка.

— Да я думал, все знают! Я даже не помню откуда! По-моему, бабушка говорила, еще когда они только переехали. Ну точно, бабушка. Она еще удивлялась, почему его мать к Андрюхе не приезжает, она ведь давно на нормальную работу устроилась, где-то в Москве. Спрашивала меня, не ездит ли к ней Андрюха. Вот я, дурак, и захотел узнать для бабушки. Кретин! Придурок!

Витька со всей силы ударил себя по лбу.

— Да перестань, Вить, не убивайся ты так, — тихо ска-

169

зала Юлька. — Даже если бы не ты сказал, он все равно бы узнал.

— От кого бы он узнал? Вон Колька тоже в курсе, но не лез же с идиотскими вопросами!

Колька сидел весь красный.

Мишка посмотрел на него и неожиданно выругался матом совершенно по-взрослому.

— Мишка! — дернула его Женька.

— Что — Мишка? Что — Мишка? — огрызнулся тот. — Ну ладно, Витька сболтнул по глупости, а ты, Колян, не мог сказать, что это все фигня?

— А при чем здесь Коля?! — выкрикнула Юлька.

— А при том!

Колька сидел по-прежнему молча, ни на кого не глядя. Потом вскочил и вышел под дождь.

— Ну вот, еще один, — проговорила Женька. — Коль, иди обратно! — крикнула она.

Колька стоял под дождем, отвернувшись к реке.

— Это я во всем виноват, — повторил Витька с несчастным видом.

— Да перестань, Вить, — сказал наконец Мишка. — Никто ни в чем не виноват, просто так получилось. Вы с Колькой же не знали... Пойду приведу его.

Он вышел из-под навеса и направился к сутулой фигуре на берегу реки.

Витьке пришлось прикрыть лицо рукой, чтобы скрыть появившееся на нем выражение. Но жест в данной ситуации выглядел так естественно, что никто не обратил на него внимания. «Никто ни в чем не виноват». Как раз то, что ему нужно было услышать. «Никто ни в чем не виноват».

Глава 11

Капица быстро шагал к почтальонову дому. Не было десяти утра, и хозяева, вероятно, еще спали, но сейчас был такой случай, что требованиями этикета можно было и пренебречь. Четверть часа назад Капица разговаривал с патологоанатомом, и то, что сказал ему Данилов, заставило его собраться и, чертыхаясь про себя, пойти к Чернявским. Поговорить с ними нужно было быстрее, желательно пока они оба еще тепленькие. Степан Иванович усмехнулся собственному немудреному каламбуру и толкнул калитку.

Когда Тоня увидела в окно приземистую фигуру участкового в его неизменной дурацкой кепке, она поняла, что с добрыми вестями он идти не может: чего ради в воскресенье наносить визиты с утра пораньше?

— Витя! — позвала Тоня.

— Что? — высунулся он из-под одеяла.

Значит, уже не спал, только притворялся.

— Вить, к нам опять ненормальный участковый идет.

— Да ты что?!

Он сел и недоверчиво посмотрел на нее. Через секунду раздался стук в дверь, подтверждающий Тонины слова.

— А это нас арестовывать идут, — хихикнув, проворчал Виктор, натягивая джинсы.

— Ты что, с ума сошел? — обернулась Тоня с порога. — За что?

Виктор поднял на нее заспанные глаза и вздохнул.

— Супруга ты моя драгоценная, ты бы хоть классику читала, что ли... Не все ж Акуниным развлекаться. А то ведь и в неудобное положение попасть недолго. Это, образованная ты моя, Михаил Афанасьевич, который Булгаков. Слышала о таком?

Тоня повернулась и пошла по коридору к двери.

— Здравствуйте, Антонина Сергеевна, — протянул Капица, стаскивая кепку. — Поговорить бы с вами и с супругом хотелось. Не возражаете?

— Проходите, — Тоня шагнула в сторону, пропуская участкового. — Что еще у нас случилось?

— Супруг ваш встал уже? — осведомился Степан Иваныч, не отвечая на ее вопрос. — Или почивать изволит?

— С вами изволишь, — Виктор, одергивая футболку,

появился в дверях и хмуро кивнул участковому. — Доброе утро. В чем дело?

— Да вы проходите в зал, — негромко предложила Тоня. — Не в коридоре же стоять.

Капица уселся за стол, бросил взгляд в окно и, повернувшись к Виктору, сказал без предисловий:

— Глафиру Рыбкину, прежде чем повесить у вас в саду, связали и придушили. На руках имеются следы от веревки. И на шее тоже след, от той же удавки, на которой она висела. Только сначала ее где-то этой веревочкой... того... а уж потом приволокли к вам. А теперь скажите-ка, мои милые, кому вы так насолили, что к вам трупы притаскивают? Или вы их коллекционируете? А?

Он перевел взгляд с Виктора, смотревшего на него открыв рот, на Антонину, и не поверил своим глазам. На ее лице было... облегчение?

— Ее удушили? — переспросила она, словно не веря. — Ее просто кто-то убил?

— То есть в каком смысле просто?! — поразился участковый. — Вообще-то, конечно, веревка — вещь несложная, можно было бы что-нибудь эдакое, с заковыркой учинить: цианистый калий там подсыпать или четвертовать...

— Перестаньте ерничать, — оборвал его Виктор.

Так же, как и Капица, он не понимал выражения Тониного лица, и это ставило его в тупик. Черт возьми, да что с ней?! Но Тоня смотрела на участкового так, словно он сообщил, будто весь вчерашний день ей просто приснился, и это было необъяснимо. Да она слышала, что сказал местный пинкертон? Глафиру убили!

— Кому понадобилось ее убивать? — проговорил он, опускаясь на стул. — Надеюсь, нас вы не подозреваете? Верхом идиотизма было бы вешать ее на нашем же дереве.

— С одной стороны, оно, конечно, так, — согласился Степан Иванович. — С другой, может, вы такой умный, что как раз подобным образом решили подозрения от себя отвести, а? Или у вас чувство юмора такое... необычное. Вот сегодня дом ваш осмотрят, может, что и найдут.

— То есть как — осмотрят дом? С какой стати?

— Так ведь труп–то, милый вы мой, криминальный! Вчера все тяп–ляп сделали, а сегодня уж на совесть пройдутся. Очень может статься, что вы ее придушили на почве ревности, а потом задумались: что с телом делать, куда его девать? А девать–то некуда. Вот и придумали такой хитрый ход. Поэтому, милые мои, если вам есть в чем признаваться — советую начать, а то потом, как пишут в романах, поздно будет.

Капица смотрел на Тоню и Виктора совершенно серьезно, и Виктор хмыкнул.

— Глафиру мы не убивали, и признаваться нам не в чем. Если ваши опера ордер покажут — пускай ищут, что хотят.

— А почему вы за вас обоих говорите? — прищурился участковый. — Может, супруга ваша жаждет душу облегчить?

— Я? — удивилась Тоня. — Вы думаете, ее убила я?

— Я вас только спрашиваю.

— Нет, не убивала, — на губах ее мелькнуло подобие улыбки. — Зачем?

— Вот–вот, — покивал Капица. — Зачем? Ну, раз вы не хотите признаваться, будем исходить из того, что вы меня, старика, не обманываете безбожно, а говорите самую что ни на есть правду. Тогда поведайте мне вот о чем, драгоценные вы мои: кому ж понадобилось несчастную Рыбкину приносить в ваш сад, а? Да не просто приносить, а еще и вешать на дерево, что само по себе сделать не так–то просто. Признайтесь мне, сделайте одолжение, чтобы нам хоть знать, в какой стороне убийцу искать.

Тоня с Виктором переглянулись и синхронно покачали головами.

— Вы поймите, Степан Иванович, — проникновенно начал Виктор. — Мы ведь в Калинове всего три месяца с небольшим живем... не то что врагов — еще и друзей–то завести толком не успели. Общаемся только с соседями, и то нечасто, да Аркадия Степановича с женой приглашаем по субботам. Вот и все. Так что, уважаемый Степан Иванович, вы не в той стороне ищете. Может быть, она пришла к нам, а убийца ее подстерег? Мы ведь с вечера не выходили из дома. Когда она умерла?

— Вечером, около одиннадцати, — задумчиво ответил Капица.

— Вот видите! Зачем он ее тело повесил, я не знаю, но ведь сумасшедшие, например, могут что угодно делать. Почему бы убийце не быть сумасшедшим?

Помолчав, участковый задумчиво произнес:

— То есть вы уверены: то, что тело Рыбкиной обнаружили на вашем участке, — случайность. И к вам она никакого отношения не имеет.

— Лично я абсолютно уверен, — пожав плечами, подтвердил Виктор. — Кому понадобилось таким образом делать нам гадости, я не могу себе представить.

— Не можешь, значит? — раздался голос от дверей.

В проеме стояла тетя Шура и пристально смотрела на Виктора.

— Тонь, ты извини, у тебя входная дверь не заперта была, — проговорила она, по-прежнему глядя на Виктора. — Значит, не знаешь, кто захотел бы тебе гадости делать?

— Вы о чем, тетя Шура?

Тоня только открыла рот, чтобы спросить то же, что и муж, но тут заметила: в глазах Капицы что-то промелькнуло. Он посмотрел на тетю Шуру, потом на Виктора. Тетя Шура перевела взгляд на участкового и медленно кивнула. Виктор поднялся, подошел к окну и встал спиной ко всем остальным.

В комнате наступило молчание. Виктор раскачивался на носках, глядя в окно. Тетя Шура смотрела ему в спину. Капица что-то обдумывал, водя карандашом по листку бумаги перед собой. Тоня переводила взгляд с одного на другого и наконец не выдержала.

— Тетя Шура, в чем дело? — спросила она. — Что вы все молчите? Вы знаете, кто мог это сделать? Зачем?

— Ни за чем, — отозвался Виктор от окна, не поворачиваясь. Тетя Шура и участковый взглянули молча друг на друга, словно разговаривая без слов. — Тетя Шура вспоминает дела давно минувших дней, которые канули в Лету.

— Какие дела?

Виктор не ответил.

— Да какие дела?! — повысила голос Тоня. Господи, почему она одна тут ничего не знает? О чем они трое говорят?

— Ты, голуба моя, не волнуйся, — проговорил наконец Степан Иванович успокаивающе, — никаких особенных дел нету.

Он бросил быстрый взгляд на тетю Шуру и закончил:

— А если и было что, так ведь никого не осталось. Так что старина, я думаю, тут ни при чем. Пойду я, пожалуй.

Он поднялся, оглядел Тоню с Виктором.

— Надумаете что рассказать или припомните чего — знаете, где меня искать. А вообще-то я у вас, наверное, еще появлюсь неподалеку. Ну, бывайте.

Тоня услышала, как закрылась входная дверь. Нет, это было чересчур! Ее просто не замечали!

— Тетя Шура, — резко заговорила она, — в чем дело? Выкладывайте.

— Да нет, Тонь, — махнула рукой женщина, — Степан-то ведь прав, не осталось никого. Я сдуру сболтнула, извини старуху. И ты, Вить, извини.

— Да все нормально, теть Шур, — отозвался от окна Виктор.

— Я ведь, Тонь, чего зашла-то: мясорубку твою хотела попросить. Ко мне мои вчера приехали, захотелось Сашке котлеток, а мясорубка возьми и сломайся! Ну что ты с ней будешь делать? Как ни гости, так сразу раз — и все! Выручишь, Тонь?

— Конечно, тетя Шура, — устало кивнула Тоня. — Пойду достану...

Она вышла, и в комнате опять наступила тишина. Виктор стоял, не поворачиваясь, понимая, что нарушает все правила приличия, но он был очень зол. На сей раз тетя Шура действительно зашла слишком далеко! На будущее подумает, прежде чем свою ахинею старческую нести.

Появилась Тоня с большой коробкой в руках.

— Ой, какая огромная! — ахнула тетя Шура.

— Так ведь электрическая, — оправдываясь, ответила Тоня.

— Она ж, поди, тяжеленная?

— Я помогу, теть Шур, — обернулся наконец Виктор, решив, что урок можно считать усвоенным. — Давайте вашу мясорубку.

Глядя в окно, как тетя Шура ковыляет за Виктором по тропинке, Тоня ощущала облегчение пополам со злостью. Когда она услышала, что Глафира была убита, ее голову молнией пронзила мысль: значит, она здесь ни при чем! Просто совпадение! И вовсе не обязательно, что тогда, на том спиле дерева во дворе колдуньи, она увидела именно веревку. Ведь ей могла привидеться действительно змея или еще что–нибудь. Она не виновата в смерти Глафиры, вот что самое главное!

Но, несмотря на невыразимое облегчение, которое она испытывала при этой мысли, слова тети Шуры не выходили у нее из головы. Что они все не хотят рассказывать ей? Зачем нужно скрывать правду, если все случилось давным-давно? И что, собственно, случилось?

Тоня уже поняла, что Виктор не собирается ничего рассказывать о том времени, даже если она начнет рыдать и скандалить, но почему молчит тетя Шура? И кто, в самом деле, мог ненавидеть их так сильно, чтобы притащить тело несчастной Глафиры в их сад?

Внезапно ее словно обожгло. Тоня вспомнила, как в середине осени она забралась на соседний участок и наткнулась на старика с нелепым именем, Евграфа Владиленовича, кажется. Она еще тогда очень испугалась, потому что он выглядел совершенно сумасшедшим. И он очень старый, так что, может быть, речь шла о нем? Надо рассказать Капице, ведь тот жилец Степаниды, Женька, может все подтвердить!

Тоня быстро настрочила записку Виктору, сунула ее в дверь и торопливо пошла по направлению к дому Капицы.

Час спустя участковый стучался в дверь Степаниды Семеновны.

— Степан, ты, что ль, ломишься? — открывая дверь, прокряхтела Степанида. — Так прошел бы, чай, открыто.

— Я, Степанида Семеновна, человек воспитанный, без приглашения не заявляюсь.

— Знаю я тебя, воспитанный! С чем пожаловал? Опять, что ль, из-за Глашки, упокой Господь душу ее грешную? Так я уж все рассказала, только что паренек заходил — ничего я и не видела, и не слышала. Да и не верю я, что ее убили, чего-то ваши напутали.

— Наши не напутали, но я не про Рыбкину. С жильцом вашим поговорить хотел.

— С Женькой? А чего? — насторожилась старушка. — Он мужик хороший, тихий, мне помогает. С работой у него что-то в городе не получается, вот он у меня и живет пока, так я и не нарадуюсь. И душа живая в доме, и помощь от него: вот вчера только чайник у меня возьми да перегори, а он....

— Степанида Семеновна! — прервал словоохотливую старушку участковый. — Ничего плохого я не собираюсь вашему Женьке делать. Поговорить мне с ним надо, вот и все.

— За сараем он, полки мне новые мастерит.

— Полки? Это хорошо, — отозвался Капица и пошел по тропинке в глубь участка.

Степанида осталась стоять на крыльце, с волнением поглядывая в сторону сарая.

Участковый завернул за сарай и увидел Женьку, стоявшего в одной водолазке. Тот вертел в руках небольшую дощечку, поворачивая ее то так, то эдак.

— Что, Евгений Батькович, общественно полезным трудом занимаемся?

Женька вздрогнул, выронил дощечку и обернулся.

— А–а, это вы. День добрый, — кивнул он. — А ко мне ваши уже приходили, спрашивали. Женщину ту, значит, убили?

— Получается, так. А вы ее знали?

Женька покачал головой.

— Слышал от хозяйки про нее, а знать не знал. Я ведь ни с кем тут особо не общаюсь, кроме соседей, конечно. Хотя и с соседями не со всеми получается, некоторые и кивнуть не всегда могут, не то что поздороваться или там поговорить, — он покосился в сторону дома Орловых.

— А сколько вы уже у нас живете? — невзначай поинтересовался участковый.

— Да с августа, пожалуй, живу. Точно, с августа. Я в начале месяца приехал, числа пятого, что ли.

— А уезжать, припоминается мне, собирались в октябре? Загостились вы у нас в Калинове, Евгений Батькович.

— Не Батькович, а Григорьевич, — поправил его Женька. — А что, мешаю я кому или прогонять меня собираются? Живу я вроде тихо, ссориться ни с кем не ссорюсь.

— Да я не о том, Евгений Григорьевич, — заулыбался участковый. — Кто вас прогонит? А просто удивительно: приехал человек на два месяца, а живет уж четвертый. И на работу его не тянет, и денег он вроде бы не зарабатывает. Или наследство получили?

«Ну что, Евгений Григорьевич, разозлил я тебя? — присматривался к мужичку Капица. Тот наклонился, поднял доску и аккуратно положил ее на верстак. — Скажешь, чтобы я не в свое дело не лез?»

— Не в наследстве дело, — сказал наконец охотник. — А только что мне в Москве ошиваться? На работе у нас простой, я там сейчас не нужен, да и вообще, я так полагаю, придется мне новое место искать. А деньги у меня отложены были, еще с прежних заработков. Немного, конечно, но хо-

зяйка — человек добрый, много с меня и не просит. Мне тут
у вас нравится: и место тихое, и спокойно как–то на душе,
что ли, стало. В Москве дерганый был и злой, а здесь по-
жил — вроде и успокоился. Даже и не знаю, как сказать.
Мне, по совести говоря, всегда хотелось в деревне жить, да
только денег на дом не было. А тут уж вроде как прижился.
Бог даст, и до весны тут останусь, если Степаниде Семеновне не надоем.

Участковый слушал Женьку и понимал, почему Тоня
отозвалась о нем с теплотой. И ведь внешне–то нелепый:
рыхловатый какой–то, бороденка реденькая — клочки торчат из подбородка, а на щеках щетина, видно, и вовсе не
растет. Голос высокий, так что даже удивительно — толстый, в общем, мужик, а только что не пищит. А при том и
спокойный, и какой–то уверенный. Словно не просто груши
в Калинове околачивает, а нужное дело делает. Впрочем,
может, так оно и есть — Степанида–то вон как за него всту-
пилась! Помогает он ей, сразу видно, взять хоть эти полки...

Женька замолчал, взял вторую доску и принялся ошку-
ривать ее. Капица постоял, посмотрел, а потом спросил:

— А что там с алкашом нашим было, с Евграфом? Чернявская говорит, вроде угрожал он ей.

— Это когда? — удивился было Женька. — А, когда я им
забор ставил... Да, странный он какой–то.

— Ну–ка поподробней, пожалуйста, — попросил участковый. — Антонина Сергеевна интересные вещи рассказывает, может, и от вас что узнаю.

Но от Женьки узнать почти ничего не удалось. Впрочем,
в целом он подтверждал рассказ Тони, только оговорился,
что появился тогда, когда старик уже кричать начал.

— Алкоголик он, сразу видно, — закончил Женька. —
Ничего особенного я в нем не заметил. Злобный разве что,
на жену Виктора бросался. Не в том смысле, что...

— Да понял я, понял, — остановил его Капица. — Ну что
ж, примерно то же и госпожа Чернявская мне поведала. Пожалуй, можно бы и отыскать нашего Евграфа Владилено-

вича, тем паче что давненько он у нас не появлялся. Ну, спасибо за беседу, Евгений Григорьевич, удачи вам в ваших начинаниях.

Когда Женька спустя полчаса зашел в дом, Степанида встревоженно спросила:

— Ну что, Жень? Чего он приходил–то?

— Да опять про Глафиру расспрашивал. Все нормально, Степанида Семеновна, вы не беспокойтесь. А мужик он вроде неплохой.

— Неплохой–то неплохой, только как прицепится — не отцепишь, чистый репей! Вот чего я, Жень, и боюсь — как бы не прицепился он к тебе.

— Не за что ко мне цепляться, — уверенно ответил Женька. — Да и не до того им сейчас будет. Они начнут искать, кто хотел ту бабу убить. Вот пускай и ищут.

После Женьки участковый решил поговорить с соседями Чернявских, которых накануне не застал дома. Конечно, дом не рядом стоит, а через участок, но, может, и слышали что–нибудь. Опять–таки собаки в доме есть.

— Хозяева! — позвал Капица, стучась в окошко. — Есть кто–нибудь?

Из дверей появилась женщина лет пятидесяти, полноватая, но ухоженная. На руках у нее сидела маленькая собачонка с большими умными черными глазами. Устремив их на Капицу, она коротко, но злобно тявкнула.

— Тише, Яся, тише, — успокоила ее хозяйка, поглаживая по шелковистому затылку. — Слушаю вас.

— Нет, уважаемая Лидия Семеновна, это я хотел бы вас послушать. Я участковый здешний, Степан Иванович меня звать.

— А я вас вспомнила, — неожиданно сказала Лидия Семеновна. — Вы же с нами уже заходили знакомиться, когда мы только приехали. Проходите, вы ведь, наверное, из–за этого убийства пришли?

— Из-за него, — признался Капица, заходя в просторную комнату.

Две точно такие же собачонки, как на руках у женщины, сидели на тахте, а третья разлеглась на коврике. Капица аккуратно обошел ее и уселся на стул.

— Боюсь, что я ничего не видела, — хозяйка подняла собачку с пола и положила тоже на тахту. Песик не шелохнулся. — Так что пользы от меня никакой.

— Да вы не торопитесь, не торопитесь. Подумайте: может быть, что-нибудь странное было в тот вечер? Или ночью?

Лидия Семеновна покачала головой.

— А собаки ваши? Они как обычно себя вели, не лаяли?

— Нет, не лаяли. Вот только Чунька моя ни с того ни с сего из дома удрала, но это потому, что она пакость какую-то в саду искала.

Лидия Семеновна неожиданно замолчала и нахмурилась.

— Что? — осторожно спросил Капица.

— А вы знаете, — медленно произнесла женщина, — когда я Чуню домой несла, мне показалось, что на соседском участке кто-то был. Точнее, просто... ну, не понравилось мне что-то, я даже сама не поняла что.

— Во сколько это было?

— Вечером, часов около одиннадцати, наверное. А может быть, раньше, я не знаю. Муж на городской квартире оставался ночевать, работал допоздна, а я как раз за собачкой выходила. Когда мне что-то показалось, я пошла вдоль ограды — посмотреть, может, мальчишки залезли и хулиганят. А там у сетки с другой стороны куча веток лежит...

Капице показалось, что при этих словах Лидия Семеновна немного смутилась.

— Да, куча веток, в общем. Я хотела поближе подойти, а Чуня как рванется в дом, и мне пришлось за ней идти. Вот и все, — огорченно закончила она. — Если бы не Чунька, я, может быть, и знала бы что-то, а так ничем помочь не могу.

— Лидия Семеновна, голубушка, я сейчас к вам сотрудника нашего отправлю, вы ему все это тоже расскажите. Хорошо? И место покажете, где шум слышали. Спасибо, на самом деле вы помогли.

Через два часа уже стало ясно, что убийца какое-то время прятался за заброшенным домом. Оперуполномоченный, молодой парень, с утра опрашивавший всех дальних и близких соседей, постарался на совесть, осмотрел весь участок и теперь с гордостью продемонстрировал Капице отпечаток следа на земле около кучи веток. Да и сами ветки были разбросаны как попало, а ведь соседка призналась, что это они сложили их сюда, правда, сделали все аккуратно. «Зачем нам разбрасывать, — вспомнил Капица слова смущенной Лидии Семеновны, — мы же убирать собирались, нам же хуже было бы».

— Да, Сереж, похоже, он здесь и тело держал.

Капица разглядывал ветки, пока парень возился со следом.

— Наверное. А где еще? — отозвался тот снизу. — Между деревьев его заметить могли, а тут такая груда... Вопрос только, где же он ее убил?

— А в доме следы есть?

— Нет, в том все и дело. Правда, двери не заперты были, когда мы пришли. Следователь думает, убийца кто-то из своих: она с ним пошла, правда, непонятно, куда и зачем, он ее придушил в тихом месте, а труп потом сюда приволок. Степан Иванович, вы здесь всех знаете, так что красавец по вашей части.

— Если бы всех, Сереженька, — вздохнул Капица. — Слушай, а орел-то наш не слабым получается: тело сюда принес, потом на дерево поднял... Зачем ему вся катавасия, вот вопрос!

На соседнем участке мелькнула фигура Чернявской и пропала за деревьями. «Кстати, как-то ведь надо было на участок их попасть, — думал Капица. — Калитки все закрыты были. Не через забор же он ее перекинул!»

— Сереж, а вдоль забора следы смотрел? — спросил он.

— Я, Степан Иванович, везде смотрел.

— Да ты не обижайся, я говорю — по ту сторону забора. У Чернявских.

— И по ту смотрел, и по эту.

— И что?

— Ничего. Никаких следов. Заморозок был ночью, земля твердая, как камень. Я удивляюсь, как этот след остался — наверное, тут под ветками влажновато было.

«Значит, не через забор. Да и потом, на теле след бы остался от удара об землю. Как же он в сад попал? И главное — зачем?»

— Чего его туда понесло с трупом? Совсем, что ли, на голову плохой был? — проворчал опер, поднимаясь. — Вот получите вы, Степан Иванович, маньяка, он вам навешает таких украшений на каждом дубе.

— Типун тебе на язык! У нас тут место тихое, маньяки не водятся. Это в столице их пруд пруди, а здесь для них экология неподходящая. Хм, маньяк...

Аркадий Леонидович заметил этого мужичка, когда пошел в магазин за пивом. Тот возился на другой стороне улицы с оконной рамой. И хирург сразу вспомнил, что Виктор ему рассказывал, как за копейки забор поставил. Как же его, того мужичка, зовут? А, Женька...

— Евгений, — окликнул доктор, подходя, — здравствуйте. Разрешите представиться: Аркадий Леонидович. Наслышан о ваших способностях от соседей.

— Здравствуйте. Это о каких же? — прищурился Женька.

— Ну, скажем, о вашем таланте в области проектирования заборов.

— А, вот вы о чем, — усмехнулся тот. — Что, тоже нанять меня хотите? И у вас забор старый?

— Забор, уважаемый Евгений, меня не беспокоит, а вот

как насчет того, чтобы дверь подправить? Рассохлась, видно, вот и скрипит невыносимо — просто даже не передать, как завывает. А я, понимаете ли, руками только скальпель приучен держать хорошо, а с прочим инструментом у меня отношения посложнее. Ну как, возьметесь за сию неквалифицированную работу?

— Посмотреть надо, — покачал головой Женька. — Если просто косяк подправить — это одно, а если вообще дверь менять придется — тут уж извините. Когда зайти к вам?

Аркадий Леонидович задумался и снова покосился на Женьку. С одной стороны, тип этот особого доверия ему не внушал. Маленький, хиленький, бороденка какая-то... клочьями. С другой стороны, Виктору он хорошо забор сделал. «Ладно, рискнем», — решил Мысин и вслух сказал:

— Да вот вечерком если заглянете, то хорошо было бы.

— Часиков в восемь устроит?

— Замечательно, мой дорогой, просто замечательно.

Довольный Аркадий Леонидович направился к магазину, а Женька вернулся к оконным рамам.

В магазине доктор осмотрелся. Полная рыжеволосая деваха, стоящая за прилавком, разглядывала его с нескрываемым интересом. Внимательно изучив ассортимент пива, Аркадий Леонидович выбрал «Балтику» и подошел к продавщице.

— Красавица, половинку буханочки отрежешь? И вот пиво еще.

— Отрежу, отчего ж такому солидному мужчине и не угодить? — кокетливо ответила та. — А почему я вас здесь раньше не видела? Вы, наверное, в гости приехали?

— Нет, я здесь давно живу, просто обычно жена в магазин ходит.

— А из какого же вы дома, что я вас не знаю? — приподняла деваха выщипанные брови.

— Из сорок пятого.

— Из того, который рядом с почтальоновым?

Елена Михалкова

— Да, да, только он не рядом, а через один. Между нами старый дом стоит, заброшенный совсем.

Продавщица сделала большие глаза, перегнулась через прилавок и, не обращая внимания на ждущую своей очереди немолодую супружескую пару, произнесла, понизив голос:

— Так ведь у вас там убийство такое жуткое случилось, знаете? Глашку Рыбкину повесили на дубе! Изнасиловали, говорят, и повесили. А я в выходные, как назло, в Москву ездила, ничего и не знала! Вы ее видели?

— Видел, — кивнул Аркадий Леонидович. — Зрелище было малоприятное. Девушка, вы мне пиво забыли дать.

— А правда, что она раздетая была?

— Да одетая, одетая. И еще половину ржаного.

— Нет, а Толька Рябцев говорит, что голая!

— Девушка, — вмешался простецкого вида мужик, стоявший за Аркадием, — вы мне пивка продайте, а потом про ваше убийство можете трепаться хоть до вечера.

Продавщица хотела огрызнуться, но взглянула на покупателя внимательнее и сдержалась. Быстро обслужив Аркадия Леонидовича, она взяла с полки бутылку пива, а тот, торопливо выходя из магазина, подумал: «Все, пускай все же Лида в магазин ходит».

На обратном пути хирург заметил двоих сыновей тети Шуры, ковырявшихся со старой машиной.

— День добрый! — поклонился он. — Как ремонт?

— Потихоньку, — отозвался младший, Александр. — Да тут ничего серьезного, просто перестраховываемся.

— Оно и правильно, машина перестраховку любит. Ну, ребята, бывайте!

Братья попрощались, а Аркадий Леонидович поймал на себе недружелюбный взгляд старшего, Николая, который не сказал ему ни слова. Невежа! Хоть бы о погоде соизволил поговорить. Впрочем, что от него, деревенщины, ожидать?

Придя домой, Аркадий Леонидович перелил пиво из бу-

185

тылки в высокий стакан и задумался. Что-то его сегодня насторожило, показалось неправильным, что ли... Он поморщился и отставил бутылку. С тех пор как он пришел из магазина, у него было странное ощущение. Словно какая-то ерунда ускользнула от внимания, а на самом-то деле это была вовсе и не ерунда. Что-то такое было сказано или сделано, а он и не заметил... Аркадий Леонидович почувствовал себя глупо, что случалось с ним крайне редко. Он еще раз вспомнил все, что произошло в магазине, но в голову ничего путного не приходило. Мужичок Женька, болтливая глуповатая продавщица, пара в очереди, братья... Черт, что же, что же?

Аркадий Леонидович не понимал, почему его так занимает какая-то ускользнувшая мелочь, но он никак не мог сосредоточиться. Мысль, будто что-то не так, угнездилась, как заноза, где-то в затылке, спряталась, и сколько он ни пытался вытащить ее оттуда, у него ничего не получалось. В конце концов, махнув на нее рукой, Аркадий Степанович выпил пиво, не почувствовав вкуса, и долго сидел, бессмысленно глядя в стену напротив.

Глава 12

Как тебе начало? Представление началось, но ведь это всего лишь вступление. Главная героиня появилась на сцене только один раз, и ее никто толком не рассмотрел.

Кто-то, возможно, начал догадываться, в чем дело, но промолчал. И правильно сделал.

Не нужно ничего говорить. Все, что от вас требуется, — только ахать и аплодировать.

Только некоторым из вас предстоит сыграть в нашей маленькой пьесе. И вы ничего пока о своей роли не знаете. Я думаю, и к лучшему. Если бы вы увидели главную героиню так близко, как вижу ее я, боюсь, многие не захотели бы смотреть наш спектакль до конца.

*Но вам придется это сделать. Она завораживает, она
притягивает, она заставляет сердце замирать...
Она такая разная...
Но пока вы видели ее издалека.
Ничего. Скоро она подойдет поближе.*

Снег повалил в начале второй недели ноября. Неожиданно для себя Виктор обнаружил, что летние воспоминания о деревне — одно, а реальность в виде необходимости
постоянно топить печь — совсем другое. Он, конечно, умел
это делать, но пару раз подкинул слишком много дров — и
пришлось настежь открывать двери, чтобы стало прохлад-
нее. Тоня включала на ночь обогреватель, но он грел только
спальню, а зал с кухней встречали Виктора по утрам холо-
дом. Калиново собирались в скором времени газифициро-
вать, однако было очевидно, что всю нынешнюю зиму им
придется, как и всем живущим в деревне, топить печь.

Тоне не хотелось вставать по утрам, но мысль о том,
чтобы поспать подольше, даже в голову ей не приходила.
Муж должен быть накормлен перед рабочим днем, к тому же
печь он протапливает так плохо, что дом остывает уже к
обеду. Проще делать все самой. Она не признавалась себе,
что, сидя перед печкой на маленькой скамеечке, вслушива-
ется в потрескивание дров, пытаясь разобрать в них какой-
то шепот. Это превратилось в своего рода игру. Дом что-то
говорил ей. Рассказывал какую-то историю, которую никто,
кроме него, поведать не мог или не хотел. Еще толком не
проснувшись, Тоня сидела, закутавшись в шерстяную коф-
ту, и подкидывала поленья, а вокруг была темнота. Она за-
дергивала занавески на ночь, но, когда утром открывала их,
ничего не менялось. Светало теперь поздно.

Про убийство они с мужем по молчаливой договоренно-
сти не вспоминали. Они вообще стали меньше общаться в
последнее время, а если и разговаривали, то как-то инфор-
мативно: Виктор коротко рассказывал, как у него на работе,
она коротко перечисляла, что делала днем. Иногда ей вовсе

нечего было сказать или не хотелось, и тогда они молча ужинали и ложились спать. Единственное, что по–прежнему было неизменным, — это постель. Тоня хотела ребенка и делала все, чтобы забеременеть.

Она пила горьковатый настой уже почти две недели, каждый вечер проверяя по календарю время завтрашнего восхода. Осталось меньше четверти банки, и Тоня с ужасом представляла себе, что нужно будет опять идти к Антонине. Что она может ей дать еще? Глафира мертва, и, может быть, теперь все получилось бы без настоя и других снадобий, но проверить Тоня не решалась. Пока она не была беременна, значит, нужно делать все, что сказала ведьма.

Дом на соседнем участке засыпало снегом, и он стоял белый среди белых деревьев. Каждый раз, идя в магазин, Тоня бросала на него взгляд, словно надеясь: что–то изменится. Но все оставалось прежним — пустые окна, заваленное снегом крыльцо, нежилой дом. Его соседство Тоне не нравилось, но поделать ничего было нельзя. Хотя Виктор пару раз предлагал в шутку сообщить о продаже деревенского дома их друзьям, которые, глядя на них, тоже подумывали, не купить ли жилье недалеко от Москвы.

— Тонь, хочешь, Фомичевы нашими соседями будут? — подначивал он жену, прекрасно зная, что самого Фомичева — толстого, самоуверенного мужика, имеющего привычку постоянно сплевывать на землю, — она терпеть не может. — Ну хорошо, а Сабурины? Тоже нет? Знаешь, милая, на тебя не угодишь!

В конце концов, заметив, что она не отзывается на его шутки, Виктор отстал от нее, подумав про себя, что Тонька юмор иногда совсем перестает понимать.

Сам он был очень доволен, несмотря ни на что. Дом был его — и только его. Он теперь здесь полный хозяин. Наверное, так и должно было быть — ведь он с детства получал все, что хотел. В этом доме ему всегда хотелось жить. А всякие там печки, туалеты–чердаки — дело второстепенное. Тонька даже не понимает, до чего второстепенное.

Участковый больше у них не появлялся. После того как Тоня рассказала ему про инцидент с Евграфом, Виктор дома отругал ее, высказавшись вполне определенно про бабьи глупости. Судя по всему, Капица, решила Тоня, придерживался того же мнения, потому что в середине ноября она встретила алкаша снова.

В тот день она начала готовить обед и вдруг обнаружила, что закончилось подсолнечное масло. Закутавшись потеплее и спрятав косу под платок, Тоня закрыла дверь дома и быстро прошла по саду. Хотелось скорее вернуться домой — она сама не понимала почему. Ее мучили какие-то неясные опасения.

Они начали сбываться, как только около дома Степаниды она увидела знакомую фигуру в драной телогрейке. Евграф закрыл за собой калитку, обернулся и прищурился. «Может, не узнает», — мелькнула у Тони надежда. Мелькнула и пропала, потому что старик, ухмыляясь, направился прямо к ней. Заторопившись, она попыталась обойти его, и у нее даже получилось, но вслед ей раздался дребезжащий голос:

— Что, получили?

Тоня заставила себя не обращать внимание на старика и сделала несколько шагов, но следующая реплика заставила ее остановиться.

— Выживает вас дом, выживает... И правильно делает. Не судьба вам там жить!

Медленно обернувшись, Тоня посмотрела прямо на алкаша. За прошедший месяц он сильно постарел — лицо осунулось, морщины стали глубже, но руки не тряслись. Она мимоходом бросила взгляд на его ладони и поразилась тому, насколько они большие: как лопаты, невольно подумалось Тоне. Она сделала два шага к старику и поинтересовалась:

— Почему же не судьба?

В ответ раздалось отвратительное хихиканье, от которого у Тони мороз бежал по коже. Но ее уже было не так-то легко напугать.

— Что же вы смеетесь? Да потому, что вам просто сказать нечего, вот и все! — бросила она. — Никакой дом нас не выживает. Если хотите знать, нам там очень хорошо живется, гораздо лучше, чем в Москве!

Тоня с удовлетворением заметила, что ухмылка с лица старика исчезла.

— И вот еще что, — продолжила она. — Можете меня не пугать. Мне Витя все про вас рассказал: как вы его бабушке пол-огорода испортили, что от вас один вред был, и больше ничего. Просто у Вити хватило смелости вам в лицо об этом сказать, а все остальные вас жалели. Вот теперь вы и стараетесь гадость сделать, наговорить всего... Зря стараетесь! Ничего у вас не получится!

Очень довольная собой, она развернулась и уже собиралась уходить, когда сзади раздалось какое-то шипение. В первый момент ей пришла в голову нелепая мысль, что алкаш достал из кармана змею, и она резко обернулась. Никакой змеи не было. Шипел старик, оскалившись, с ненавистью глядя на нее. В приоткрытом рту виднелись гнилые зубы, и Тоня, как зачарованная, уставилась на них.

— Дура! — выплюнул он прямо ей в лицо.

Краем глаза Тоня заметила за занавесками Степанидиного дома шевеление.

— Дура! — прошипел он опять, искривив рот. — Ничего не знаешь и не узнаешь никогда! Сдохнешь раньше, как все они! Сожгут тебя, сожгут!

В маленьких слезящихся глазках колыхалось безумие, теперь Тоня это отчетливо видела. Но она заставила себя остаться на месте, не броситься бежать. И спросила:

— Кто — они? Вы о ком?

Старик замолчал, глядя на нее.

— Кто — они? Кто умер?

— Умер? — удивился старик, и на секунду на его лице

промелькнула странная полуулыбка. — Почему же умерто? Никто и не умирал. С чего ты взяла?

Тоня еще секунду смотрела на него, потом развернулась и пошла прочь. Хватит с нее бесед с сумасшедшим. Она отошла шагов на пять, когда тишину позади нее прорезал хриплый крик:

— Убили их всех! Убили, убили ребятишек, молоденьких, глупеньких! А кто грех такой взял на душу? Знаем, знаем... — Голос старика снизился до шепота и прервался. Хлопнула дверь калитки.

Тоня снова обернулась. Охотник Женька, в небрежно накинутой на плечи кофте Степаниды, смотревшейся на нем совершенно нелепо, шел к алкашу. Выражение лица у него было такое, что Евграф попятился, споткнулся, упал.

— Женечка, Женечка, — забормотал он. — Ты чего, а? Ты чего, родной?

А Женька схватил его за шкирку, одним сильным рывком поднял на ноги и отчетливо произнес:

— Еще раз услышу, что ты так с Антониной Сергеевной разговариваешь или вообще подходишь к ней, шкуру с тебя, старого идиота, спущу, понял? Пошел вон отсюда! И чтобы сегодня забыл и думать к Степаниде Семеновне приходить, еду попрошайничать!

— Жень, да ты что, мила-ай! — умоляюще заговорил старик. — Куда ж я денусь-то, а? Ты посмотри, холодина какой на улице!

— Раньше надо было думать, — прищурив черные глаза, жестко сказал Женька, — я тебя, козла, предупреждал.

Тоня в очередной раз поразилась, сколько внутренней силы в невысоком, толстоватом, нелепом мужичке с реденькой бородкой, торчащей во все стороны. Очевидно, Евграф почувствовал то же самое, потому что без слов поднялся и, не отряхнувшись, как побитая собака поплелся к околице.

— Вот скотина какая, — покачал головой Женька, глядя

ему вслед. — Даже оторопь берет. Причем почему-то только на вас, Антонина Сергеевна, кидается.

— Он что-то говорил про убийство, — растерянно произнесла Тоня.

— Конечно, про смерть Рыбкиной вся деревня говорит!

— Нет, не про Глафиру. Что-то про мальчиков... нет, он сказал — ребятишек. И еще про то, как что-то сгорело... Женя, он ведь не зря со мной про это разговаривает, — бессильно сказала она. — Старик что-то такое знает, и все знают, только мне не говорят. Я не знаю почему. Женя, пожалуйста, скажите, ну хоть вы-то можете мне рассказать?

— Откуда же, Антонина Сергеевна... — сочувственно развел руками Женька. — Я-то в Калинове всего с августа живу, на две недели раньше, чем вы, приехал. Да ведь, правду сказать, меня сплетни-то не больно интересуют.

— Может, Степанида Семеновна знает?

— Так вы спросите у нее. Если что и было странное, она вам расскажет, я так думаю. Ну ладно, Антонина Сергеевна, пойду. Я как увидел этого припадочного из окна — ну, думаю, опять как бешеный стал Евграф Владиленович, — все дела бросил и выскочил.

— Спасибо, Женя, — грустно сказала Тоня.

Тот махнул рукой и скрылся за калиткой.

Тоня дошла до магазина, купила масла, даже не заметив взглядов, которые кидала на нее продавщица, невпопад ответила на какой-то вопрос и побрела домой. Подул холодный ветер с мелким колючим снегом, больно ожигающим лицо, и Тоне пришлось крепко держать перед лицом капюшон, чтобы в него не задувал ветер. Именно поэтому она не сразу заметила женщину, стоявшую на крыльце заброшенного дома.

Тоня увидела ее, когда подошла почти вплотную, — высокая фигура, одетая в модный пуховик с пушистым мехом на капюшоне. От удивления она чуть не выронила из рук бутылку с маслом, которую продавщица забыла положить в пакет. Несколько секунд стояла, глядя на наклонившуюся к замочной скважине фигуру, а потом окликнула, подойдя к забору:

— Извините!

Женщина повернула наконец ключ, перевела взгляд на Тоню и спокойно произнесла:

— Здравствуйте.

— Простите, — смущаясь, спросила Тоня, — вы хозяйка?

— А вы полагаете, — мягко улыбаясь, спросила женщина, — я могу быть настолько наглым вором, чтобы вламываться в дом средь бела дня? Нет, я именно хозяйка.

На вид ей было около шестидесяти. Короткие темно-рыжие волосы выбивались из–под шапочки, и казалось, что вокруг лица у нее маленькая львиная гривка. Само лицо нельзя было назвать красивым, но оно было очень приятным. Тоня поймала себя на мысли, что ей нравится просто смотреть на эту женщину, говорящую как–то странно, словно читает по книжке. «Хорошо, если она будет здесь жить», — решила Тоня и вдруг спросила:

— А вы здесь теперь будете жить?

— Нет, — покачала головой хозяйка, — скорее всего нет. А почему, простите за нескромность, вы спрашиваете? Всего лишь из любопытства?

— Да просто я ваша соседка, — радостно объяснила Тоня. — Я смотрю, дом пустой стоит, а мне так жалко! И дом хороший, и просто... здесь ведь людей мало.

— Вы разве из этого дома? — немного удивившись, кивнула женщина на каменный дом Аркадия Степановича. — Я полагала...

— Нет, что вы, — перебила ее Тоня. — Я с другой стороны, вот отсюда. Его раньше почтальоновым называли, если вы....

Она сбилась и замолчала. Приветливое до того лицо женщины вдруг изменилось — секундная заминка, потом брови ее сдвинулись, и она медленно спросила:

— Вы жена Виктора Чернявского?

— Ну да, — закивала Тоня. — А вы его знаете?

Женщина помолчала, посмотрела на Тоню, словно что-то обдумывая, потом коротко сказала:

— Знаю. Девушка, простите, мне, к сожалению, некогда с вами разговаривать. Всего доброго.

И скрылась за дверью.

Ошеломленная Тоня стояла около забора, ничего не понимая. Они так хорошо разговаривали... Что случилось? Она сказала что-то не то?

Подумав, она поднялась на крыльцо и постучала. Дверь открылась не сразу.

— Извините, пожалуйста, — несмело начала Тоня, глядя на хозяйку, смотревшую на нее без улыбки. — Я вас чем-то обидела?

— Нет, девушка, просто я занята, и поэтому у меня нет времени. Извините. Вот приеду другой раз, и мы обязательно с вами побеседуем, а сейчас мне нужно торопиться.

— Неправда! — неожиданно для себя сказала Тоня. — Вы мне говорите неправду! Мне все здесь говорят неправду или вообще молчат, — прибавила она невпопад. — Я не хотела вам мешать, я просто хотела познакомиться, вот и все! Если вы не хотите этого, так и скажите, но не нужно вот так глупо оправдываться.

— Позвольте, — начала женщина, удивленно подняв брови, — но по какому, собственно, праву...

— Ни по какому, — отрезала Тоня и начала спускаться вниз по ступенькам.

Ей было очень обидно. Сначала ужасный старик, потом соседка, так ясно дающая понять, что ей до Тони нет никакого дела... На глазах у нее выступили слезы. Как несправедливо! Она просто хотела познакомиться!

Тут Тоня вспомнила что-то еще и обернулась. Хозяйка по-прежнему стояла на крыльце, глядя ей вслед с непонятным выражением.

— У вас на участке произошло убийство, — сухо сообщила Тоня, отирая глаза. — Если хотите узнать, в чем дело, сходите к участковому или пообщайтесь с моим мужем.

— Нет, ни за что! — вырвалось у женщины. — С вашим мужем? — Она издала какой-то странный горловой смешок. — Никогда! Хоть десять убийств!

— Что, вам он тоже насолил? — иронично поинтересовалась Тоня. — Вы его бабушке гадость сделали, как Евграф Владиленович?

Несколько секунд женщина серьезно смотрела на нее, потом негромко сказала:

— Девушка, вы не принимайте, пожалуйста, на свой счет мое нежелание общаться. Просто, говоря откровенно, я не готова была услышать о вашем супруге, вот в чем все дело. И столкнуться с его женой тоже. Мы с ним не в самых хороших отношениях... хотя он вряд ли вообще меня помнит.

— А кто вы?

— Я мама Андрея Данилова, с которым они дружили одно время, Мария Владимировна.

— А почему вы так говорите про Виктора? — удивленно спросила Тоня. — Он вашего сына обидел?

Та слабо улыбнулась.

— Это дела давно минувших дней. Он не обижал моего сына.

— Тогда что?

— Вы лучше спросите у него, хорошо?

Тоня не выдержала:

— Мой муж даже не рассказывает мне про то, кто жил в почтальоновом доме до нас и что с ними случилось! Он вообще ни о чем мне не рассказывает! А вы говорите — спросить у него... Господи, да я сто раз спрашивала!

Мария Владимировна если и удивилась ее вспышке, то внешне никак не высказала. Она стояла молча, глядя на рассерженную молодую женщину. Тоня уже повернулась, чтобы уходить, когда услышала за спиной голос:

— Андрюша — наш приемный ребенок. Его мать оставила малыша в роддоме, а мы с мужем решили взять. Конечно, кое-кто знал об усыновлении, но мы ничего не говорили сыну. И никогда бы не сказали, потому что в детстве у него были такие... приступы и врач посоветовал нам лишний раз не травмировать его. Мы думали — может быть, когда он вырастет... Но получилось так, что Витя откуда–то узнал правду и сказал Андрюше. Сказал при всех ребятах. Больше того — добавил, что его мать была проституткой, что она пытается навещать Андрея, но мы не позволяем ей.

Тоня смотрела на женщину во все глаза, а Мария Владимировна продолжала говорить немного отстраненно, глядя куда–то в сторону:

— Долго рассказывать, что было потом. В общем, Андрюша прибежал домой не в себе, обвинял нас с папой... страшно вспомнить в чем, а затем заболел, и его приступ наложился на болезнь, и стало очень тяжело... Если у вас есть дети, вы меня поймете. А после, когда болезнь прошла, он задался целью отыскать свою мать, потому что слова Вити о том, что мы не даем ей с ним увидеться, запали ему в душу. Ну, вот, пожалуй, и все.

— Так он ее нашел? — шепотом спросила Тоня.

— Нет, конечно. Однако Андрюша уже никогда не относился к нам с мужем так, как до этого случая. Он продолжал любить нас, но... мы перестали быть друзьями. Понимаете?

— И где он сейчас?

— Андрюша живет в Англии, у него там семья. Мы к нему ездим, видим его и внуков раз в год.

Она усмехнулась, и у Тони сжалось сердце.

— Мы вряд ли приедем сюда еще, я просто хотела забрать старые вещи, — Мария Владимировна вздохнула. — Слишком тяжелые воспоминания связаны с этим местом. Поймите, я ни в чем не обвиняю Витю. В конце концов, они были еще детьми, и он ведь так сделал не со зла... Но разговаривать с ним, даже просто слышать о вашем муже для меня тяжело. Я вам рассказала это, чтобы вы не принимали на свой счет мое поведение, а вовсе не для того, чтобы очернить Витю в ваших глазах.

— Я понимаю, — тихо сказала Тоня. — Простите меня, пожалуйста.

— Вас? За что?

— Простите, пожалуйста, — повторила Тоня, глядя в снег, и пошла к своему дому.

Вечером, когда она мыла на кухне посуду, Виктор подошел к ней и обнял за плечи.

— Тонь, ты чего весь вечер такая задумчивая? Опять погода на тебя действует?

Она отставила на полотенце тарелку и, не поворачиваясь, ответила:

— Вить, я сегодня видела нашу соседку, из заброшенного дома.

— Тетю Машу? — поразился Виктор. — Да ты что? А зачем она приезжала?

— Сказала — старые вещи забрать.

— А-а, дом все-таки будут продавать! Жалко. Значит, больше Андрюху не увидим, разве что случайно.

Тоня повернулась и вгляделась в лицо мужа.

— Вить, — сказала она, — мне она рассказала про историю с усыновлением.

— А чего там рассказывать? Ну, усыновили его, и что тут такого? Мало ли кого усыновляют!

— Нет, не про это. А про то, что ты ему рассказал и что потом было.

— Ах вот оно что...

Виктор отошел от жены и уселся на табуретку.

— Да, грустная история. Мы, конечно, с Колькой тогда идиотами были ужасными, страшно даже вспомнить!

— С Колькой? С теть-Шуриным?

— Да, с ним. Когда Андрюха нас расспрашивать стал, я еще сообразил назад отыграть, а вот Колька только мычал как баран, а под конец все Андрюхе и выдал — и про мать родную, и про приемных родителей. Мишка даже морду ему хотел набить, только сестра отговорила. А Андрюху после того случая в Москву увезли. И больше не привозили, насколько я знаю. Родители-то его приезжали, тетя Маша с дядей Андреем, но я их уже не видел — меня предки по заграницам таскать начали. Да, знаешь, оно и к лучшему, что я их не видел, — мне в глаза им было стыдно смотреть. Я же был уверен, что Андрюхе все рассказали, даже сам не знаю почему, а оказалось... В общем, ругал я себя тогда страшными словами.

Виктор устало потер глаза. Тоня быстро подошла к нему, наклонилась и обняла.

— Глупый, — прошептала она ему на ухо. — Ты ни в чем не виноват.

— Спасибо, Тонь, — погладил он ее по руке. — Все равно, такое воспоминание неприятное... Давай больше не будем об этом, хорошо?

— Конечно, Вить, давай не будем.

Но уже совсем поздно, когда Виктор лежал в постели, Тоня подошла к нему со старенькой, выцветшей фотографией, которую достала из комода.

— Вить, — начала она, — ты прости, я просто хотела спросить: тот мальчик, Андрей, он который здесь?

Виктор нехотя взял фотографию, взглянул...

— Вот он, — показал он на сероглазого парнишку, единственного из всех смотревшего без улыбки.

— Да? — растерянно протянула Тоня. — Он — Андрей?

— А почему, собственно, ты так удивляешься?

— Нет, ничего, просто так.

Она отошла и уставилась в темноту за окном. Там крупными белыми хлопьями опускался снег. На красной кисти рябины, висевшей перед самым стеклом, лежала белая шапочка. Через дорогу был виден огонек, горевший в окне Степаниды — голые деревья не закрывали его. Странное ощущение охватило Тоню. Значит, тот мальчик в Англии. Он стал совсем большой, женился, и у него теперь дети...

«Послезавтра пойду к Антонине, — внезапно решила она. — Возьму еще отвар. И что скажет, то и сделаю. У меня будет ребенок, чего бы мне это ни стоило!»

Елена Михалкова

— Маш, как ты съездила? — спросил с порога Андрей, не успев снять пальто.

— Съездила хорошо и все фотографии привезла, но... Андрюша, ты знаешь, кого я видела?

— Виктора, что ли? Так я и думал! Машенька, просил же: не езди без меня, не расстраивайся!

Он сбросил ботинки и обнял жену. Она постояла немного, потом высвободилась.

— Нет, милый, не Виктора. Его жену.

— И что она собой представляет? Супермодель?

— Нет, — медленно проговорила Мария Владимировна. — Вовсе нет. У нее лицо совершенно иконописное — глаза огромные, серые, просто удивительные. И очень строгие, серьезные. Она вообще вся такая... серьезная, знаешь. Совсем простая девочка, без современных выкрутасов. Удивительно.

— Так ты с ней говорила!

Мария Владимировна замялась.

— Она пыталась со мной познакомиться, а я, как только узнала, чья она жена, резко ее осадила, и она обиделась. Мне стало ее так жалко... в общем, я ей рассказала про Витю и про Андрюшу. Она ничего не знала.

— И что она тебе сказала?

— Говорила про ту несчастную, которую задушили на нашем участке, спросила, где сейчас Андрюша.

— И что ты ей сказала?

— Сказала, что он живет в Англии, у него там семья, а мы к нему ездим. — Она не удержалась от смешка.

Андрей прошел на кухню, бесцельно переложил несколько предметов с места на место, потом, не поворачиваясь к жене, сказал:

— И правильно сделала, Машунь. Правильно сделала.

Воробей, усевшийся на подоконник в поисках крошек, которые обычно оставляли ему люди, живущие за этим окном, с удивлением уставился на немолодых мужчину и женщину. Занавески были отдернуты, и он видел, как мужчина, наклонившись к подруге, отирает что–то у нее с лица, а та прижимается к нему и странно разговаривает, словно каш–ляет. Он успел найти и склевать две замерзшие крошки и отыскать третью под снегом, а женщина за окном все каш–ляла и кашляла.

Глава 13

Содержимое банки иссякло. Тоня знала, что когда–то отвар закончится, но ощущение, когда она держала в руках пустую легкую банку, было не из приятных. Она хорошо по–нимала, что это означает, — нужно идти к Антонине и про–сить очередную порцию. Мысль о новом посещении колду–ньи ужасала ее, однако выбора у нее не было.

Тоня поставила банку на другую полку и тут же грустно усмехнулась. Глупо, настоя от перестановки не прибавится. Подумала, убрала банку в холодильник. Господи, что она делает! Постаравшись выкинуть мысли о банке из головы, Тоня вышла из кухни и занялась уборкой. Но не успокои–лась, как обычно. И когда вечером приехал Виктор, он за–стал жену в том ровном расположении духа, из которого ее трудно было вывести самыми язвительными шутками. Вик–тору такое настроение Тони нравилось, потому что он полу–чал возможность практиковаться в остроумии, не всегда безобидном, будучи уверенным, что потом ему не придется выпрашивать прощения у разобиженной до слез жены.

Но в конце концов и ему шутить в «вакууме» надоело. Хоть бы она огрызалась, что ли! Нет, только улыбнется бледной улыбкой, и больше никакой реакции.

— Тонь, я тебя сегодня не веселю? — Виктор подбросил в воздух три мандарина и жонглировал ими полминуты, по–ка все они не свалились на пол. — Ты просто не ценишь мои титанические усилия, направленные на то, чтобы вызвать улыбку на твоих прекрасных устах.

— Ценю, Вить, ценю. Главное, чтобы тебе самому было весело.

Черт, вот ведь язвой какой иногда становится! Как говорится, откуда что берется! Хотя, может, она так говорит по простоте душевной, не вкладывая никакого особо ядовитого смысла. Даже, скорее всего, так оно и есть.

— Вить, а Юлька тети-Шурина какая была маленькая? — усевшись с вязанием под торшер, спросила жена.

— Что значит — какая?

— Ну, такая же, как сейчас, или нет? Вообще, она сильно изменилась? Расскажи мне про нее.

— Тонь, отстань. Мне больше по вечерам заняться нечем, как рассказывать тебе про какую-то идиотку, с которой мы в детстве вместе раков ловили!

Тоня отложила вязание и пристально взглянула на мужа. Взгляд ее Виктору не понравился — он был слишком нехарактерен для супруги: удивленный и немного... жесткий как будто, и тут же последовало подтверждение:

— Ты про Юлю говоришь, что она идиотка? Почему же?

— Потому что за тридцать лет ума не нажила, потому что не просто связалась с каким-то паршивцем, который ее бросил, но и ухитрилась он него два раза понести и благополучно разрешиться от бремени. А сама работает — господи, тоже мне, работа! — поломойкой и по совместительству кухаркой.

— А по-твоему, все должны работать директорами строительных фирм?

— Нет, не все, потому что у подавляющего большинства ума на это не хватает. Но в ее положении... Тонь, да что я тебе объясняю, ты сама все прекрасно понимаешь. Все, милая, закрыли тему. Ремарк, откровенно говоря, мне интереснее.

После такого Тоня должна была надуться и тридцать минут сидеть в тишине, чего, собственно, Виктор и добивался. Она спросила, и он объяснил ей, что разговор на данную тему ему неинтересен. Но оказалось, что жена не успокоилась.

— Нет, Вить, я не понимаю. Ну хорошо, ты смотришь на нее свысока, потому что она занимается... грязной работой. Но ты же с ней, и с Сашей, и с Колей дружил долгое время, и не один год! Вы мне сами рассказывали. И ты о них говоришь... как о малознакомых людях, которые тебе не нравятся! И вообще не хочешь мне про них ничего рассказывать!

— Да, не хочу, потому что тема для меня неприятна! — не выдержал Виктор. — Юлька меня в юности доставала своей собачьей влюбленностью, все время просто глаза мозолила! И братья ее, когда до них дошло, что сестрица буквально на мне свихнулась, тоже решили, что я для Юленьки самая подходящая пара. И только мамаша их, тетя Шура, вечно на мозги отпрыскам капала, что я мальчик городской и для доченьки ну совершенно неподходящий. А мы все равно дружили, заметь, и в походы ходили всякие, и тому подобное... Вот такой котел был, и я про него совершенно не настроен вспоминать! Тем более что кончилось все скандалом, когда Юлька по вечной бабской дурости сделала вид, что какие-то таблетки выпила. На самом деле ничего она не пила, а просто решила таким нехитрым способом меня шантажировать. И добилась, естественно, результата совершенно противоположного. Вот она какая была в юности, если тебе интересно!

— Странно... — произнесла Тоня, помолчав немного, словно и не услышав слов Виктора. — Вот мама с папой, только спроси их про детство, сразу рассказывать начинают: и как они озорничали, и как влюблялись, и всякую ерунду смешную... А у тебя про кого ни начни вспоминать, так сразу неприятная тема. Мне кажется, слишком много у тебя неприятных тем, связанных с твоими друзьями. Ты не находишь?

Виктор потерял дар речи. «Ты не находишь?» было его личным фирменным выражением, произносимым негромко и слегка небрежно. Причем взгляд должен скользить мимо собеседника, как будто его не замечаешь. Фраза производила большой эффект. И звучала она у Виктора так же непринужденно, как и у матери, которая одним этим вопросом выбивала у отца почву из-под ног: тот дергался, рявкал: «Нет, не нахожу!», и тогда она переводила на него свои красивые карие глаза с немым вопросом в них: «Ты смеешь повышать на меня голос?» Да, фраза «Ты не находишь?» не раз помогала Виктору в интеллигентном обществе.

А теперь ее с совершенно таким же выражением, как он сам, произнесла его жена, которая Булгакова от Чехова не отличает! И сидит, перебирая длинными пальцами очередную вязаную тряпку, как будто так и надо. Интересно, чего от нее в следующий раз можно ожидать? Но тут чувство юмора у Виктора возобладало над остальными чувствами, и он от души рассмеялся. Нет, молодец, молодец у него жена! Один — ноль в ее пользу!

Виктор пружинисто вскочил с дивана, подошел к Тоне, наклонился и поцеловал в розовый пробор.

— Галатея ты моя! — удовлетворенно сказал он. — Кстати, твой Пигмалион проголодался. Пойду порыщу на кухне, словно голодный зверь в поисках жертвы. Что у нас там есть?

— Пироги в духовке. Но остыли, наверное, — невозмутимо ответила Тоня. — Можешь достать.

— Искусница, рукодельница!

Виктор с преувеличенным восторгом поцеловал жене руку и направился на кухню.

Быстро провязав один ряд, она отложила будущую юбку и подошла к окну. Опять валил снег. Еще только ноябрь, подумала она, а в деревне уже настоящая зима. Впрочем, в Москве, наверное, тоже. Она постояла немного, глядя на крупные хлопья и вспоминая, каким красивым был сад летом. И еще осенью, в самом начале осени.

Виктор неслышно вошел в комнату с тарелкой, на которой лоснились пироги — Тоня всегда промазывала их маслом, так ему больше нравилось, и остановился, глядя на жену, застывшую у окна. Ему на секунду стало не по себе, а в следующий момент она негромко произнесла, словно немного задумчиво, с выражением, какого он не ожидал от нее:

— Ропот листьев цвета денег, комариный ровный зуммер... Глаз не в силах увеличить шесть на девять тех, кто умер, кто пророс густой травой. Впрочем, это не впервой.

«Вечер сюрпризов!» — решил Виктор, ставя тарелку с пирогами на столик, а вслух сказал с иронией:

— Тонь, ты меня просто поражаешь сегодня. Решила добить меня Бродским? Ты же по большей части Акунина предпочитаешь.

— Кем? — обернулась она. — Бродским?

— Как же ты стихи читаешь и не знаешь, кто их написал! Ты что, на книжке имя автора не смотришь? Напрасно, это может иногда пригодиться.

— Я их не в книжке прочитала. Я видела строчки, которые ты написал.

— В смысле?

— Ты их написал и в ящик комода положил, а я нашла. Ты забыл их там, наверное. Мне понравилось.

Она опять отвернулась к окну. Виктор присел в кресло и откусил кусок пирога.

— Тоня, я не понял. Какой комод? Я положил что-то в комод?

— Вить, ну не я же! Старый комод, который в кладовке стоит.

— И что там, в комоде?

— Листочек со стихотворением, — недоуменно ответила Тоня, повернувшись к нему. — Вить, да ты что?

— Милая моя, это не я — что, а ты. Никаких стихов я не писал и уж, конечно, в комод не клал. Мне нравится Бродский, но не настолько. Так что ты меня не разыгрывай, не получится.

— Да я тебя не разыгрываю, — пожала плечами Тоня. — Просто, кроме тебя, больше некому было положить, вот и

Елена Михалкова

все. Я же в его ящики заглядывала после переезда, и листочка там не было, а потом снова открыла, смотрю...

Тоня замолчала, глядя на изменившееся лицо мужа. Не сводя с нее глаз, Виктор положил надкушенный пирог обратно на тарелку и отчетливо проговорил:

— Тоня, скажи, что это шутка. Пожалуйста, скажи, что ты шутишь, и больше таким образом не шути.

Его интонация и лицо испугали Тоню, и она растерянно помотала головой.

— Да не шучу я, что ты? Листочек лежал в верхнем ящике, я еще удивилась...

Виктор уже шел в кладовку. Он включил свет, подошел к комоду, резко выдвинул верхний ящик и начал в нем рыться. Выкинул вещи на пол, и Тоня, зашедшая за ним следом, только руками всплеснула.

— Где? — обернулся он к ней. — Здесь его нет. Куда ты его убрала?

— Никуда не убирала. Я ту страничку вот под эту кофточку положила, как сейчас помню.

Виктор внимательно осмотрел все вещи, но ничего не нашел. Присев на корточки, он выдвинул сначала нижний ящик, потом изучил содержимое остальных трех и наконец повернулся к жене, недоуменно наблюдавшей за ним.

— Так ты мне можешь точно сказать, где ты нашла цитату из Бродского? Последний раз тебя спрашиваю!

— Я же тебе сказала все уже! — рассердилась Тоня. — Что ты ко мне прицепился с этими стихами?

— Что прицепился? — Виктор попытался усмехнуться, но усмешка не получилась. — Я тебе объясню, милая моя, солнышко лесное, что я прицепился! Потому что я никаких стихов не переписывал и сюда, в комод, листков с ними не клал! А ты понимаешь, невинная ты моя, что сие означает? Что кто-то зашел в дом, пока нас не было, и положил листок в комод! Поняла?

Наступило молчание. Виктор присел на корточки, прислонился к комоду и устало спросил:

205

— Ты точно уверена, что сначала листка здесь не было?

— Точно. Конечно, уверена. А я нашла его всего недели две назад.

— Замечательно... — Виктор прикрыл глаза. — Просто замечательно! Приехали, дальше некуда...

— Ты что, правда думаешь, что сюда кто-то зашел и положил... стихи? — несмело спросила Тоня, глядя на мужа. — Вить, да ты что? Зачем?

Виктор, не открывая глаз, покачал головой и ничего не ответил.

— Да что за вор такой странный, что ты говоришь! Может, просто ребятишки баловались или Николай с Сашей заходили и положили? Ну, я не знаю... В конце концов, Аркадий Леонидович...

Она сбилась и замолчала. Виктор открыл глаза и посмотрел на нее холодным взглядом.

— Ты несешь ахинею и сама же в нее веришь. Подумай как следует! Ты что, считаешь, что два обалдуя, которые фамилию Пушкина и ту забыли, могут что-то написать, кроме своего имени? А Аркадий Леонидович зачем будет подсовывать нам стихи? Впрочем, если хочешь, можешь у них у всех поинтересоваться, но результат могу тебе предсказать почти стопроцентно: они тут ни при чем.

— А кто тогда? — потерянно спросила Тоня.

Виктор молчал, крепко сжав губы.

— Не знаю, — сказал он наконец. — Но завтра же я поеду в город и куплю новые замки. Сразу надо было поменять, вот ведь мы идиоты! Завтра, завтра...

На следующий день Виктор поехал в Москву, на работу не пошел, а оперативно привез мастера, который врезал какой-то навороченный замок во внешнюю дверь и попроще на внутреннюю. Затем пошел осматривать дом.

— Вить, что ты ищешь? — удивлялась Тоня, идя за ним по пятам.

— Не знаю, — огрызался он. — Подарки. Сюрпризы. Понятия не имею! Да не мешайся ты....

Виктор с трудом сдерживался, чтобы не выругаться, хотя Тоня не понимала почему. Она ничего не делала, только ходила за ним следом по комнатам, пытаясь понять, не изменилось ли что-нибудь в доме за последнее время. Но все оставалось на своих местах, все такое же, как и прежде. А Виктор выдвигал ящики, залез в тумбу, раздвинул вещи в шкафу и пристально все осмотрел. Когда прошли все комнаты и Тоня наконец вздохнула с облегчением, он полез по лестнице на мансарду.

— Ты куда? — ахнула она. — Там же пылища! И холодно!

— Не холодно, — сухо ответил он, — печка протапливает и наверху тоже, специально так строили.

Сначала он обошел комнаты сам, потом крикнул сверху:

— Тонь, поднимись!

— Зачем?

— Поднимись, я сказал.

Тоня нехотя забралась по лестнице наверх и обнаружила мужа озирающимся посреди комнаты, заваленной вещами. Почти все она покрыла пленкой и не понимала, что он теперь хочет увидеть.

— Так, это надо разобрать, — сказал он решительно.

Тоня уставилась на него, но Виктор, по-видимому, не шутил.

— Разобрать? — переспросила. — Зачем?

— Да, черт тебя возьми, все затем же! — взорвался он. — Мало ли что этот псих тут оставил!

— Да какой псих? Что он мог тут оставить?

— Ищи давай! — скомандовал муж. — Не препирайся.

Тоня сделала два шага к лестнице и собралась спускаться.

— Ты куда пошла?

— Знаешь что, Витя, — задумчиво сказала Тоня, — во-первых, я тебе не ищейка. Во-вторых, если здесь и есть псих, то это ты. Я пойду чайку тебе заварю мятного — попей, успокойся. А когда спустишься, переоденься. Уже вся рубашка в пыли.

Виктор так и остался стоять с открытым ртом, глядя, как она уходит. Потом все же выругался и пнул стоящий в углу стул. Стул отлетел, и от него поднялось облако пыли. Виктор зачихал и, продолжая материться, направился к лестнице.

Чай они пили молча. Виктор не притронулся к бутербродам, а Тоня съела их с большим аппетитом.

— Не увлекайся, — не сдержался он. — А то раздашься, как матушка, не будешь в дверь входить.

Тоня подняла на него глаза, и он опять заметил в ее взгляде что-то новое, чего раньше не было. Она промолчала, но у Виктора возникло неприятное чувство, что жена промолчала вовсе не потому, что ей нечего сказать. Он раздраженно выплеснул чай в раковину и вышел из дома, накинув куртку. «Надо обойти участок, — решил он, — может, там что-нибудь замечу».

Пока Виктор бесцельно бродил в снегу по саду и огороду, Тоня сидела на своем любимом месте около окна и напряженно размышляла. Кто-то оставил в их доме листок со стихотворением... Подумав, она была вынуждена признать, что скорее всего — действительно не Сашка и не Коля. Пожалуй, Аркадия Леонидовича с супругой тоже стоило исключить. А кто еще у них был? Тетя Шура, Юлькины детишки забегали, когда жили на каникулах, еще кто-то был... Ах да, та странная женщина из богатого дома, Ольга Сергеевна. У Тони никак не получалось вспомнить, нашла она стихи до ее визита или после. Только совершенно непонятно, зачем ей прятать в чужом доме какую-то маленькую бумажку! А еще непонятно, почему Виктор так вышел из себя.

Хотя, поразмыслив, Тоня пришла к выводу, что все же понимает, почему муж бесится. Он так любит этот дом, считает его своей собственностью, и совершенно справедливо, а вдруг обнаруживается, что неизвестно кто оставил стишки в его комоде. Ну, то есть не совсем в его, но все-таки... Неприятно. А на второй этаж он полез, чтобы показать, что он все, что можно, сделал. Вот папа у Тони такой же. Будет весь в грязи, зато доволен — доказал, что он настоящий мужчина и пыль ему не страшна. Тоня хмыкнула и решила, что нужно позвать мужа в дом и помириться, а то он может долго по саду шарахаться, еще простудится.

— Витя! — крикнула она, притоптывая на крыльце. — Ви–итя!

— Что? — хмуро спросил Виктор, выглядывая из–за угла.

— Вить, — умоляюще протянула Тоня, — хватит морозиться! Пойдем домой, я тебе пиццу разогрею, как ты любишь. И вообще, перестань дуться. Ты молодец, ты все уже осмотрел. Пойдем!

Виктор огляделся по сторонам, словно надеясь увидеть кого–то, а потом нехотя перевел взгляд на жену.

— Шла бы ты, милая, лесом, — посоветовал он. — Дурындой ты была, дурындой и останешься, хоть всю тебя чужими фразами начини. Иди, лопай свою пиццу!

Тоня сначала покраснела, потом краска схлынула с ее щек. Секунду она не отводила взгляда от безразличного лица мужа, потом повернулась и опрометью бросилась в дом.

«Нехорошо, — укорил сам себя Виктор. — На жене плохое настроение срываем? Напрасно, напрасно. Вот теперь Тоня обиделась. С другой стороны, нельзя же быть такой непроходимо тупой!» С этой мыслью он направился к соседнему участку с заброшенным домом, остановился и стал пристально вглядываться в него.

А Тоня, забежав в дом, сбросила куртку и прижала ладони к пылающим щекам. Господи, как он мог с ней так разговаривать?! На глазах у нее выступили слезы, губы задрожали, но она изо всех сил сжала зубы, чтобы не разреветься. «Он еще никогда не разговаривал так со мной, никогда! Что случилось?! Что я сделала не так?!»

Виктор мог войти в любую минуту. Мысль о том, что муж увидит, как она плачет, была непереносимой. Что же с ним случилось? Тоня вскочила, накинула на плечи куртку, на голову платок, натянула сапоги прямо на домашние носки, на одном из которых была маленькая дырочка, и вышла из дома. Она быстро прошла через сад, надеясь, что не столкнется с мужем, но Виктор был с другой стороны дома. Ни о чем не думая, Тоня вышла за калитку и огляделась.

Идти ей было некуда. Идею вернуться домой за деньгами и уехать к маме она отвергла сразу, потому что считала такое поведение абсолютно недопустимым в семейной жизни. Да и родители не очень бы обрадовались. Нет, они, конечно, любили дочь, но полагали, что уходить из дома, от мужа, можно в самом крайнем случае. А сейчас был не самый крайний, просто... просто... Она вспомнила, как Виктор обозвал ее, и почувствовала, что щеки опять заливает краска. Можно было бы просто пройтись по деревне, чтобы успокоиться, и если бы сейчас было лето, она бы так и поступила. Но ноги в одних только джинсах уже начинали мерзнуть, руки стыли на ветру. Она чувствовала себя... унизительно. Тоня никогда не употребляла это слово, но сейчас оно выплыло откуда-то из глубин памяти и очень точно отразило ее состояние. Она чувствовала себя унизительно, и самое плохое было то, что она не могла ничем ответить Виктору.

В домике напротив, как и во многих остальных, из трубы поднимался рваный дымок, и Тоня представила себе бабку Степаниду с работягой Женькой, пьющими чай и ведущими неспешную беседу, и ей стало тоскливо. «Пойду к ним, — внезапно решила она, — не выгонят же они меня. Да и бабка Степанида мне, кажется, бывает рада». Тоня представила себе мужа, обнаружившего, что жена ушла из дома, но сразу поняла: Виктор догадается, что она у соседей. «В конце концов, по следам найдет», — невесело усмехнулась она, ступая на только что выпавший снег.

Калитка была открыта. На стук в дверь из дома вышла сама Степанида и радостно всплеснула руками:

— Ай, кто пожаловал! Давненько не заходила к старухе!

Ну, проходи, проходи... Я одна скучаю, передачи всякие смотрю. И какой только ерунды, милая моя, не показывают! Уж лучше мы с тобой чайку с Женькиным печеньем попьем. Он знаешь какое знатное печенье делает?

Тоня угощалась «знатным печеньем» по меньшей мере пять раз, поэтому только улыбнулась в ответ. В доме было жарко, как всегда, и она порадовалась, что не надела свитер.

— Ну, усаживайся, усаживайся, — хлопотала старушка. — А Женька-то мой пошел дверь чинить соседу вашему, доктору, важному такому, громкому. И пропал что-то, вот уж час как нет его, а хотел быстро обернуться. Должно быть, не сладилось там у них с дверью-то. Ну да ничего, мы с тобой сейчас почаевничаем, посплетничаем, ты мне новости расскажешь...

Тоня взяла в руки горячую чашку и подула на чай.

— Да особых новостей нет, Степанида Семеновна, — сказала она. Хотела продолжить, но старушка внезапно спросила:

— А ты чтой-то какая задумчивая, а, красавица моя? Тебя муж, что ли, обидел?

Тоня взглянула на Степаниду, изумленная ее проницательностью. Она не успела ничего ответить, как та продолжила:

— Точно, обидел. Да ты не расстраивайся, вот отогреешься, и тебе полегче станет. Пей чай-то, пей.

Она протянула морщинистую руку и провела по Тониной голове. От неожиданной ласки у Тони на глазах выступили слезы, но она сдержалась. Если уж дома не разревелась, то здесь тем более нечего. И внезапно для себя начала рассказывать про то, как обнаружила листочек со стихами в старом комоде, как Виктор решил, что кто-то специально его подложил, как они начали осматривать дом, менять замки и как в конце концов он накричал на нее. Степанида слушала молча, иногда покачивая головой. Когда Тоня закончила, она встала за чайником, подлила ей чаю и сказала:

— Вот что, девушка, я тебе скажу. Что Витька твой тебя обидел — это плохо, конечно. Но то, что к тебе в дом неизвестно кто лазит, куда хуже, Тоня, куда хуже! И даже вот какая мне в голову мысль запала: а не подходит ли тут с какого боку Глафира несчастная, упокой, Господи, ее душу грешную?

Широко раскрыв глаза, Тоня уставилась на старушку.

— Да что вы, Степанида Семеновна, при чем же тут Глафира?!

— А не знаю, не знаю. Может, ни при чем, а может, очень даже и при чем. Виктор твой парень умный, он зря тревожиться не станет. Сдается мне, Тонюшка, нехорошие дела у вас в доме творятся.

— Что же мне делать? — растерянно спросила Тоня.

— Ой, голубонька, сказала б я тебе, да ты ведь моего совета не послушаешься.

— Скажите, Степанида Семеновна!

— Уезжала бы ты, доченька. Пожила бы в Москве, у родителей своих. Да и вообще, глупость вы сделали, что сюда приехали. Ну ладно, мы с Женькой тут зимуем — я старуха древняя, всю жизнь тут прожила, а он бобыль, да ему ничего и не надо. А ты-то что себя тут хоронишь? Ни дела у тебя нет, ни друзей. В Калинове ведь когда хорошо — летом да осенью ранней. А сейчас... Снег один, да вороны на столбах, да Орлова, соседка моя, по огороду ходит — та же ворона, разве что клюва нет. А рот откроет, каркнет — ну чисто ворона!

Тоня даже не улыбнулась. Старушка прямо и без обиняков высказала ей то, что она и сама думала, но в чем боялась себе признаться.

— А как же Виктор? — помолчав, спросила она. — Он ведь в Москву не поедет.

— Это да... — согласилась Степанида. — Ему дом, как свет в окошке. Мужику-то разве плохо? Он весь день на работе пропадает, вечером возвращается — а тут и жена с ужином. А ты, голубонька, дома сидишь, никуда и не де-

Елена Михалкова

нешься отсюда, а ему-то не одно ли, куда возвращаться — в дом ли, в квартиру ли? Ну, муженек твой здесь перезимует. Авось додумается, что глупость сделал несусветную, да продаст домину.

— Нет, как же так? Я же не могу его одного здесь бросить. Ой, что вы, Степанида Семеновна, я ведь ему не кто-нибудь, а жена!

— Ну смотри, жена! — вздохнула Степанида. — А все же лучше б уехать тебе. Не ровен час, еще что случится...

— Да бог с вами, ничего не случится. А Витя просто устал, наверное, потому и сорвался. Ладно, Степанида Семеновна, пойду я домой. Спасибо вам огромное. Вы меня успокоили, отошла я у вас.

— Ладно, ладно тебе, — проворчала та. — Все-таки послушала бы меня, старую.

— Не могу я так, Степанида Семеновна, — покачала головой Тоня, застегивая куртку. — Не могу.

Она попрощалась со старушкой и пошла домой. На душе у нее стало немного легче.

Вечером к тете Шуре нагрянули Колька с Сашкой. Пока мать готовила ужин, братья вышли покурить и уселись на скамейку перед домом.

— Блин, яйца бы не отморозить, — поежился Сашка, — холодина какая!

— Тебе, может, оно б и на пользу пошло, — отозвался Николай, кутаясь в старый, еще дедов, тулуп. — Глядишь, женился бы.

— Да ты че, Коль, кому я без этого дела сдался бы? — расхохотался Сашка.

— Много кому, баб вокруг — немерено, все мужика ищут, да чтоб не просто, а замуж. А ты, может, и перестал бы по всяким... бегать.

— Ну, тебя послушаешь, так в самом деле отморозишь.

Сашка встал и начал перетаптываться на месте.

213

— Колян, смотри-ка! — прищурился он. — Кто ж там стоит? Вон, около дома нового.

— Кажись, тетка, мамаша того мужика, который дом построил. Так она что же, получается, и в зиму здесь останется?

— Похоже на то. Что она сейчас-то выползла?

Фигура у дома на другой стороне стояла неподвижно. Видно было только белое пятно лица, повернутое в сторону почтальонова дома.

— Чего ей тут делать? — покачал головой Колька. — Заживо себя хоронить только.

— Ну, может, не она сама себя хоронит.

— Ты о чем?

— Да разное говорят. — Сашка бросил окурок в снег и проследил за ним взглядом. — Я слышал, что-то с ней нечисто. Будто бы ее сынок мамашу боится в городе держать, вот и привез сюда. Вроде от Москвы полсотни километров всего, на машине за полчаса доехать можно, а никуда так-то отсюда и не денешься. А заодно он и пацанов своих в Калиново привозит.

— Не пацанов, — машинально поправил Колька, — у него парень и девка.

— Ну, один хрен. Короче, детей.

— Так чего он боится-то?

— Да я откуда знаю? Судили ее за что-то, вот. Не то за убийство, не то еще за что похлеще.

Колька присвистнул и покачал головой.

— А ты чего ж раньше не говорил?

— Да как-то не приходилось, забывал все.

— Э-эй! — раздался с крыльца голос тети Шуры. — У меня все готово. Хватит морозиться, накурились уже.

Братья последний раз взглянули на одинокую фигуру, застывшую перед палисадником, и пошли к себе.

А Ольга Сергеевна Орлова так и осталась стоять неподвижно, глядя на почтальонов дом, окна которого светились между деревьев.

Елена Михалкова

Двадцать лет назад

Сегодня они собрались за сараем Степаниды. Парни отпросились на часок, а Витька вообще перед бабушкой не отчитывался: ушел и ушел. Место за сараем было надежное: днем Степанида спала, и можно было без помех обсудить все, что собирались. Девчонок на обсуждение плана решили не брать, потому что пользы от них все равно бы не было, а вот проблемы вполне могли возникнуть. Женька — та вообще сразу сказала, что идея Витьки — ерунда и вообще дело очень опасное, но тут ее обрезал Мишка, сказав, мол, неизвестно еще, что опаснее. Женька, смотревшая на старшего брата, как на бога, тут же заткнулась, но на всякий случай решили ее в подробности не посвящать. А Юлька... ну, Юлька вообще была бы лишней, только тряслась бы от страха и приставала к Витьке со всякими глупостями. У Витьки имелись свои причины видеть Юльку как можно реже, но он просто сказал, что она девчонка и может матери проболтаться. Это решило вопрос окончательно, поэтому они обсуждали план впятером.

— Значит, так, — начал Виктор чертить на листке план, — Колька и Сашка на стреме стоят, а я Антонину отвлекаю. А вы, — он кивнул Сеньке с Мишкой, — все сделаете, как решили. И сразу сматывайтесь, поняли? А то не хватало еще материальный ущерб компенсировать.

Парни с уважением посмотрели на него.

— Блин, Вить, откуда ты только все знаешь, а? — удивился непосредственный Сенька.

— Умный очень, — буркнул Витька в ответ. — Да нет, у меня же батя — юрист, оттуда и знаю. Ну и, конечно, умный.

Сашка ухмыльнулся. Витька еще раз посмотрел на свой аккуратный рисунок и неожиданно сказал:

— Не, парни, давайте-ка переиграем.

— Как — переиграем? — насторожился Мишка.

— Ну так. То, что вам с Сенькой нужно будет сделать, — самое опасное. Так что давайте-ка этим я займусь, а Сенька мне поможет. А ты, Миш, к Антонине зайдешь и отвлечешь ее чем-нибудь, завтра обговорим, чем именно. Лады?

Братья переглянулись. Витька ожидал их ответа, абсолютно уверенный в том, каким он будет. И не ошибся.

— Не, Вить, — протянул Мишка. — Да я лучше в сто раз все сделаю, — он кивнул на рисунок, — чем к Антонине зайду. Как ты-то к ней идешь, я не понимаю! Честно тебе сказать, Вить, боюсь я ее, вот как на духу.

Остальные трое согласно закивали, глядя на Витьку, задумчиво покачивавшего головой. Когда он час назад сказал, что пойдет отвлекать ведьму, они воззрились на него с невольным ужасом. А через секунду поняли, насколько он, Витька, бесстрашнее их всех. И прониклись соответствующим уважением. А сейчас только подкрепили Мишкины слова. Витька почувствовал глубокую гордость. Наконец-то понятно, кто из них главный.

— Миш, ты пойми, ну как вы с Сенькой пойдете? А если поймают вас? Получится, что я вас подговорил, а сам в стороне остался?

— Ни фига себе сторона! — присвистнул Сенька. — К Антонине самому идти, это же... ну я не знаю... в общем, офигеть!

Такой способ изъявления мнения, хоть и слегка невнятный, Витьку вполне устроил.

— А потом, — подал голос Мишка, — ничего ты нас не подговаривал. Что мы, маленькие, что ли? Все обсудили, все решили. Так и сделаем. Когда только?

— Завтра, может, — предложил Сашка.

— Давайте завтра, — согласился Витька. — Какая разница? Главное — аккуратно. Один льет, другой поджигает. Мы двух зайцев убьем: и ведьму испугаем, и этот гад к себе смоется.

— А вдруг не смоется? — засомневался Колька. — Подумаешь, сарай сгорит...

— Глупый ты, Колька, — снисходительно сказал Витька. — Во-первых, не просто сарай сгорит, а будет понятно,

Елена Михалкова

что его подожгли. Во-вторых, мы потом уроду какую-нибудь записку подкинем, чтобы у него сомнений не оставалось. Слушай, обговаривали же все сто раз!

Помолчали.

— Вить, я вот что думаю, — подал голос Сашка. — А на фига тебе к Антонине-то идти?

— То есть как? — удивился Витька.

— А точно! — поднял голову Мишка. — Тут мы недопетрили немного. Витек, и вправду: зачем тебе она сдалась? Мы же вечером будем, так она, поди, спать ляжет.

— А если не ляжет?

— Ну, не ляжет, так в доме будет, не услышит ничего. А если в огород выйдет, перенесем на другой раз, и всех делов.

— Правда, — поддержал и Сашка. — Антонине вообще лучше на глаза не показываться. Мало ли, может, она вспомнит, что всех нас вместе видела.

Виктор увидел, что в глазах остальных промелькнуло понимание того, что сделает с ними тогда ведьма, и он мысленно хмыкнул. Молодцы, ребята, все сказали сами, ему даже руководить не пришлось.

— Ну, не знаю... — протянул он. — Выходит, вы будете дело делать, а я в стороне стоять? Нет, не пойдет. Пойду к Антонине. Да не бойтесь — ну, узнает она про вас... Ничего не сделает, глупости это все!

— Нет, Витек, не глупости, — решительно заявил Мишка. — Ты, конечно, извини, но мы лучше знаем. Давай-ка ты будешь на стреме стоять, вот что.

— Ага, круто — три человека на стреме! На нас все Калиново сбежится посмотреть.

— А тогда вообще дома оставайся, — предложил Колька. — Ты же у нас, как это... мозг операции, во! Вот и сиди, мозг!

Предложение Кольки было встречено одобрительно. Мысль о том, что благодаря безбашенной Витькиной смелости Антонина может узнать и про них, привела парней в такое состояние, что они встретили бы одобрительно любую идею, не дающую Витьке возможности вообще подходить в страшному дому. Посопротивлявшись для вида, Витька наконец согласился.

Через пять минут Колька с Сашкой осторожно прокрались огородом за околицу и пошли домой, а Витька с Мишкой и Сенькой остались сидеть. И вот тут в стройном Витькином плане впервые наметилась трещина.

— Слушай, Вить, а может, ну его на хрен? — неожиданно сказал Мишка, вертя палочкой дырку в земле.

— С чего вдруг? — обалдел Витька.

— Да не знаю. Кажется мне, зря мы это все затеяли. Вроде, пока говорили, нормально было, а закончили — я и думаю: ну чего мы прицепились к тому наркоману несчастному? Может, она его вылечит в самом деле. А мы сарай ей подожжем... Я не трушу, ты сам знаешь. Просто... Может, и правда зря?

Сенька сидел молча, переводя взгляд с Витьки на брата и обратно. Витька задумался. К такому повороту он оказался не готов, а уж, казалось бы, все просчитал. Теперь ошибиться было нельзя. Он помолчал минуты две, лениво глядя на зеленые вилки капусты за Мишкиной спиной, потом проговорил:

— Знаешь, может, ты и прав. Хлопот много, да и вообще... Одно только меня смущает, Миш.

Он перевел взгляд, в котором не осталось ни капли лени, на Мишку, и жестко произнес, отчеканивая каждое слово:

— Вот если тот придурок, который родную семью целиком вырезал, сестру твою подстережет или, вон, Сеньку, чтобы с них, мертвых, одежду снять, продать, а потом дозу себе купить, то ты что потом себе скажешь? Что зря мы прицепились к наркоману несчастному? Или что?

— Да ладно тебе, Вить.... — начал было Мишка, но Витька перебил его:

— Мишань, ты говоришь, что я в вашей ведьме ни черта не понимаю. А ты не понимаешь в наркоманах. Потому что нет их у вас? Не–ет! А я знаю, что они такое. Есть такой поэт, Бродский, он даже стихи про наркоманию написал, слушай:

> Ропот листьев цвета денег,
> Комариный ровный зуммер...
> Глаз не в силах увеличить
> Шесть на девять тех, кто умер,
> Кто пророс густой травой.
> Впрочем, это не впервой.

Понимаешь, что это значит? Он же писал, сколько людей умерло из–за нее и сколько еще умрет. Лично я хочу только одного — помешать гаду, наркоману и убийце, что-нибудь в Калинове сотворить. А что Антонина его вылечит, я не верю. Наркомания, как всем известно, неизлечима.

Он замолчал. Мишка тоже не говорил ни слова, только сидел с помрачневшим лицом.

— Ты правда думаешь, — выдавил он наконец, — что тот урод кого–нибудь из нас... из наших... может убить?

— Вполне, — искренне сказал Витька. — Если бы не думал, не затевал бы ничего.

— Тогда давай, в самом деле, на завтра. Ладно, мы отчалили. Пошли, Сень.

Оба встали и скрылись за подсолнухами. Витька задумчиво посмотрел им вслед и поздравил себя: если бы сейчас ему не удалось уговорить Мишку, на его авторитете можно было бы ставить крест. Но вроде бы убедил. Черт, ведь неожиданно — вот что главное! Но говорил он, похоже, проникновенно и убедительно. Еще и стихи откуда–то вылезли, ни к селу ни к городу.

Витька вспомнил, как цитировал Бродского, и рассмеялся. Надо же! Но ведь прокатило, и еще как прокатило. Вот что значит талант!

Довольный собой, Витька поднялся и осторожно пошел по следам Мишки с Сенькой, не думая ни о состоявшемся разговоре, ни о завтрашнем вечере.

Глава 14

Хи–хи, всполошились! Ишь, сколько суеты, и все из-за одной маленькой бумажки со стихами. А ты вспомнил, правда? Сразу вспомнил, потому и запаниковал.

Вот оно! Вот это сладостное чувство, которое охватывает меня, когда я вижу твое растерянное лицо. Правда, пока только растерянное...

Я не могу даже представить, какое же ощущение овладеет мной, когда я сделаю то, что надо. Наверное, это будет счастье.

Ищи, ищи. Думай, думай. Кричи на нее, глупую...

Скоро я приду к тебе еще раз, и на этот раз я буду ближе. А потом совсем близко.

А потом тебя не будет.

Одеваясь, она взяла с собой банку и засунула ее в пакет. Кто знает, вдруг у Антонины нет лишних банок. И что тогда? А так — пожалуйста, тара с собой. Стараясь подбодрить себя этими веселенькими мыслями, Тоня вышла и закрыла дверь. Новый замок запирался плохо: мастер предупредил, что так и будет, пока он не разработается. Интересно, подумала она, сколько еще ждать. Ключ провернулся с таким трудом, что даже пальцам стало больно. Тоня оглядела черные деревья, постояла в нерешительности на крыльце и шагнула на дорожку.

Поле теперь было покрыто снегом, и за Тоней осталась дорожка следов. Ей пришла в голову сумасшедшая мысль, что Виктор захочет за ней проследить и легко найдет ее по следам, как зверя. «Что за глупости, — поморщилась она, — перестань ерундой голову забивать». Легко было сказать — перестань, когда дом Антонины уже показался за лесом, но гораздо сложнее сделать: в голову, как назло, полезли бредовые, страшные мысли. Тоня ускорила шаг, обогнула лес и вышла к забору.

Калитка оказалась открытой, но колоды во дворе не было, что она отметила с облегчением. Тоня прошла вокруг дома и постучалась в ближнее окно. Отдернулась занавеска, и за стеклом показалось хмурое, заспанное темное лицо. Несколько секунд Антонина не сводила с Тони взгляда раскосых темных глаз, потом занавеска закрылась. Через минуту послышалось, как стукнула входная дверь, и Тоня пошла обратно.

Ведьма — по-другому Тоня страшную женщину уже не называла — куталась в большой черный платок, стоя на крыльце в тапочках на босу ногу. Тоня зацепилась взглядом за ее крепкие, жилистые, все в синих венах ноги и никак не могла начать говорить.

— Что таращишься? — хрипло спросила Антонина. — Чего пришла-то, говори.

— У меня... — начала Тоня, — закончился... вот...

Она вытащила из пакета банку и показала ее Антонине.

— И от меня тебе чего нужно? — хмыкнула та.

— Еще настоя, если можно.

Она постаралась, чтобы голос звучал увереннее. Но тут, как нарочно, в голове всплыла картинка: безжизненное тело с запрокинутой набок головой и приоткрытыми мертвыми глазами, и Тоня сжала кулаки, взмолившись, чтобы этот страх поскорее закончился.

— Чего ж нельзя-то? — Тонкогубый рот растянулся в подобии ухмылки. Антонине явно было весело, а Тоне, наоборот, стало совсем плохо. Что ж она наделала? Мгновенно все ее здравые рассуждения о том, что Глафира умерла из-за простого, обычного, такого понятного убийства, показались ей совершеннейшей ерундой, попыткой успокоить себя, только и всего. Нет, это *они* ее убили!

Но в ту секунду, когда Тоня уже готова была сорваться с места и броситься бежать прочь, прочь от страшного места, от старого дома с его уродливой хозяйкой, от своего желания иметь ребенка, в ту самую секунду Антонина повернулась и вошла в дом. От звука хлопнувшей двери Тоня словно очнулась. «Куда она ушла? Может, она просто не хочет со мной разговаривать?»

Облегчение пополам с разочарованием охватили ее, но тут дверь опять распахнулась, и Антонина вынесла на порог другую банку, с таким же темно-коричневым настоем. Банка была закрыта металлической заворачивающейся крышкой с изображением соленых огурцов и помидоров, и неуместность такой крышки почему-то успокоила Тоню.

— Берешь? — Антонина качнула банку, которую держала в руках.

Тоня кивнула в ответ, стараясь глядеть ведьме в глаза. Но темные, почти черные глаза без зрачка смотрели не на нее, а в сторону леса. Тоня обернулась, пытаясь понять, что женщина там увидела, но за полем было пустынно.

— Деньги мне принесешь, — произнесла Антонина, по-прежнему глядя в сторону. — Положишь вот тут, на крыльцо, — она показала на маленькую полочку, на которой лежал деревянный брусок. — Через три дня и принесешь, поняла? А варево — на, держи.

Она поставила банку на полочку, и Тоня уже протянула к ней руку, когда сообразила кое-что.

— Сколько принести?

Помолчав, ведьма что-то прикинула в уме и ответила:

— Пять тысяч. Через три дня, поняла?

Она сплюнула через перила и исчезла в доме.

Тоня осталась стоять, глядя на банку с настоем.

С одной стороны, таких денег у нее не было, просто потому, что сама она не зарабатывала. С другой, для их бюджета не столь уж сумма и велика. Тоня очень надеялась, что Антонинины травки помогут ей забеременеть, и к тому же с облегчением поняла, что ей не придется уже смотреть ни на какую колоду или делать еще что-то непонятное и пугающее. Установив в пакете банку как можно аккуратнее, чтобы не опрокинулась, и крепко сжав его ручки, Тоня быстрыми шагами двинулась к ограде. Мысли о том, что можно не принести колдунье денег, у нее даже не возникло.

Елена Михалкова

Тоня пролетела через всю деревню почти бегом. Запыхавшись, поднялась к своей двери, повернула-таки ключ, который никак не хотел проворачиваться, и, не раздеваясь, прошла в зал — посмотреть, во сколько завтра восход. Кивнув в подтверждение своим мыслям, сбросила куртку и отнесла банку на место — туда, где стояла прежняя. Теперь нужно было подумать, что сказать мужу вечером, но этот вопрос Тоню не очень беспокоил. Учитывая, сколько раз Виктор упоминал, что траты меньше ста — ста пятидесяти долларов вообще не являются существенными, она обоснованно полагала, что проблем у нее не возникнет: пять тысяч рублей не намного больше названной им суммы. Она провела пальцами по стеклу, за которым бултыхались измельченные листики и стебельки неизвестных ей травок, вернулась в зал, легла на диван и моментально уснула.

Сегодня Аркадий Леонидович блаженствовал. Пятница, конец недели, предстоят два заслуженных выходных, а он и сейчас не работает. С утра он почувствовал себя не очень хорошо, отменил все дела в клинике, а поскольку авторитет Аркадия Леонидовича был велик, то у руководства не возникло никаких вопросов. «Лечитесь, лечитесь, Аркадий Леонидович!» — напутствовала его по телефону менеджер Аллочка, гонявшая младших врачей в хвост и в гриву. «А меня не погоняете!» — довольно улыбался Аркадий Леонидович, потягивая пиво перед телевизором. Вот такое внешне оправданное безделье он очень любил. Болезнь — прекрасное оправдание, а то, что сейчас он чувствует себя совершенно здоровым, Аркадия Леонидовича нимало не смущало. В конце концов, может он, уставший от бесконечных пластических операций, дать себе день отдыха? Разумеется, может.

В значительной степени прекрасному настроению Аркадия Леонидовича способствовало то, что дражайшая супруга, обожаемая Лидия Семеновна, на данный момент отсутствовала. И собиралась отсутствовать вплоть до завтрашнего вечера — у одной из ее институтских подруг наметился какой-то там юбилей. Конечно, Лидия Семеновна должна была привести себя в порядок заранее, минимум за два дня. Праздник нельзя будет считать удавшимся, если хотя бы несколько из горячо любимых приятельниц не проникнутся черной завистью к Лидии Семеновне и не удостоверятся в собственном неумении выбирать парикмахера, косметолога и мастера по маникюру. Потому, оставив собачонок на попечение супруга, Лидия Семеновна со вчерашнего дня перебралась в городскую квартиру, бросив супруга страдать в одиночестве. Подумав об этом, страдающий супруг потянулся так, что кости хрустнули, и поднялся за второй бутылкой.

Пока он ходил, безумный фильм в ящике сменился не менее безумной рекламой. Аркадию Леонидовичу доставляло большое удовольствие думать о громадном количестве простаков, попадающихся на удочку всяких там «Пантин про-ви», «Сникерсов», «Босс» и что там еще рекламируют, и при этом понимать, что сам он, Аркадий Леонидович, ни в коем случае к этой массе не относится. Точно так же он смотрел бредовый фильм с идиотскими диалогами, неразборчивым сюжетом и отвратительными актерами, упиваясь мыслью, что сам он гораздо выше массового попкорна, а смотрит просто для расслабления. Нужно же и такому уму иногда отвлекаться на ерунду.

Опять пошла реклама. Внушающий доверие пожилой мужчина, назвавшийся профессором, демонстрировал лысину какого-то небритого страдальца. Страдалец прятал лицо и всем своим видом выражал отчаяние и безысходность. Но через секунду представал в новом виде — с густыми, вьющимися волосами. Лицо бывшего страдальца, а теперь счастливца, излучало уверенность, потертый спортивный костюм сменился дорогим пиджаком, и только последнему глупцу не становилось ясно, что жизнь героя полна теперь заслуженных наслаждений. Улыбающийся, как любящий дедушка внуку, профессор объяснял, что волшеб-

Елена Михалкова

ная метаморфоза возможна с каждым — стоит только обратиться в его клинику по пересадке волос.

Реклама закончилась. По экрану забегали зеленые человечки, Аркадий Леонидович краем уха услышал крик: «Мочи его, Коннор!» — и щелкнул кнопкой. Он сидел перед выключенным телевизором и изо всех сил пытался ухватить ту смутную догадку, которая блеснула у него, когда он увидел последний ролик. Волосы, лысина... профессор, пересадка волос... Сначала штаны, потом пиджак, и опять волосы... Небритый...

И тут Аркадия Леонидовича осенило. С недоверчивой улыбкой он вспомнил подробности того дня, с которого эта заноза застряла у него в мыслях, и понял наконец, в чем дело. Но догадка была так невероятна, что он вскочил, прошелся из одного конца комнаты в другой и опять плюхнулся на диван. Нет, не может быть! Аркадий Леонидович нахмурился, не веря себе, опять вспомнил тот разговор, а потом и все последовавшее за ним, вспомнил лицо вблизи, представил его себе крупно, словно на экране телевизора, и... расхохотался. Это же надо! Кто бы мог подумать, черт возьми! Не бог весть какое дело, конечно, но приятно, очень приятно — сам заметил, сам додумался, а ведь никто другой и внимания бы не обратил. Да... Вот ведь, чего только не встретишь! И где — в Калинове! Ну и ну...

Аркадий Леонидович протянул руку и набрал номер жены.

— Лид, — весело пробасил он, услышав ее голос, — а я ведь у тебя умный!

На том конце провода раздалось невнятное бурчание, свидетельствующее о том, что жена сидит в салоне и общаться не настроена.

— Ладно, я тебе потом расскажу, — согласился Аркадий Степанович, прислушиваясь к отдаленному щебету в трубке. — Но я ведь понял, в чем дело, понял! Врач я, как ни крути, не просто хороший, а замечательный. Что? Да нормально с ними все, нормально. Гуляю, конечно, куда я денусь...

225

Тьфу ты, пропасть, да насыплю, конечно... Все! Все, я сказал. Не напейся там сильно.

Аркадий Леонидович повесил трубку и раздраженно потряс большой головой. Совершенно никакого внимания к мужу, жена только о своих собаках дурацких и думает. Он на секунду расстроился было, что его не выслушали, но тут сообразил, с кем можно поделиться. С Чернявскими! Конечно, с одной стороны, это не очень хорошо. Даже совсем нехорошо. Но, с другой стороны, кто-то же должен оценить его возможности — вот так, не имея прямого отношения, узнать... «А вдруг я ошибся? — мелькнула у него мысль. — Надо перепроверить».

Аркадий Леонидович забыл про свое намерение блаженствовать весь день, предаваясь прекрасному безделью, собрался и захватил деньги. Выходя, он вспомнил, что дверь между комнатами уже не скрипит, как умелец Женька и пообещал, и решил, что вполне можно снова привлечь его к какой-нибудь работе по дому. Он удовлетворенно засмеялся и так, смеясь, вышел на улицу. Да, Чернявским это будет интересно, интересно... В конце концов, они ведь никому не проболтаются.

Савелий Орлов выяснил все, что хотел. Точнее, толком он не выяснил ничего, кроме одного: продавец хотел, чтобы почтальонов дом достался именно Виктору Чернявскому. Ну что ж, захотел — значит, захотел. Понятно, почему ему самому не удалось купить участок даже и за вдвое бо́льшие деньги.

Но, конечно, очень неприятно. Савелий с трудом мог принять ситуацию, когда его желания не исполняются из-за блажи каких-то совершенно посторонних людей, которые даже не хотят осознать своей выгоды. Но с этим еще можно было смириться. В конце концов, он купил другой дом и неплохо вложился в него. Но вот стерпеть то, что всякое деревенское отребье посмеивается над ним, Савелием Орловым... А соседи посмеивались, мать бы врать ему не стала.

«Наверняка сам же Чернявский и распустил слухи, — хмуро размышлял Савелий. — Обрадовался, сука, что ему почтальонов дом достался. Ничего, долго не посмеешься!»

Савелий Орлов ненавидел, когда над ним смеялись. Он вообще не любил, когда люди вокруг шутили, подозревая, что шутят они на его счет, а потому чужое веселье выводило его из себя больше, чем что-либо другое. Он твердо знал: шутят и смеются над дураками. Умные сами смеются над другими.

— Вить, у меня к тебе просьба, — начала Тоня после ужина, когда муж, умиротворенный, сидел на диване и листал очередной поэтический сборник.

Виктор отложил книжку и посмотрел на жену заинтересованно.

— Да, просьба, — повторила Тоня. — Пожалуйста, дай мне денег. Пять тысяч.

— Зачем? — удивился Виктор. Пять тысяч были для него несерьезной суммой, но его заинтересовал сам факт того, что она вдруг супруге понадобилась.

Тоня замялась.

— Мне нужно, Вить. Я не хочу рассказывать.

— Но я вообще-то как-никак твой муж, и мне хотелось бы знать, для чего тебе деньги.

Такой ситуации Тоня не предвидела. Она полагала, что Виктор просто даст ей деньги, и все. Его любопытство застало ее врасплох.

— Мне нужно, для своих дел, — уклончиво ответила она. — В конце концов, ты же сам говорил, что для тебя сто долларов — не сумма.

— Да, но, во-первых, ты просишь больше. Во-вторых, это для меня не сумма, а твои траты я приблизительно представляю, а потому и не могу понять, зачем тебе понадобилось столько денег.

Тоня совсем растерялась. В то же время в глубине ее души начало подниматься какое-то неизвестное ей чувство, больше всего напоминавшее злобу. Тоня постаралась подавить его и, подумав, рассудительно произнесла:

— Вить, я не собираюсь покупать наркотики или что-нибудь в таком роде. Мне просто нужны деньги... для себя самой.

— Ты что, к стилисту собралась? Или какую-нибудь шмотку купить?

Она помотала головой.

— Тогда зачем?

— Вить, я не могу тебе объяснить, — умоляюще сказала она. — Поверь мне, пожалуйста: деньги мне очень нужны.

— Ты их собираешься кому-то в долг дать, что ли, я не понял?

— Да не собираюсь я никому ничего давать! Они мне самой нужны. Понимаешь, самой!

— Тонь, вот давай только на крик не будем срываться, — покачал головой Виктор. — Подумай спокойно, и поймешь, почему я спрашиваю. Ты достаточно неопытный человек, вдруг кто-нибудь тебя обманул, а ты поверила и собираешься отдать деньги, которые я вообще-то зарабатываю нелегким трудом. А что, если тот человек тебя еще во что-нибудь втянет? Я же о тебе забочусь...

Его голос обволакивал Тоню со всех сторон, и она в очередной раз почувствовала себя дурой, потому что все, что он говорил, было абсолютно неправильно, но ей нечего было ему возразить. Не говорить же, что не нужно о ней заботиться! Виктор приведет тысячу причин, почему он так делает, и каждая будет убедительна.

— Господи, да никому я ничего не собираюсь давать! — не выдержала она. — Мне деньги на лечение нужны.

— На лечение? — удивился Виктор. — Ты же не ездишь больше в центр. И с месячными у тебя все нормализовалось.

— Нет, дело не в этом....

Стараясь упоминать только самое главное и опускать подробности, Тоня рассказала про визит к Антонине. Про то, чем визит был вызван этот, она промолчала — упоминать Глафиру ей показалось как-то... кощунственно. Виктор сначала слушал ее нахмурившись, потом улыбнулся широкой улыбкой, откинулся на спинку дивана и пару раз похлопал в ладоши.

— Ты что? — не поняла Тоня.

— Себе, умному, аплодирую, — объяснил Виктор. — В который раз убеждаюсь, милая моя, что ты человек совершенно наивный, неискушенный и любая шваль может из тебя веревки вить. Значит, резюмирую: ты перестаешь заниматься чушью — это раз. Денег тебе я, естественно, не дам — это два. И ты выливаешь ту ослиную мочу сейчас же в унитаз — это три. И, пожалуйста, больше такой ерундой не занимайся. Все-таки ты же не бабка Степанида, правда?

Он поднял с пола книжку и углубился в нее. Тоня осталась сидеть, словно пришибленная.

— Ты не дашь мне денег? — переспросила она, словно не веря.

— На какую-то фигню? — поднял глаза Виктор. — Нет, не дам. Я тебе объяснил почему. Мне, разумеется, не жалко, но ты своему организму ничего, кроме вреда, не причинишь.

Он опять уткнулся в книжку. Тоня встала и, ничего не соображая, вышла из комнаты. Она поняла хорошо только одно — платить ей за банку нечем и придется нести ее обратно, а сегодня она уже выпила столовую ложку с утра, на восходе. Но ведь месячные у нее теперь приходили вовремя, как обычно, и именно после того, как она начала пить настой. Значит, он помогает!

В каком-то отупении она вышла на крыльцо, но на улице оказалось так темно и холодно, а ветер был таким пронизывающим, что она тотчас вернулась обратно. Оставаться в комнатах не хотелось, и Тоня поднималась на второй этаж, на мансарду, не задумываясь о том, что там пыльно и грязно. Она включила свет в большой комнате, подняла валявшийся в углу стул и села на него. Что делать дальше, она не знала.

Настой ей необходим, Тоня это чувствовала. Говорить Виктору про интуицию было бесполезно, он бы только посмеялся. Убеждать — бессмысленно. Можно, конечно, попытаться занять деньги, а потом понемногу отдавать, но занимать Тоне было не у кого. Родители жили бедно, братья зарабатывали более-менее неплохо, но не настолько, чтобы взять и выложить пять тысяч.

С опозданием она поняла, что ей нужно было просто соврать, и никаких сложностей с деньгами не возникло бы. Скажи она Виктору, что собирается сходить с подружкой в кафе, он ни о чем бы не спросил! Господи, какая она глупая! Тоня обхватила голову руками и замерла.

Вокруг нее были свалены вещи, закрытые пленкой, на которой лежал толстый слой пыли. Здесь, в мансарде, в щели задувал ветер, по комнате гуляли сквозняки, а тусклая лампочка светила так тоскливо, что Тоне стало невмоготу. Она встала, выключила свет, на ощупь нашла стул и уселась обратно. Стало лучше.

Теперь дом словно навис над ней, но это ее не пугало. Он не был ей враждебным, просто... просто пытался рассказать что-то, что могла услышать только она сама. Какую-то историю... про ребятишек, которые жили здесь, смеялись и хулиганили, плакали и прятались в углах. Девочка носила маленькую малиновую кофточку, связанную, наверное, ее бабушкой, а когда она выросла, кофточку отложили на память в старый-старый комод. А мальчишки постоянно бегали в шортах. Летом. А зимой — в маленьких тулупах из овчины. Дом добротный, и его хозяева, наверное, могли одевать своих детей в тулупы из овчины. Они, конечно, дрались, те ребятишки, и любили кубарем слетать с лестницы. А потом они выросли и уехали... то есть умерли...

Тоня вздрогнула. Она почти уснула, пока сидела на стуле в большой темной комнате, заваленной старыми вещами, и слушала нашептывания старого дома. Она почти уснула, и ей приснились какие-то незнакомые дети, бегавшие по его комнатам, и что-то еще, совсем уж непонятное. «Господи, что я делаю здесь? — ужаснулась Тоня. — Что я делаю здесь, в пустой темной комнате, в которой свищет ветер, в окружении старых, чужих вещей?»

«Ты здесь сидишь, потому что больше тебе некуда податься, — ответила она сама себе, — потому что твой муж отказался дать тебе денег на то, что ты считаешь нужным. Потому что его не интересует твое мнение. Потому что ты полностью от него зависишь». Тоня подняла голову и огляделась. Она прекрасно все видела в темноте, обступившей ее со всех сторон. Злость, которая пыталась всколыхнуться в ней раньше, теперь проснулась окончательно. Что она делает? Сидит здесь и только что не плачет, что ей не хватило ума обмануть мужа! Как унизительно!

Произнося мысленно последнее слово, Тоня словно споткнулась. Унизительно. Ей уже приходило на ум это слово, совсем недавно, буквально вчера. А теперь она снова чувствует себя униженной! В конце концов, просила ведь не о многом, и что получила в ответ? Нравоучения. Отказ, который Виктор прикрыл очередными ненужными фразами, хотя можно было просто сказать «да» или «нет».

Тоня встала и начала кругами ходить по темной комнате. Виктор, услышав снизу звуки шагов, покачал головой — совсем его жена с ума сошла. А та ходила, лавируя между вещами, и ощущала переполнявшую ее ярость. В каком-то озарении она поняла, что, если бы не дом вокруг нее, если бы не его безмолвные рассказы, ей никогда бы не пришло в голову то, что подумалось минуту назад. Но ей было все равно. Точнее, она была даже рада. Дом был ее единственным союзником. Ее, не Виктора, который не умел даже толком согреть его! Это она хозяйка здесь, а Виктор... Тоня усмехнулась, вспомнив, как он всполошился, обнаружив стихи. Постояла минуту у заколоченного окна, глядя в щели между досок, и пошла к выходу. Если бы Виктор увидел в эту минуту ее лицо, он был бы очень удивлен. Женщина, спускавшаяся сейчас с лестницы, не имела ничего общего с той, которая поднималась сюда час назад.

Тоня прошла в зал, остановилась напротив мужа. Постояла молча, дождавшись, пока он поднимет на нее глаза, и только тогда спокойно произнесла:

— Я подумала как следует над тем, что ты мне сказал, и хочу объяснить следующее. Меня не интересует, что ты думаешь по поводу моего лечения. Скажу даже больше: сейчас меня вообще не интересует, что ты думаешь. Я хочу, чтобы ты дал мне деньги, которыми я буду распоряжаться сама, как хочу. Ты будешь выдавать мне ежемесячно... — она на секунду замялась, — десять тысяч. Если мне нужно будет еще, я тебе скажу. Я знаю, что такая сумма есть в твоем кошельке, у тебя есть даже больше. Поэтому будет хорошо, если ты завтра положишь деньги на полочку в кухне. И, пожалуйста, все время теперь клади их туда. Ладно?

Виктор выслушал ее выступление, подняв брови, а в конце расхохотался.

— Дорогая моя, ты что, собралась ставить мне ультиматумы? Напрасно. С чего ты вообще решила, что я буду удовлетворять твои материальные притязания?

Тоня немного помолчала, потом ответила:

— Витя, ты привез меня в это место, куда я не хотела ехать, поселил меня в глуши, не возишь в Москву даже на выходные. Я не видела своих родителей два месяца. Я понимаю, что тебе здесь нравится, что ты в Калинове жил еще ребенком. Но если ты попробуешь не давать мне еще и денег, я от тебя уйду. Уеду на зиму к папе с мамой. Там я буду зарабатывать, и мне вполне хватит. А весной посмотрим.

— Ты меня шантажируешь? — зло прищурился Виктор.

Тоня встала, посмотрела на него и покачала головой:

— Давай не будем ссориться, хорошо? Мы с тобой и так довольно плохо живем последний месяц. Но я хочу, чтобы ты понял — я тебе не служанка. Не пылесос, понимаешь? Я твоя жена. И я хочу, чтобы ты уважал мое мнение.

Она пошла к дверям, но ее остановил голос Виктора:

— А с чего ты взяла, милая моя, солнышко лесное, что я должен уважать твое мнение? Ты чем-то это заслужила?

Тоня постояла минуту и, не оборачиваясь, произнесла:

— Когда ты на мне женился, ты, кажется, уважал мое мнение. С тех пор что-то изменилось? По-моему, нет, если не считать того, что я бросила работу и приехала туда, куда ты хотел. Если после всего ты перестал меня уважать, то давай вернем то, что было. Если нет, то положи деньги на полочку.

Она вышла из комнаты, а Виктор остался сидеть, невидяще глядя на страницу. Потом глубоко вздохнул, чтобы успокоиться и понять, откуда она этого набралась. Черт возьми, откуда?! Если бы он не знал абсолютно точно, что последние два часа его жена не выходила из дома, то поклялся бы, что она поговорила с какой-нибудь феминисткой, которая накапала ей на мозги. Но она не выходила. Значит, додумалась сама. Интересно, до чего супруга додумается в следующий раз?

Однако с возникшей проблемой следовало что-то делать. С одной стороны, Виктор не намеревался уступать: с какой стати? С другой, он отчетливо осознал, что Тоня способна выполнить свою угрозу. Она уйдет. Уедет к мамаше, а он останется тут жить один. Виктор вполголоса выругался. Не помогло. В конце концов, он же просто пытался ее защитить от ее же глупых поступков, как она не понимает?! Конечно, можно было бы объяснить свою позицию еще раз, но что-то подсказывало Виктору: это бесполезно. Он хотел как следует разозлиться, но не смог. Как ни крути, выходило, что придется сдаться. Да ладно, не такую уж большую сумму Тонька просит, чтобы спорить из-за нее. «Деньги положи на полочку...» — вспомнил он и усмехнулся. Хм, недооценил он стервозность своей жены, недооценил. Ну что ж, будем жить по новым правилам.

Успокоив себя на некоторое время, Виктор пытался читать, но мысли были далеко. Первый раз он потерпел поражение, причем от человека, которого не мог считать серьезным противником. Первый раз жена навязала ему свое решение. Угрюмо обдумывая ситуацию, Виктор совсем забыл, что речь идет о женщине, на которой он женился немногим больше года назад: в его глазах Тоня представала уже расчетливой стервой, которая, почувствовав слабину, начнет выкачивать из него деньги на тряпки и прочую муть. Но тут она сама вошла в комнату. Виктор взглянул в ее уставшее лицо, увидел круги под глазами, крепко сжатые губы и ощутил что–то вроде жалости. Действительно, что он из–за ерунды с ней спорит? Захотелось ей фигней заниматься, ну и пусть занимается.

Он встал, обнял ее и шепнул на ухо:

— Тонька, как же я без тебя буду существовать, а? Меня же волки калиновские загрызут. Неужели тебе меня не жалко?

Она молчала, озадаченная перепадом его настроения и ожидая подвоха.

— Уговорила ты меня, дорогая, — сказал Виктор, не дождавшись ответа. — Будет тебе собственный материальный фонд, будут ежемесячные платежи. Только ты их на чушь всякую не трать, договорились?

Нет, не договорились, хотела ответить Тоня, но только молча кивнула. Слава богу, в понедельник у нее будут деньги. Слава богу.

Весело насвистывая, Сашка крутил фарш. Он любил, когда мать жарила котлеты. Сегодня они с Колькой специально заехали на рынок, купили хорошего мяса, с жирком, и привезли в Калиново. Хотя тетя Шура и ворчала, что уже ночь на дворе, но ради сыновей она готова была заниматься стряпней хоть до поздней ночи. А еще и Юлька жила здесь со своими оболтусами — в школе объявили карантин. Все же помощь, да неплохая: готовила та очень и очень неплохо, особенно удавался ей холодец. Сашка довольно причмокнул, отодвинул кучу мясных «макарончиков», выползших из мясорубки, и засунул внутрь новые куски.

Елена Михалкова

Колька стоял поодаль и смотрел в окно. Свет в почтальоновом доме погас.

— Ты чем там любуешься, а? — хохотнув, спросил Сашка. — Может, соседка раздевается?

— Ты, Сань, как-нибудь договоришься, — мрачно ответил Николай.

— Да ладно, чего такого? Ну нравится она тебе, и что, уж пошутить нельзя?

— Да не нравится! — повернул к брату покрасневшее лицо Николай. — А главное — шутки твои не нравятся!

Сашка хотел что-то ответить, но передумал. Провернув еще несколько кусков, попросил:

— Слышь, Коль, ты бы глупостей не делал, а? Плюнь.

— Не делаю я ничего, — буркнул Колька.

— Вы тут о чем? — раздался голос от двери.

Юлька, уперев руки в боки, смотрела на братьев с подозрением.

— Чего ты не делаешь?

— Да ничего. Отвяжитесь вы от меня!

— Сань, что с ним, а?

— От соседки крыша съехала, — весело ответил Сашка.

Колька сжал кулаки и сделал шаг к нему.

— Ты че несешь, блин?

— Да ладно, разве я не вижу...

— Коль, правда? — как-то растерянно спросила Юлька. — Коленька, да ты что?

— А что?! Ну что?! Да, нравится она мне, и что такого? Красивая баба, вот и все.

Он разжал кулаки и вернулся к окну. Юлька села на табуретку, с жалостью глядя на брата, сказала тихо:

— Выкинь ты ее из головы. Вообще выкинь их всех.

— С чего вдруг? Может, она с мужем паршиво живет.

— Да тебе-то что? Коль, ты мне поверь, — проникновенно произнесла она, — от Витьки одна только беда всем. Понимаешь?

— А Витька тут вовсе ни при чем.

235

— Нет, Коленька, при чем. Это его жена. Так что забудь и думать про нее, хорошо? Хватит, что он мне жизнь покалечил, — совсем тихо прибавила она.

— Да брось ты, — обернулся к ней Николай. — Подумаешь, втюрилась в детстве. Уж сколько лет прошло!

— Да при чем тут втюрилась, Коль? — грустно сказала Юлька.

— А чего?

Она помолчала, потерла лоб рукой. Сашка перестал крутить свое мясо и уставился на сестру.

— Эй, Юляш, а ну выкладывай!

— Что тут выкладывать, Сань, дело обычное. Он моим первым мужчиной был, вот и все.

— Витька?! — ахнули братья в один голос.

— Не орите! — шикнула Юлька. — Ваську с Валькой разбудите, только уснули. Ну чего вылупились на меня? Сами сказали — сколько лет прошло!

Колька с Сашкой глядели на нее во все глаза.

— Юль, а как же твой Юрка? — спросил наконец Сашка.

— А Юрка потому и ушел — простить мне не смог, что я его обманула. Говорил: сказала бы до свадьбы, так нашел бы себе другую, нетронутую. Сколько ни возвращался ко мне, а все же ушел. Я уж вам не говорила, а он ведь и руку на меня поднимал пару раз, как выпьет. И все добивался: скажи, кто да кто! А я молчала. Вот вам только сейчас и сказала. Так сколько воды утекло с тех пор! Но я к чему, Коль, говорю: забудь ты про них. Я вот к ним в гости не напрашиваюсь, в подруги не лезу, и ты так же делай. Что-то, смотрю, не больно-то Витька с женой нас и приглашают. А ты найди себе девушку нормальную и женись на ней.

Наступило молчание. Колька подошел к сестре, неловко положил руку ей на голову, взъерошил и без того лохматые волосы.

— Дуреха ты, дуреха, — с грустной улыбкой сказал он. — Иди-ка, котлеток нам нажарь. Мать уж уснула, поди.

Тетя Шура стояла за дверью, прижав руки к щекам. Услышав слова старшего сына, она бесшумно отошла и прокралась в комнату. Когда Юлька заглянула туда, мать безмятежно посапывала под пледом. Юлька ушла на кухню. Тетя Шура открыла глаза и уставилась в темноту...

Получилось так, что в субботу первым проснулся Виктор. Тоня, измотанная вчерашней сценой, крепко спала и не собиралась просыпаться. На улице было светло. «Уже десять? — удивился Виктор. — Ого, сильны же мы спать!»

Он оделся, вышел в кухню, вспомнил про неприятный разговор и, хмыкнув, отсчитал десять тысяч. Налил воды и подошел с кружкой к окну. День обещал быть хорошим. Пожалуй, можно Тоньку и в Москву свозить, решил выспавшийся, а потому пребывавший в хорошем настроении Виктор. Только диск надо сунуть в бардачок, а то после забудем.

Виктор нашел в ящике среди купленных им недавно музыкальных дисков один, с записями Армстронга, накинул в коридоре куртку, натянул сапоги и распахнул внешнюю дверь.

И остановился, вначале даже не поняв, в чем дело, хотел что-то удивленно спросить, но подавился первым же словом.

Напротив него, прислонившись спиной к стенке крыльца, сидел Аркадий Леонидович. Черная щель рассекала его горло от уха до уха, и вся шея, и воротник свитера тоже были черные. Голубые глаза смотрели куда-то на ноги Виктора, а рот хирурга...

Виктор сглотнул и медленно опустился на корточки. Теперь Аркадий Леонидович смотрел прямо на него. Но самое страшное было не это. Рот Аркадия Леонидовича был растянут в разные стороны — так, что получалась бессмысленная, глумливая усмешка, обнажавшая зубы. Нижняя губа треснула в двух местах, и на ранках застыла кровь. Не веря своим глазам, Виктор уставился на то, что заставляло труп оскаливаться.

Края губ Аркадия Леонидовича с двух сторон были прошиты грубой белой ниткой. Виктор отчетливо видел проколы на белой, как бумага, коже. Нитки тянулись в разные стороны и заканчивались на мочках ушей, согнувшихся, словно лепесток цветка. Расширившимися глазами Виктор смотрел на человека, которому края губ оттянули в стороны, прошив, словно тряпку. Он протянул дрожащую руку и дотронулся до нитки с правой стороны. Чуть потянул, сам не зная зачем, и угол губы Аркадия Леонидовича послушно дернулся вслед за ниткой. В следующую секунду раздался негромкий треск, и мочка уха разорвалась. Виктор сжимал конец нитки, оставшейся у него в пальцах. Правый угол губы Аркадия Леонидовича сдвинулся, закрыв зубы, но односторонний оскал был еще страшнее. Виктор отбросил нитку, вскочил и метнулся в дом, захлопнув за собой дверь, закрыв ее дрожащими руками на засов, словно труп с прошитыми щеками мог встать и пойти за ним. А Аркадий Леонидович остался смотреть мертвыми глазами прямо перед собой, и теперь было видно, что на его перекошенном лице застыл ужас.

Глава 15

Тоня сидела на стуле в углу кухни, вся сжавшись. Следователь напротив нее заполнял на столе какие-то бланки, а в остальных комнатах слышался шум выдвигаемых ящиков, вытряхиваемых вещей, громких разговоров. Тоня почувствовала запах дыма. Значит, кто-то закурил прямо в доме, поняла она. И хотела встать, но ощутила, что у нее нет сил даже на это. По большому счету, ей было безразлично.

— Хозяйка, где у вас обувь хранится? — спросил заглянувший в дверь молодой паренек лет двадцати.

— В кладовке, на полках лежит. В бумагу завернута, — зачем-то добавила она.

238

Елена Михалкова

Парень исчез. Через пару минут в дверь просунулась другая голова.

— Иван Ефремыч, — позвал вошедший, — иди, покажу кое-что.

Следователь встал, не взглянув на Тоню, и вышел из комнаты.

Из окна она видела, как следователь ходит по участку, пристально рассматривая что-то на земле, а другой мужик фотографирует. Потом оба скрылись на крыльце. Оттуда раздались голоса, и она поняла, что тело до сих пор не увезли. «Чего они ждут? — подумала Тоня. — Пока он совсем замерзнет?»

Она вспомнила, что Аркадию Леонидовичу уже все равно, и ее передернуло.

Краем сознания она не воспринимала происходящее. Тело она не видела, потому что Виктор запретил выходить на улицу, и временами ей казалось, что он ошибся, перепутал, потому что она только вчера видела хирурга на его участке, выгуливающего трех песиков, и он помахал ей рукой и что-то крикнул, но она не разобрала, что именно. Только удивилась, что он не в клинике. А утром Виктор сказал, что тело... Она попыталась вспомнить, что же он такое сказал... Изуродовано. Да, тело изуродовано, сказал он, не надо на него смотреть. И невозможно было представить, что человек, который вчера махал ей рукой, сегодня лежит, изуродованный, на их крыльце. Тем более что она его не видела.

В прошлый раз, когда она нашла Глафиру и моментально решила, что причиной ее смерти является она, Тоня, так как что-то неизвестное, необъяснимое произошло у колдуньи, она испытала ужас. Чувствовать себя виноватой и не понимать, что происходит, было невыносимо. Но тяжесть ушла, когда участковый сообщил об убийстве. Кажется, она тогда даже рассмеялась от радости. Впрочем, нет, не рассмеялась.

А сейчас она не испытывала ничего, кроме отупения. Последнее время это состояние настигало ее все чаще и чаще. Оно навалилось вязким облаком и теперь, когда она в одну долю секунды после слов Виктора вспомнила, что только вчера ходила к Антонине взять еще проклятого зелья. С другой стороны, ведь колдунья попросила только деньги...

К этой спасительной мысли, единственной ниточке, тянущейся из мутного тумана, в котором она сейчас пребывала, Тоня возвращалась снова и снова. Ведь Антонина попросила деньги, только деньги! И ничего больше! Она не просила никого ей отдавать, не заставляла разглядывать завораживающие рисунки, ничего не хотела от Тони! Но почему же тогда изуродованное тело их соседа оказалось на их крыльце?

Степан Капица остановился в дверях кухни и посмотрел на сжавшуюся в комок молодую женщину. Обычно улыбчивое круглое лицо участкового было сейчас мрачным. Дело обстояло плохо. Прав был мальчик Сережа, говоривший о маньяке, потому что сделать *такое* мог только сумасшедший. Пристально рассматривая жену Виктора Чернявского, Степан обдумывал, подходит ли она на роль маньяка — ведь убийства начались с ее появлением. Хотя, елки-палки, одернул он себя, не *ее*, а *их*. Антонину и Виктора Чернявских. Так что и прикидывать маску убийцы стоит на обоих, хотя на Тоню с ее перепуганным, каким-то затравленным взглядом она никак не хотела примеряться. Вот Виктор... с ним, пожалуй, все не так однозначно.

Примерно так рассуждали и сотрудники райцентровской прокуратуры, уже час допрашивавшие хозяина дома по поводу обоих преступлений. Причем за дело еще не брался сам следователь, мужик дотошный, хоть и крепко выпивающий, что, однако, не мешало ему в работе, а скорее помогало. «Черт, а кто сейчас не пьет?» — мысленно спросил Капица самого себя. Да и как тут не пить, а?! Ему вспомнилось тело на крыльце, которое сейчас собирались увозить, и он поморщился.

— Антонина Сергеевна, — позвал участковый и увидел,

как девушка подняла на него измученные глаза. И он в который раз подумал, что слово «женщина» к жене Виктора не подходит, хотя, кажется, ей уж к тридцати годам. — Антонина Сергеевна, вы бы чайку себе сделали. А заодно и мне.

Тоня молча встала, налила воды и нагрела чайник. Она ожидала вопросов, но Капица молча прихлебывал чай, разглядывая сад из окна. «Иван Коломеев мужик въедливый, он сейчас из Витьки душу вытряхнет, — размышлял участковый, — и неплохо бы мне при их разговоре присутствовать...»

Из коридора раздался голос следователя:

— Ну что, Артем, закончили?

— Да, Иван Ефремович, все осмотрели. Все чисто, ничего нет, следы не совпадают.

«Слава богу, — подумала, услышав, Тоня, — кажется, Витю они не подозревают. Но почему тогда так долго его допрашивают?»

Словно в ответ на ее вопрос в комнату вошел следователь и, тяжело опустившись на стул, вздохнул.

— Ну, братцы кролики, теперь кое-что проясняется. Артем, — обратился он к парню в дверях, — приведи Чернявского сюда, и будем разбираться, как же нам дальше жить.

Он неожиданно подмигнул Капице и, достав из вороха бумаг на столе самую нижнюю, принялся методично ее заполнять. В комнату вошел Виктор, глянул на Тоню, кивнул. «Бледный какой!» — с жалостью заметила она. Молодой Артем пристроился на принесенном из зала стуле, и в маленькой кухне стало совсем тесно.

— А не перейти ли нам в зал? — спросил следователь, не отрывая глаз от бумаги. — Хозяева не против?

— Не против. — Виктор встал и пошел к выходу. За ним двинулись и все остальные.

Когда Тоня вошла в зал, глаза ее расширились. Искали на совесть! Выдвинутые ящики, сложенные грудой на полу книги, диван, оставленный открытым, словно раззявивший огромную пасть...

— Да, — хмыкнул Виктор, — на славу вы постарались.

Оставив его замечание без внимания, следователь закрыл скрипнувший диван, разложил бумаги на столе и уселся на стул.

— Присаживайтесь, — пригласил он стоящих у стены Виктора и Тоню. — И ты, Степан, устраивайся поудобнее.

Капицу не пришлось долго уговаривать — с озабоченным видом он пристроился на диване.

— Артем, понятых можно отпускать, я так полагаю, — обратился следователь к оперу. — Вы там посмотрите, чтобы правильно было все оформлено, ладненько?

— Сделаем, — отозвался парень и вышел.

В комнате наступило молчание.

— Ну, так что я вам скажу, — нарушил его наконец следователь. — Скрывать мне от вас нечего. Аркадия Леонидовича Мысина убили в его собственном доме, перерезав ему горло. То есть либо убитый преступника знал, либо просто держал дверь вечером незапертой, что, я так полагаю, весьма и весьма сомнительно. Хотя... Вы тут, Иваныч, на ночь запираетесь?

— Так ведь кто как, — развел руками Капица. — Я вот человек открытый, гостям радуюсь, даже и незваным, а про Мысиных сказать ничего не могу.

— Ну, значит, неизвестно. Так вот, убив Мысина, преступник над своей жертвой поглумился, привязав ей щеки к ушам.

Тоня вздрогнула.

— Как это? — шепотом спросила она.

Следователь бросил взгляд на участкового, потом спохватился:

— Ах да, вы же у нас на крыльцо-то не выходили! Или выходили?

Тоня помотала головой.

— Я уже вашим сто раз говорил, — сквозь зубы проговорил Виктор. — Дома она сидела, ничего не видела.

— И ничего не потеряли, — заметил следователь. — Так

вот, убийца губы своей жертве прошил и привязал к ушам, чтобы держались.

— Зачем держались? — У Тони возникло ощущение, что следователь пьян, но все остальные слушали без всякого удивления.

— У него улыбка была на лице, — хмуро ответил ей Виктор.

— Да, чтобы он, так сказать, улыбался, — согласился следователь. — Зубы скалил, выражаясь точнее. Тридцать лет работаю, — повернулся он к Капице, — подобной работы не видел.

Тот молча кивнул, и Коломеев продолжил:

— Проделав данную операцию, преступник вынес тело из дома и протащил сначала по улице, а потом и через весь ваш сад. Ну а дальше, как вы сами знаете, усадил у вас на крыльце и оставил в таком виде до утра. Смерть наступила вечером, точнее потом определят, но не позже одиннадцати. Так что убийца шел на большой риск, когда волок свою жертву по деревне — и фонари горят, и люди по деревне, я полагаю, ходят. Да мало ли кто мог его увидеть! А он все-таки тащил, следы на земле это неопровержимо доказывают. За ним целая дорога осталась на снегу. И следы обуви, кстати сказать. Ну, со следами мы позднее разберемся. А теперь, дорогие мои, я перехожу к главному. Убили двух человек за последний месяц. Обе жертвы были убиты в другом месте, а на ваш участок перенесены позднее, и инсценировано... в общем, что–то инсценировано. Причем во втором случае явно чтобы обратить ваше внимание. Убийца шел на большой риск, желая провернуть все дело именно таким образом, что, видимо, для него было очень важно.

Следователь отложил листок бумаги в сторону, повертел в руках ручку и, переводя взгляд с Виктора на Тоню, произнес:

— И кому же вы так насолили, любезные мои?

Опять наступило молчание. И когда Тоня уже хотела прервать его и рассказать, что виновата она и все дело в колдунье и ее отваре, из-за которого уже второй человек так ужасно умирает, раздался голос Капицы:

— Ну что, Витя, ты будешь рассказывать или мне за тебя рассказать?

— Сам расскажу, — отрывисто бросил Виктор. — Вы, Степан Иванович, еще кое-чего не знаете.

— Вы о чем? — заинтересовался следователь. — Ну-ка, ну-ка, поподробнее.

— Я знаю, кажется, кто убийца, — помолчав, ответил Виктор. — Точнее, кто им может быть.

Тоня только переводила непонимающий взгляд с одного на другого.

Двадцать лет назад

Женька бежала изо всех сил, мчалась, перепрыгивая через канавы. Сердце в груди бешено колотилось, губы пересохли, руку она до крови ободрала о какой-то куст, срезая дорогу, но не обращала на это внимания. «Только бы успеть, только бы успеть... — повторяла она про себя, сворачивая и выбирая самый короткий путь. — Господи, — в первый раз взмолилась Женька про себя, — только дай мне успеть, пока они не начали, и я всегда буду в тебя верить!»

Десять минут назад Юлька, стоя перед зеркалом и безуспешно пытаясь причесать свои вихры, торчащие во все стороны, удивленно обернулась к Женьке, зашедшей узнать, куда все пропали, и сказала своим писклявым голоском:

— А ты что, не знаешь? Они же все на акцию пошли. Это было Витькино слово — «акция». Откуда он его взял, ребята не знали, а спрашивать постеснялись. Витька вообще знал много умных слов, которые Юльке очень нравились.

— На какую акцию? — не поняла Женька.

— Тс-с-с, — зашипела Юлька, — не кричи ты так. Мать-то считает, что мы все вместе сидим. Она к бабе Степаниде в гости пошла, но вдруг додумается к окну подойти, и что тогда?

— Ты что, — сглотнула Женька, — хочешь сказать, что они пошли идиотский поджог устраивать? Ты все врешь! Не может быть!

Последние слова она буквально прокричала. Страх за братьев, горькая обида за то, что ее обманули, ненависть к Витьке, все-таки уговорившему Мишку и Сеньку, — все вылилось в ее крике. Юлька даже отшатнулась.

— Врешь! — бросилась к ней Женька. — Ты пошутила!

— Отстань ты от меня, — оттолкнула ее Юлька. — Сказала тебе, на акцию они ушли. И правильно тебе не говорили — ты бы все испортила. А тот человек... он и в самом деле может кого угодно убить, я же видела его лицо...

— Когда они ушли?! Когда?!

— Давно, уже скоро вернутся. Да что ты психуешь, все будет нормально. Там же Витя!

Женька сумасшедшими глазами взглянула на Юльку, развернулась и бросилась прочь из дома. Только бы успеть, только бы успеть!

Ветки били ее по щекам, два раза она упала, не заметив в наступающих сумерках ямы, ободрав до крови колени, но Женька бежала через лес, срезая дорогу, чтобы успеть остановить их. Как они могли! Придурки! Только бы все обошлось, только бы все обошлось, только бы все обошлось...

Она уже понимала, что не успеет, но надеялась: вдруг Мишку с Сенькой что-то задержит, или Антонина выйдет из дома, или еще что-нибудь случится. Она так верила в это, что когда неожиданно лес закончился и она выскочила на опушку прямо напротив ведьминого двора, то не поверила своим глазам. Этого не могло быть! Но это было. Она не успела. Женька замерла на пригорке, в ужасе прижав ладони ко рту.

Весь забор был охвачен пламенем. Словно большая огненная змея свернулась клубком вокруг Антонининого дома. А слева от дома полыхал сарай. Оранжевые, красные, желтые языки пламени лизали стены, дверь, подбирались к крыше. «Бензин, — вспомнила Женька, — они хотели облить все бензином». Треск огня, шорох падающих досок забора был слышен даже с того места, где она стояла. Огонь по траве стал подбираться ближе к дому, сарай запылал весь, и в этот момент откуда-то раздался такой дикий, страшный крик, что Женька закричала в ответ и бросилась к забору. Она заметалась в отчаянии вокруг него, не в силах перебраться через пламя, и тут крик повторился. Женька, обернувшись, схватила первую попавшуюся палку, изо всех сил ударила в шатающийся забор, и несколько досок упали, образовав проем. Туда она и бросилась, закрывая лицо от огня, который, казалось, был уже везде.

Крик раздался в третий раз, и тут крыша сарая со страшным треском обвалилась, подняв тучу искр. Одна стена рухнула, обдав еле успевшую отпрыгнуть Женьку волной страшного жара, и пламя стремительно начало пожирать то, что не могло еще гореть. Женька бросилась к крыльцу, забыв про свой страх перед Антониной, и чуть не упала. Ведьма стояла на крыльце, глядя на догорающий сарай, и отблески огня сверкали в ее темных глазах. Она взяла из угла толстую сучковатую палку, спустилась по ступенькам и прямо по тлеющей траве пошла к куче горящих досок, оставшихся от сарая. Женька, не понимая, что делает, пошла за ней следом. Огонь уже начал утихать. Весь воздух пропах дымом... и чем-то еще, и чем ближе они подходили к сараю, тем сильнее становился этот запах, отвратительный, совершенно незнакомый. У догорающей стены они остановились. Здесь пахло так сильно, что Женька, не выдержав, поднесла к руку к носу.

Антонина наклонилась и начала расшвыривать палкой обгоревшие доски. Первая отлетела в сторону Женьки, чуть не ударив ее по ноге. Другая, третья, четвертая... Под ними оказался черный, бесформенный куль, от которого, догадалась Женька, и исходил ужасный запах. Ведьма присела, не обращая внимания на жар от догорающего сарая, и провела рукой над кулем. Тот пошевелился. У Женьки подогнулись ноги, и она села прямо на теплую землю, с ужасом глядя на то, что когда-то было живым существом. Теперь ей стало ясно, что «куль» — это обгоревший дочерна человек, свернувшийся клубком, словно пытавшийся спрятаться от огня. Ведьма провела над ним рукой еще раз, и в ответ раздался тихий хрип. Человек возле ног Антонины еще раз слабо захрипел, чуть дернулся и затих.

Ведьма посидела еще несколько секунд, медленно поднялась и перевела взгляд на Женьку. Та отчаянно замотала головой:

— Это не я. Не я, клянусь, не я! Я только хотела помочь, предупредить...

Антонина сделала шаг к девочке, и та закричала:

— Это не я сделала! Пожалуйста, не трогайте меня! Это не я!

Женька бросила взгляд на обугленное мертвое тело, повалилась на бок и отчаянно зарыдала.

Забор уже догорел и обвалился. Последние язычки пламени пробегали по черной куче, полчаса назад бывшей сараем. Ведьма стояла неподвижно, слушая треск догорающего дерева, далекие крики из деревни и отчаянный плач девчонки, лежавшей перед ней на обожженной земле.

* * *

— Поджог дома? — Следователь наморщил лоб. — Совершенно не припоминаю ничего подобного. Ну, были пожары, а вы тут при чем?

— Я тут и ни при чем, — хмуро отозвался Виктор.

— Да и поджигали, в общем-то, не дом, — вставил Капица.

— А что тогда? Ничего не понимаю. Давайте-ка не темните! — рассердился Коломеев. — Рассказывайте толком, самую суть.

— Если самую суть, то все очень просто. Когда я был

подростком, то летом водил дружбу с почтальоновыми детьми, которые жили вот в этом доме, — с двумя братьями, Мишкой и Сенькой. Сеньке тогда было лет четырнадцать, а Мишка был самый старший, ему уже, по-моему, семнадцать исполнилось. Да, у них еще сестра была, Женька, чуть постарше Сеньки. А кроме них, я с Сашкой и Колькой дружил, точнее, не дружил, а так... по-детски... короче, приятельствовал. Знаете, шалости там разные придумывали, на какие-то костры ходили, на Ветлинку раков ловить, бабку Степаниду пугали, развлекались... В общем, все как у обычных подростков. Так вот, эти ребята, вчетвером, подожгли забор и сарай знахарки местной, Антонины.

— Про Антонину я наслышан, — кивнул Коломеев.

— Ее имущество и горело. А началось все с того, что она какого-то наркомана приблудного у себя поселила и начала лечить, а я ребятам рассказал о наркоманах, на их беду. Все, что знал, то и выложил — и что они неизлечимы, и что от наркомана можно чего угодно ожидать... Короче, — усмехнулся Виктор невесело, — воздействовал на неокрепшие умы. А они меня наслушались и пошли вчетвером сарай Антонинин поджигать, чтобы испугать ее и того парня — вроде он запаникует, свалит из деревни на все четыре стороны, и они заживут спокойно.

— А вы с ними ходили?

— Да нет, в том-то все и дело, дома я сидел.

— И что дальше было? Вроде бы начинаю я припоминать ту историю...

— Дальше? Они подожгли сарай со всех сторон, еще догадались бензином его и забор облить. А в сарае наркоман лежал почти без сознания. Я уж не знаю, что там с ним знахарка делала, но вылезти он не смог, хотя все соображал. И... — Виктор замялся.

— Что, сгорел?! — не выдержала Тоня.

Трое мужчин, почти забывших о ней, синхронно обернулись.

— Сгорел, — ответил за Виктора участковый. — Заживо сгорел.

— Господи, кошмар какой! И это те ребята сделали, которые раньше в нашем доме жили? — повернулась она к Виктору.

— Да. А Сашка с Колькой, которых ты знаешь, просто смотрели, чтобы никто не пришел.

— А Андрей? — вспомнила Тоня.

— Андрея в то время в деревне не было, — немного удивленно отозвался Виктор. — Я же тебе рассказывал.

— Ах да. И что же дальше с ними было?

— Суд был, — опять ответил Капица. — Шуриным-то ребятам удалось как-то в обвиняемые не попасть, они просто свидетелями были, а вот Сеньку с Мишкой судили. Старший брат на процессе всю вину на себя взял, а потом... Сенька-то еще несовершеннолетний был... ну и, конечно, сглупили они здорово...

— В смысле? — не понял следователь.

— Держались они на суде неправильно. Что-то говорили такое, что парень тот получил по заслугам, что они свою семью защищали... В общем, такое впечатление у всех сложилось, что они специально его подожгли, вроде знали, что не выберется.

— Да чушь это была полная! — вмешался Виктор.

— Чушь, — согласился Капица. — Но прокурор постарался, а адвокат у парнишек был не ахти. Но в основном, можно сказать, они сами себе удружили. Если бы покаялись, поплакали, объяснили, что просто попугать тетку хотели, — все бы и обошлось. А они оба в позу встали: защищали родную деревню, видите ли! В общем, получилось в результате, что...

— Что? — одновременно спросили Тоня и следователь.

— Младшего отпустили, а старшему приличный срок достался — шесть лет.

— Значит, он уже должен был выйти на свободу?

— Должен, да не вышел, — покачал головой Капица. —

Толком не знаю, но уже в тюрьме он еще один срок заработал, по-моему, избил кого-то. А там пошло-поехало! В общем, до сих пор Мишка так в тюрьме и сидит, и когда выйдет — неизвестно.

— А второй, Сеня? — спросила Тоня.

— Умер, — ответил участковый, взглянув на Виктора. Тот только молча кивнул.

— От чего?

— Там темная история была: он пытался в Калиново вернуться, да что-то у него не получилось. Да, забыл: после суда родители девчонку свою и Сеньку увезли куда-то, по-моему, в Воронеж. А года через три приехал Сенька сюда один. Родители у него вроде бы умерли. В общем, захотел он в родном доме поселиться, — Капица широким жестом обвел стены вокруг себя, — но не смог в Калинове жить, уехал. А года через два узнали, что он, пьяный, сгорел в квартире где-то в Подмосковье.

— Тоже сгорел? — недоверчиво переспросил следователь.

— Да, заснул, видно, с сигаретой и сгорел. Вот и все.

— А девочка, Женька? С ней что? Она-то хоть жива? — Тоня смотрела на Капицу во все глаза.

— Она дом и продала, — сказал Виктор. — Сама приезжать сюда не стала, все через Степаниду сделала. Вроде в Воронеже она осела, семья у нее там. Понятно, что в Калиново ей возвращаться не хотелось.

— Да уж, после такого будешь родные места стороной обходить! — покивал участковый.

Следователь помолчал, обдумывая рассказ, а потом недоверчиво хмыкнул:

— Ну хорошо, а вы-то, господин Чернявский, тут при чем?

— При том, что я единственный из них не пострадал. Меня даже на суде не было, потому что никто из ребят не сказал, что я с ними говорил про наркомана. Наверное, у них такое впечатление сложилось, что я вышел сухим из воды.

Елена Михалкова

— Не понял, — поморщился Коломеев. — Вас ведь на поджоге не было?

— Нет.

— Так почему же вы говорите — «вышли сухим из воды»?

— Я же вам объяснил! До чертового поджога разговаривал с ними, и, думаю, в основном из-за моего рассказа они и решились на него! А потом из так называемой честности ничего про меня не сказали. Но сами-то, уверен, считали, будто я наравне с ними участвовал. Ну, может, не наравне, но какую-то ответственность должен нести. Теперь вам понятно, почему у них есть все основания ненавидеть меня?

— Не совсем, честно говоря. — Коломеев задумчиво вертел в руках колпачок от ручки. — Разве что вы чего-то недоговариваете, Виктор Николаевич.

Он проницательно глянул на Виктора, но тот смотрел в окно без всякого выражения на лице.

— Я вам рассказал, какая была история, — ответил он наконец, — а ваше дело выводы делать и убийцу искать.

— Допустим, — согласился следователь. — Допустим, что кто-то из этих выросших пацанов свихнулся на этой почве и решил вам таким жутковатым образом отомстить. Но вы же сами сказали, что Михаил в тюрьме, а Сеня умер много лет назад. Так что же получается — вам призраки мстят, что ли?

По-прежнему глядя в окно, Виктор проговорил:

— Когда я разговаривал с Мишкой и Сенькой про то, что наркоман опасен и как много от него зла может быть... короче, когда нес всю ту пафосную чушь, только чтобы показать, как много знаю, я прочитал отрывок из стихотворения. Из Бродского. Там такие строчки:

> Ропот листьев цвета денег,
> Комариный ровный зуммер...
> Глаз не в силах увеличить
> Шесть на девять тех, кто умер,
> Кто пророс густой травой.
> Впрочем, это не впервой.

251

Я отрывок прочитал и объяснил, что он как раз про тех, кто умер из-за наркотиков, и про самих наркоманов.

— А на самом деле стихи об этом? — неожиданно подал голос Капица.

— Черт, да нет, конечно, — поморщился Виктор. — Говорю же, дураком был, хотел образованность свою показать. Повыпендриваться, как все подростки любят. А недели три назад Тоня нашла листок с этим стишком у нас в комоде. А потом он исчез.

Капица и Коломеев посмотрели на Виктора, потом на Тоню и, наконец, переглянулись.

— Виктор Николаевич, а вы уверены, что не сами его текст написали? — недоверчиво уточнил Капица.

— Да что я, идиот, что ли, по-вашему?! — взорвался Виктор. — Я ту бумажку в глаза не видел, мне Тонька о ней рассказала.

— Антонина Сергеевна, — обратился к ней Коломеев, — ну-ка, расскажите поподробнее. Где нашли, как, куда дальше листок делся?

Тоня кивнула головой и добросовестно вспомнила, как вскоре после переезда в дом разбирала комод, как позже наткнулась на листочек и запомнила стихотворение, а листок потом сунула обратно в комод. Начала рассказывать про разговор с мужем, но следователь прервал ее:

— А вы точно помните, что страничку с текстом обратно в комод убрали?

— Нет, не точно, — призналась она. — Я потом начала его искать, а найти уже не смогла. Мне кажется, что в комод, но могу и ошибаться.

— А вы, часом, голубушка, не сами стишок-то написали?

— Да вы что! — вскрикнула Тоня.

— Ладно, ладно, не возмущайтесь. М-да, хорошенькие дела у нас с вами получаются, Виктор Николаевич... — Следователь вздохнул. — Значит, так. Сейчас все это Артему повторите. Ясно? Артем, запиши аккуратненько! — Парень у двери, про которого все забыли, согласно кивнул. — Я возвращаюсь в прокуратуру. Да, Иваныч, с тобой еще поговорить хотел...

— Поговорим, дорогой, отчего и не поговорить двум хорошим людям? Когда базар начнем?

— Да вот приеду вечерком, и начнем. Ты у себя будешь?

— А где ж еще?

— Ну и лады. А вам, господа хорошие, — обратился Коломеев к Тоне с Виктором, — очень рекомендую без лишней надобности из дома не выходить, а дверь на ночь крепко запирать. Рассказ ваш, конечно, мы проверим, а пока проверяем — никуда из деревни не уезжать, понятно?

Виктор угрюмо кивнул.

— Вот и отлично.

Следователь, не прощаясь, вышел из комнаты, а за ним Артем. Виктор, Тоня и Капица остались в комнате одни.

— А почему, Виктор Николаевич, с вами тогда еще одного дружка вашего не было, Андрея? — нарушил молчание участковый.

— Потому что он заболел и его родители в город увезли, — мрачно отозвался Виктор.

— А с чего он заболел, не знаете? И чем?

— Да откуда я знаю? — обозлился Виктор. — Вы бы лучше того психа искали, который второй труп мне подсовывает!

— Ну, искать прокуратура будет, мое дело маленькое, — пожал плечами Капица. — Значит, не знаете, с чего Андрей ваш заболел?

Он посмотрел на Тоню, и ей стало не по себе, словно она что-то скрывала.

— Сказал вам, не знаю! Да какая разница, черт возьми?

— Может, и никакой, — согласился участковый. — Очень даже может быть.

Он, кряхтя, поднялся и пошел к выходу.

— Ну, бывайте, — попрощался от дверей.

— До свидания, — ответила Тоня одними губами.

Виктор даже не отозвался.

— Может быть, и нет разницы, — бормотал Капица, идя по коридору, — а может быть, и есть.

Он вышел на крыльцо, прикрыл за собой дверь и облегченно вдохнул морозный ноябрьский воздух.

Вечером он мыл посуду после ужина, когда снаружи постучали.

— Заходи, заходи, Вань, — пригласил участковый, вытирая на ходу руки. — Ну, порадуй чем-нибудь.

— Нечем мне тебя радовать, — отозвался следователь.

Он снял куртку, повесил ее на крючок и прошел в комнату.

— Черт, холодина какая! Машина не завелась, представляешь?

— Нет, Вань, не представляю. Мы люди безлошадные, у нас все заводится. Вот не поверишь — вчера начал будильник заводить, и что ты думаешь? Завелся как миленький!

— Ладно, не балагурь, — устало сказал Коломеев и сел на стул. — Черт, вот не было мне радости перед пенсией, и тут на тебе — серия!

— Уверен? — осторожно спросил Капица, ставя тарелку на место.

— Да похоже на то. Проверил я рассказ Чернявского — все так, как он рассказывал. Старший брат сидит, младший умер. Кто у нас остается?

— Тюркины, — не раздумывая, ответил участковый, — только они.

— Вот-вот. Я их сегодня опросил, они, естественно, алиби друг у друга подтверждают. Ничего, завтра санкцию получим, задержим обоих и побеседуем как следует.

— А будет она, санкция?

— А куда ей деваться? У нас все на ушах стоят, сейчас подряд шерстить начнут. Одно ясно — орудует кто-то из ваших.

— Да понятно, что из наших! Ты мне скажи еще, как его найти! — Капица выругался, не сдержавшись.

Елена Михалкова

— Вот документы у всех начнем проверять, может, что-то и выплывет. Приезжих-то много?

— Да порядком. У Степаниды мужик новый живет, уезжать не собирается. Два дома не так давно купили... В общем, народу хватает.

Он заварил чай, поставил на стол две чашки. Поразмыслил, вынул из холодильника запотевшую бутылку и два стакана.

— Не, Степ, не надо, — поморщился Коломеев.

Капица внимательно посмотрел на него, но настаивать не стал и молча убрал бутылку обратно. Заварил чай и достал из шкафа старое печенье.

— Ты меня угощаешь, прям как бабушка любимого внука, — усмехнулся следователь.

— Ефремыч, а мне знаешь что в голову пришло... — подумав, вернулся к больной теме Капица. — Антонину-то, ведьму нашу, вы не опрашивали?

— Да как-то не успели пока. Слушай, а ведь точно!

Они уставились друг на друга.

— Вот то-то и оно, — глубокомысленно заметил Капица. — Она тетка невменяемая, что угодно учудить может.

— А силенок у нее хватило бы? — усомнился Коломеев. — Ты подумай: первую жертву на дереве повесили, а вторую через улицу по земле тащили. Да и потом, она персона у вас такая... колоритная, короче. Если бы ее в деревне заметили, я бы уже знал.

— М-да, пожалуй. Неужели тогда в самом деле Колька или Сашка? Поверить не могу!

— А ты их хорошо знаешь?

— Да не то чтобы хорошо... Подростками помню, а что выросло из них — бог знает.

— Вот именно. Вот именно.

Помолчав, он забарабанил пальцами по столу.

— Слушай, Степ, одно ясно точно: псих это, причем псих законченный. То, что с Мысиным сделали, нормальный человек проделать не может. Так что ты смотри тут, поосторожнее.

— Вань, а старшего проверили? — неожиданно спросил Капица.

Следователь внимательно посмотрел на него и укоризненно произнес:

— Ну вы, гражданин участковый, совсем меня за лоха держите... Само собой, уже запрос отправили. Я так думаю даже, что кого-нибудь из ребят своих туда пошлю, где он сейчас обретается, чтобы на месте разобраться и побеседовать. А то ведь сам знаешь, в нашем бардаке что угодно могло произойти.

— Вот и я о том же. А скажи-ка ты мне, гражданин следователь, еще другое. Младший-то точно сгорел? Труп опознали?

Коломеев отхлебнул крепкий чай и ответил чуть раздраженно:

— Да думал я уже над этим, думал! Ты мне объясни: даже если кто-то из них чудом здесь оказался, то как он неузнанный ходит? Ты сам их в лицо знаешь, Чернявский знает... Да полдеревни! Ты что, Мишку увидишь, не узнаешь, что ли?

— Узнаю, конечно.

— Вот именно. Я так полагаю, что или мы из братьев Тюркиных что-нибудь вытрясем, или...

— Что — или?

— Или, Степа, у нас с тобой имеется неизвестный псих, который никакого отношения к ребятам не имеет.

— Как так? Не понял.

— Ты представь, что старший, Михаил, кому-нибудь на зоне свою историю рассказал, а тот недавно вышел и ровнехонько на этой почве свихнулся. Может подобное быть?

— Да может, почему нет. Тогда ты его найдешь, хоть и не быстро. Пока всех местных проверишь... Обязательно всплывет, кто, где и за что сидел.

— Так-то оно так, только ты не забывай — я назвал

лишь один вариант. А если кто-нибудь из собутыльников младшего крышей поехал, а? Послушал его жалостливые рассказы, и того... А потом приехал сюда и начал за дружка мстить, Монте-Кристо гребаный. Как его вычислять?

— Ну, приезжих-то не так уж и много.

— Одно и утешает, что не много. Ладно, пора мне. За чай спасибо. И давай присматривайся. Кстати, ты говорил, что у какой-то бабки новый мужик живет.

— Да, в конце лета приехал, охотник.

— Поохотился?

— Да так, уточек пострелял... Документы у него на первый взгляд в порядке, но ты ведь сам знаешь...

— Знаю. Ох не нравится мне охотничек... И живет почти рядом... Короче, надо и его тоже колоть.

Коломеев встал, пожал руку участковому.

— Давай, друг, ты наша надежда.

— Надежда в соседнем доме живет, а меня Степаном крестили. Ну все, увидимся.

Капица захлопнул дверь за следователем, закрыл, как обычно, на верхний засов. Постоял немного, подумал и задвинул еще нижний.

Глава 16

К понедельнику Тоня начисто забыла о том, что должна отнести деньги Антонине, и вспомнила только вечером, почти перед самым приездом мужа. Накануне, в воскресенье, он вдруг объявил, что на работу завтра не поедет, останется с ней, и Тоне стоило больших трудов уговорить его не заниматься глупостями. В конце концов она не выдержала:

— Знаешь, Вить, если ты и в самом деле за меня так переживаешь и беспокоишься, надо уехать отсюда. Пожалуйста, давай уедем! Снимем квартиру, сейчас можно быстро найти, и останемся там. Зачем тебе этот дом, скажи мне?

Почему ты мне сразу не рассказал, какая у него ужасная история?

— Потому что ты сюда не поехала бы, — отозвался Виктор. — А когда купили, уже было без разницы. И потом, ничего ужасного я, по правде говоря, не вижу.

— Да, не поехала бы. Я только одного не понимаю — что ты в него так уперся? Неужели ты сам не ощущаешь, что дом — тебе враг?

— Тонь, успокойся. Я понимаю, что убийства кого хочешь сделают ненормальным, но ты постарайся все-таки держать себя в руках. Я тебе уже сто раз объяснял: почтальонов дом просто был с детства моей мечтой! А став взрослым, я получил возможность свою мечту осуществить. Понимаешь? И я не позволю никакому придурку... — он повысил голос почти до крика, — выгнать меня из собственного дома, как будто я его испугался!

— Придурку? — тихо переспросила Тоня. — Ты этого человека называешь придурком? Да что ты такое говоришь? Он не придурок, он маньяк, сумасшедший. Правильно мне бабка Степанида советовала уехать отсюда...

— Вот и уезжай, если хочешь, — бросил Виктор. — Поживи у родителей, пока убийцу отыщут, а потом приедешь. А я, в конце концов, мужик и прятаться в кустах не собираюсь!

— А почему ты так уверен, что его найдут?

— Да потому, что здесь не Москва, это Калиново! И его обязательно вычислят, потому что деваться ему некуда. Вопрос только во времени, вот и все. А ты езжай к родителям, а то мало ли что ему в голову взбредет...

Тоня, пораженная, смотрела на мужа. «Мало ли что ему в голову взбредет»! Да если бы она была убийцей и мстила Виктору, она бы в первую очередь подумала о том, чтобы его близких поубивать! И начала бы именно с жены!

Тоня села на диван и обдумала неожиданно пришедшую ей в голову мысль со всех сторон. Виктор ходил по комнате кругами, но она не замечала его. Да, очень правильно. Начал убийца с Глафиры, которую они почти не знали, потом убил несчастного Аркадия Леонидовича, с которым они подружились, а теперь... теперь, наверное, должен убить ее, Тоню. Она еще раз повторила собственный вывод и удивилась, насколько... насколько равнодушной к нему осталась. «Ты понимаешь, что тебя действительно могут убить? — спросила она сама у себя. — Надо уезжать, Витя прав». Но... Тоня представила, как живет в квартире у родителей, как всю зиму каждое утро и вечер звонит мужу и узнает, не случилось ли чего-нибудь еще, и помотала головой. Такой вариант ее не устраивал. Вот если бы и Витя согласился вернуться в город, тогда другое дело, а одного она его здесь не оставит.

— Никуда я не поеду, — сказала она мужу в спину, отвечая больше на собственные мысли, чем на его слова. — И ничего со мной не случится.

— Я не понимаю... не понимаю... — бормотал Виктор. — Если это Мишка, то где он может быть? Даже если он сбежал из тюрьмы и явился сюда, то ведь его быстро бы увидели, узнали. Он же не наемный киллер, чтобы делать пластическую операцию!

— Вить, а что, если он с возрастом сильно изменился? Сколько лет-то прошло... Пятнадцать вроде, ты говорил?

— Даже больше. Так что из того? Если ты девочек встретишь, с которыми школу заканчивала, ты их узнаешь?

— Наверное, — пожала плечами Тоня.

— Ну так и не говори тогда глупостей. Черт, не в лесу же он прячется...

— Ладно, хватит, — устало сказала она. — Тебе какую рубашку на завтра погладить?

— Да какая разница! Как ты вообще можешь о рубашках думать?

— Витя, ты мне сам пять минут назад предложил держать себя в руках. Если ты принял решение оставаться здесь, то хватит говорить об убийствах, ты только хуже себе сделаешь. Нужно заняться делами. Так ты какую рубашку хотел бы надеть?

Виктор взглянул на жену диковатыми глазами. «Господи, какая корова! Кажется, вообще ничего не поняла. Рубашки! Нас прирезать могут, а она о рубашках говорит!» Он качнул головой и вышел из комнаты. Она растерянно посмотрела ему вслед, стоя с ворохом неглаженых рубашек на руках.

Виктор зачем-то поднялся на мансарду, осмотрелся и полез вниз. На полпути он остановился и проводя пальцем по пыльной ступеньке, задумался. Может, и в самом деле все бросить? Продать дом к чертовой матери, вернуться в Москву... Нет, к черту! Еще не хватало, в самом деле, из-за какой-то мрази от всего отказываться. И потом, ну уедут они в Москву, и что дальше? Если убийца Мишка или Сенька, он найдет его и в Москве, так что переезд ничего не решит. Он не станет говорить о последней мысли жене, чтобы не пугать ни ее, ни себя лишний раз, но сам Виктор прекрасно отдавал себе отчет: убийца, кто бы он ни был, настроен серьезно, и просто так от него не сбежишь. Остается только ждать. Вот что самое паршивое — ждать!

В зале Тоня гладила рубашки. Утюг пыхтел паром, две выглаженные сорочки красовались на плечиках, и от столь мирной картины на Виктора повеяло таким домашним теплом, что он слегка успокоился. «Сволочь, — подумал он, — хрен ты у меня это все отберешь!»

— Сволочь, — повторил он вслух.

— Вить, ты же даже не знаешь, кто это!

— А мне, по большому счету, все равно. В любом случае он свихнувшаяся сволочь, которая мстит за какие-то детские обиды и собственную глупость, причем убила уже двух абсолютно невинных людей.

Виктор вспомнил Аркадия Леонидовича, и ему на секунду стало страшно, как тогда, на крыльце, и потом, когда он закрывал засов дрожащими руками. Но он заставил себя прогнать страх.

— Тонь, синюю не гладь, я ее вообще в домашние переведу.

— Ты же не носишь рубашки дома.

— Ну, значит, выкинь тогда.

— Хорошо. Вить, надо бы съездить в Москву, рубашки тебе купить.

— Ладно, поедем. В следующие выходные и поедем.

— Ой, правда? Давай, Вить, я себе тоже что-нибудь посмотрю. У меня ботинки уже старенькие, и вообще...

«Поедем, если ничего не случится», — добавил Виктор про себя. Но диалог с женой немного успокоил его. Рубашки, поездка в Москву, оживление Тоньки, которая давно ее ждала, были так далеко от мертвого, скалящего на крыльце зубы Аркадия Леонидовича, что он пришел в себя. В конце концов, здесь кругом люди, и на крик о помощи прибегут куда быстрее, чем в городе.

А Тоня стала думать о том, что через месяц с небольшим уже Новый год и нужно искать подарки. Ей самой казалось немного странным, что она способна размышлять серьезно и озабоченно о таких вещах после того, что случилось и что рассказал Виктор, но ведь жизнь не стоит на месте. «Вот и хорошо, — поняла Тоня, — иначе я сидела бы сейчас в темном углу и дрожала от страха».

Что-то в разговоре с мужем Тоне не совсем понравилось, но вспомнила она об этом только на следующий день, проводив его до машины. Идя к дому между деревьями, покрытыми инеем, молодая женщина вдруг подумала, что сейчас вполне может столкнуться с убийцей, и лучше не представлять, что он способен сделать с ее телом. Мысль не вызвала у нее ничего, кроме раздражения на саму себя: нечего сочинять страшилки! Откровенно говоря, то, что Тоня напридумывала после последнего визита к Антонине, когда обнаружили второе тело, не шло ни в какое сравнение с образом свихнувшегося убийцы, который мстит ее мужу за ка-

обиды. «Детские обиды»! Вот какие слова
...и ее при вчерашней беседе.

...вилась на тропинке, подумала над ними, но в
...не приходило. Она решила вечером уточнить
у мужа, ...занять ...заняться домашними делами. Но и убираясь,
и готовя ужин, она вертела так и сяк про себя рассказ Виктора, и кое-что не хотело укладываться у нее в голове.

А после обеда Тоня уснула. И проснулась только вечером, когда за окном уже стемнело. Первое, что она вспомнила, — сегодня понедельник, а она не отнесла деньги Антонине! Заметалась по комнатам, быстро собираясь, накидывая на себя, что под руку попадется, потом выскочила из дома, забыв взять деньги, и пришлось возвращаться. К тому времени, когда она наконец закрыла за собой калитку, было уже почти восемь часов.

Тоня шла быстро, не обращая внимания на редких встречных, и очень удивилась, когда ее окликнули:

— Антонина Сергеевна, голубушка!

Она обернулась. Ее догонял, неуклюже переваливаясь по снегу, участковый.

— Здравствуйте, — поздоровалась она.

— И далеко ли вы, моя милая, собрались? — осведомился он без предисловий.

Тоня немного подумала, прежде чем ответить, но решила, что ничем не рискует.

— Мне нужно к Антонине, а днем я забыла сходить.

— Ну, так сходите завтра. Что же вас на ночь-то глядя понесло?

— Нет, мне нужно обязательно сегодня.

— Удивляюсь я на вас, Антонина Сергеевна, — покачал головой Капица. — Рассказ вашего мужа вы слышали, одно тело своими глазами видели... Или вы хотите облегчить убийце задачу? Идти вам нужно через поле, никаких фонарей там нет. Да вы что!

Тоня первый раз видела участкового в таком состоянии, и его тревога передалась и ей.

Елена Михалкова

— Что же мне делать? — растерянно произнесла она, представив черный лес, который нужно будет обойти, и голое поле с редкими, торчащими из снега колосками. — Я обязательно должна сегодня деньги отнести!

Капица хотел что-то сказать, но сдержался. Оглянувшись на их сад, он подумал и предложил:

— Вот что, Антонина Сергеевна. Давайте так: я вас до Антонины провожаю, а вы мне взамен честно рассказываете, за что вы ей деньги платите. — «Конечно, если ты, милая моя, не расплачиваешься с ней за убийства, — прибавил он мысленно, — хотя тебе-то они вроде бы ну уж совсем ни к чему».

— Хорошо, — согласилась Тоня.

Полдеревни они прошли в молчании, что было совсем не похоже на обычно разговорчивого участкового. Тоня искоса поглядывала на него и вдруг спросила:

— А вам ребята нравились?

— Почтальоновы-то? — сразу понял ее Капица. — Да, сказать честно, нравились. Их вообще вся деревня уважала. Отец с матерью у них работящие были, и руки, что называется, тем концом вставлены. Георгий за что ни брался — все получалось. Дом-то ведь он украсил. У него любимое занятие было — зимними вечерами по дереву вырезать. Он и пацанов своих пытался пристрастить, но, кажись, только старший, Мишка, к отцову делу приохотился. А младший, шебутной, вечно во всякие драки ввязывался. Здоровый был, как лось! Но поговоришь с ним, и ясно — дитя дитем, кто позовет, за тем и пойдет.

Тоня еще раз вспомнила своего брата Сашку и спросила:

— А сестра их?

— Девчонка-то? Да так, обычная девчонка, все время с ними крутилась. Только в деревне ведь особо не покрутишься, не наиграешься, родителям помогать нужно. Вот они все вместе и работали. А потом, когда Георгий у них запил, за пятерых работать стали. Мать на них нарадоваться не могла, и соседки завидовали.

— Дозавидовались, — вздохнула Тоня.

Дальше опять пошли молча. Когда вышли из деревни и впереди легла темная дорога, Тоня внезапно остановилась. В ее голове начала неотвязно крутиться одна мысль, и эта мысль ей очень не нравилась.

— Что, испугалась? — усмехнулся Капица, глядя, как она о чем-то напряженно думает.

Тоня взглянула прямо на него и решилась.

— Степан Иванович, а что вы возле моего дома делали?

— Когда? Сейчас?

— Да, прежде чем меня окликнули. Вы же меня сзади догнали.

— А при чем тут твой дом? — удивился он. — Я в магазин шел.

Тоня помолчала, посмотрела на поле, обернулась на крайний дом, в котором светились три окна.

— Вот я сейчас как заору, Степан Иванович, так сюда вся деревня сбежится.

— А с чего тебе орать? — поднял брови участковый. — Насильничать я тебя не собираюсь, погода нынче не та — пока раздеваешься, все хозяйство отморозишь, а больше тебе орать вроде бы и не с чего.

— Да? И в какой же магазин вы шли, если он в вашем Калинове по понедельникам до семи работает? Уж вы-то, Степан Иванович, хорошо знаете распорядок его работы, вы же тут всю жизнь живете. И ребята почтальоновы вам нравились, сами сказали...

— Это ты к чему ведешь, голубушка моя? — прервал ее участковый. — К тому, что я тех двоих порешил, а теперь собрался и с тобой покончить?

Он улыбнулся одним ртом, но глаза его смотрели на Тоню серьезно.

— Почему бы нет? — спросила она в свою очередь. — Мы же знаем, что убийца — кто-то из своих.

Вновь наступило молчание. Капица глядел на Тоню и

что-то обдумывал, она смотрела на него и ждала, что же тот ответит.

— Ладно, бог с тобой, скажу, — заговорил участковый. — Ишь, сообразительная, про магазин вспомнила... Присматриваю я за вашим домом, вот что. Так, покручусь рядом, потом обратно возвращаюсь. По-хорошему, нужно бы слежку у вас оставить, оперативников посадить, да только у нас это смешно — какие тут оперативники! На весь райцентр их десять штук с половиной. Ну вот я и брожу вокруг, — невесело усмехнулся он. — А если тебя мои слова не убедили, то подумай вот о чем: пока мы с тобой сюда шли, нас человек десять видело — кто из окон, кто навстречу шел. Неужто ты думаешь, что если б я решил тебя убить, то так бы все дело провернул? Нет, я бы просто домой к тебе пришел и спокойно все сделал. Так что думай сама, веришь ты мне или нет. И давай-ка поторапливайся, совсем уже ночь на дворе. Приедет твой супруг, а тебя дома нет — вот он тогда тарарам-то поднимет!

Тоня вспомнила, что забыла написать Виктору записку, и решилась, начала быстро спускаться вниз с пригорка.

— Ну, слава богу, убедил я тебя, — усмехнулся Капица.

Тоня только кивнула головой, ничего не ответила.

Быстро прошли поле, обогнули лес и остановились около закрытой калитки. В окнах свет не горел. «Наверное, уже спать легла», — подумала Тоня. Она поискала рукой за калиткой, откинула холодный засов и вошла. Участковый следовал за ней и остановился, оглядываясь по сторонам.

Тоня вынула из кармана конверт с деньгами, подошла к крыльцу и положила его на полочку, прижав деревяшкой, как Антонина и велела. Капица наблюдал за ее действиями с нескрываемым интересом.

— Не боишься так просто деньги оставлять, а? Вдруг возьмет кто.

— Не боюсь, — коротко ответила Тоня. — Хозяйка выйдет и заберет.

— Лучше скажи — приедет, Антонины-то нет.

Тоня хотела спросить, с чего это он взял, и тут поняла, что участковый прав. У нее самой появилось ощущение, что дом пустой, когда они только вошли во двор, а теперь, когда она стояла рядом, оно еще усилилось.

— И правда, — удивленно произнесла она. — Вы тоже почувствовали?

— Чего тут чувствовать, голубушка Антонина Сергеевна? Чувствовать тут совершенно нечего. Тезку вашу как забрали нынче с утра, так до сих пор и не привезли.

— Куда забрали?

— Куда-куда... В прокуратуру райцентровскую. Она, можно сказать, первый подозреваемый после Тюркиных.

— Каких Тюркиных? — не поняла Тоня.

— Соседей ваших. Вот беда с вами, Антонина Сергеевна: с лета тут живете, а соседей по фамилиям и не знаете.

— Так их что, допрашивают? — никак не могла она понять.

— А как же, милая вы моя! — удивился Капица. — Не вареньем же их угощать. Повествование супруга вашего вы слышали, выводы делайте сами. Кто еще мог убивать, если из почтальоновых один помер, а другой сидит, а? Только Тюркины и Антонина.

— Да вы что?! — не сдержалась Тоня. — Саша с Колей не могли такое сделать!

— А я, значит, мог? — заинтересовался участковый. — А Антонина могла?

— Да зачем ей... что вы такое говорите! И почему вы мне раньше не сказали, что ее здесь нет?

— Так вы же, моя милая, сами кричали, что хотите деньги непременно сегодня доставить. Вот и доставили.

— А если их кто-нибудь возьмет, пока она там?

— Не возьмет, — успокоил ее Капица. — Всю жизнь деньги так оставляли, и никто не брал — себе дороже.

— Значит, вы тоже приносили, раз знаете? — прищурилась Тоня.

Участковый помолчал, потом усмехнулся и сказал:

— Кто приносил да зачем — дело прошлое. А вот вы, голубушка Антонина Сергеевна, обещались мне рассказать о настоящем. Пока до дома обратно идем, вы мне все и поведаете.

Закрыв за собой калитку, они побрели по заснеженному полю, спотыкаясь в темноте. Пару раз Тоня чуть не упала, но Капица ловко подхватывал ее. В конце концов он взял Тоню под локоть, так они и вышли на дорогу.

Уставшая и окончательно выбитая из колеи сообщением участкового, Тоня послушно рассказала о том, как ходила к колдунье. На сей раз она не стала скрывать ни о своем видении, ни о просьбе Антонины, ни о том, зачем ей понадобился отвар.

«Вот почему ты тогда так обрадовалась, милая! — понял Капица, вспомнив реакцию девушки на сообщение о первом убийстве. — Ты-то думала, что сама виновата. Немудрено, пожалуй».

— Понятно все с вами, Антонина Сергеевна, — сказал он, дослушав ее до конца. Они уже стояли около их дома, и Тоня с радостью обнаружила, что Виктор еще не вернулся. — То, что надо, я следователю расскажу, но это все, я так полагаю, не по его части. А вот от себя могу кое-что добавить.

Он помолчал, глядя в темно-серые ожидающие глаза.

— Вы бы что-нибудь другое придумали, — наконец произнес он. — Я к тому, что надо бы вам не к Антонине ходить за ее травками, а к врачу хорошему. Боюсь, деньгами вы, голубушка, не отделаетесь, и что еще ведьма наша учудит, никто не знает.

— Почему вы думаете, что денег не хватит?

— Да я не сказал — не хватит, я сказал — не отделаетесь. Вы уж мне поверьте, я в Калинове всю жизнь прожил и много чего видал. Жалко мне вас, голуба вы моя, — откровенно признался Капица. — Мало того, что вы в такие страхи попали, а еще и угораздила вас нелегкая с Антониной связаться. Бросьте вы это дело, мой вам совет. Бросьте.

— И что же мне делать?

— А ничего не делайте. Допьете настои, ежели желание есть, и больше к ведьме ни ногой.

— Спасибо, — искренне сказала Тоня. — Я подумаю. До свиданья.

Она повернулась, чтобы зайти в сад, но участковый остановил ее.

— Э, нет, милая вы моя, так не пойдет. Вот я вас до дверей провожу, а там и «до свиданья» скажете.

Когда Тоня повернула ключ в тугой скважине, у ворот раздался шум мотора подъезжающей машины.

— А вот и супруг ваш драгоценный, — пригляделся участковый. — Вовремя.

Тоня хотела спросить, почему вовремя, но Капица уже шел по тропинке.

Вечером, строча на машинке накидки на кресла, Тоня сказала, не глядя на мужа:

— Вить, а почему ты следователю правду не сказал?

Тот оторвался от изучения каких–то документов и пристально взглянул на жену:

— Ты о чем?

— О той истории, с поджогом.

— Ну, Тонь, ты даешь! — восхитился Виктор. — Узнала ее вчера, а сегодня уже сообщаешь мне, что знаешь всю правду.

— Я не говорила, что знаю, — негромко ответила она, остановив машинку. — Просто поняла, что ты о чем–то умолчал. И я думаю, Вить, что следователь тоже понял.

— Да с чего ты взяла?

— С того. Ты сказал, что настроил своих друзей против наркомана. А то, что они решили сарай поджечь, тебя совершенно не касалось, и ты об их решении не знал. Правильно?

— Ну и что?

— Нет, Вить, никак не получается, — с сожалением сказала Тоня, глядя на него. — Я могу допустить, что человек свихнулся по какой-то причине. Однако по серьезной причине, понимаешь! Я знаю, что плохо объясняю, — заторопилась она, увидев насмешливое лицо мужа, — но это же чувствуется! Я понимаю, если бы кто-то решил тебе мстить много лет спустя за то, например, что ты тоже принимал участие в поджоге, а потом как-то сумел... в общем, ушел от наказания. И не могу понять, за что можно тебе мстить, если ты просто рассказал о том, как опасны наркотики или сами наркоманы... Да, не понимаю!

Виктор молча смотрел на жену.

— Не забывай еще кое-что, — добавила она, отвернувшись. — Я ведь все-таки твоя жена и иногда вижу, когда ты говоришь неправду. Ты меня извини, но вчера был именно такой случай. Вить... — Она подошла и опустилась на колени около его кресла. — Пожалуйста, скажи, как все было на самом деле! Ты был на поджоге, да? Почему же ты об этом не сказал? Ведь столько лет прошло!

Виктор задумался, поглаживая Тоню по голове. «Черт, ведь сколько раз говорил: сделай нормальную прическу!» — мелькнула у него мысль и сразу сменилась другой: «Жена умнеет на глазах. Точнее сказать, становится проницательней. С другой стороны, ничего удивительного: нормальной версии толком не придумал, а к той, что рассказал, в самом деле грех не придраться».

— Нет, я ничего не поджигал, — медленно ответил он.

Тоня подняла голову, и Виктор увидел недоверие в ее глазах.

— Говорю тебе, не поджигал! — повторил он сердито. — Но идею с поджогом я придумал.

— Ты?! — ахнула она. — Господи, как тебе такое в голову пришло?!

— Ну, Тонь, во-первых, мы все были подростками. Во-вторых, я действительно был абсолютно уверен, что того парня нужно прогнать из деревни, пока он что-нибудь не сделал. Я просто боялся за себя и за других! И не придумал

ничего лучше, как предложить поджог, а парни уже окончательно довели идею до ума. Результат ты знаешь.

— А почему ты с ними не был?

— А зачем? Мы договорились, что Сашка с Колькой будут стоять на стреме, а Мишка и Сенька подожгут забор и
сарай. Мне в голову прийти не могло, что они не проверят,
там ли тот наркоман проклятый или нет! Мы его там днем
видели, знать не знали, что Антонина его и ночевать остав-
ляет. Но все равно нужно было посмотреть! Мы об этом даже говорили, по-моему. Не помню. Суть в том, что мне там
делать было нечего, поэтому я и остался дома, с бабушкой.
А уж потом, когда обо всем узнали... я ничего поделать не
мог, потому что меня родители увезли с собой за границу,
буквально на следующий день. И только вернувшись, я узнал, чем все кончилось. Я себя потом сто раз проклинал за
то, что не был на суде! Потому что я бы рассказал, что все
задумывалось просто как... даже не знаю, как акция устра-
шения, что ли. А получилось, что Мишка сам на себя наговорил черт знает чего, а Сашка с Колькой ничего толком
объяснить и не могли. Представляешь, как они перепугались! В общем, слишком серьезное наказание Мишке с
Сенькой пришлось нести за свою глупость.

— Почему глупость?

— Тонь, а как еще назвать, что семнадцатилетний парень идет поджигать помещение и не проверяет, есть ли
внутри люди или нет? Глупостью, только и всего. Но мне от
этого Мишку меньше жалко не становится. Да и вообще, вся
их семья как-то нелепо исчезла... Мишка в тюрьме, Сенька
умер, родители их тоже умерли... Одна Женька как-то устроилась. Говорят, ребенка родила в Воронеже. Но я с ней
никогда близко не дружил. Все-таки девчонка, понимаешь?
А потом, она такая... грубоватая была, что ли. В общем, ни
привлекательности, ни обаяния. Только масса комплексов и
переживаний по поводу того, что ее братья ко мне хорошо
относятся.

Елена Михалкова

Виктор задумался, замолчал. Тоня встала, погладила его по голове и присела на подлокотник.

— Вить, а почему же ты следователю так все не сказал? — шепотом спросила она.

— Тонь, ты смеяться будешь — стыдно стало. За то, что не смог на суд приехать, за то, что не пошел с ними на тот поджог идиотский... Уверен, если бы я там был, все было бы нормально. И ведь я хотел пойти, да они меня отговорили! В общем, мне перед мужиками стыдно стало, ей–богу, поэтому и не рассказал. Глупо, я понимаю. С другой стороны, какая разница, по большому счету? Главное, что они осознали: убийца — либо Мишка, либо Сенька. Правда, я пока не могу понять, как он все проделывает, но, думаю, прокуратура разберется.

— Разберется, — вздохнула Тоня. — А пока Сашку с Колькой и Антонину арестовали.

Увидев лицо Виктора, она рассказала ему про то, как ходила с участковым.

— Слушай, а я ведь о таком варианте не подумал, — изумленно сказал Виктор. — Ай да молодцы менты! Слушай, а ведь точно: вполне мог и кто–то из Тюркиных... ну...

— Витя, да ты что? Ты же их знаешь обоих!

— Тонь, ты пойми такую вещь: если убийца сумасшедший — а он точно сумасшедший! — ты никогда не поймешь, что это действительно он. Ты его даже не заподозришь! Вспомни, Чикатило своих жертв убивал много лет, а его соседи и жена даже не подозревали ничего. Вот и здесь так же. Если подумать, я бы сказал, что на подобное способен скорее Колька, чем Сашка.

Тоня вскочила с кресла и рассерженно воскликнула:

— Перестань, пожалуйста! Я не верю в то, что убийцей может быть Саша или Коля. И в то, что Антонина, тоже не верю. Нельзя подозревать каждого, так самим с ума сойти можно. Их завтра отпустят, я приду к тете Шуре и узнаю, о чем с ними говорили.

— И очень глупо поступишь! К тому же ты никого не за-

271

станешь, потому что они наверняка будут в городе, а к матери приедут только на выходные. И прошу тебя, держись от них подальше! Я не исключаю, что кто-то из них в самом деле убийца.

— Не хочу даже слышать!

Тоня выбежала из комнаты, прошла в кухню и долго мыла посуду, по три раза перемывая тарелки, стараясь успокоиться. Ведь Витя дружил с ними в детстве, как же он может так говорить! Это... ужасно просто! Так нельзя!

Но объяснить, почему так нельзя, она толком не могла. И продолжала ожесточенно мыть и вытирать посуду, раскладывая ее по местам. Виктор сидел в зале под торшером, думая, что милиция взялась за дело очень оперативно, если Сашку с Колькой уже задержали. Хорошо бы виновным оказался кто-то из них, подумал Виктор, тогда весь кошмар можно было бы считать оконченным.

Он откинул голову на спинку кресла и задремал.

Глава 17

— Итак, братцы-кролики, тут у нас пустышка. — Коломеев обвел взглядом отдел. — Тюркиных пришлось отпустить, у них алиби подтверждается. Правда, только их семьей... — сделал он выразительную паузу, — но зацепиться нам не за что. То же и с бабкой ненормальной, с Михеевой. Кандидатура вроде бы подходящая, особенно если учесть, что именно ее сарай тогда подожгли, но физической возможности у бабки не было никакой.

— А может, все-таки она, Иван Ефремович? — усомнился самый младший из отдела, Сережа Прокофьев, работающий только третий месяц. — Я материалы изучил, Михеева вроде и в самом деле знахарка. И выглядит совсем не по годам крепкой. Может, отваров каких-то своих напилась и смогла тело протащить по земле.

— И на осину вздернуть, — хмыкнул Артем.

— Не на осину, а на яблоню.

— Хрен ли разницы!

— Вряд ли, — возразил Коломеев. — Во-первых, ее никто не видел в деревне. Может, она и знахарка, но не невидимка же!

Опера усмехнулись.

— Во-вторых, найденная у нее обувь не совпадает с той, отпечатки которой были найдены первый раз, после убийства Рыбкиной. И фиг бы с ней, в конце концов, обувь можно спрятать сто раз, но вот то, что ее никто не видел...

— Может, просто внимания не обратили!

— Сереж, ты дело внимательно читал? Свидетели что говорят? Что она пять лет назад в их магазин приперлась, и то все на ушах стояли. Она же у них что-то типа ведьмы! Да ты ее сам видел... И если бы она шла по деревне перед убийством, у нас были бы свидетели. А их нет.

— Может, она лесом прошла, — не сдавался Прокофьев.

— К Рыбкиным лесом не подойдешь, там болото на задах, я проверял, — отозвался Артем. — К их дому только с улицы. И к хирургу, кстати, тоже.

— Да, о хирурге, — вспомнил Коломеев. — Жену опросили? Михалыч, ты с ней встречался?

— Опросили, — подтвердил пожилой опер, которого Коломеев назвал Михалычем. — Говорит, звонил он ей в день смерти, что-то хотел сказать. Она толком не поняла, связь была плохая, но вроде хвастался, что он умный, догадался о чем-то... А о чем догадался, не сказал.

Артем с Прокофьевым переглянулись.

— Понятно, — подытожил Коломеев. — Что-то покойник узнал, а убийца это понял. Михалыч, обойдешь еще раз всех, с кем он встречался в тот день. Приглядись к ним повнимательнее, поспрашивай. Может, тоже что заметишь. Так, ну и что мы имеем на сегодняшний день? Ни хрена мы не имеем. Вот спустят с меня шкуру, и что тогда будете делать? — неожиданно рассердился он. — Вон, в газетенке нашей написали, что в Калинове вампир завелся! Ищите давайте мерзавца этого!

— Кого, который статью написал? — невинно спросил Прокофьев.

— Ты пошути еще! Артем, самое главное, что по запросам?

Опер достал из папки документы и положил их перед следователем. Тот внимательно посмотрел, отложил в сторону.

— Замечательно. И что теперь делать?

— Да вроде бы все ясно, Иван Ефремович. Сидит он. Все совпадает, фотография в деле есть. Ну не отпускали же его в увольнительную на время убийства!

Коломеев помолчал, побарабанил пальцами по столу.

— А со вторым что?

— Там показания соседей — вернулся пьяный, как обычно. Ночью почувствовали запах, вызвали пожарных. Те приехали, а квартира почти вся выгорела. Пока тушили, пока то да се... Короче, нашли тело. Все обгоревшее, естественно.

— И как его опознавали? — заинтересовался Прокофьев.

— Блин, да никак! Видели, как он в квартиру свою входил, вот и все. Ты что, хочешь, чтобы тебе его личность алкогольную по зубам определяли, как в Америке? У него, поди, тех зубов было две с половиной штуки, и те железные.

— А у него гости бывали? — спросил Коломеев. — Или он один пьянствовал?

— Так не бывает, — усмехнулся Михалыч.

— Всяко бывает. Вот что, Артем, поедешь в Обухово, опросишь соседей как следует. Понятно? Приходил ли кто к нему, оставался ли на ночь, как часто... Короче, смысл ясен?

— Ясен, Иван Ефремович. А если скажут, что оставались у него такие же алкаши?

— Тогда перероешь там все. Будешь искать, не пропадал ли кто после смерти Сеньки. Нечего рожу кривить, сам знаю — трудно. Ну, может, повезет, городок–то маленький, все на виду.

Следователь помолчал, посмотрел на оперативников.

— Прокофьев, ты займешься документами калиновских приезжих. У всех бери данные, отправляй запросы в пас–портные столы — в общем, все как обычно. Если кто–то имя менял, такое быстро выплывет. В первую очередь проверяй, не сидел ли кто, не состоял ли на учете в психушке.

— А самого Чернявского с женой проверять?

— Обязательно. Его — в первую очередь, чтобы уж сра–зу исключить. Вроде бы не похож он на убийцу. Да и тогда сговор с женой должен быть.

— Иван Ефремович, а не могла жена Мысина собствен–ного супруга убить? А обставить, будто псих какой–то его прикончил. Мы же про разговор телефонный только с ее слов знаем.

— Верно мыслишь, — согласился следователь. — Ну, ее алиби проверить — ерунда, она в каком–то салоне была. Вот ты и сделаешь.

Артем усмехнулся. Прокофьев покосился на него, но промолчал.

— Все пока, — закончил Коломеев. — Все свободны.

— Ты, Вань, куда сейчас? — спросил Михалыч, когда парни вышли из кабинета.

— Сначала на ковер, а потом домой — лед к заднице прикладывать. А вообще–то нужно всех подряд опрашивать и биографию трудовую проверять.

— Ну так Прокофьев и займется.

— Он запросы сделает и всю деревню чертову обойдет. А со свидетелями кто разговаривать будет? А там, заметь, каждый свидетель — он же потенциальный подозреваемый, там пять минут не поболтаешь, нужно по полной программе расспрашивать. И кто, спрашивается, этим заниматься бу–дет? Пушкин?!

— Да успокойся ты, — попытался урезонить Коломеева пожилой опер.

— Михалыч, ну откуда людей-то взять, а? Только ведь из-за стола начальственного легко орать: «Почему преступление не раскрыто до сих пор?» Так мне что, разорваться, что ли? В Калинове человек двести живет, или сто, если стариков и старух древних вычесть. И никто ни о ком ни хрена не знает! А узнавать кому? Мне! А кому поршень вставят в известное место? Тоже мне! И на хрена мне, Михалыч, сдался этот геморрой? — закончил Коломеев свою речь риторическим вопросом.

Опер лишь махнул рукой.

— Ладно, че без толку дергаться? Дело делать надо, пока там новый жмурик не объявился, — устало подвел итог разговору следователь. — Ты начинай опрашивать всех, а я попозже подъеду, как с шефом «побеседую».

Михалыч вышел из кабинета, а Коломеев остался сидеть, потирая рукой уставшие слезящиеся глаза.

Колька ворвался в калитку, когда Виктор уже загнал машину и собирался зайти в дом. Он видел в окне лицо жены, помахал ей рукой, сделал несколько шагов, и тут сзади на него налетел Колька, сшиб с ног.

— Ты что, охренел? — заорал Виктор, поднимаясь с земли.

Колька с красным лицом, в одном свитере, выплясывал напротив него, сжав кулаки.

— Давай, иди сюда! — хрипло предложил он. — Или ты только с бабами храбрый?

Его нелепая сутулая фигура двигалась резко, как марионетка, и Виктор против своей воли рассмеялся.

— Коль, ты напился, что ли? — спросил он. — Иди проспись! Драться он захотел...

Колька выбросил вперед правую руку, сделав выпад крайне неумело, и Виктор легко уклонился.

— Да ты чего, дурак? — начиная сердиться, спросил он. — Давно в рыло не получал, что ли? Ты с чего напился?

Колька снова попытался его ударить. И опять безуспешно, Виктор увернулся. Тогда он принялся кружить вокруг него, не давая пройти к дому, размахивая руками, как ветряная мельница. Виктору его мельтешение надоело, и одним коротким ударом, нацеленным в солнечное сплетение, он отбросил Кольку назад. Тот повалился в снег, хватая ртом морозный воздух.

— Ну, ты с чего вдруг решил со мной воевать, а? — миролюбиво спросил Виктор. — Что тебе с Сашкой не побороться?

— Пошел ты... — выругался Колька и поднялся на ноги.

Виктор присмотрелся к нему и понял, что тот трезвый.

— Эй, да что с тобой сегодня? — искренне удивился он. — Не знаешь, с кем подраться?

— Ну ты сволочь... — покачал головой Колька и снова кинулся на Виктора.

На сей раз тому пришлось ударить сильнее. Колька пропустил удар, пришедшийся ему в скулу, но, упрямо мотнув головой, опять пошел вперед.

Виктор начал злиться. Бессмысленная, совершенно неожиданная драка начала действовать ему на нервы. И в чем дело, в конце концов?!

Колька исхитрился ударить его в живот, и хотя удар был несильным, он окончательно вывел Виктора из себя. Выругавшись, он отскочил в сторону, сбросил пальто и нанес Кольке несколько точных и быстрых ударов по корпусу. Колька упал, прижимая руки к животу, из его разбитого носа текла кровь. Виктор, распаленный видом крови, сделал шаг к Кольке, но его остановил женский крик, раздавшийся от дома. На ходу кутаясь в дубленку, к ним спешила Тоня.

— Вить, что тут... Господи... Коля! Витя! Что происходит?

Колька поднялся на ноги, но стоял, согнувшись и чуть покачиваясь.

— Да вот, придурок пьяный, — кивнул на него Виктор. — Успокаиваться не хотел, пришлось поспособствовать.

— Николай, зачем вы... Идите домой сейчас же!

— Как же, пьяный я! — усмехнулся Колька разбитыми

губами. — Вы его больше слушайте, Антонина Сергеевна. А до тебя, сволочь, — повернулся он к Виктору, — я доберусь еще, попомни мои слова.

Виктор выразительно посмотрел на Тоню и пожал плечами.

— Да что случилось?! — она переводила испуганный взгляд с одного на другого.

— А то случилось, — хмыкнул Колька, — что он, козел, ментам нас с Сашкой подставил. То случилось, что нас чуть не двое суток в камере продержали да на допрос водили по три раза на дню и по два ночью. «Зачем ты принес тело на участок Чернявского? — передразнил он тонким голосом. — Расскажи, когда вы с братом решили убить Глафиру Рыбкину?»

— А я тут при чем? — зло спросил Виктор. — Я, что ли, тебя допрашивал?

— Ты, падла, рассказал про историю с поджогом! Ведь прекрасно знал, что за нас ухватятся!

— Знал, — прищурился Виктор. — А что, не прав был? Может, и правда Глашку вы с Сашкой повесили, решив отомстить, а? Вот пусть вас всех и проверяют.

— Витя, ты что говоришь? — одернула его Тоня.

— Правду я говорю, вот что! Думаешь, драчун долбаный, я вас выгораживать должен? Да с какой стати? Может, брательник твой свихнулся и начал всех убивать!

— Я тебя, суку... — рванулся было к нему Колька, но Тоня встала у него на дороге.

— Хватит! — приказала она. — Коля, идите домой. Вить, пойдем.

— А может, ты сам? — предположил Виктор. — А что, жизнь у тебя не удалась — денег не заработал, семьи не получилось, занимаешься не пойми чем... Вот и поехала у тебя крыша!

Колька неожиданно усмехнулся, отступил на шаг и сплюнул в сторону.

— Правильно, Витек, правильно. Подумай, кто твоей

278

смерти хочет. Список составь! В нем, наверное, только имени бабки Степаниды не будет, да и то вряд ли. И ты свой списочек ментам покажи, пускай рыщут. С нас начал? Хорошо! Только нас с Сашкой отпустили! Значит, не виноваты мы! Или, думаешь, менты чего-то не углядели? Вот и подумай, помучайся, кто вокруг тебя ходит, трупы подбрасывает!

Он развернулся и пошел прочь от Виктора с Тоней, остолбенело смотревших ему вслед.

Ночью Тоне не спалось. Она встала, обошла дом, проверила запоры. Естественно, все было закрыто. Прошла в зал, села на свое любимое место у окна, не зажигая света, и стала вглядываться в темноту. Ей стало зябко. «Нужно будет завтра протопить посильнее», — решила Тоня.

Далеко у дороги горел фонарь. Где-то перегавкивались собаки, к лаю которых она давно привыкла и не обращала на него внимания. Она вспомнила, что Витя хотел завести пса, и сказала себе, что и в самом деле надо бы. «Раз не беременею, — грустно подумала она, — так хоть с собакой повожусь».

За окном мелькнула тень. Тоня скорей почувствовала, чем увидела ее, и замерла у стекла. Хотела крикнуть, но тень исчезла так же быстро, как появилась, и она засомневалась: может быть, почудилось. Не двигаясь, Тоня вглядывалась в темные деревья, но никого не было видно. Вдруг прямо перед ней появилось лицо — белая маска с черными провалами глаз. И застыла напротив Тониного лица, их разделяло только оконное стекло. У Тони перехватило дыхание, а в следующую секунду она отчаянно закричала. Лицо за окном дернулось и тут же исчезло.

Дверь распахнулась, зажегся свет. В проеме стоял Виктор. Он кинулся к Тоне.

— Что?! Что случилось?

— Человек... там, за окном... — показала она.

Виктор бросился в комнату, а через несколько секунд пробежал мимо с каким-то черным предметом в руке. Она услышала, как хлопнула входная дверь, и бросилась за мужем. Тот стоял на пороге в одних трусах. В руке у него был зажат пистолет.

— Это еще откуда? — ахнула Тоня. — Ты что, с ума сошел? Иди в дом сейчас же! Вить, пожалуйста, он же давно убежал!

Последний аргумент подействовал. Виктор быстро прошел в дом, оделся, взял фонарь и опять отправился в сад, по-прежнему с пистолетом. Тоня осталась дома, глядя из окна на то, как он ходит, светя на снег под окнами. Через несколько минут послышались голоса, и она увидела тетю Шуру, а за ней Юльку, спешащих к Виктору по тропинке. Тоня вздохнула, села на диван и закрыла занавески.

С утра Виктор вызвал милицию, и теперь напротив Тони сидел пожилой опер, представившийся Юрием Михайловичем, и расспрашивал о том, кого она видела. Под окном что-то фотографировали, а через две минуты после начала разговора в дверь просунулась голова и сообщила:

— Михалыч, есть следы, четкие.

— Молодцы, — кивнул Михалыч. — Сверьте с тем, что уже есть. И, главное, с первым.

Он повернулся к Тоне:

— Так почему вы уверены, что не узнаете его?

— Я видела лицо очень короткий момент, оно почти сразу исчезло, — принялась объяснять та. — Я даже не смогу сказать, мужчина это был или женщина. И потом, понимаете, — словно извиняясь, добавила она, — очень темно было.

— А почему вы вообще встали? Вы часто вот так по ночам сидите?

— Нечасто, — смутилась Тоня, — иногда. Я сама не знаю, почему встала.

Михалыч покивал головой, дал Тоне расписаться на листках свидетельских показаний и ушел. Вскоре уехали и остальные.

Елена Михалкова

— Вить, чей у тебя пистолет? — спросила Тоня, глядя на отъезжающую машину.

— Мой собственный, — отозвался муж.

— А почему ты мне раньше его не показывал?

— Потому что раньше у нас никого не убивали. Да и зачем? Разрешение у меня на него есть, а кричать на всех углах, что я вооружен, мне совершенно не хочется.

— Почему кричать? Мне бы ты мог сказать, я думаю.

— Тонь, думать ты можешь, что хочешь. Забудь про пистолет, пожалуйста. Тебя это совершенно не касается.

Он вышел из комнаты.

— Да, меня это не касается, — вслух сказала Тоня. — Совершенно не касается.

Через час в кабинет к Коломееву забежал Прокофьев.

— Иван Ефремович, никаких совпадений по обуви. След четкий, но это не тот, который мы сняли в первый раз.

— Ну, значит, надо идти, сверять с теми, которые имеются у жителей. Подожди меня, сейчас вместе поедем, все равно я встретиться хотел кое с кем.

Старая, разбитая машина двадцать минут тряслась по дороге, пока не остановилась наконец у дома предпринимателя Орлова.

— Сереж, ты начни с братьев Тюркиных, а я тут побеседую.

Коломеев толкнул калитку и вошел внутрь.

Через полчаса он вышел, качая головой. М–да, о том, что рассказала ему хозяйка, стоило задуматься. Что за странная баба! Другие за своих детей горой стоят, а эта...

— Вань, здорово! Тебя никак обухом по голове шарахнули? — К Коломееву подходил участковый.

— Не, Степ, не шарахнули, но ощущение такое же. Оказывается, гражданин Орлов, поселивший здесь свою матушку, страстно хотел приобрести Чернявский дом. И даже предлагал родной матери каким–нибудь хитрым образом выжить оттуда хозяев. Он, видите ли, то ли с покупкой не успел, то ли денег предложил недостаточно... Короче, совсем свихнулся на этой почве. Так что начинаем проверять алиби господина Орлова. Мать его утверждает, что он приезжал в Калиново и во время первого убийства, и сейчас. Говорит, молчала, потому что сына боялась, а теперь поняла, насколько все серьезно.

— Когда я с ней разговаривал, она что-то темнила, — припомнил Капица. — Значит, сын у нее свихнулся...

— Во всяком случае, она так говорит.

— А зачем ей врать? Смысл-то какой? Кстати, ты заметил, что оба раза убивали в выходные?

— Заметил, заметил. Все, занимаемся Орловым. Получается, он у нас основной кандидат. Но все же к охотнику еще вашему загляну. А то сезон два месяца как закончился, а он все охотится. Не подозрительно ли, Степа? Ты документы у него смотрел?

— Обижаешь, гражданин начальник! Смотреть смотрел, да только...

Капица не договорил, но следователь прекрасно его понял. При современном уровне техники подделать можно что угодно, уж они-то оба хорошо знали.

Бабка Степанида вышла навстречу Коломееву, когда он поднимался на крыльцо.

— Опять, что ли, по Женькину душу? — заворчала она.

— Здравствуйте, я следователь, зовут меня Иван Ефремович. — Коломеев развернул документы. — Поговорить с вашим жильцом хотелось бы.

— Ой, не наговоритесь вы никак! Да что ж такое-то творится, а?

— Убийства творятся, Степанида Семеновна. — Следователь знал от Капицы, как зовут хозяйку.

— А Женька тут при чем? Уж и говорили с ним, и участковый приходил сто раз, и обувь нашу всю пересмотрели, и документы проверяли... Все вам мало! Случилось, что ль, еще чего?

Елена Михалкова

— Так можно с гражданином Гуричем побеседовать? — ушел от ответа Коломеев.

— Что, опять побеседовать? — раздался сзади негромкий голос.

Коломеев обернулся и увидел подходившего к ним невысокого рыхловатого мужика с редкой порослью на лице.

— Степанида Семеновна, я в баньке все сделал.

— Ай, Женечка, ай, молодец! — закудахтала старушка.

— Вы со мной говорить хотите? — повторил охотник. — Вы вообще кто?

Коломеев опять представился. Женька молча проглядел его документы и спросил:

— Слушайте, что вы ко мне пристали? Я разве нарушаю что-то?

— Может, мы в доме поговорим? — предложил Коломеев. — Или так и будем на крыльце торчать?

— Не я хозяин, — сухо отозвался охотник.

— Проходите, проходите, — распахнула дверь Степанида. — Жень, я до бани добегу, посмотрю.

Женька кивнул и прошел в дом, а за ним и Коломеев.

— Долго вы меня пытать будете? — начал Женька, сняв куртку и бросив на кровать. — Что на этот-то раз?

— Да вот, ходим, всех опрашиваем, — невозмутимо отозвался следователь. — Покойный Мысин в день своей смерти к вам заходил, вот и расскажите, о чем беседовали.

— Я уже говорил, и опер все за мной записал. У вас же в протоколе все указано!

— А я еще раз укажу. Так о чем разговор был?

— Дверь я ему помогал делать в доме, он зашел меня поблагодарить и деньги отдать. Мы с ним так договаривались — если скрипеть не будет, он мне еще доплатит, сколько захочет.

— Ну и сколько захотел?

— Да не обидел, грешить на покойника не буду. В общем, отдал мне деньги, сказал, что к мужику местному зайдет, к богатею какому–то. Вроде Николаем Ивановичем зовут.

— Зачем зайти собирался, не говорил?

— Да нет же! Просто сказал, что в гости, вроде как предложить чего–то. Не помню, врать не буду.

— И дальше что было?

— А дальше повернулся и ушел. Все. Что вам еще от меня надо?

— А что это ты, гражданин Гурич, какой нервный? — посвойски поинтересовался Коломеев. — Боишься чего?

— Бояться мне нечего, а вот что надоели вы все, так то правда. Живу я тихо, вреда никому не делаю, хозяйке своей помогаю, как могу. А все равно то участковый в гости, то вы на чай. Преступником себя чувствую, ей–богу!

Коломеев помолчал, присмотрелся к охотнику и сказал миролюбиво:

— Но мы ж не только к тебе, мы ко всем ходим. Шутка ли, убийства такие! А потом, я ведь человек подневольный — куда послали, то и сделал. Сказали жителей опрашивать — пошел опрашивать. Так что не тебе одному такое внимание.

— Вот потому мне возвращаться на работу и не хочется, что то же самое будет! — неожиданно сказал Женька и сел на стул. — Как вспомню — оторопь берет. Как жил?! Ничего не видел, только начальника своего рожу. Чуть что — сразу страх: уволят к такой–то матери, и что тогда? И не то ведь, что страшно работу не найти — нашел бы, — просто противно: меня, взрослого мужика, какой–то козел вышибет! А тут, пока страхи здешние не начались, как оттаял. Веришь — до смерти бы так жил, и не надо больше ничего.

Коломеев пристально смотрел на нелепого мужика, сидевшего напротив него и мечтательно глядящего за окно.

— Так что ж мешает? — наконец спросил он. — Если бабка тебя терпит, что ж не жить?

— А деньги–то откуда? — вопросом на вопрос ответил охотник.

Елена Михалкова

— А сейчас откуда?

— Смеяться будешь — наследство получил, от тетки. Сначала думал, может, купить что-нибудь. А что купишь? На приличную машину не хватит, смех один будет, а не машина, про квартиру уж и заикаться нечего. Приобрел ружье хорошее и сюда подался. Пока хватает, чтобы хозяйке платить да на еду. А закончатся деньги — придется в Москву возвращаться, делать нечего.

— Слушай, а как ты вообще про Калиново узнал? — заинтересовался Коломеев.

— Не поверишь, — усмехнулся Женька. — Сел в автобус и поехал, куда глаза глядят. А по дороге разговорился с бабулькой, которая рядом сидела. Степанида и оказалась. Вот так я у нее и прижился.

— Понятно. Ладно, бывай, — поднялся следователь. — Интересный ты человек...

— Что же во мне интересного? — искренне изумился Женька.

— Да так... Сдается мне, если б ты один в лесу жил, то там и было бы самое для тебя счастье.

Оставив охотника размышлять над сказанным, Коломеев вышел. Надо было заниматься господином Орловым, предпринимателем, который, как выяснилось, очень хотел приобрести нынешнюю собственность Виктора Чернявского.

Глава 18

Жена самого молодого из оперов, Сережи Прокофьева, родила двойню. Событие это стало неожиданным для всей семьи, поскольку Наталья, девушка независимая, УЗИ во время беременности не делала и по врачам принципиально не ходила, полагая, что все должно идти естественным путем.

На работе Сергею скорее сочувствовали, чем поздравляли, и за последние две недели он в полной мере ощутил, что такое счастье двойного отцовства. Близняшки–девчонки оказались крикливыми, и высыпаться у него ну никак не получалось. А тут еще маньяк калиновский!

— Здорово, красноглазый, — заскочил в комнату кто–то из соседнего отдела, Прокофьев даже не разобрал, кто именно.

— Привет, — не отрываясь от бумаг, пробурчал он.

Черт, еще работы немерено! Переписав у всех жителей паспортные данные, Прокофьев добросовестно рассылал запросы повсюду, куда только можно, начиная с мест лишения свободы и заканчивая психиатрическими лечебницами. А еще нужно было протокол допроса свидетелей оформить, как полагается, задним числом понятых найти...

Прокофьев обхватил голову руками и тихо застонал.

— Эй, многодетный отец, тебя Коломеев спрашивал!

— Иду.

Вздыхая, опер поднялся на второй этаж, где располагалась прокуратура. Коломеев сидел в своем кабинете и внимательно изучал документы.

— Сереж, тебе задание, — сказал он, как только парень вошел. — Надо проверить алиби Орлова. Вот тебе бумажка, на ней все написано. Он уверяет, что был в кафе и в клубе, а к деревне Калиново близко не подъезжал. Получается, мамаша его все выдумала. Только непонятно, зачем ей это нужно.

— Иван Ефремович! — оживился Прокофьев. — Так вот же он, наш убийца! И мать его ничего не выдумала, просто она сына боялась, потому раньше и молчала! Брать надо Орлова!

— Иди давай. «Брать»... — передразнил его следователь. — Сначала алиби проверь, а потом уж и брать будешь. А то как бы тебя самого не взяли... за одно место.

Прокофьев вздохнул и, забыв про запросы, оставшиеся на столе, пошел выпрашивать машину до Москвы.

— Алиби Орлова подтверждается, — рассказывал он через три часа, потирая воспаленные от бессонницы глаза. — Его официанты запомнили, он у них постоянный посетитель. Кстати, забыл сказать — по этой, как его... по жене второй жертвы, короче...

— Мысиной, — подсказал Михалыч.

— Да, по Мысиной. Там тоже все чисто: днем была в салоне, а вечером с подругами на юбилее.

— Понятно, — Коломеев привычно побарабанил пальцами. — А что же нам тогда госпожа Орлова мозги пудрит? Да не просто пудрит, а с выдумкой! Вот что, Михалыч, проверь-ка ты бабу получше, а то она зачем-то следствие на ложный путь толкает. А что с Артемом?

— Как что? — усмехнулся Михалыч. — В Обухове сидит, ищет свидетелей столетней давности. Пока безуспешно.

— Что безуспешно, я и сам уже понял. Сереж, запросы в психушки готовы?

— Нет, Иван Ефремович, я не успел пока.

— Как не успел?! Да их же в первую очередь нужно было сделать! Ну-ка быстренько звони им, а то пока письменные запросы обернутся, у нас все Калиново повырежут. Понял?

Прокофьева как ветром сдуло. Коломеев вздохнул.

— Нет, ну как с такими работать, а, Михалыч?

— Да ладно тебе, у парня счастье привалило в двойном комплекте...

— Вижу. Он от этого счастья вторую неделю как мешком трахнутый ходит. С цементом. Так, что у нас со свидетелями...

Тоня вышла из дома, чтобы отнести бабке Степаниде свежее печенье, и обнаружила, что повалил густой снег. Она оглядела сад, вздохнула и накинула капюшон. Медленно бредя по тропинке, которой почти не было видно, думала о том, что Виктор может доиграться со своим пистолетом и пристрелить кого-нибудь не того. В том, что ночью она видела не убийцу, а совершенно другого человека, Тоня почти не сомневалась, хотя и не смогла бы объяснить своей уверенности.

Пакет с печеньем приятно грел ладони. Недавно добрая

Степанида угощала Тоню маленькими печенюшками, испеченными мастером на все руки Женькой. Печенюшки были потрясающе вкусными, рассыпчатыми, с корицей, ванилью и каким-то слабым, непонятным привкусом, который Тоня никак не могла определить. Она спросила у Степаниды, но та призналась, что сама не печет, а только смотрит, как управляется кулинар-охотник. А потом ест.

— Представляешь, Вить, — сказала мужу вечером Тоня, с удовольствием поедая маленькие треугольники, — печенье ведь Степанидин Женя сам испек! Вот бы ты у меня был способен на такое...

— Еще не хватало! — огрызнулся Виктор, не расположенный шутить. — Что за мужик такой, который печенье печет целыми днями? Хуже бабы, ей-богу. Я бы еще понял, если б он шашлык готовил, а ерунду такую... Нет, не понимаю.

— Во-первых, не целыми днями, — заступилась за охотника Тоня. — Во-вторых, мужик он вполне полноценный. Ты посмотри, как он Степаниде помог за то время, что живет у нее. Кстати, она хвасталась недавно, что он в бане новую скамью сделал и полки поправил.

— Да ее баню нужно полностью перекладывать, а не скамейки в ней делать.

— Все равно, — заупрямилась Тоня. — И с забором он нам помог...

— За пятьсот рублей, — вставил Виктор.

— И Мысиным с дверью...

— За триста.

— Да ну тебя! — рассердилась она. — Нет бы — слово доброе сказать, так только обругать можешь лишний раз.

Тоня взяла тарелку с печеньем и ушла на кухню читать любимого Акунина...

И вот теперь она напекла печенье сама и вспомнила про Степаниду. Тоня вообще старалась приносить ей побольше сладостей, помня по своим бабушке с дедушкой, как старики любят конфеты и печенье. Степанида ворчала, но подношения принимала с видимым удовольствием.

Задумавшись о соседке, Тоня не заметила, как вышла на улицу. Снег повалил еще сильнее, поднялся ветер, и тут справа от Тони хлопнула калитка. Она оглянулась — ее собственная была прикрыта на щеколду. Закрываясь рукой от холодных хлопьев, Тоня прошла несколько шагов к заброшенному дому и остановилась. Калитка была открыта. Вновь налетевший порыв захлопнул ее, а через пару секунд она опять с тихим скрипом отворилась.

Тоня стояла и смотрела на открывающуюся и закрывающуюся дверцу, а в голове ее рождалась смутная, еще до конца не осознанная догадка. Сказав себе, что она только закроет соседскую калитку, Тоня подошла к заброшенному дому, огляделась... и вошла во двор.

Ветер стих. Калитка сзади захлопнулась. Тоня стояла перед крыльцом, заваленным снегом так, что было похоже на пушистую горку. «Какой ноябрь снежный в этом году», — пришло ей в голову совершенно некстати, а в следующий момент она обошла крыльцо и вышла в сад.

Никого не было. Тоня сама не знала, что ожидала увидеть, но была разочарована. «А если здесь прячется убийца? — неожиданно сообразила она, и по коже пробежал мороз. — И что я тогда буду делать?» Стараясь ступать как можно тише, хотя шагов и так не было слышно из-за снега, она пошла по саду, постоянно оглядываясь и прислушиваясь. Тишина успокоила ее. Тоня надеялась увидеть какие-нибудь следы и только сейчас сообразила, что если они и были, то валящий хлопьями снег сразу скрыл их. Вздохнув, она развернулась, чтобы идти обратно, и замерла на месте.

Под старой райской яблоней, около которой ее в сентябре застал участковый, что-то белело. Белое на белом — она сама удивилась, как заметила это. Тоня подошла и подняла со снега смятый листок бумаги с двумя прорезями для глаз. «Неудивительно, что я не узнала лицо», — подумала она. И тут вдруг почувствовала, что из дома на нее смотрят...

ВРЕМЯ СОБИРАТЬ КАМНИ

Ощущение было таким сильным, что она обернулась и посмотрела прямо на дом. И без толку, потому что стена, выходившая в сад, была глухая, без окон, и Тоня об этом знала. Смотреть на нее неоткуда! Ей стало не по себе. В деревне стояла тишина, даже собаки не лаяли, и стоять перед облепленным снегом домом, чувствуя чей-то взгляд и понимая, что этого не может быть, было страшно. Очень страшно.

Крепко сжав в одной руке бумажную маску, а в другой пакет с остывшим печеньем, Тоня медленно пошла обратно. У крыльца остановилась, потому что сзади ей послышался шорох. Она обернулась, но за спиной был только заснеженный сад. Глубоко вдохнув, Тоня быстро пробежала мимо крыльца, толкнула калитку и выскочила наружу. Калитка за ее спиной хлопнула и больше не открылась.

Страх прошел, и Тоня застыла на улице в нерешительности. Нужно было кому-то сообщить о маске и о том, что в доме кто-то есть, но она не знала, ни куда звонить, ни с кем разговаривать. Да и что сказать? Мол, мне почудилось, что на меня кто-то смотрит? Глупость какая. Но оставлять находку просто так Тоня не могла, листок в ее руке говорил сам за себя. «Капица!» — вспомнила она и обрадовалась. Сразу все стало проще, и Тоня уверенно направилась к избушке участкового.

Через двадцать минут она шла обратно без былого воодушевления — Капицы дома не оказалось, Тоня безрезультатно стучала пять минут в окно. Оставалось только вернуться и ждать до вечера, пока приедет Виктор. У нее мелькнула мысль обратиться к охотнику Женьке и рассказать, что в заброшенном доме кто-то есть. Но что тот-то мог сделать? Не пойдет же он, в конце концов, выламывать дверь в чужом доме! И самое главное — на задней стене нет окон!

Раздумывая, молодая женщина почти дошла до опустевшего дома Мысиных, когда впереди на дороге показалась темная фигура. Тоня остановилась, пригляделась...

«Графка! — мысленно ахнула она. — Опять?!» Старик медленно ковылял к ней, закутавшись в старую телогрейку, которую она уже видела на нем. Рваная черная ушанка закрывала лоб, но не настолько, чтобы Тоня не разглядела старый синяк на правой брови. Она свернула с дороги на тропинку, помня о том, чем заканчивались их последние встречи, и с твердым намерением не дать сумасшедшему повода начать буйствовать. Но Графка перелез через сугробы и тоже оказался на тропинке, ведущей к Тониному дому. Тоне опять стало не по себе — старик явно хотел встретиться. Она остановилась и стала ждать.

— Что, покойница, удрать хотела? — еще издалека хрипло крикнул старик. — От Евграфа не удерешь!

— Что вам нужно? — сдерживаясь, спросила Тоня. — Опять орать станете?

— Зачем орать? — усмехнулся алкаш, подойдя к ней. Выглядел он еще хуже, чем в прошлый раз: ушанка его была в чем-то измазана, а в телогрейке просвечивали дыры. — Орать не я буду, а ты! Что, огонька не хватило на тебя? Ты не бойся, хватит на вас на всех!

Глаза его забегали по Тониному лицу, и ей захотелось закрыться от Графки рукой. Алкаш поднял руку, вытянул перед собой длинный желтый палец и направил его на Тоню.

— И что это у нас такое? — Голос его стал удивленным. — Своровала! Своровала!

Тоня посмотрела на пакет с печеньем, но Графка говорил не о нем. Он не сводил взгляда с белого листа с двумя прорезями, который она по-прежнему держала в руке.

— Это что, ваше? — опешила она.

Старик ничего не ответил, только перевел на нее слезящиеся глаза.

— Ой какая ты, покойница, любопытная, — почти ласково произнес он. — И зачем же это ты такая любопытная? Ну-ка, дай сюда!

С неожиданным проворством он схватил маску. Тоня от

удивления разжала пальцы, и бумажный лист оказался у Графки.

— Вы что, с ума сошли? — изумилась Тоня. — Отдайте сейчас же!

Она протянула руку, чтобы выдернуть маску, но старик, усмехаясь, разорвал лист на две части. Тоня открыла рот, но не успела ничего крикнуть — сумасшедший начал ожесточенно отрывать кусочки от бумаги, отбрасывая их в сторону. Глаза его загорелись, рот растянулся в улыбке. Он стоял перед Тоней, оскалив гнилые зубы, а вокруг летали белые клочки, опускаясь на снег.

— А–а, снежок полетел! — обрадованно произнес Графка. — И тебя, курва глазастая, надо бы по тому же снежку раскидать!

На лице его появилось сосредоточенное выражение, словно он всерьез обдумывал, разорвать ему Тоню или нет. Она не успела ни удивиться, ни испугаться, как он шагнул ей навстречу, обхватил двумя руками и швырнул в снег.

Она упала прямо в сугроб и забарахталась, пытаясь подняться. Но сугроб был большим и мягким, и Тоня только глубже утопала в нем. Лицо залепило снегом, и она быстро провела по нему рукой, чтобы увидеть, где Графка. Старик подходил к ней, слегка раскачиваясь, и ей достаточно было одного взгляда, чтобы понять: он окончательно сошел с ума. Глаза его горели диковатым огнем, рот кривился, он бормотал что–то себе под нос, покачивая головой в такт движению. Тоня замерла на месте. Внезапно в голове всплыло воспоминание — большие руки с длинными, крепкими пальцами. Она тогда еще удивилась, как у алкоголика могут быть такие руки.

Графке оставалось сделать до нее два шага. От страха сообразив, что нужно делать, Тоня перекатилась по снегу и, оказавшись на тропинке, вскочила на ноги. Старик остановился, наклонил голову и принюхался.

Это было так нелепо, что Тоня, собиравшаяся позвать на помощь, не смогла произнести ни звука. Совершенно по-звериному Графка втянул расширившимися ноздрями воздух, и довольная улыбка расплылась по его лицу.

— Хорошо! — нараспев произнес он. — Испуга–алась... Вкусно!

Внезапно, словно озарение, в мозгу Тони мелькнула догадка, она бросила взгляд на Степанидин дом, опять на алкаша, стоявшего перед ней, и попятилась.

Улыбка медленно сошла с лица старика, и на нем появилось настороженное выражение. Он проследил за взглядом Тони и прорычал:

— А–а–а! Догадалась, сука!

И бросился на нее.

Тоня со всех ног кинулась к дому, слыша пыхтение за своей спиной. Подлетая к забору, она вспомнила, что калитка закрыта, и поняла: открыть ее не успеет. В страхе ей показалось, что сумасшедший старик уже протягивает сзади руки к ее горлу, чтобы придушить ее. Не оборачиваясь, она отскочила от калитки и побежала в сторону магазина, думая только о том, что там должны быть люди, которые защитят ее. На дороге в двух домах от нее показался человек, и она со всех ног бросилась к нему.

— Помогите, пожалуйста, помогите!

Тоня споткнулась и упала, а уже через пять секунд над ней наклонился чей–то темный силуэт. Тоня зажмурилась, чтобы не видеть жуткого перекошенного лица, и тут почувствовала, что ее поднимают и ставят на ноги.

— Что случилось? — рявкнул знакомый голос прямо у нее над ухом. — Что случилось, я тебя спрашиваю!

Она открыла глаза и увидела Капицу.

— Степан Иванович, миленький, — всхлипнула она, — он меня чуть не убил!

— Кто? Говори быстро! Куда побежал?

— Графка, Графка! Евграф ваш!

— Евграф?! — поразился Капица. — А где он?

Тоня обернулась, чтобы показать где, но за спиной никого не было. Только маленькая рыжая дворняжка бежала по снежной накатанной дороге.

Два часа спустя Тоня повторяла свой рассказ, сидя перед Капицей, Коломеевым и молодым голубоглазым опером по фамилии Прокофьев. Последний слушал, широко раскрыв глаза, а дослушав, вскочил:

— Иван Ефремович, так что же мы сидим? Его задерживать надо и колоть!

— Тебя бы самого кто уколол, — вздохнул следователь. — Прыткий ты, Прокофьев, как лягушка.

— Он же сбежит!

— Да он давно уже сбежал, — вмешался Капица. — Я подошел — никого не было.

— Вот, кстати, Степ, чего я и не понимаю... — заговорил задумчиво Коломеев. — Куда он делся-то? Ладно, потом. Антонина Сергеевна, вот когда он сказал, что вы догадались, он что имел в виду, а?

— Понимаете, я посмотрела на дом Степаниды Семеновны. Она его часто у себя в сарае оставляла ночевать, жалела. И вспомнила, что перед первым убийством — и перед вторым, по-моему, тоже — видела его у них во дворе. Это ведь так близко! И никто на Графку внимания не обращает, все привыкли к нему.

— Точно, — кивнул участковый. — Выходит, шурует он у всех на виду, как та собачонка, на которую никто не обращает внимания... А Степанида его часто привечает. Привечала, точнее сказать.

— Да не мог же он двух человек убить, что вы такое говорите! — возмутился следователь. — Ему лет-то сколько?

— Старый он, старый, — подтвердил Коломеев. — Однако Антонина Сергеевна утверждает, что толкнул он ее с изрядной силой.

— Вы просто не представляете с какой, — закивала Тоня. — Я же не трусиха! Но он совершенно сумасшедший и говорил что-то такое, что я буду покойницей, и раньше он про то же говорил. Что все умрут, что ли... А потом, он маску у меня вырвал и разорвал!

— Да, с маской, конечно... Вообще, подходит, должен

Елена Михалкова

признать, ваш Евграф на роль убийцы. И свихнулся он, как я понимаю... — Коломеев задумчиво смотрел на Тоню.

— Он совершенно сумасшедший, — вновь кивнула она, вспомнив страшное лицо. — И говорит, как сумасшедший, и выглядит. Когда я в снег упала, он воздух понюхал и сказал, что пахнет страхом.

Капица и Коломеев переглянулись.

— Да брось, — покачал головой следователь. — Ну, свихнулся, согласен. Но ни мотива, ни возможности.

— Насчет возможности я бы с тобой, может, и поспорил, — отозвался Капица, — а вот мотива у него и правда нет.

— Как нет?! — воскликнула Тоня. — Вы знаете, как он Витю ненавидит? Он сам так говорил!

— Да? А за что?

— Витя его всю жизнь считал дураком, а Евграф знал. И говорил при мне, что Витя его ненавидит и ему из-за этого будет плохо.

— Кому — ему?

— Да Вите же, господи!

— Слабоватый повод. Вот меня тоже много кто дураком считает, так я же не иду их всех убивать, — заметил Капица. — Пока, во всяком случае.

— Но он сумасшедший! — сказала Тоня в отчаянии. — Ну как вы не понимаете? Он просто сошел с ума!

— И обувь его мы, между прочим, не проверяли, — подал голос Прокофьев.

— А почему, кстати? — повернулся к нему Коломеев.

— А потому, что он вообще в поле зрения не попал. Ни документов его не было, ни его самого.

— Ясно, братцы-кролики. В общем, так — Евграфа нужно найти, и как можно быстрее. Степ, где он может быть?

— Да у вас, в райцентре. С такими же алкашами и околачивается рядом с рынком.

— Сереж, все понятно?

— Ага.

— Вань, а я ведь знаю, куда он делся, — неожиданно сказал Капица.

— Куда?

— Туда, где дом заброшенный стоит. Я так понял, маску вы там нашли, Антонина Сергеевна?

Тоня кивнула.

— Ну, вот. А больше ему прятаться было негде.

— Я его раньше там видела как-то, — вспомнила Тоня. — Еще в сентябре.

И рассказала о том, как Графка пилил замок и испугал ее.

— Все равно мне не верится, что это наш маньяк, — покачал головой следователь, выслушав ее. — Вот хоть режьте меня, а не верится! Я еще могу допустить, что он помогал кому-то, но что сам убивал... Сомневаюсь я, братцы-кролики, ой, сомневаюсь.

— Да кому он мог помогать?

— Не знаю. А кто, кстати, в заброшенном доме раньше жил?

Наступило молчание. Тоня с Капицей переглянулись, Капица открыл было рот и опять закрыл.

— Ты чего, Степ?

— Дурак я, — медленно проговорил участковый, берясь за голову. — Ой, дурак! Вот повесить меня дурака, за яйца... — он глянул на Тоню и запнулся. — Короче, там раньше еще один приятель Чернявского жил, Андреем его звали.

— При чем здесь Андрей? — возмутилась Тоня. — Он же в Англии сейчас.

— А вы откуда знаете? — насторожился Коломеев.

— Я его маму видела недавно...

И Тоня рассказала, как разговаривала с матерью Андрея.

— То есть о том, что сын уехал, вы знаете только с ее слов? — уточнил Прокофьев.

Тоня молча кивнула. Она сама теперь не могла понять,

почему так безоговорочно поверила той приятной женщине. Наверное, из-за ее истории...

— А мотив? — быстро спросил следователь, обращаясь к Капице. — Вот у него-то какой мотив может быть?

— Чего не знаю, того не знаю, — развел руками участковый.

— Я знаю, — тихо проговорила Тоня.

Три пары глаз уставились на нее. Она сглотнула.

— Витя много лет назад рассказал Андрею, что он приемный ребенок. А Андрей был не в курсе. И у него после этого... В общем, он даже заболел и с родителями поссорился...

— Точно! — Капица даже ударил ладонью по столу. — Он же и есть приемыш ваш, райцентровский. Любки-шалавы сын. Как же я запамятовал?

— Так это его усыновили? — удивился Коломеев.

— Ну да! Понятно, родители языком-то не трепали, откуда дите, да и мальчишка у них хороший рос. Но он это, точно он.

— Что ж, братцы-кролики, — возбужденно произнес Коломеев, оглядывая всех, — а вот вам и мотивчик! И помощник-то какой хороший — и на виду, и не замечает его никто! А из дома соседнего весь двор почтальонов видно, там можно хоть неделю сидеть, из окон таращиться. Брать надо обоих немедленно, пока они новых дел не натворили. Прокофьев, ты к нам, а я с Артемом к родителям Андрея поеду. Думаю, сынок у них должен отлеживаться.

— Постойте, — вспомнила Тоня. — А как же стихи, которые я нашла?

Вскочивший было Прокофьев сел обратно.

— Со стихами вашими вообще все просто, — пожал плечами следователь. — Раньше можно было сообразить. Откуда мы знаем, что ваш Андрей не встречался с братьями Басмановыми после суда? Ниоткуда. А я так полагаю, что скорее всего встречался, например с младшим, Сенькой. Если тот вспомнил хоть пару строчек, которые им Чернявский читал, а будущий убийца запомнил, то вот оно и все объяснение. Уверен, что, когда мы его задержим, что-нибудь в таком роде и выяснится.

Он встал, кивнул Тоне и пошел к двери.

— Смотрите, поосторожней тут! — обернулся он у выхода. — Пока не задержали его, старайтесь одна не оставаться. И ты, Степ...

— Да иди уж, — махнул рукой участковый, — за дурака-то не держи.

— Так ты ж сам признался, что дурак... — удивился Коломеев и скрылся за дверью.

За ним выскочил и Прокофьев.

— Антонина Сергеевна, сделайте-ка мне чайку, — попросил, помолчав, Капица. — И попросите мужа, чтобы он завтра отгул взял, с вами остался. А то пока этого красавца ловят...

Тоня кивнула. Она вспомнила серьезное лицо мальчишки на фотографии, села за стол, словно оглушенная, и обхватила голову руками.

Мария Владимировна собиралась уходить, когда раздался звонок в дверь.

— Андрей, ты ждешь кого-нибудь? — окликнула она.

— Нет, — отозвался муж. — Твои благодарные ученики, должно быть, явились. С цветами и подарками.

— Дождешься от моих оболтусов... — вздохнула Мария Владимировна и пошла открывать дверь.

— Здравствуйте, — немного удивленно сказала она, разглядывая двоих мужчин, пожилого и молодого, стоящих перед ней.

— Добрый день. Белозерцева Мария Владимировна?

— Да, это я.

— Коломеев, следователь прокуратуры города Дмитровска, — представился старший из неожиданных визитеров. Затем кивнул на спутника: — Оперуполномоченный Поляев.

Елена Михалкова

Они развернули перед ней документы. Мария Владимировна быстро просмотрела их и кивнула следователю.

— Вы по поводу убийства в Калинове? — спросила она. — Проходите, пожалуйста. Я чем-то могу помочь?

Следователь и опер переглянулись.

— Мария Владимировна, где сейчас ваш сын?

— Андрюша? — подняла женщина тонкие брови. — А почему вы спрашиваете?

— Маша, в чем дело?

В прихожую вышел высокий худощавый седой человек.

— Добрый день, — поздоровался он. — Маша, что-то случилось?

— Мы бы хотели знать, где сейчас находится ваш сын, — повторил Коломеев. — Он здесь?

— Нет, его здесь нет, — ответила Мария Владимировна. — Да в чем, собственно, дело?

— Дело в том, что Андрей Белозерцев подозревается в двух убийствах, и у нас есть ордер на его арест. В интересах вашего...

Коломеев замолчал. С женщиной творилось что-то странное. Она засмеялась. Правда, смех ее нельзя было назвать веселым. Следователь перевел взгляд на ее мужа — лицо у того было чуть озадаченное, но не более того.

— В интересах вашего сына, — закончил Коломеев, — вам следует рассказать, где он находится.

— Почему бы и не рассказать? — пожал плечами мужчина. — Правда, Маша?

— Расскажи, конечно. Тем более тут такое дело... ордер... — Она опять засмеялась.

— Зря вы веселитесь, — не выдержал Артем, заподозривший, что эти чуть отстраненно держащиеся люди смеются над ними. — Ваш сын уже двух человек убил и вот-вот третьего прикончит. Он у вас сумасшедший, вы знаете?

— Поляев! — одернул его следователь.

— Что? — переспросила женщина, и улыбка исчезла с ее лица. — Сумасшедший?

— Маша, я прошу тебя! — предостерегающе произнес ее муж.

— Нет, Андрей, почему же? Господа следователи говорят, что наш сын сумасшедший. И они, в общем–то, не так уж и не правы.

— Маша, не надо.

— Вы признаете, что ваш сын сумасшедший? — вцепился глазами в ее лицо Коломеев.

— Почему бы и не признать? Признаю, конечно.

— И, разумеется, он не за границей?

— Нет, не за границей. Знаете, господа, я как раз собиралась ехать к нему, так что могу и вас захватить.

— Маша, это лишнее. Пусть все выясняют сами. — Супруг подошел и встал рядом с ней, словно защищая жену.

— Да что ты, все равно все выяснится рано или поздно. Так пусть лучше при мне.

— Я тоже поеду.

Мужчина накинул куртку прямо на домашнюю одежду.

— Э, э, ну–ка, стойте! — Артем даже обомлел от такой непосредственности. — Никуда вы, господа хорошие, не поедете, а скажете нам, по какому адресу находится ваш сын, подозреваемый, напоминаю, в двух убийствах.

— Да, будьте любезны, — мягко добавил Коломеев, — сообщите нам адрес, а остальное мы сами сделаем.

Родители Андрея переглянулись.

— Ничего мы вам говорить не будем. — Мария Владимировна по–прежнему смотрела на мужа.

— Маша, послушай... — начал было тот, но она перебила его:

— Андрюша, ты представляешь себе, что начнется, когда они туда приедут? Первое — вы ведь его арестуете, правда?

Она взглянула на Коломеева, но тот молчал.

— Видишь, я права. Потом начнутся допросы. И пока выясняется, в чем дело, они его просто доведут, понимаешь?

Ее муж подумал и вздохнул.

— Понимаю. В общем, господа следователи (оба супруга упорно называли так и Поляева, и Коломеева), мы можем взять вас с собой к Андрею, но без нас вы туда не поедете.

— Не понял... — набычился Артем. — Вы обязаны сообщить нам адрес. Вы что, не поняли, что ваш сын двоих человек угробил?!

Женщина посмотрела на него таким взглядом, что ему стало не по себе.

— Во-первых, — отчетливо произнесла она, — мой сын никого не угробил. Во-вторых, повторяю: сообщать мы вам ничего не будем.

— Да мы вас задержим тогда, вот и весь разговор! — не выдержал Коломеев.

— Задерживайте, — пожала она плечами, а муж усмехнулся. — Задерживайте и сами выясняйте все, что хотите. Интересно даже, сколько у вас на это времени уйдет.

Она сняла пальто и собралась разуваться.

Коломеев быстро обдумал ситуацию. Приходилось признать, что тактику нужно менять.

— Ладно, — медленно произнес он, идя на попятный. — Мы поедем с вами.

Вместе они вышли из подъезда. Артем пошел к машине, на которой они приехали, но Коломеев дернул его за рукав — оставлять одних этих странных людей он не собирался.

— Вы не возражаете, если я с вами поеду? — вежливо спросил он.

— Нет, не возражаем, — безразлично отозвался мужчина. — Мы даже доставим вас обратно.

Увидев машину родителей Андрея, Артем чуть не присвистнул. Ничего себе! «Лексус»! А одеты вроде бы не ахти. Он вздохнул, подумав, что Коломееву повезло, и направился к своей машине.

— Может быть, вы объясните, куда мы едем? — прервал молчание Коломеев, когда они выехали из двора. Сидящий за рулем мужчина молчал, отозвалась его жена.

— Можно, мы не будем вам ничего объяснять? — попросила она. — Ехать нам минут двадцать, тут недалеко, за Кольцевой, а там вы сами все увидите.

Остаток пути прошел в молчании. Коломеев смотрел по сторонам, пытаясь понять, куда же они едут. Наконец они съехали с трассы и километра через два свернули в какую-то парковую зону. Похоже на бывший пионерлагерь, решил Коломеев, глядя на сетчатый забор, теряющийся в лесу. Однако через пару минут пришлось признать, что это вовсе не лагерь, — Коломеев удивленно рассматривал выросшую перед ними высокую чугунную ограду с повторяющимся мотивом: цветы и листья, цветы и листья. Такую ограду скорее ожидаешь увидеть вокруг частного особняка, но никак не в лесу. Они уже подъезжали к длинному белому зданию в окружении нескольких невысоких построек, от дороги вели расчищенные дорожки, а вдоль них стояли небольшие аккуратные беседки... Имелся даже фонтан, сейчас запорошенный снегом.

— Это что, больница? — начал догадываться Коломеев.

— Не совсем, — после недолгого молчания ответила Мария Владимировна. — Частный реабилитационный центр.

— И после чего реабилитируется ваш сын?

— В основном после травмы, полученной на войне, — ровным голосом сказала она.

— Ваш сын воевал? Где, в Чечне? — переспросил Коломеев. Час от часу не легче!

— Приехали, — остановил машину отец Андрея. — Прошу, господа.

Артем, подъехавший сразу за ними, увидел высокого парня, упругой походкой направлявшегося к «Лексусу». При виде следователя, пытающегося изнутри открыть заблокированную дверцу, парень остановился. Артем беззвучно выругался и полез за пистолетом, проклиная себя и Коломеева, пошедших на поводу у каких-то психов. Но парень

Елена Михалкова

уже подходил к родителям. Чертыхаясь, Артем выскочил из своей машины, в два прыжка обогнул ее и схватил парня за рукав куртки, надеясь, что оружия у того нет.

— Стоять! Вы задержаны! Руки на капот!

— Все в порядке, Андрюш, — услышал он спокойный женский голос за спиной. — Мы с папой подумали, что лучше мы их привезем, чем они сами нагрянут. Андрей, ты господина следователя закрыл...

— Значит, вы говорите, больные могут покидать клинику? — Коломеев смотрел на врача. — Я вас правильно понял, Лев Абрамович?

— Правильно, правильно. Только не клинику, а центр, и не больные, а клиенты. Мы стараемся быть очень, очень аккуратными в формулировках. Поймите, если вы решили, что у нас просто частная психушка, то ошиблись. Решили, решили, я же вижу. Но это не так. Мы имеем дело в основном с творческими людьми — актерами, писателями, деятелями шоу-бизнеса, наконец. И многие из них, естественно, нуждаются в сочетании отдыха с... ненавязчивой психологической помощью, скажем так. Нуждаются именно в помощи, заметьте, а не в лечении. Поэтому у нас клиенты свободно передвигаются по территории и могут уехать в любой момент. Если хотите, у нас тут... санаторий, только с поправкой не физического, а душевного здоровья.

— Тогда с чего родители Белозерцева решили, что их сын никуда не уезжал отсюда?

— Потому что он действительно не уезжал. Понимаете, Андрей для нас довольно необычный клиент. Я даже говорю не столько о финансовой стороне вопроса, потому что его родители оплачивают отдых сына полностью, сколько о, так сказать, психологической. Люди с биографией Андрея в подавляющем большинстве не признают, что им нужно... некоторое, скажем так, содействие в том, чтобы вернуться к привычному образу жизни. И в этом плане Андрей является исключением. Он очень последовательно проходит все предписанные процедуры, что отражено в наших записях.

— Вы хотите сказать, они у вас с собой? — недоверчиво спросил Коломеев.

— Конечно. Кроме того, должен вам сказать, что родители Андрея являются моими хорошими друзьями, и само собой разумеется, что, когда Андрюша пришел к нам, он оказался именно под моим наблюдением. Вообще, я веду целую группу клиентов, но Андрея контролирую каждый день. Контролирую в плане выполнения предписаний и его душевного состояния... Поверьте мне, на протяжении последних двух недель он не покидал территории центра, что, как я сказал, подтверждают данные о проведенных процедурах. Какие числа вас интересуют?

— Артем, ты будешь медперсонал опрашивать, а я охранников и уборщиц, — мрачно сказал Коломеев помощнику после беседы с доктором.

— Вы думаете, врач врет?

— Врет или нет, но дело дрянь. Коровин, адвокат Белозерцева, мечется, как свинья перед тем, как ее зарежут. И небезуспешно, должен сказать. Все уже опротестовали, что возможно, разве что на моральный ущерб не подали.

— А чего они опротестовывают? Задержание, что ли?

— Не спрашивай. Мне уже шеф по телефону мозги прочистил по этому поводу. Герой войны, мать его! Плохие у меня предчувствия по поводу нашего фигуранта. Ладно, давай работать...

Некоторое время спустя с копиями страниц из медицинской карты и записанными показаниями персонала Коломеев и Артем выходили из центра. Настроение у обоих было подавленное: не менее пяти человек показали, что Андрей Белозерцев находился на территории реабилитационного центра в момент совершения обоих преступлений. Коломеев заподозрил, что он все-таки покидал больницу вечером, когда его никто не видел, но у входа дежурил охранник, а комната Белозерцева находится на третьем этаже. Вылезти из окна без риска для жизни невозможно.

— Значит, так, — сказал, закурив, Коломеев. — Либо мы опять промахнулись, либо...

— Либо врут они все, Иван Ефремович, — закончил Артем. — Врач сам признал, что родители Белозерцева — его друзья!

— А еще они лечение оплачивают, — задумчиво проговорил следователь. — Не нравится мне это все, ой не нравится. Но ничего не поделаешь. Ладно, поехали обратно.

В коридоре сидел старший Белозерцев и разговаривал с врачом. «Они что, так и ждали здесь все время?» — удивился Коломеев.

— Я вам еще понадоблюсь? — спросил Белозерцев-старший, поднимаясь.

— Нет, не понадобитесь.

Коломеев окинул взглядом дорогое пальто Белозерцева–старшего и не сдержался:

— Скажите, а как ваш сын вообще в Чечню попал, если не секрет?

— Вы имеете в виду, почему мы его от армии не отмазали? — усмехнулся тот. — Возможности, скажу прямо, позволяли. Только дело в том, что к тому моменту Андрей нас не слушал. Стоит сказать спасибо, наверное, его другу Вите Чернявскому. Понимаете, Андрей был достаточно специфическим мальчиком, и психиатр предупреждал нас с Машей о возможностях... назовем это срывом. Там с родами не все гладко было, а о беременности его родной матери я уж и не говорю, да и наследственность у Андрюши, конечно, не самая благоприятная. Мы с Машей прекрасно все понимали, когда принимали решение об усыновлении. Но некоторых факторов не смогли просчитать.

— А что, сын ушел от вас после того, как узнал обо всем? — заинтересовался следователь.

— Уйти он не мог в силу возраста, ему было всего шестнадцать лет. Ну и потом, он все-таки любил нас с Машей. Но он пытался разыскать биологическую мать, не нашел, в чем-то обвинял нас. М-да, довольно тяжелое было время для меня и Маши... В результате он пошел в армию. А там... Мы долго даже не знали, где он. И когда он вернулся, это был уже совсем другой Андрей.

— Почему же он попал в центр только сейчас? — удивился Коломеев.

— Во-первых, потому что уговорить его раньше не было никакой возможности. А во-вторых, у Андрея случаются приступы острой депрессии, и тогда его спасает центр. И Лев Абрамович, конечно. Сейчас как раз такой период, но, слава богу, я вижу значительное улучшение по сравнению с тем, каким он был год назад. Впрочем, вам, я полагаю, наши проблемы совершенно не интересны. Мы с Андреем можем быть свободны?

— Да, пожалуйста.

— Ну, всего хорошего. Удачи вам.

— Удача бы нам не помешала, — мрачно сказал Коломеев, глядя ему вслед. — Такую пустышку вытянуть, твою мать! Где же ты, сволочь, ходишь? Где?!

Глава 19

Я рядом. Совсем рядом. Я сужаю круги, и ты это прекрасно понял. Хорошо...

Правда, менты тоже подбираются близко. Все это становится похоже на игру, но так интереснее...

Я знаю точно, кто кого опередит.

Мой спектакль удается. Так же, как удавались все твои спектакли. Только у моего будет тот финал, который нужен мне.

А все, что мне нужно для такого финала, — это немного удачи. Первый раз за долгое время. Но я не сомневаюсь, что она будет. Судьба на моей стороне...

И это справедливо, правда?

306

Виктор нажал отбой и повернулся к Тоне.

— Не он.

— Что — не он?

— Убийца не Андрюха.

— Как, они его нашли?! — ахнула она. — Но ведь его мама...

— Его мама запудрила тебе мозги. И думаю, без особого труда. Я даже могу ее понять. Сообщать первому попавшемуся, что у тебя сын в психушке...

— Что?!

— Да то! Он всегда был слегка не в себе, а Коломеев сказал, он еще и в Чечне отслужил. Знаешь, с каким сдвигом парни оттуда возвращаются? Вот он и лечится до сих пор. А вообще, я не пойму, что ты так переживаешь за Андрюху, если в глаза его не видела?

— На фотографии видела, — тихо возразила Тоня. — Но, Витя, если Андрей ненормальный, почему они решили, что не он убийца? А вдруг они ошиблись?

— Потому что там свидетелей море, в той больнице. Черт!

Виктор раздраженно треснул кулаком по столу.

— Вить, давай уедем, а... — Тоня прикрыла глаза и откинулась на спинку дивана. — Ты не представляешь, как мне страшно было, когда Графка на меня набросился. Вить, пожалуйста!

Он присел рядом с ней и погладил ее по голове. Потом обнял и вздохнул.

— Тонь, если бы я думал, что, сбежав отсюда, смогу что-то изменить, я бы уехал не задумываясь. Но этот человек — маньяк. Ему даже проще будет меня в городской квартире подстеречь, чем здесь. А вот тебе точно нужно уехать, я уже говорил. Пожалуйста, поезжай к родителям, поживи у них. Уверяю, поимка мерзавца — вопрос времени.

— А если его не поймают?

— Поймают. Куда он может деться?

— Сбежит, например. Затаится.

— Не говори глупостей. Он псих, который хочет, чтобы мне было страшно.

— Вить, мне страшно, мне! Я даже вспоминать боюсь лицо того сумасшедшего старика, меня в дрожь бросает. И его до сих пор найти не могут.

— Найдут, солнце мое, обязательно найдут. А я тебе сказал, что я отпуск взял?

— Что? — Тоня отстранилась и изумленно посмотрела на мужа. — Как отпуск?

— Да очень просто. Объект сдан, так что две недели в полном нашем с тобой распоряжении. И потом, неужели ты думаешь, что я могу тебя одну оставить, пока эта сволочь на свободе? Нет, скажи, подумала? Подумала?

Он обхватил ее за плечи и повалил на диван. Тоня, смеясь, пыталась отбрыкиваться, но Виктор прижал ее к подушкам и, скорчив зверскую рожу, прорычал:

— Я защитник, в конце концов, или нет? Приношу я мамонта, женщина?

— Приносишь, — смеясь, ответила она.

— Шкуру с него снимаю?

— Снимаешь и вешаешь на стену, а из бивней делаешь сабли.

— Вот, — удовлетворенно сказал Виктор и отпустил Тоню. — И никакая скотина сумасшедшая нас врасплох не застанет. Кстати, у меня для тебя припасен подарок, драгоценная супруга...

Он встал и вышел из комнаты, а через минуту вернулся с двумя коробками в руках.

— Начнем с более приятного. Держи!

Тоня раскрыла коробку и удивленно уставилась на маленький серебристый телефончик.

— Ой, мобильник!

— Тонь, говорить «мобильник» немодно. Лучше трубкой называй. Договорились?

— Договорились, — кивнула обрадованная Тоня, вертя в руках подарок. — Вить, спасибо!

Елена Михалкова

— Перестань. Я вообще-то раньше должен был о связи подумать. Просто дикость — до сих пор ходишь у меня без трубки, как бомжиха, ей-богу. Так, ну и еще кое-что...

Тоня смотрела, как он достает из большой коробки черную штуковину странного вида. Только когда он начал вставлять внутрь патроны, она догадалась:

— Это что, пистолет?

— Не совсем, но похоже. Называется «Удар». Тебе нужно нажать вот сюда, — он поставил Тонины пальцы на рычажок, — и отсюда вылетит птичка. Вернее, не птичка, а газовое облако. В общем, твоя задача — стрелять в лицо с расстояния около двух метров. Ясно?

По Тониному лицу было понятно, что нет, не ясно. И следующие двадцать минут Виктор показывал и объяснял, как пользоваться оружием — куда стрелять, как целиться и где носить.

— Все, дорогая супруга, — закончил он, — ты вооружена.

Тоня взглянула на его довольное лицо. Муж был похож сейчас на разгоряченного мальчишку, который сам себе сделал подарок, и ее охватила волна нежности. Она подошла и уткнулась ему в плечо.

— Тонь, ты что? Ты там, случаем, не заливаешься слезами благодарности?

Она покачала головой.

— Хорошо, что не заливаешься. Так, что у нас еще в программе? Ага, вспомнил. Давай баньку вечером истопим?

— Ты хочешь сказать, я истоплю, — уточнила Тоня.

— Не придирайся к словам. Так как насчет хорошей бани? Я веников купил.

— Березовых?

— Можжевеловых. Ты еще таких не пробовала.

— Ну, раз с вениками, тогда давай истопим. Во сколько?

— Да часиков в шесть, чтобы никуда не торопиться. А «Удар» в карман положи и больше не выкладывай.

Тоня, улыбаясь, засунула в карман кофты оружие. Оно

309

было тяжелым. «Ну вот, теперь карман точно отвиснет, — подумала она. — Если что-то случится, я его даже вытащить не успею, — тут же мелькнула другая мысль, и сразу сменилась третьей: — Ничего не случится!»

Баню она затопила жаркую, как попросил Витя. Побрызгала на печку чуть-чуть эвкалиптового масла и вспомнила, что у нее куплено еще одно, с забавным названием «шизандра», которое очень рекомендовала мама. Тоня выскочила в предбанник и стала шарить в пакете. Ну конечно, забыла — пузырек дома, в ящике стола. Она заколебалась, бежать за ним или нет.

— Тонь, ты чего? — Виктор уже почти разделся и теперь с удивлением смотрел на озадаченное лицо жены.

— Понимаешь, масло ароматическое дома оставила. А масло такое хорошее, тонизирующее.

— Раз тонизирующее, то беги, а то я уже разделся. И очень жду, когда ты сделаешь то же самое.

Он улыбнулся, и Тоня улыбнулась в ответ.

— Без меня не начинай, я быстро! — Накинула дубленку и выскочила из бани.

Дома она выдвинула ящик и схватила темный пузырек. Не удержалась, понюхала крышечку. Пахло чем-то свежим, сильным, слегка дурманящим. Она вспомнила тело мужа и слегка покраснела. Торопясь, выскочила на крыльцо и начала проворачивать ключ, но замок, как назло, никак не хотел закрываться. Тоня потерла покрасневший палец, рассерженно глядя на дверь. Опять заедало! Ведь сколько раз Вите говорила, что он слишком тугой для нее. Надо бы попросить Женьку с дверью повозиться... Витя там ее ждет... Быстрее, быстрее!

Она вынула ключ, сунула его в карман и бросилась бежать к бане.

— Итак, братцы-кролики, — Коломеев пробежал взглядом по лицам, отметив, что в семействе Прокофьева, судя по лицу парнишки, улучшений не наступает, — что мы с

310

Елена Михалкова

вами раскопали? Раскопали мы историю Ольги Сергеевны Орловой, так неумело пытавшейся подставить нам собственного сына. Михалыч, расскажи в двух словах ребятам.

— Значица, вот что надыбали, — начал Михалыч. — Дамочка наша, Орлова, личность судимая. Два года назад обвинялась в доведении до самоубийства.

— Кого? — поднял на него воспаленные от бессонницы глаза Прокофьев.

— Не перебивай старших, — назидательно произнес Михалыч и продолжил: — Так вот, в доведении до самоубийства. Работала она учительницей в девяносто восьмой школе славного города Москвы и, зачитываю, будучи классной руководительницей седьмого «А» класса, систематически изводила учащуюся данного класса Парфенову Олесю, высмеивая ее перед классом, занижая оценки и критикуя ее поведение. Кроме того, неоднократно применяла в отношении Парфеновой физическое насилие — ударяла ее линейкой по рукам, а также, по свидетельству одноклассников Олеси, поощряла оскорбления в адрес Парфеновой. В результате после получения неудовлетворительной оценки по итогам третьей четверти, а также после беседы с Орловой О.С. Парфенова покончила с собой путем повешения, оставив предсмертную записку, из коей следовало, что учительница предложила ей уходить из школы, а в противном случае угрожала исключением.

— Ни хрена себе учительница первая моя! — прокомментировал Артем.

— Да, дамочка милая, — согласился Коломеев. — Короче, был суд, ей дали два года условно.

— Что ж не посадили?

— А то ты наши суды не знаешь! Понятно, из школы мадам ушла, а сынок родной привез ее в деревню и оставил жить. Квартира городская принадлежит ему, и Орлов-младший, по всей видимости, мамаше поставил ультиматум — сиди, мол, судимая, в деревне, и носа в столицу не

311

показывай. Ну а заодно он поимел загородный дом для сво-их отпрысков.

— Бизнесмен двоих детей воспитывает без жены, — до-бавил Михалыч. — На все лето их в Калинове оставлял, да и на выходные привозит. Чего тут везти–то, час от города.

— Но сына, видать, мамаша возненавидела крепко, — покачал головой Коломеев. — Надо же придумать: дом он хотел у Чернявского отобрать и на все был готов. В общем, крутая тетка. Побеседовали с ее сыном, кое–что выясни-лось. Она, оказывается, его незаметненько так настраива-ла, что в деревне его все за дурака держат, а главный заво-дила — Виктор Чернявский. Надеялась, видимо, что сын пойдет с обидчиком разбираться, да как–нибудь и подста-вит себя.

— Глупо, — пожал плечами Артем.

— Глупо не глупо, а он именно так и собирался сделать. Он вообще мужик странный, неприятный очень. С ним раз-говариваешь, и хочется подальше отойти. Но тетку и хирур-га он не убивал.

— Так, может, сама мадам убийца? — подал голос Про-кофьев. — А что, если она совсем свихнутая, а? Все получа-ется! Девчонку до самоубийства довела, сын отправил в де-ревню, а хотелось обратно в город вернуться, ну и задумала подставить его по полной программе. Она ведь постоянно в деревне живет, у нее возможность точно была.

— С психикой у нее, пожалуй, нелады, но что она — убийца... Чтобы сына подставить? Нет, как–то уж слишком глупо. Ты лучше скажи, что там у нас со свидетелями по смерти младшего Басманова?

— А ничего у нас там со свидетелями нет, Иван Ефремо-вич. Столько времени прошло, люди уже ничего не помнят, кроме того, что сгорел такой алкоголик — Сенька Басма-нов.

— Любопытно мне, — неожиданно заговорил Миха-лыч, — а чего он из своей деревни в город подался? Ну, сестра, я понимаю, — замуж вышла, то-се. А он-то чего? А если переехать хотел, то почему дом не продал?

— Насчет дома не знаю, а вот что с ним в деревне случилось, сказать могу, — задумчиво произнес Коломеев. — Степан вот только второго дня обмолвился — к слову пришлось. У меня, говорит, такое ощущение, точно призрака увидел, а где — не помню. Вот, наверное, так же и у Басманова было, только похлеще, потому он и удрал. Там странная история получилась. Вернулся Басманов в свой дом, прожил около недели, а потом притопала к его дому эта бабка, Антонина. Походила кругами, руками помахала и ушла. На следующий день опять явилась. А после этого Сенька вроде как крышей начал ехать. То призраки ему чудились, то соседей разбудил — пожар ему примерещился... В общем, не в себе был парень. Думали — пьет, до белой горячки дожился, но Капица говорит, что не в том дело было. Короче, как ему во второй раз пожар привиделся, он вещи собрал и на следующий день уехал. Больше его в Калинове никто не видел.

Наступило молчание. Наконец Михалыч выразил общее мнение:

— Ну и хрень!

— Да, у них там какой-то Бермудский треугольник, в том Калинове, — поддержал его Артем. — Сплошные загадки. Одного не могу понять: зачем убийце какие-то стишки понадобилось подбрасывать?

— Ты не забывай, с каким психом имеем дело, — напомнил Коломеев. — Вторую жертву помнишь? Вот то-то и оно. Черт, опять мы упираемся в Басмановых! У кого, кроме них, ключ от дома мог быть? Ведь пришел кто-то, дверь своим ключом отпер, а потом еще за листочком возвращался, если, конечно, Чернявская его не потеряла. Сереж, ты проверил, не сидел ли кто вместе со старшим Басмановым?

— Проверил, Иван Ефремович. Никто.

— Черт возьми! Куда ни упремся — везде тупик. Чего-то мы недоглядели, братцы-кролики. Что-то мы упустили...

— Я вот что подумал, — несмело начал Прокофьев. — Сидеть не сидел, но, может, к нему приходил кто-то из тех, кто сейчас в Калинове живет? Может, если журнал посещений проверить, что-то и всплывет?

— А ведь мысль, — поднял голову Коломеев. — Хоть и тоненькая, да ниточка может оказаться. Так, Михалыч, тебе задание. И быстро, лады? Кто, когда, сколько раз с Басмановым виделся. Может, хоть здесь наловим чего-нибудь.

Двадцать лет назад

Сенька держал сестру за руку, чтобы она не боялась. Хотя на самом деле страшно было ему. Страшно от звука гулких шагов по коридору, от серо-зеленых стен, от какого-то непонятного запаха... Он подумал о том, что Мишка будет жить здесь шесть лет, и его передернуло. «А ведь меня могли бы... тоже...» Он побледнел и сжал Женькину руку.

— Ты что? — дернулась Женька. — Сень, не бойся.

— Да не боюсь я...

Когда Мишку ввели, Женька кинулась к нему и повисла на шее, а Сенька задержался, неловко топчась позади нее. Он чувствовал себя как-то странно из-за того, что Мишка входил в эту комнату без окон, а они с Женькой ждали его.

— Сенька, дай обниму тебя! Что стоишь, дурак, с постной миной? Ну, как мамка, как батя?

— Батя нормально, мать тебе посылку передала. — Сенька не стал говорить, что мать болеет все сильнее, а отец ходит по непривычной городской квартире, как привидение. — Миш, как сам-то?

Мишка отпустил обоих и повернул Женьку лицом к тусклой лампочке.

— Женек, ты хоть бы губы начала помадой подмазывать, а то ведь так замуж и не выйдешь.

— Да ну тебя, Мишк, тебе все шуточки. Не хочу я замуж. Как ты, расскажи...

Мишка перестал улыбаться и сел на стул.

— Как я? Да нормально, в общем-то. Конечно, как вспомню... Сны всякие снятся, и вообще... За что человека угробили? Какие мы с тобой дураки были, Сенька, только здесь я понял. Вот когда вспомнил все, тогда и понял. Как там Тюркины сейчас?

— Нормально, Миш, только почти не видимся. Мать собирается в Москву их отправить учиться.

— Понятно, что в Москву, куда ж еще. А Андрюха?

— Андрюха в Москве, его родители положили в какую-то больницу. У него вроде воспаление легких, но неопасное. Приедет, наверное, на следующий год.

— Слушай... — Мишка запнулся, но продолжил через секунду: — А Витька где?

Сенька помолчал, переглянулся с Женькой.

— Что в гляделки играете? Где он?

— Не знаем, Вить, — ответила Женька.

— Что, так и не объявлялся? Свалил в свою Болгарию, и с концами? Даже к вам не заходил?

— Нет, Миш, мы его не видели. И в Калиново он не приезжал после нашего отъезда.

Мишка сжал зубы и выругался:

— Сволочь, поэт хренов! Нас подбил, а сам в кусты!

— Почему поэт? — не поняла Женька.

— Потому что стихи хорошо читает, с выражением. Вот гнида! И ведь читал-то как, аж за сердце взяло.

— А про что стихи-то? — недоумевала Женька.

— Да что-то про то, как люди умирают из-за наркоманов. Одну строчку я запомнил: «Глаз не в силах увеличить шесть на девять тех, кто умер». А имя того мужика, который их придумал, забыл.

— Бродский.

— Чего?

— Бродский, — пояснил Сенька. — Слушай, Миш, о чем мы говорим, а?

— Про Витьку, мразь такую. Про стихи его долбаные.

— Нет, Миш, про что мы говорим? Про стихи какие–то... Чушь всякую... Как ты здесь, ты же ничего еще не сказал?!

Мишка помолчал.

— А я и не собираюсь говорить, Сень. Нормально. Люди живут, и я выживу. Мне как раз разговоры про вас всех куда нужнее, понимаешь? Потому что я вроде как с вами побывал, другого воздуха глотнул... — Мишка повысил голос. — Потому что мне думать нужно о том, как там Сашка с Колькой учиться будут и как вы вообще живете, а не о том, что я вот здесь! понимаешь? здесь! еще... столько лет буду!!!

— Басманов! — раздался голос от двери, и все трое вздрогнули.

— Я ничего, ничего, — пробормотал Мишка, словно в одну секунду ссутулившись. — Так что ты, Сенька, скажи, как ты поэта–то запомнил? Память у тебя вроде бы не больно хорошая.

— Знаешь, — Сенька слабо улыбнулся, — смешно. Я запомнил, потому что фамилия простая, от слова «брод». Ну, брод, понимаешь? Бродский — брод. Я так представил, будто мы раков ловим, а какой–то мужик стихи читает не пойми про что... Помнишь, как мы раков на Ветлинке ловили? Помнишь?

Сенька пытался поймать Мишкин взгляд, но тот сидел, опустив глаза в пол. Женька застыла рядом, ничего не говоря.

— Помнишь?

Мишка не отвечал.

— Ты помнишь?

Сенька отчаянно пытался получить подтверждение тому, что Мишка его слышит, и помнит, и что еще все будет — и раки, и Ветлинка... Брат молчал.

— Помнишь, Мишка?

Что–то застилало глаза, мешало видеть сгорбившуюся спину старшего брата. Сенька нагнулся к нему, обнял за плечи, хотел спросить еще раз, напомнить, как все было хорошо, даже когда батя уже заболел, и как они под дождем бегали, и как палатку устанавливали, и как вечером домой возвращались босиком, но вместо этого у него вырвался отчаянный всхлип:

— Мишка!!!

Он опустился на грязный пол, уткнулся в колени брату и зарыдал. Мишка попытался погладить его по голове, сказать, что все будет нормально, но губы дрожали, не слушались, и он никак не мог выговорить то, что нужно. Женька, молча стоявшая рядом, вдруг материнским жестом провела рукой по его щеке, и от ее жеста к горлу его подступило что-то, с чем невозможно было бороться. Мишка закрыл ладонью глаза, застонал, и через этот стон прорвался крик:

— Что мы наделали?! Сенька, что мы с тобой наделали?!

Обняв Сеньку, он прижался к его вздрагивающей спине и зарыдал. Женька стояла рядом и сухими глазами смотрела на обоих братьев. Слез у нее не было.

* * *

Тоня шла по тропинке, глядя в спину мужа, и на ее губах играла улыбка. Легкая ломота в теле была такой приятной, что теперь хотелось только одного — рухнуть в постель, на чистые простыни, натянуть на себя толстое ватное одеяло и спать, спать, спать... Проспать бы всю зиму, как медведи, подумалось ей. Проснулись, а уже весна. Хорошо!

Виктор обернулся и, увидев ее довольное, улыбающееся лицо, не удержался и обнял ее, приподнял, и Тоня забарахтала ногами в воздухе:

— Витька, пусти! С ума сошел, тяжело ведь! Пусти, тебе говорю!

Виктор, смеясь, поставил ее на землю, но в следующую секунду схватил в охапку и потащил к крыльцу.

— Будешь брыкаться — брошу, — пригрозил он. Лицо у него было красное, но все равно он был такой красивый, что у Тони перехватило дыхание. — У нас сегодня баня с доставкой купающихся на дом.

Он почти бегом дотащил ее до ступенек и поставил наконец на ноги.

— Всем буду рассказывать, что меня муж на руках носит, — улыбнулась она.

— Рассказывай, пускай завидуют. Еще рассказывай, что тебя муж очень любит.

Тоня, наклонившаяся было за пакетом, подняла голову и посмотрела на него.

— Что ты смотришь? Да, любит! Иди сюда, я тебя поцелую... Тонька, какая ты хорошая, когда у тебя волосы не заплетены в косу!

— Да ты же их не видишь, они под платком.

— Все равно, я знаю, и мне вполне достаточно. Ну что, любимая супруга, прошу в дом.

Он подошел к двери, порылся в карманах, доставая ключ. Вставил в скважину, но дверь сама распахнулась, запуская внутрь морозный вечерний воздух.

— Ой, Вить! — встрепенулась Тоня. — Я же не смогла дверь закрыть и забыла тебе сказать. Понимаешь, опять ключ не поворачивался...

Она замолчала, потому что лицо мужа страшно изменилось.

— Чертова дура! — яростно прошипел Виктор. — Ты что, идиотка, совсем ни черта не соображаешь? Ты оставила входную дверь открытой?!

— Так ведь ключ...

— Да ты соображаешь, что ты наделала?! — Он огляделся, словно надеясь увидеть что-нибудь, глаза его забегали по крыльцу. — Ты понимаешь, что сейчас внутри может быть этот псих?!

Тоня стояла, оторопев от его ярости.

— Так, сделаем вот что... Иди за мной, и чтоб ни звука от тебя слышно не было, поняла? — шепотом скомандовал он.

Тоня не успела ничего ответить, как он достал из внутреннего кармана дубленки пистолет и взвел курок. Тихо

Елена Михалкова

прошел в распахнутую дверь, и Тоня, поколебавшись секунду, последовала за ним.

В коридоре было темно. Виктор стянул сапоги, жестами показав Тоне, чтобы она сделала то же самое. Идти в одних носках было неприятно, из щелей в полу дуло. Бесшумно подойдя к выключателю, Виктор нажал на клавишу, и в коридоре зажегся свет. Он быстро осмотрел все углы, поводя пистолетом. Никого.

На противоположном конце коридора угрожающе чернел вход в сарай — дверь была приоткрыта. Виктор вспомнил, что ходил туда, но не помнил, закрыл ли за собой дверь. Кажется, закрыл. Да, ладно, скорее всего убийца будет именно в доме...

— Оставайся здесь, — одними губами произнес он и приотворил внутреннюю дверь. Послышался тихий скрип, и Виктор беззвучно выругался.

Тоня, не колеблясь, шагнула вслед за ним, и половица под ее ногой тоже заскрипела. Виктор обернулся, подошел к ней и отчетливо сказал на ухо:

— Ты что, не поняла меня? Оставайся в коридоре! И приготовь свой «Удар»!

Жена стояла молча, отвернувшись в сторону, прислушиваясь к чему-то, и Виктора охватила злость на эту корову, которая мало того, что оставила открытый дом, так еще и не понимает, насколько это опасно. Наконец она повернула голову и прошептала:

— Вить, в доме никого нет.

— С чего ты взяла?

— Я чувствую. Дом говорит.

— Так, закрой рот, — прошептал он, — и проваливай в коридор.

— Я не пойду, там холодно.

— Твою мать, ты поняла, что я сказал?

— Витя, здесь нет никого...

— Заткнись! — оборвал он ее и, поняв, что Тоня никуда не уйдет, бесшумно направился к спальне.

Оттуда не доносилось ни звука. Виктор с силой толкнул дверь и застыл, вжавшись в стену. Осторожно заглянул внутрь, оглядел комнату и убедился, что она пуста. Следующим был зал. Быстро ступая, Виктор прошел несколько шагов, и его словно ударило. Дверь была открыта, а он помнил совершенно точно, что прикрывал ее, когда выходил. Держа пистолет перед собой, он медленно подкрался к проему и замер, не решаясь заглянуть внутрь.

Тоня стояла, прислонившись к стене, глядя на мужа с тревожным ожиданием. Она понимала, что дом пустой, об этом говорили все ее чувства, но ничего не могла поделать. Она представила, что Виктор вот так же будет обходить каждую комнату, и ей стало плохо.

— Вить! — тихо окликнула она, собираясь предложить ему позвать соседей. — Вить, послушай, тут никого нет, но, если хочешь...

Тоня не успела договорить — Виктор сделал один шаг и оказался в зале. Три последовавших один за другим выстрела словно разорвали воздух в доме и оглушили ее, оглушили так, что в ушах что-то треснуло и в голове установился низкий звон. Под этот звон, раздающийся внутри, она, ничего не соображая, тоже переступила порог.

Виктор стоял посередине комнаты и даже не оглянулся на нее. А на стуле у окна лицом к ним сидел старик Графка, и лицо его после смерти было гораздо более нормальным, чем при жизни. И почти довольным. Словно придя к ним домой и усевшись на стул в их зале, он сделал что-то значительное, что должен был сделать, и теперь сдержанно гордился этим.

Мысль о том, что Виктор застрелил убийцу, а вслед за ней и чувство облегчения только начали проникать в Тонино сознание, когда она заметила что-то странное. Что-то, чего не должно было быть у сумасшедшего старика, которого вот только сейчас убил ее муж. Какая-то лишняя деталь, на которую смотрел Виктор не сводя глаз с таким выражением лица, словно он только что выстрелил в себя, а не в убийцу двух человек.

Из груди Графки с левой стороны торчал длинный нож с черной рукоятью.

Глава 20

Вещи собирали впопыхах, и они валялись повсюду — под ногами, на диване, на столе, постоянно попадая под руку в самый ненужный момент, всячески мешаясь. Точно платили таким образом за безразличие, проявляемое к ним людьми. Пакеты, обрывки бумаги, веревки и прочий хлам были перемешаны с нужными вещами, хотя Тоня всячески старалась упаковывать все аккуратно. Ничего не получалось. Дом выгонял их, вышвыривал пинком, выкидывая вслед за ними ненужное, чуждое ему барахло. Машина должна была прийти в пять часов вечера, а они не собрали еще и половины.

Паковались молча, не говоря ни слова, кроме тех случаев, когда нужно было о чем-то спросить. И не более.

После того как милиция вчера увезла тело и закончилась уже привычная Тоне суета вокруг них, когда все ушли и они остались одни, Виктор так накричал на нее, что до сих пор при одном воспоминании об этом у нее начинали подрагивать руки. «Я стала истеричкой, — подумала она отстраненно, обращаясь к дому, — и виноват ты».

Она уложила одежду, посуду, белье и теперь пыталась понять, за что же взяться. Было ясно, что упаковать все они не успеют, но ей хотелось увезти хотя бы основную часть. И оставить то, за чем можно не возвращаться.

Полочки, которые она смастерила еще для городской квартиры, с резными дракончиками по краям, стояли уже пустые — Виктор в первую очередь упаковал свои книги, а уже потом принялся за остальное. Ей было безумно жалко бросать полочки здесь даже ненадолго, хотя разумнее будет им тут повисеть, чем валяться у отца в гараже. На ближайшее время, пока они будут жить у Тониных родителей и подыскивать квартиру, вещи решено было сложить именно там. Впрочем, Виктор не сомневался, что это всего-навсего на неделю.

И все же... Тоня достала отвертку и встала на табуретку, собираясь открутить шурупы, на которых держались полочки. Отвертка выскользнула из руки; наклоняясь за ней, Тоня выронила из кармана что-то маленькое, серебристое, похожее на небольшую рыбку; рыбка упала на пол и скользнула под диван.

— Ты поаккуратнее не можешь? — сквозь зубы процедил Виктор. — Мало того, что мы по твоей милости бежим отсюда, как зайцы, так ты еще решила мобильник угробить.

— Не мобильник, а трубку, — вспыхнув, поправила его Тоня и опустилась на колени. — Почему, кстати, по моей милости?

— Потому что это ты, милая моя, солнышко лесное, так любезно оставила вчера для нашего маньяка открытую дверь. Странно, что он сам нас не подождал. А подарочек оставил тебе в благодарность.

Тоня залезла рукой под диван и стала шарить там. Виктор продолжал что-то язвительно говорить, но она на время отключилась, сосредоточившись на поисках телефона. И только когда вылезла, сжимая аппарата в руке, услышала окончание фразы:

— ...И поскольку траты теперь, благодаря тебе, нам предстоят немаленькие, учись нормально обращаться с дорогими вещами.

Тоня подняла голову. Виктор стоял прямо над ней, губы его были крепко сжаты. Он даже не подумал сам достать телефон. Волна внезапного гнева окатила ее, словно горячей водой. Траты? Благодаря ей? Да о чем он говорит сейчас, когда ей так страшно! О каком-то паршивом телефоне?

Глядя мужу прямо в глаза, она размахнулась и швырнула телефон со всей силы куда-то в стену. Раздался звонкий удар, Виктор вздрогнул и повернул голову. На его глазах большое настенное зеркало в витой раме осыпалось оскол-

Елена Михалкова

ками на упавший на пол телефончик, словно окатывая серебристую рыбку волной. Виктор сжал зубы, перевел взгляд на Тоню, немного удивленно смотревшую на последствия своего гнева.

— Молодец, — улыбнулся он. — Давай, давай, круши все вокруг, релаксируй. Авось легче станет, что так облегчила жизнь убийце. Слушай, только чего же нам мелочиться? Давай уж сразу оба разобьем!

Он быстро достал из кармана свой сотовый и бросил его в ту же сторону. Ударившись в стену за разбитым зеркалом, телефон упал, аккумулятор из него вывалился и отлетел в угол.

Тоня взглянула в лицо мужа, перевела взгляд на раму, ощерившуюся осколками, опустилась на стул и заплакала.

У Сережи Прокофьева болела голова. К тому же с глазами творилось что-то непонятное, наверное, зря он их так тер вчера вечером. Двойняшки всю ночь беспокоились, издерганная Наталья с утра накричала на него, а следующей ночью он опять не смог выспаться. Попробуй тут выспись, в их-то квартирке! Соседи пройдут в кухню — и то слышно, а тут двое младенцев...

Голова болела, хотелось спать и тереть глаза, но Прокофьев понимал, что последнего делать нельзя — будет хуже. На столе лежали задания по двум делам, а он еще не разобрался с запросами в паспортные столы по делу калиновского убийцы, и со страхом ожидал, когда Коломеев поинтересуется, почему прошло столько времени, а данных до сих пор нет. Данные были, но не по всем жителям. Вздохнув, Прокофьев потянул к себе листок с фамилиями. Елки-палки! Еще тридцать человек! Почему-то ему казалось, что меньше.

Три минуты Прокофьев тупо сидел, прикрыв глаза и ни о чем не думая. Наконец подвинул к себе телефон и начал набирать номер, обводя карандашом первую фамилию в списке...

323

Тоня сидела за столом, когда в дверь постучали. Виктор вышел и через минуту вернулся с охотником. Женька поздоровался, задержал взгляд на заплаканном Тонином лице.

— Извиняюсь, я не вовремя? — спросил он, топчась на месте. От его сапог на полу остались две лужицы, и Тоня подумала, что надо будет протереть пол, но потом вспомнила, что уже не надо.

— Нет–нет, Женя, все в порядке, — торопливо сказала она. Мысль о том, что мужичок уйдет и они опять останутся вдвоем с Виктором, испугала ее. — Вы что–то хотели...

— Да нет, я спросить только — может, помочь чем? А то, думаю, уезжают люди сегодня, собраться им когда... Времени–то уж почти и не осталось. Во сколько машина–то приедет?

— Вечером, в пять, — отозвался Виктор, складывая в коробку какие–то документы.

— Ну, вот видите! Давайте я помогу чем–нибудь. Может, шкафчик там разобрать или еще чего...

— Спасибо, Женя, — благодарно сказала Тоня. — Мы уже сами почти все сделали. Вот только... Женя, если вы мне рецепты своего печенья чудесного дадите, я вам буду очень, очень благодарна.

— А, рецепты! Да что ж рецепты? Ерунда, ей–богу, скажу, конечно. А лучше бумажку какую дайте, я и запишу.

— Да, да, сейчас найду листок... Садитесь к окну. Только осторожнее, тут на газете осколки лежат, у нас... у нас зеркало разбилось.

— Ничего, я подвину. В общем, записывайте, Антонина Сергеевна.

Тоня достала ручку и бумагу и присела напротив охотника. Она почувствовала себя гораздо лучше. В мужичке, несмотря на его нелепую внешность, чувствовалась такая уверенность, которая действовала на нее успокаивающе.

— Значит, первое, то, которым в последний раз угощал. Оно с гречишным медом.

— А, так вот почему такой привкус был!

— Угу, от меда. Кстати, у Степаниды Семеновны полный поднос дома стоит, забыл захватить, а то угостил бы вас.

Елена Михалкова

— Я все равно к ней попрощаться зайду, — грустно улыбнулась Тоня, — так что если захотите — угостите. Вещи вот только соберу и зайду.

— Ну и славно. Значит, мед берете и масло и все вместе в кастрюльке на паровой бане подогреваете...

Сашка вышел из комнаты, когда остальные еще сидели за столом, и накинул теплую куртку. Когда он натягивал сапоги, в коридор выглянул Колька.

— Ты чего второе не доел? Мать обиделась.

— Да дело у меня одно есть...

— Какое дело?

— Да пустяковое.

— Какое пустяковое?

— Коль, ты иди, а? — попросил Сашка. — Не грузи меня сейчас. Сказал — дело, значит, дело.

Колька внимательно взглянул на брата, и блеск в глазах Сашки ему не понравился.

— Сань, ты че задумал?

— Да так, — усмехнулся Сашка, застегивая молнию на куртке, — попрощаться хочу кое с кем.

— Сдурел, что ли? С кем попрощаться? С Чернявскими?

— А хоть бы и с ними!

— Все, Сань, кончай блажить, раздевайся...

— Коль, отвали. Не твое дело. Ну могу я приколоться напоследок, а? Нет, скажи, могу? Вот я и пошучу, как Чернявский пошутил. Вот я и поприкалываюсь. А ты иди, компот допивай, а то мать и в самом деле обидится.

— Да что у тебя за приколы такие? — Колька покраснел в темноте, но Сашка не увидел. — Ты вот что, раздевайся и топай домой. Чтобы не делал этого, ясно?

— Ты о чем? — весело удивился Сашка. — Чего не делал?

— Того, что задумал. Дай им уехать спокойно. Юлька сама виновата.

Сашка шагнул к брату и схватил того за грудки.

325

— Да в чем же, Коленька, она виновата? В том, что этот козел...

Колька без труда оторвал руки Сашки и крепко сжал их.

— Сань, возвращайся домой, — неожиданно спокойно произнес он. Сашка пыхтел, пытаясь вырваться, но Колька держал его крепко. — Иди давай, не дури. Пожалуйста.

Сашка расслабился, хитро взглянул на брата, и Колька выпустил его.

— Значит, сам хочешь? — спросил Сашка. — Ну давай, давай.

— Что ты выдумываешь? Ничего я не хочу!

— А то я не знаю. Ну, давай, флаг тебе в руки...

Он махнул рукой и открыл дверь в комнату. Кольку обдало волной теплого воздуха — мать час назад затопила. Он постоял, потоптался минуту и наконец принял решение. Не раздумывая больше, оделся и вышел наружу.

Яблони в большом почтальоновом саду, который он никак не мог привыкнуть называть садом Чернявских, стояли в инее. Колька провел рукой по одной ветке, и на руке остался белый след. Перед крыльцом замедлил шаги, остановился в нерешительности. Постоял, обдумывая то, что собирался сделать, и толкнул дверь. Как он почему-то и ожидал, она была открыта. Ну что ж, ему везет. Колька усмехнулся и тихо вошел внутрь.

Вторая дверь открылась с тихим скрипом, но никто не выскочил навстречу. Собираются, конечно, догадался он, заняты делом. Ничего, сейчас придется сделаеть небольшой перерыв. Он остановился у двери, прислушиваясь к голосам, звучащим из зала. Мужской, высокий, был явно не Витькин, но какой-то знакомый. Охотник! Чертов охотник! Колька задумался, и в этот момент ему сзади на плечо легла чья-то рука...

Прокофьев опустил трубку и вычеркнул три фамилии. Хорошо, что он догадался посмотреть районы прописки, которые у некоторых совпали, а то так и обзванивал бы по четыре раза одни и те же столы. Так, теперь седьмая фамилия... Господи, где ж такой район?

Он прижал трубку к уху, слушая длинные гудки. На пятом раздался негромкий щелчок.

— Паспортный стол, слушаю вас.

— Мать, ты что? — шепотом изумился Колька. — Так до смерти напугать можно. Ты что пришла-то?

— Тебя пришла домой отправить, — тихо ответила тетя Шура. — Хватит по чужим домам околачиваться, ступай.

— Мам...

— Сказала, ступай, зря не унижайся. Бесполезно это. Давай, давай...

Она подтолкнула стоящего в нерешительности Кольку, и он шагнул назад, в темноту коридора.

— Ма, а ты чего стоишь?

— А я с Тоней хочу поговорить, мне нужно.

— Да у нас сегодня просто день визита к Чернявским, — пытался пошутить Колька, но мать даже не улыбнулась.

— Иди, иди, я скоро.

Она показала подбородком на дверь, и Колька нехотя подчинился. Что ж, может, оно и к лучшему.

Прокофьев ворвался в кабинет Коломеева, тяжело дыша.

— Эй, ты что? — отложил бумаги следователь и, увидев лицо Прокофьева, поднял брови. — Сереж, что такое?

Прокофьев открыл рот, хотел что-то сказать, но вместо этого положил на стол перед Коломеевым бумажку. Тот глянул на нее и несколько секунд всматривался, как будто позабыл буквы. Что за ерунда? Внезапно смысл написанного дошел до него. Он перевел потрясенный взгляд на Прокофьева, стоявшего перед ним, и ахнул:

— Кто?! Она?! Не может быть!!!

— Может, Иван Ефремович, — хрипло выдохнул Прокофьев, — я все уточнил. Это она.

— Звони Чернявскому, быстро! — вскочил Коломеев. — Всех на выезд со мной! Быстрее, быстрее!

— Так нет же никого, — простонал Прокофьев. — Иван Ефремович, нет никого, некому ехать.

— В бога душу мать! Поехали, кто есть, да скорее, скорее!

Машина мчалась по дороге, взметая снег, а Прокофьев отчаянно пытался дозвониться до Чернявского.

— У него аппарат отключен, Иван Ефремович, телефон не отвечает.

— Капице звони, телефон в книжке! — рявкнул Коломеев. — Черт, не будет она ждать, сегодня к ним придет! Они же уезжают... Михалыч, быстрее, быстрее!

— Не гунди, начальник, — огрызнулся тот. — И так все возможное из мотора выжимаю. Ну давай, милая, гони...

Тетя Шура постояла минуту на пороге, собираясь с силами, выпрямилась. Значит, ты, Витя, собрался сегодня уехать? Нет, голубчик, так просто ты не уедешь.

Она вспомнила, что сын сказал про охотника, и на секунду задумалась. Хотя, в конце концов, для того, что она наметила сделать сегодня, охотник не был помехой. Она сделала три шага по коридору, чуть прихрамывая, вошла в комнату и плотно прикрыла за собой дверь.

— Ой, тетя Шура, — встала с места Тоня. — Здравствуйте!

Охотник только кивнул от окна, а Виктор слегка недовольно произнес:

— Добрый день, тетя Шура. Попрощаться пришли?

Она молча смотрела на него — грузная, пожилая женщина с землистым лицом.

— Тетя Шура, в чем дело? — поморщился Виктор, ожидая очередных неприятностей. — Вы из-за драки с Колькой? Так он сам напросился, уверяю вас, вот и Тоня может подтвердить...

— Нет, Вить, — покачала головой тетя Шура. — Не из-за драки. Сказать я тебе хотела кое-что...

Она сделала шаг навстречу Виктору, и в этот момент дверь распахнулась. В комнату влетел красный, запыхавшийся Капица, держа в руках пистолет.

— Стоять всем, не двигаться!

Тетя Шура шарахнулась в сторону, Тоня вскрикнула, а Женька попытался вскочить, но его остановил крик Капицы:

— Сидеть! Сидеть, я сказал!

Женька, не сводя глаз с направленного на него пистолета, опустился на место. Тетя Шура прижалась к стене.

— Дуру убери, — негромко посоветовал охотник, — пальнешь невзначай.

— Пальну, — согласился Капица, по-прежнему тяжело дыша. — Ой, пальну! Может, оно и к лучшему будет, а? Что же ты, девочка, наделала?

— Степан Иванович, вы что? — испуганно спросила Тоня.

Виктор пытался что-то сказать, но у него ничего не получалось.

— Да ничего, ничего. Ты отсядь подальше, Антонина Сергеевна. То-то мне призраки мерещились, старому дураку! Ты, милая моя, думаешь, что этот добрый человек — Евгений Горич?

Он кивнул на охотника, и, не сводя с него пистолета, закончил:

— Нет, Антонина Сергеевна. Женя это Басманова, вот кто.

Глава 21

Лай собак за околицей и скрип входной двери, которую то закрывал, то распахивал ветер, да тяжелое дыхание человека с пистолетом в руке — вот и все звуки, которые слышны были в комнате. Тоня, ничего не понимая, смотрела на охотника. «Капица сошел с ума, — подумала она. — Что за чушь он несет?»

И вдруг перед ее глазами встала старая, выцветшая от

времени фотография с желтоватыми пятнами по краям. На этой фотографии высветилось, возникло прямо перед ней четко и ясно одно–единственное лицо, а другие словно отошли назад, размываясь тенью. Черноглазая девчонка в футболке, похожая на мальчишку, улыбалась Тоне.

И тут, словно по причуде злого колдуна, лицо ее начало меняться — меняться стремительно и как–то странно. Оно пополнело, раздулись и обрюзгли щеки, сделав его одутловатым, черные глаза потускнели и спрятались под бровями. Но неестественней всего было появление редкой, торчащей из бугристой кожи в разные стороны щетины. Лохматые, неопрятные волосы неопределенного цвета, оплывшее тело... Кто-то, завершивший превращение, засмеялся у Тони над ухом и растворился, довольный собой. Отделенный от нее столом, перед Тоней сидел охотник Женька Гурич.

— Это... Как же это? — нарушила ошеломленное молчание тетя Шура. Она сделала шаг к Женьке и наклонилась, вглядываясь в лицо охотника. — Господи, Женечка, как же так?!

— Твою мать! — раздался сзади хрипловатый голос Виктора, успевшего прийти в себя. — Так ты операцию сделала? По смене пола? Я прав, Степан Иванович?

Капица молча кивнул, не сводя глаз с охотника, кривящего губы в странной усмешке.

— По смене пола? — Тоня сначала услышала слова, а потом поняла, что сама их произнесла, повторив эхом вслед за мужем.

— Что вас, собственно, так удивляет? — усмехнулся Женька, и тетя Шура отскочила назад, а Капица повел пистолетом, хотя охотник не шевельнулся. — Квартирку воронежскую пришлось продать, конечно, да только она ведь мне и не нужна уже была. Это было неприятно, но не так уж и сложно. Я имею в виду саму операцию. А все дальнейшее — уколы, гормональные препараты — было гораздо неприятнее.

— Зачем? — прошептала Тоня пересохшими губами. — Зачем вам это все?

— Как зачем? — удивился Женька. — Чтобы убить Витьку, конечно.

Слова охотника прозвучали так обыденно и естественно, что на секунду Тоня и сама удивилась: как же она не поняла? Разумеется, чтобы убить ее мужа.

— Убить меня? — раздался голос Виктора. — Не получилось, Женечка. Совсем ничего не вышло, мисс Басманова.

— Не получилось, — согласился Женька. — Степан Иванович помешал. А ведь жену твою я уже почти спровадил... — в голосе его звучало сожаление. — Жаль, жаль. Конец я тебе приготовил занимательный.

— Можно узнать, какой именно? — иронично осведомился Виктор.

Женька промолчал и только бросил взгляд на Тоню, не сводившую с него глаз.

— Антонина Сергеевна, отойди-ка подальше, — резко сказал Капица. — А я на твое место сяду. Пока Коломеев с дружиной не подъехал, подержу-ка я тебя, милая Женечка, под прицелом.

— Я тебе не милая Женечка, — отозвался охотник. — Ты документы мои видел? Читать умеешь? Там все написано.

— Значит, хочешь все-таки мужиком быть, — хмыкнул Виктор. — А мужичонка-то из тебя получился хреновенький!

Первый раз за все время Женька перевел взгляд на Виктора и неожиданно улыбнулся.

— Не хреновенькими, Витя, мои братья были. А я уж... какой получился. Все лучше, чем бабой быть.

— Женя, Женя, ты что! — очнулась тетя Шура. — Ты что говоришь! Неужели это ты их... Твоих рук дело... Трое забытых... Да за что же, Господи?!

Женька задумчиво посмотрел на нее и помолчал. Потом, качнув головой, произнес:

— Как за что, тетя Шура? За дело. Их нужно было убить, обязательно, — в его словах звучала глубокая убежденность. — Во-первых, чтобы Витеньке нашему подарить, а во-вторых, потому что они мешали.

— Чем же они тебе, сволочь такая, мешали? — не выдержал Капица.

— Глашка узнала меня, у нее всегда память хорошая была на лица, — обстоятельно пояснил охотник. — К дому Степаниды пришла, начала глупости всякие расспрашивать, а у самой глаза пакостные–пакостные. Не ровен час, проговориться могла. Да и вообще, дрянная бабенка была, таким на свете и жить незачем. Что в детстве мерзости творила, что сейчас... С ней легко все получилось. — Женька улыбнулся. — Сказал ей, что встретиться хочу, она и попалась. Думала, должно быть, душу ей начну открывать, тут она с меня легкие деньги и потянет. Глупая, глупая...

Он глянул куда–то за Тоню, и та похолодела. Взгляд был такой странный, будто Женька видела что–то, не видимое всем остальным. Тоня обернулась, но за спиной никого не было.

— А Мысин чем тебе не угодил? — подал вновь голос Капица. — Или он тоже дрянной человек был?

— Он понял, — неожиданно ответила за Женьку Тоня. — Он же занимался пластической хирургией. Правильно?

Все удивленно посмотрели на нее, и только Женька сидел спокойный, медленно кивая головой.

— Да, Антонина Сергеевна, все правильно. Глупость большую сделал ваш Аркадий Леонидович. А поначалу я подумал, неплохой мужик! Нет, плохой. Он, видать, начал догадываться, когда про дверь со мной разговаривал. А стал ему дверь делать — подумал: чего он все ко мне приглядывается? Потом он ко мне зашел, намеки странные делал, да не выдержал и предложил в своей клинике кое–что подправить. Ну не глупость ли, а, Степан Иванович?

Капица сглотнул и глухо ответил:

— Дорого же он за свою глупость заплатил!

— По счету, — невозмутимо сказал Женька. — А то, не ровен час, пошел бы с кем ни попадя делиться открытием, а там и до беды недолго. Зачем же оно нам нужно было? Вовсе даже и незачем. Опять–таки, второй подарочек подвернулся. Понравился тебе второй подарочек, а, Вить?

Елена Михалкова

— Мразь ты какая, — прошептал Виктор, побледнев. — Псих законченный!

— А Графка, значит, у тебя третьим подарочком был? — поинтересовался Капица.

— И третьим, да и вообще... Он же с самого начала все знал, Евграф-то. И радовался, ой как радовался! Так хотел, чтобы поскорее закончили все с Витенькой нашим... Только он же сумасшедший был, Евграф Владиленович, ну и начал фокусы всякие выкидывать. То к Антонине Сергеевне начнет приставать с намеками лишними, то вовсе пойдет в окна заглядывать. А то совсем учудил, бедолага, — в Андрюхин дом залез и с чердака подсматривать стал за нашим садом. В общем, вред от него большой мог быть, а пользы никакой. Да он, в общем-то, радовался. Все равно подыхать, так уж со смыслом.

— Вот почему мне казалось... — начала Тоня, поняв, кто смотрел на нее из глухой стены.

— Про вас разговор особый, Антонина Сергеевна, — оборвал ее Женька. — Вы мне благодарны должны быть — если бы не я, Графка вам здорово бы кровь попортил. А вы вместо того по чужим участкам пошли шастать.

Не веря своим ушам, Тоня смотрела на это существо, говорившее о благодарности.

— Вы трех человек убили, — тихо сказала она. — Я вам должна быть благодарна?

— Трех человек? — Женька с искренним недоумением смотрел на нее. — Да из них двое и вовсе были почти что нелюди. Вот ваш муж куда больше народу убил, так вы же с ним живете и ребеночка от него пытаетесь заделать!

— Заткнись! — выкрикнул Виктор, пошел было на Женьку, но Капица вскочил со стула, и Виктор остановился.

— Нет, Вить, не заткнусь, — покачал головой охотник. — Пьеску я для тебя придумал, с хорошим таким концом. Почти как ты для нас тогда, в детстве. Жаль, что доиграть не получилось. Ну да ничего, то, что вышло, ты тоже надолго запомнишь. Слишком много душ на твоей совести, Витя,

333

слишком много. Еще и домик наш решил купить... Будто мало тебе того, что ты его хозяев повывел...

— Никого я не повывел! — прорычал Виктор. — А братья твои всю жизнь идиотами были. Человека живого сжечь — это же догадаться надо было!

— Витя! — крикнула Тоня. — Перестань!

Лицо Женьки страшно исказилось. Какую–то долю секунды казалось, что он бросится на Виктора, и Капица приготовился стрелять, но охотник овладел собой и расслабился. Потом закрыл лицо руками, и в комнате раздался странный звук.

«Рыдает!» — ужаснулась тетя Шура. Но тут Женька отнял руки, и они увидели, что он смеется.

— Ты... ты что? — отшатнулся Виктор. Видеть этого человека смеющимся было еще страшнее, чем яростным.

— Ничего, Витя, ничего... — утирая слезы рукой, ответил Женька. — Да, братья мои покойные идиотами были.

— Побойся Бога! — не выдержала тетя Шура. — Мишка же твой живой!

— Идиотами, идиотами, — продолжил охотник, не обращая внимания на ее слова. — Тебя очень слушали, Витенька. Ты же кого угодно мог заставить сделать то, что хотел, правда? Ты же у нас был самый умный! Вот ты их и подбил, а сам дома остался.

— Они меня сами уговорили! Они...

Женька засмеялся, и Виктор оборвал фразу на полуслове.

— Уговорили... — протянул Женька с кривой улыбкой. — Они тебя уговорили... — Он вздохнул и сцепил руки в замок. — Глаз не в силах увеличить шесть на девять тех, кто умер, кто пророс густой травой... Я ведь столько книг облазил, Витя, пока нашел–таки этот стишок! Мне понравился, знаешь. А тебе?

Он поднял глаза на Виктора, но тот молчал. Молчала, прижав в ужасе руки ко рту, тетя Шура; молчал Капица, крепко сжимая пистолет и матеря про себя задерживающегося Коломеева. Тоня стояла неподвижно, как окаменевшая, шевеля губами и повторяя про себя слова: «Впрочем, это не впервой».

Пятнадцать лет назад

Внутри была пустота. Такая, словно Женьку выскребли изнутри чем-то, что оставило нетронутой одну оболочку, но аккуратно, как скальпелем, срезало с нее изнутри и мясо, и кости, и мысли, и чувства. Все ощущения. Осталось одно воспоминание, не вызывающее никаких эмоций, — беззубое лицо со слезящимися глазами.

Она не могла ничего сказать, пока глядела на него, потому что это был не Мишка. Мишку она бы узнала. Избитого, изуродованного, искалеченного... Любого. Но в человеке, стоящем сейчас напротив нее, рядом с молчаливым охранником в форме, не было ничего от ее старшего брата, кроме внешнего сходства. Ничего.

Она уже собралась сказать охраннику, что хочет уйти, но все никак не могла отвести взгляд от левого глаза заключенного. Глаз часто подергивался, и в его подмигивании было что-то почти неприличное. Каждое движение века лишний раз убеждало женщину в том, что перед ней не Мишка, потому что с Мишкой такого никогда не могло случиться.

— Ну, что пялишься? — раздался хриплый голос. — Не узнала, сеструха? Родного брата не узнала!

Заключенный повернулся к охраннику и подмигнул здоровым глазом.

— Слышь, че говорю: не узнает она меня!

Охранник смотрел перед собой без всякого выражения.

— Да я это, я, — ухмыльнулся человек с дергающимся глазом и сделал шаг навстречу Женьке. Та попятилась. — Ба! — удивился заключенный. — А что ты пугаешься? Это я, Мишка твой... То есть нет, сеструха, что ж я тебя обманываю? Был Мишка, а стала... — он сделал паузу и расплылся в ухмылке, — Машка. Был Мишка, стала Машка! — гнусаво пропел он, делая еще шаг ей навстречу. — Так что братец у тебя был, да сплыл, а стала сестричка. Вот радости–то вам с Сенькой, а? Сестричка, сестричка, мала невеличка...

Женька сделала шаг в сторону, но человек быстро шагнул и преградил ей дорогу. Теперь подергивающийся глаз был прямо перед ней. В нос ударило запахом немытого тела и еще чем–то непонятным, но отвратительным, словно перед ней стояло больное животное, которое собралось умирать.

— Что, брезгливая стала, а? — прошипел человек, наклоняясь к ней.

— Басманов! — окликнули от дверей, и человек сразу отступил.

— Да я что, я просто сестрице моей объясняю, — пожал он плечами. — А то она смотрит, как неродная, ни обнять не хочет, ни приголубить. Ну, Женечка, обними же свою Машуню, расскажи, как дома дела!

Он развел руки и пошел к ней с улыбкой на лице. На своем страшном, сером лице с подергивающимся глазом, с гнилыми зубами, со ртом, из которого пахло, как из помойного ведра...

— Дай, дай обниму тебя, родная! — нараспев произнес человек и снова приблизил лицо к Женьке. — Сеструха братика приехала навестить, а нашла... — он захихикал, — нашла... — хихиканье становилось все громче, человек уже откровенно смеялся, обнажая в провале рта редкие черные зубы, — нашла–то... сестренку!

Он согнулся пополам от смеха, а когда разогнулся, вытирая слезы с глаз, повторил:

— Сестренку!

И тогда она ударила. Ударила, как учил ее старший брат, — крепко сжатым кулаком, с большим пальцем, лежащим поверх остальных четырех. Ударила со всей силы в отвратительную харю, которая смела издеваться над ее братом, умершим неизвестно когда, в перекошенное от смеха лицо со зловонным ртом. Ударила, вложив в удар все свое горе, и ненависть, и отвращение, и страх.

Человек упал, прижимая руки к лицу, из которого сразу потекла кровь, очень красная, очень яркая, и при виде ее Женька словно выключилась из происходящего. Она видела все, что происходит, но ничего не слышала. Ее вытаскивали из комнаты, куда-то вели, на нее орал, широко разевая рот, человек в погонах, и в конце концов она оказалась за воротами, на широкой пыльной дороге, за которой было поле. В руках у нее была черная сумка, а пакет, с которым она приехала, куда-то делся. Но она помнила, что он был ей не нужен, поэтому не расстроилась.

Звука не было. Мимо бесшумно пропылила машина, из приоткрытого окна что-то крикнули, но она не услышала. Нужно было идти, но она не помнила, в какую сторону. Наконец Женька сдвинулась с места и пошла в полном безмолвии, которое окружало ее со всех сторон. Разгуливавшая по краю поля ворона открыла клюв, из которого не раздалось ни звука, и Женька остановилась, внимательно глядя, как птица открывает и закрывает клюв, отскакивая все дальше и дальше. Наконец она взлетела, а Женька пошла дальше.

Внутри была пустота. Такая, словно этот удар выбил из нее все, чем начинен человек. Осталось только одно воспоминание, но она лениво отгоняла его прочь. Оно было ей не нужно. Ей ничего не было нужно.

Откуда-то появились рельсы. Женька оглянулась и увидела, что она поднялась на насыпь, на которой лежали рельсы. Когда она была маленькая, у нее был старший брат, и он рассказывал, что рельсы — это такие длинные железяки, которые разматывают с огромной катушки. Катушку она представляла деревянную, но он сказал, что она железная. Еще у нее был младший брат, но его она помнила немного хуже. Он тоже был большой и много смеялся. Еще у них были друзья. Она даже вспомнила, медленно бредя вдоль железной дороги, как их звали. Сашка и Колька. Еще девочка

Юлька, похожая на воробья. Еще парень, Андрей, но он был недолго. А еще Витька.

При последнем имени перед ее глазами встала непонятная картина — черные догорающие доски и обожженное тело, лежащее между ними. А около тела — женщина. И огонь. Много огня. Тут в голове словно что-то щелкнуло, и слух включился. Женька услышала рев электрички, в ушах раздался звон, и она успела, не оборачиваясь, прыгнуть с насыпи в последнюю секунду перед тем, как поезд промчался по тому месту, где она стояла. Она лежала в траве, тяжело дыша, глядя вслед громыхающим вагонам. Болел бок и левое плечо, но она не обратила внимания. Самым главным было то, что она жива и что она вспомнила, кто убил ее брата. Обоих братьев.

Женька встала, подняла сумку и полезла вверх по насыпи, к путям. Теперь она знала, что ей нужно делать.

* * *

— Как ты ухитрился Глашку на дерево вздернуть? — вспомнив, спросил Капица. — Поделись опытом.

— Отчего же не поделиться? — согласился Женька. — Просто. Табуретку подставил, веревку перекинул и потянул посильнее. Укольчики поделаешь, Степан Иванович, такие же, как и я, чтобы щетинка росла, так вовсе Шварценеггером заделаешься.

— Какую еще табуретку?

— Да которая тут, за сараем стоит. А что менты ваши следы от нее на земле не заметили, значит, так нужно, они глазастые. От ботинок след нашли, а от табуретки не додумались.

— А ботинки ты куда дел?

— В землю закопал, куда ж еще, — немного удивленно отозвался Женька. — Вопросы ты, Степан Иванович, какие-то глупые задаешь, ей-богу. Ты лучше спроси, как я за домом следил.

— Нечего спрашивать, я уже и сам догадался. С биноклем. Ты ж у нас охотник!

— Молодец, — похвалил участкового Женька. — Хотел я тебя убить, когда ты ко мне приставать с расспросами начал, да пожалел. И правильно. Ты, Степан Иванович, умный.

— Будь я умный, обо всем бы сам догадался. Ты ведь, Женя, даже отчество менять не стал, так и остался Григорьевичем. Была Евгения Григорьевна, стал Евгений Григорьевич...

— А Степанида Семеновна? — дрогнувшим голосом спросила Тоня. — Она... тоже знала, как и Графка? Вы бы и ее убили?

— Степанида Семеновна — святая душа! — строго сказал охотник. — Как разговорилась со мной в автобусе, так и пожалела, к себе привезла. Помогла мне, конечно, сама того не ведая. Зачем же мне ее, добрую душу, убивать? Вовсе незачем. Последняя сцена мне оставалась. С тобой, Витенька.

Он мечтательно посмотрел на Виктора и прикрыл глаза.

— Устал я, — проговорил он. — Спать хочется.

— В тюрьме отоспишься, — процедил Виктор.

Женька даже глаз не открыл.

И тут за воротами раздался шум подъехавшей машины. В окно Тоня видела, как три человека бегут по тропинке, неуклюже переваливаясь в снегу. Прошло несколько секунд, и входная дверь распахнулась. В дверях стоял Коломеев с пистолетом в руках, из-за его плеча выглядывали два опера.

— Молодец, Степа, — выдохнул Коломеев. — Вовремя. Ну что, — обратился он к охотнику, — поймали мы тебя, Женя Басманова? Эй, да ты там живая?

Женька сидел по-прежнему с закрытыми глазами.

— Живая. Живой, — поправился Капица. — Отдыхает от беседы.

Коломеев достал наручники и пошел к Женьке. Та открыла глаза, встала, рука ее скользнула по столу.

— Вить, посмотри-ка на меня, — негромко сказала она,

но ее все услышали. Шесть пар глаз остановились на ней и замерли. Женька улыбнулась, подняла руку с зажатым в ней осколком зеркала и неторопливо провела себе по горлу. Раздался выстрел Капицы, но было поздно — Женя Басманова медленно оседала на пол, а из ее разрезанного горла толчками била темная кровь.

Тетя Шура подавилась криком. Коломеев хотел броситься к охотнику, но понял, что это бесполезно.

Женя Басманова лежала на полу в луже крови, растекавшейся, словно распускался диковинный цветок. Шесть человек стояли вокруг нее и молчали.

И все, что было слышно, — это лай собак за околицей и скрип входной двери, которую то закрывал, то распахивал ветер.

Двадцать лет назад

— Мишка, давай сильнее! — ветер трепал короткие Женькины волосы, и она с упоением подставляла ему лицо.

— Да ты с качелей свалишься!

— Не, не свалюсь. Миш, ну, пожалуйста!

— Миш, пошли, надо батяне помочь, — позвал Сенька. — Жень, да что ты как маленькая, ей-богу!

— Маленький у нас ты! — отозвалась Женька. — Ну еще чуть-чуть!

Сенька покачал головой, глядя на взлетающие в небо качели. Вот ведь ненормальная, целый день может на качелях болтаться. И Мишка тоже хорош — раскачивает и раскачивает. Вот им обоим батяня сейчас задаст!

— Мишка, пойдем! — Он вскочил с земли и направился к брату. — Вечером на костер собирались, еще не отпустят.

— Да брось, отпустят, — отозвался брат, с улыбкой наблюдавший за довольной Женькиной физиономией.

— Пошли, тебе говорят...

— Отвянь! — беззлобно предложил Мишка.

— Ах, так? Ну на тебе!

Сенька налетел на брата и сшиб его с ног. Мишка пытался вырваться, но Сенька прижал его к земле и с важным видом уселся верхом.

— Сенька, вот лошак, ну-ка пусти! — Мишка смеялся, и ему не хватало сил, чтобы сбросить Сеньку. Он попытался извернуться, но брат был начеку и навалился на него всей тяжестью.

— Ладно, ладно, — Мишка даже закашлялся, — фиг с тобой, пойдем.

Сенька недоверчиво глянул на него, потом начал вставать. Когда он поднялся на ноги, Мишка дернул его за штанину, так что Сенька брякнулся на попу, а сам вскочил и отпрыгнул в сторону.

— Ну Мишка! — жалобно протянул Сенька. — Ну не пустят же на костер, ну чего вы...

— Да сейчас идем, — крикнула Женька сверху. — Мишка, а если я прыгну, то до сарая долечу?

— Улетишь, — откликнулся вместо него Сенька, — как раз до навозной кучи!

— Ну тебя, — Женька спрыгнула с качелей и встала рядом с ними, счастливо улыбаясь. — А я еще вечером покатаюсь. Миш, покачаешь?

— Посмотрим. Да покачаю, конечно, — заторопился он, увидев ее нахмурившееся лицо, — куда ж я денусь. Ну, пошли, а то и впрямь не пустят вечером.

— Да, я же говорил... — заныл опять Сенька, и все трое скрылись в глубине двора.

Старые качели с давно облупившейся синей краской раскачивались вверх-вниз, вверх-вниз... Из дома вышла женщина, посмотрела на них, прищурившись, покачала головой. Потом вернулась в дом — уже пора было ставить обед. А через пять минут из-за сарая выскочила Женька, подбежала к качелям, залезла на них и стала раскачиваться сама, улыбаясь, взлетая с каждым разом все выше и выше.

* * *

То, как Тоня вышла, никто не заметил. Коломеев с седым опером по имени Михалыч записывали то, что рассказывал Виктор. Молодой паренек с нежным, словно у девушки, лицом сидел около тела, сосредоточенно что-то изучая и записывая в маленький блокнотик. Тетю Шуру Капица отпаивал невесть откуда взявшейся настойкой пустырника. «Это же моя, — вспомнила Тоня, — я для себя покупала». Она аккуратно прикрыла за собой дверь, сунула ноги в валенки и, как была, в одном свитере и джинсах, вышла на улицу.

Уже начало смеркаться. Тоня быстро прошла по саду, открыла калитку, перебежала через улицу, не чувствуя холода. Дверь была открыта. Она встала на пороге, глядя на сгорбившуюся фигурку у окна.

— Что встала? — раздался усталый старческий голос. — Проходи, присаживайся. Чайку хочешь?

— Чайку... — повторила Тоня, глотая слезы. — Умерла она, Степанида Семеновна.

— Знаю, — старушка наконец обернулась и, не глядя на Тоню, проковыляла в кухню. — А я себе, пожалуй, поставлю чайник-то. Догадалась я, догадалась. Смотрю в окошко, а не выходит никто. Ну, тут уж все понятно стало. Ой, что-то озябла я, должно быть, похолодало на улице.

— Как же вы могли? — плача, спросила Тоня. — Вы же все знали... и молчали.

— Я не молчала, — возразила старушка, появляясь в дверях с чайником. — Чайник-то у меня, оказывается, горячий... Я тебе что сказала? Сказала — уезжай отсюда, не надо тебе здесь оставаться. А ты мне ответила, голубушка, что муженька своего оставить не можешь. А я ведь тебя просила уехать, просила...

Она поставила на стол вазочку с печеньем, две чашки.

— Угощайся. Я чайку-то с травками заварила.

— Вы... — шагнула к ней Тоня. — Вы сумасшедшие все! Сумасшедшие! — Из ее горла вырвалось рыдание. —

Столько человек умерли, такой смертью страшной, а вы чайку мне предлагаете! А ваша Женя... Она вас выгораживала, говорила, что вы ничего не знаете! А вы все знали, все! Наверное, это вы и придумали!

— Глупости говоришь, — спокойно заметила Степанида, разливая чай по чашкам. — Ничего я не придумывала, жила себе своей жизнью. А потом объявилась моя Женечка в таком вот виде странном. Я ее и не узнала. А как рассказала она мне про все, что случилось, про братьев своих, про родителей, тут уж я поняла, что не дело мне в стороне оставаться. Поселила ее у себя, вот и вся моя помощь была. Не я, так другой бы кто ей жилье дал. А так даже удобнее — и до вас ближе, и Женя при мне.

— Да у нее второй брат должен выйти через несколько лет!

— Никуда он не выйдет. Похоронила его Женя и оплакала. Нет больше Мишеньки, и Сенечки нет. А я ведь их любила, ребятишек. Своих-то Бог не дал, так хоть с чужими повозиться... А теперь, значит, и Женечка моя вслед за ними ушла.

— Вы сумасшедшая, — повторила Тоня, с ужасом глядя на старуху. — Вас нужно в тюрьму посадить.

— Посади, посади, — кивнула Степанида. — Все одно мне помирать скоро. Да только ведь тебе, Тоня, никто не поверит. Все слышали, что Женька сказала, — не знала я ни о чем. Жалко, не успела она...

— Да за что?! — выкрикнула Тоня. — Что вы все так ополчились против Вити?! С Женей понятно, а вы-то тут при чем?!

Старуха подняла к ней строгое морщинистое лицо и покачала головой.

— Ай-ай-ай! Ничего ты, красавица, не поняла и не почувствовала. Таким, как твой Витя, не должно быть жизни. Он страшнее, чем Графка покойный, потому что тот алкаш был спятивший, а Витя твой разумнее разумного. И с разумом все делает. И Андрею бедному, Машиному сынку, он жизнь разрушил, и все почтальоново гнездо загубил... Муж твой умный, от ума все его и горести. А сказать вернее, не его — других. Ему-то чего, как жил, так и живет, и совесть его не грызет... Вон, даже дом почтальонов догадался купить, хотя по его милости он пустой стоял, а хозяева в могилах.

Тоня опустилась на корточки и прижалась затылком к прохладной стене.

— А ты, голубушка, в голову не бери, ты тут ни при чем, — сказала Степанида, прихлебывая чай. — Тебя никто обижать и не собирался, не думай ничего такого. Женька ведь тебя жалела. Кстати, печенье тебе оставила, вкусное. Бери, угощайся. Хоть так помянешь покойницу.

Тоня подняла на нее красные глаза, встала и пошла прочь, а за ее спиной одинокая старушка за столом с двумя чашками осталась пить чай вприкуску с печеньем на гречишном меду.

Тоня подошла к своему дому, в котором светились все окна. Заходить ей не хотелось. Она спряталась от ветра за крыльцо и встала там, ежась в своем свитере. Здесь было не так холодно.

Раздался скрип открывающейся двери, и на крыльцо кто-то вышел, тяжело ступая. «Тетя Шура», — догадалась Тоня. Разговаривать ей ни с кем не хотелось, и она осталась стоять на месте.

Дверь скрипнула еще раз, и раздался голос Виктора:

— Тетя Шура, постойте! Вы зачем приходили-то?

— Да ни за чем, — отозвалась тихо тетя Шура. — Пустое все.

— Признайтесь, из-за Кольки?

— Нет, Вить, не из-за Кольки. Хотела я тебе все сказать, что думала, теперь незачем.

— Почему же? — голос Виктора стал злым. — Хотели, так уж скажите.

Тетя Шура помолчала, а потом произнесла, вздохнув:

— Хотела я тебе сказать при жене твоей, что ты всю жизнь дочери моей испортил и ее саму попортил, так что она ни одному мужику нашему не нужна была. Да Бог тебе судья.

— А при чем здесь я?

Тетя Шура не ответила, тяжело спустилась по ступенькам и заковыляла по саду. Хлопнула дверь. Тоня стояла за крыльцом, ни о чем не думая. Наконец она отряхнула снег со свитера и медленно побрела домой.

Вечером, когда все уехали и тело увезли, Виктор подошел к жене, обнял:

— Маленькая моя, напугалась! Ну, ничего, ничего, все закончилось.

— Все закончилось, — эхом отозвалась Тоня.

— А ты куда убежала? С тобой следователь хотел поговорить, глядь — тебя нет. В мансарде, что ли, пряталась?

— В мансарде.

— Ну, я так и подумал. Сказал им, чтобы тебя не дергали, они и успокоились. Нормальные мужики, договориться можно. Ладно, Тонь, надо вещи распаковать.

Тоня села на стул в кухне и повернула к мужу бледное лицо.

— Зачем ты хочешь их распаковывать?

— А как же ты жить тут собираешься? — удивился он.

— Я не собираюсь.

— Почему? Не понял... Тонь, ты успокойся, все закончилось, можно спокойно здесь оставаться и ничего не бояться. Этой сумасшедшей больше нет. Конец у нее, конечно, жуткий, но она его заслужила, — говорил Виктор мягко и убедительно.

Тоня покачала головой, глядя на него.

— Как у тебя все просто... — тихо проговорила она.

— Тонь, с тобой все в порядке? — Виктор внимательно посмотрел на жену. — Я понимаю, ты стресс пережила, но

мы с тобой что-нибудь придумаем. В конце концов, съез-
дим...

— Я не останусь в этом доме.

— Что?

— Я не останусь в этом доме.

— Хорошо, — быстро согласился Виктор, — давай по-
живем у твоих родителей. А потом, когда ты придешь в себя,
вернемся.

Тоня закрыла глаза рукой и что-то пробормотала.

— Что? — не понял Виктор.

— Она была права, — повторила Тоня чуть громче. —
В тебе все дело, а вовсе не в той несчастной девчонке.

— Кто был прав? Ты о чем? Ты Женьку называешь несчастной девчонкой?! — догадался он. — Да, очень несчастная — трех человек убила. Хотела меня еще, да не смогла.

— Это ты во всем виноват, — отчетливо выговорила Тоня, и Виктор поперхнулся на полуслове.

— Ты с ума сошла? Ты что такое говоришь?!

— Я говорю, что это ты виноват, — она поднялась с места. — Ты всем все испортил! Тому мальчику, Андрею, нарочно рассказал про его мать... А потом подговорил этих
ребят, которые тебя так слушались, поджечь сарай, а сам
дома остался, а затем и вовсе уехал... Ты все придумал, потому что ты ведь умный, а они за это расплачивались. И самое страшное, что тебе абсолютно все равно.

— Тоня, опомнись, ты не в себе...

— Я в себе, — устало сказала она. — Просто я все про
тебя поняла. Смешно, я ведь так тобой восхищалась, гордилась... Приводила тебя в ателье перед девчонками хва-
статься — вот, мол, смотрите, какой у меня муж, завидуйте!
И они мне завидовали. Никто про тебя ничего не понимал...

— Слушай, прекрати блажить! — брезгливо произнес
Виктор. — Просто какой-то бред несешь! Я даже от тебя не
ожидал...

Ничего не ответив, Тоня встала и пошла в зал. Аккуратно
обойдя темный круг на полу, она выдвинула ящик, достала

Елена Михалкова

паспорт и свои деньги, положила в сумочку. Задумалась. В кухне сняла с полки банку, вышла на крыльцо и выплеснула содержимое на снег. По снегу тотчас расплылось пятно, очень похожее на то, что было на полу в зале.

— Ты что задумала? — осведомился Виктор, глядя, как она надевает сапоги. — Никак к родителям собралась на ночь глядя?

Тоня прошла в комнату, взяла сумку и в последний раз осмотрела комнату. Все необходимое было взято. Она выключила свет и постояла в темноте.

— Прощай, — отчетливо сказала она дому.

— Тоня, да ты что? — изумился Виктор, стоявший за ее спиной, и начал еще что-то говорить.

Но она уже не слушала. Пройдя мимо него, вышла в коридор, надела дубленку и натянула шапку. Проверила, захватила ли рукавицы, и открыла входную дверь.

— Прощай, — повторила она уже Виктору и спустилась вниз.

Тоня шла по тропинке между темных силуэтов деревьев, ускоряя шаг. Последний автобус уходил в девять вечера, и на него нужно было обязательно успеть. Ей пришлось бежать к остановке, потому что она чуть-чуть не опоздала, но водитель терпеливо подождал ее.

Забралась в теплый салон и уселась на переднем сиденье. Автобус тронулся. Тоня сидела, глядя в зеркало водителя, как уплывают назад темный лес, домики, освещенные редкими желтыми фонарями, сами фонари, и скоро Калиново пропало, а в зеркале осталась только белая накатанная дорога.

Эпилог

Андрей шел по дорожке. День был погожий, он долго гулял и под конец решил дойти до витой решетки. Ему нравилось рассматривать причудливую черную вязь из листьев и цветов. Медленно шагая вдоль ограды, он вглядывался в сосны, покрытые снегом. «День сегодня просто на редкость хороший, — подумал он, — удивительный для февраля. Такое ощущение, будто весна уже скоро».

С той стороны около прикрытой дверцы ограды кто-то стоял. Высокая женщина в длинной дубленке. Андрей удивился, почему она не заходит внутрь, и решил подойти и сказать, что дверь не запирается, нужно только толкнуть. Он сделал несколько шагов и оказался напротив нее.

Это была не женщина, а девушка. На чистом, словно промытом лице выделялись темно-серые, ясные глаза с голубыми полукружьями теней под ними, будто прорисованными акварелью. В глазах было... ожидание? надежда? Он не мог понять, но и не в силах был оторвать взгляд от этого лица, словно запоминал его на всю жизнь. В тихом молчании над этими двумя, стоявшими по разные стороны витой чугунной решетки, опускался старый, засохший лист, чудом сохранившийся на дубе и мягко сорванный порывом ветра только сейчас. Опускался ниже, ниже и лег на снег. Все это время двое на снегу молчали, глядя друг на друга.

— Андрей, — тихо сказала девушка, — ты Андрей...

И лист заскользил, понесся по снегу дальше, дальше, подхваченный неудержимым порывом ветра, и наконец взлетел над рекой, закружился и унесся неизвестно куда, наверное — в голубое прозрачное небо, обещавшее в этом году раннюю весну.

Литературно–художественное издание

Елена Михалкова

ВРЕМЯ СОБИРАТЬ КАМНИ

Ответственный редактор *А. Антонова*
Редактор *И. Шведова*
Художественный редактор *С. Силин*
Технический редактор *О. Куликова*
Компьютерная верстка *Г. Павлова*
Корректор *Н. Сгибнева*

ООО «Издательство «Эксмо»
127299, Москва, ул. Клары Цеткин, д. 18/5. Тел. 411-68-86, 956-39-21.
Home page: **www.eksmo.ru**   E-mail: **info@eksmo.ru**

Подписано в печать 01.10.2007.
Формат 84×108 $^1/_{32}$. Гарнитура «Гелиос».
Печать офсетная. Бумага тип. Усл. печ. л. 18,48.
Тираж 25 100 экз. Заказ № 1901.

Отпечатано в полном соответствии
с качеством предоставленных диапозитивов
в ОАО «Можайский полиграфический комбинат».
143200, г. Можайск, ул. Мира, 93.

Оптовая торговля книгами «Эксмо»:
ООО «ТД «Эксмо». 142700, Московская обл., Ленинский р-н, г. Видное,
Белокаменное ш., д. 1, многоканальный тел. 411-50-74.
E-mail: **reception@eksmo-sale.ru**

По вопросам приобретения книг «Эксмо»
зарубежными оптовыми покупателями обращаться в ООО «Дип покет»
E-mail: **foreignseller@eksmo-sale.ru**

International Sales:
International wholesale customers should contact «Deep Pocket» Pvt. Ltd. for their orders.
foreignseller@eksmo-sale.ru

По вопросам заказа книг корпоративным клиентам,
в том числе в специальном оформлении,
обращаться в ООО «Форум»: тел. 411-73-58 доб. 2598.
E-mail: **vipzakaz@eksmo.ru**

Оптовая торговля бумажно-беловыми
и канцелярскими товарами для школы и офиса «Канц-Эксмо»:
Компания «Канц-Эксмо»: 142702, Московская обл., Ленинский р-н, г. Видное-2,
Белокаменное ш., д. 1, а/я 5. Тел./факс +7 (495) 745-28-87 (многоканальный).
e-mail: **kanc@eksmo-sale.ru**, сайт: **www.kanc-eksmo.ru**

Полный ассортимент книг издательства «Эксмо» для оптовых покупателей:
В Санкт-Петербурге: ООО СЗКО, пр-т Обуховской Обороны, д. 84Е.
Тел. (812) 365-46-03/04.
В Нижнем Новгороде: ООО ТД «Эксмо НН», ул. Маршала Воронова, д. 3.
Тел. (8312) 72-36-70.
В Казани: ООО «НКП Казань», ул. Фрезерная, д. 5. Тел. (843) 570-40-45/46.
В Ростове-на-Дону: ООО «РДЦ-Ростов», пр. Стачки, 243А.
Тел. (863) 268-83-59/60.
В Самаре: ООО «РДЦ-Самара», пр-т Кирова, д. 75/1, литера «Е».
Тел. (846) 269-66-70.
В Екатеринбурге: ООО «РДЦ-Екатеринбург», ул. Прибалтийская, д. 24а.
Тел. (343) 378-49-45.
В Киеве: ООО ДЦ «Эксмо-Украина», ул. Луговая, д. 9.
Тел./факс: (044) 501-91-19.
Во Львове: ТП ООО ДЦ «Эксмо-Украина», ул. Бузкова, д. 2.
Тел./факс (032) 245-00-19.
В Симферополе: ООО «Эксмо-Крым» ул. Киевская, д. 153.
Тел./факс (0652) 22-90-03, 54-32-99.

Мелкооптовая торговля книгами «Эксмо» и канцтоварами «Канц-Эксмо»:
117192, Москва, Мичуринский пр-т, д. 12/1. Тел./факс: (495) 411-50-76.
127254, Москва, ул. Добролюбова, д. 2. Тел.: (495) 780-58-34.

Полный ассортимент продукции издательства «Эксмо»:
В Москве в сети магазинов «Новый книжный»:
Центральный магазин — Москва, Сухаревская пл., 12. Тел. 937-85-81.
Волгоградский пр-т, д. 78, тел. 177-22-11; ул. Братиславская, д. 12, тел. 346-99-95.
Информация о магазинах «Новый книжный» по тел. 780-58-81.
В Санкт-Петербурге в сети магазинов «Буквоед»:
«Магазин на Невском», д. 13. Тел. (812) 310-22-44.

По вопросам размещения рекламы в книгах издательства «Эксмо»
обращаться в рекламный отдел. Тел. 411-68-74.

детектив – событие

Елена Михалкова

Сыновья были в бешенстве. Этот вздорный старик, их папаша, все-таки отмочил номер и завещал свою шикарную квартиру какой-то непонятной вертихвостке. Как заставить ее отказаться от чужого наследства?..

В старости они остались одни и попали в дорогой, роскошный, но все же дом престарелых. Их прошлое хранило тайны, разоблачения которых они очень не хотели. Но этот писатель сумел найти подход к каждому…

Даша в недоумении: почему случайный знакомый, писатель Боровицкий, завещал ей квартиру и оставил наброски своей будущей книги, в которых – Даша уверена – скрыта причина его гибели?..

Как часто мы встаем на пути других, искренне считая, что не можем никому мешать…

«ДОМ ОДИНОКИХ СЕРДЕЦ»

www.eksmo.ru